總編輯：余光中

臺灣一九八九—二〇〇三

中華現代文學大系

貳

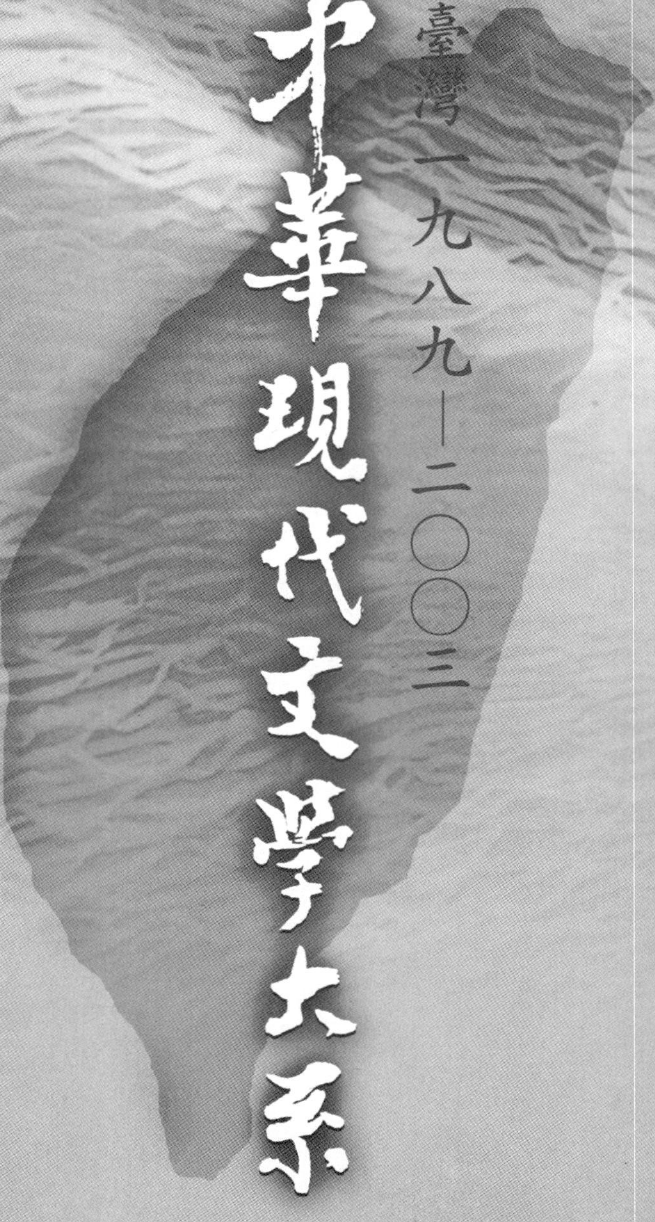

小說卷（三）

主編：馬森

目錄

第一冊（長篇・節錄）

第二冊（短篇）

第三冊（短篇）

霍斯陸曼・伐伐作品

霍斯陸曼・伐伐

漢名王新民，台灣省台東縣布農族巒社群人，1958年生。屏東師院數理教育系畢業，曾任國小教師、主任。著有《那年我們祭拜祖靈》、《黥面》、《玉山魂》、《地泣的聲音》等。曾獲吳濁流文學獎小說正獎、台灣文學獎小說評審獎、南投縣文學創作獎小說正獎、教育部文藝創作獎、台灣省文學獎短篇小說獎，作品曾入選台灣文學選及年度小說選。

生之祭

一

山林的夜晚是安靜的，只有看得懂黑夜的山鳥和溪谷的樹蛙依然守著白天的嘈雜。

月光像厚厚的棉被撫蓋著冷冷的山林。遠遠望去，大地就像一個刷洗過後的鍋底，散發著乾淨的銀色光芒。晚風順著山脈的形狀起伏飄蕩，並且調皮的把月亮慢慢吹向另一邊的山巒，苦楝樹下數不清的碎光，跟著風的方向不停的四處跳躍，彷彿是螢火蟲們正忙著舉行屬於牠們的祭典。

畢馬將小小的身體蹲靠在祖父的褲襠之中，傳統的石灶裡，堆滿了火紅炙熱的炭火，不但將窄小的廚房照得通紅明亮也溫暖了原本冷冽的空氣。

「Luhi❶，你不累嗎？你該上床睡覺了。」頭髮斑白、滿臉皺紋的老人，低著頭問著褲襠中的小男孩。

「我睡不著，吉娜❷哭得好大聲，祖父，她會不會死掉？」不知道是廚房的煙霧太濃還是自己確實累了？畢馬紅著眼睛望著祖父。

「不會的，你的吉娜只想用高亢的哭聲把你的弟弟從肚子裡叫出來。況且她是部落裡最勇敢的女人，不會有事的，你可以安心的去睡覺。」

「吉娜在傍晚的時候就跟著竹雞一起哭叫，現在竹雞累了，不叫了。吉娜依然痛苦的叫喊，我看弟弟是不會來了，要不然就叫弟弟不要來。祖父，我不要吉娜那樣痛苦的哭喊。」畢馬低著頭，抽動著肩膀。

「沒有用的小男人，你現在的能力不是可以幫著父母打掃住屋、餵食豬隻及燒火煮飯嗎？我們Isibukun❸的男人是不允許哭泣的，那會被大自然的精靈所譏笑，那是恥辱啊！好了，眼淚擦乾，像個勇敢的布農族人。」老人輕輕的撥弄著男孩的頭髮，自己卻不停的觀望著客廳。

傍晚時分，疲憊的太陽歪歪斜斜的靠在最遙遠的山巒，許多不知名的山鳥像往常一樣，貼著陽光讓人看不清楚的飛回隱密的巢穴。許多的大樹也在清涼的山風中抖落了一天的酷熱，一個不小心卻把生病的葉子散落滿地，雨點般的墜地聲，讓屋簷下睡意正濃的獵犬不得不豎起雙耳傾聽聲音的來處。部落的孩童們正在空地上玩著追逐的遊戲；一種獵人對獵物或獵物對獵物的追逐遊戲。空地上掀起陣陣的灰塵，畢馬也在裡面。就在竹雞道別白天的啼叫中，部落向外延伸的小徑出現了一群快步奔走的大人，婦女淒厲的斷喊聲隨著竹雞的叫聲像子彈般的奔向部落。

「畢馬，是你的吉娜的聲音。」耳朵比較大的孩童首先停住了追逐的遊戲。

「我聽得出來，確實是我的吉娜的叫聲。」吉娜的聲音是生命中最熟悉的。畢馬也一樣。

「我的弟弟可能要住進我家了。」畢馬轉身朝著自己的小茅屋奔跑。

前些日子，達瑪告訴自己：我們即將多出一個家人，就是住在吉娜肚子裡的嬰兒。達瑪還說經過產婆的撫摸，發現肚子裡的嬰兒雙腳是平排的❹，是個男嬰。畢馬到達住屋之後，立刻把大門打開，好讓大人快速的進入客廳，畢馬守著一屋的寧靜，聽到吉娜的嘶喊聲越來越近，越來越近……。

就像部落所有的女人一樣，吉娜被安放在客廳的泥土上，等待產下自己的兒女。從大地開始之後，族人堅信：人類依賴著大地而活，因此新生命的第一件事就是與大地接觸，彼此建立親密的關係。

部落的產婆聽到消息之後，帶著兩、三位婦人前來幫忙，她們都是族人所尊敬的長者，她們將以自身累積的智慧和經驗維護母子的生命安全。

「達魯姆，當你們知道Dihanin❺要賜給你們嬰兒的時候，你和塔妮芙❻有沒有遵守祖先定的Samo❼，例如：起床後有沒有立即將被褥摺好，並且將窗戶、木門敞開等這些祖先所規定的？」生產帶給塔妮芙極為痛苦的情況，讓一家之主的祖父不得不開始懷疑家人的行為是否虔誠？是否觸怒天神？

「達瑪❽，就像您眼睛所看到的，我是一個信仰虔誠、行為誠實的男人，十個月來，自己和家人是如此虔誠、嚴格的遵守著所有的禁忌，就是從耕地背回來的地瓜，一進家門也立即倒在地上，帶到耕地充當食物的小米，到了目的地立即打開包巾，讓小米展現在眾神面前。這一切都是期望獲得天神的喜悅。讓嬰兒能夠順利落地，不要傷害大人的生命。」達魯姆也不明白；爲什麼塔妮芙要承受比別人還多的苦難？

「甚至……爲了避免嬰兒長大成人後成爲令人討厭、人人喊打的小偷，我還告訴塔妮芙在懷孕期間不要吃飛鼠肉。我們一直遵循著祖先的腳步，難道天神沒有看到我們虔誠的心靈嗎？」達魯姆說完之後，搖著頭繼續擦拭著火槍。他準備用這支槍所發出雷電般的聲音迎接自己的第二個兒子。

「Anana-Kai-！Anana-Kai-！❾」吉娜令人擔心的呻吟聲持續在屋內飄蕩。

「達瑪，我們去幫吉娜，好不好？」畢馬走到父親的身旁。

「唉！可憐的孩子，每個人的能力是有限的，不是每一件事情都可以勝任。就像山林的動物一樣，有的會飛、有的會跳、有的會爬、有的動物跑起來像風一樣的快。我們的天神是希望擁有不同能力的人學會互相幫忙。就像生產一樣，只有產婆才能讓你的弟弟儘快的跟我們見面，只有產婆才能趕走吉娜生產所帶來的疼痛。來！我們能做的就是學習候獵❿的獵人一樣，在孤獨、害怕中等待最好的結果。」達魯姆將孩子拉到自己的懷中安撫。

二

客廳內，數個年長的婦女圍繞著塔妮芙，有的跟著坐在地上扶持塔妮芙的上半身、有的忙著擦拭塔妮芙臉上的汗水、有的壓著過度撐開的雙腳，整個客廳幾乎變成數個獵人合力綑綁獵物的獵場。產婆——瑪拉絲，因爲擁有著族人認同的法力而成爲部落裡專門負責迎接小生命的長者。經過一夜的奮戰讓瑪拉絲的臉上除了老人該有的蒼老之外，眼睛疲憊的縮成了一條細線。

「孩子像水蛭般抓緊著母親的肚子，這樣下去對母子都不好。誰幫我抓住苧麻布的另一端？我們必須把孩子強迫擠出來。」瑪拉絲說著。

「用力！往雙腳的方向用力擠壓，快啊！要用力啊！」產婆大聲的催促著。其他的婦女或緊張，或害怕，造成客廳內不斷傳出猶如老鼠慌張逃難的腳步聲和撼動泥牆的碰撞聲，不規律的嘈雜聲讓人擔心這些女長者是否眞的擁有保護母子的能力。

「Anana-Kai~·Anana-Kai~·」吉娜的哭喊聲再度響起，只是已經沙啞了，微弱了。

突然間，「哇！哇！」整夜期盼的嬰兒哭泣聲終於劃破了部落的夜空，客廳內同時傳來女長者清脆的歡呼聲，就連屋外的山林也「沙！沙！」的一起歡呼。

小生命的哭聲讓火堆旁的家人整齊劃一的垂頭傾聽，傳統祭儀中，敬謝天神的儀式也是這樣。石灶內，即將成灰的木炭也爲嬰兒的哭聲提早滑落，讓火邊堆積已久的木灰跟著波浪似的騷動起來。

「塔妮芙，妳還有力氣感謝天神嗎？」產婆看著滿身汗血的母親。塔妮芙皺著眉頭，努力的想坐立起來，但是額頭的汗水卻輕易地讓她跌落在身旁的婦女身上。

「妳以妳的鮮血換取孩子的平安，妳所有的力量已經用盡。現在讓我以妳的名字舉行謝天的儀式吧。」產婆立即將嬰兒平放在母親的身邊，然後握著塔妮芙的右手和撫摸嬰兒的右手掌心，以虔誠的心靈向天祝禱：

「Hu……Hu、Hu⓫！我以孩子的母親『塔妮芙』的名字，向最有力量的天神獻上母親最感激的心。嬰兒的生命來自您的喜悅。告訴我們怎樣拒絕惡靈⓬的誘騙。天神啊！我的孩子還在肚子的時候；如果我吃了觸犯禁忌或不潔淨的食物，別將詛咒的結果讓我的孩子承受。我以母親的名字，祈禱孩子在將來的日子裡，能夠健健康康、平平安安的活著。孩子長大之後，聲音就像瀑布一樣的宏亮，行為像泉水一樣的清澈。」

祝禱完畢，產婆立即用竹片削成的利刀將連接母子的臍帶割斷，然後從口袋中取出事先用刀柄就石盤敲碎的Gan⓭塗在母子的臍帶之上。並吩咐其他婦女將母子身上的穢物清理乾淨。客廳內的腳步聲在嬰兒平安落地之後，忽然變得歡樂和輕鬆，持續的忙碌中不時傳出輕微又調皮的笑聲。

臉色蒼白的塔妮芙在笑聲中，終於露出母親擁抱嬰兒該有的笑容，滿足的笑容就像綻放在山坡上的百合花。剛到部落的小嬰兒閉著雙眼，緊抿著紅潤的薄唇，雙頰透著楓紅的顏色，躺在婦女們贈送的布匹中沉沉入睡，討人喜歡的樣子讓屋頂的壁虎不禁發出「Dik-Dik-」的讚美聲。吉娜被族親扶到床上休息，塔妮芙緊閉著因興奮而不斷顫動的雙眼假寐，早已變成紫黑色的嘴唇依然綻放著令人羨慕的微笑。

「呼！擔心受怕的時刻過去了。法力高強的瑪拉絲又一次成功的守護了一對母子的生命，惡靈的力量已經無法控制這裡了。」祖父呼了一口氣之後，身體累歪在身旁的木柱上，閉著雙眼，努力掩飾著一夜驚慌失措的表情，耳朵卻依然專心傾聽著客廳的動靜。

「好長的黑夜。」達魯姆跟著鬆了一口氣。

屋外的天空慢慢的散發著微弱的白光，似乎拋開了黑夜的糾纏。山風帶著睡意尚濃的懶散身影，搖搖晃晃的走向大地，準備叫醒萬物迎接新的一天。

「達魯姆，這是嬰兒的Binainuk⓮。作父親的必須親自埋在屋外的大樹底下。」一位婦女捧著紅色的布包，走進廚房。

「謝謝妳們帶領著我的女人和兒子走過最危險的峭壁，我不會忘記今晚妳們所做的一切。從今以後有任何困難，我允許妳們使喚我的家人。」達瑪對著婦女低頭彎腰表達自己的心情並接下紅色的布包。

「畢馬，幫我到倉庫拿鋤頭。」

畢馬扛著鋤頭往屋外的大樟樹前進，達瑪的背影在灰黑的樹幹底下像幽魂般的薄弱、模糊。

「達瑪，是達瑪嗎？」畢馬停在不遠處，怯怯的喊著。

「鋤頭呢？」是達瑪的聲音。

達瑪將紅布包放在粗大的樹根上面，然後在樹根之間的空地挖掘洞穴。

「弟弟的胎衣爲什麼要埋在大樹下？」空氣寒冷，畢馬縮著身體，雙手交叉於胸前。

「胎衣擁有保護弟弟的法力，我們必須尊敬和感謝它，不能隨便丟棄，這對弟弟的生命將會帶來不幸。埋在大樹底下是希望弟弟將來能像這棵大樹一樣的強壯，能在大風大雨之中，依然驕傲的站在大地之上。」達瑪的表情相當認眞。

「您是說每一棵埋著胎衣的大樹都和某一個族人的將來有關係？是一個族人的『生命樹』？」畢馬蹲下身子，好奇的問著。

「當然，我們的祖先都是這樣子做的。」達魯姆放下鋤頭，開始用手將鬆軟、冰冷的泥土捧到地面。「所以，當你們爬到樹上遊戲的時候，不要踏斷了它們的樹幹，不要摘掉它們的樹葉，就像不傷害一個族人一樣。」

「爲什麼？」畢馬歪著頭。

「如果你弄斷了樹幹，那麼它所代表的族人將會跟著受傷。例如手腳殘廢而行動不便、眼睛受傷失明、耳朵受傷而聽不到聲音。如果摘掉大部分的樹葉，那個人的生命能力將會減弱，就會不斷的生病，直到死亡爲止。」「畢馬，你想想看：如果你傷害的是代表自己家人的『生命樹』，就表示你親手傷害了自己的家人，這種行爲將遭到天神懲罰的。」

「達瑪，那我的『生命樹』在哪裡？」畢馬張大著眼睛。

「也是這棵強壯的樟樹。這棵樟樹會帶領你們兄弟走向平安的未來。」達魯姆抬頭望著高大茂密的大樹。

「我不……。」畢馬本想說出自己不想與他人共有一棵大樹，但是看到樟樹令人尊敬的外表，心中的滿意勝過了自私的想法。

畢馬轉身看著逐漸清醒的部落，每一間茅草屋的屋頂都冒出了一縷縷白色的炊煙，正學著晨風在半空中歪歪扭扭的起舞，部落的空氣則是文絲不動，清澈而新鮮。遠方綿延不斷、高矮不等的山峰，那麼清楚的在接近天空的地方顯現出來，就好像有人刻意的用乾淨的泉水擦洗過似的……。部落後方，某些翠綠調皮的山峰綁著旭日染紅的雲霧，猶如布農獵人入山狩獵前，頭上綁著紅布表示自己十分英勇的樣子。

三

塔妮芙側臥著身體，露出奶水充足而顯得特別高聳的胸脯準備餵食小嬰兒。看著躲在肚子十個月的小生命，一夜的苦難化成晶瑩的淚珠在眼中閃閃發亮，激動的心情自然而然的對著嬰兒吟唱著古老的布農童謠：

吉娜笑著從耕地回來，
達瑪給她苧麻作衣裳，
用水潑灑饞嘴的小狗，
小狗咬著苧麻蹦蹦跳。

「還沒有喝下熱湯怎麼能餵奶呢？往後妳將失去與病魔戰鬥的能力。」達魯姆端著一碗裝滿生薑和綠豆合煮的熱湯，踩著碎步，異常小心地走入臥房。

「塔妮芙，我現在必須帶著孩子迎接他生命中的第一個太陽，這對他的未來非常重要。我要祈求天神讓他成爲英勇善戰的獵人。」

「太陽快出來了嗎？祭儀需要的火槍、配刀、獸皮都準備好了嗎？」從小跟著族人從這一山遷移到另一山，塔妮芙早已熟悉每一個生命在山林成長之中，必須經歷的每一個生命祭儀。

「都準備好了。來吧！把孩子抱給我。」

就在大門左邊的屋簷下。祖父忙著將一堆破布和乾硬的木材一起燃燒，青藍色的炊煙隨著晨風在庭院間飄蕩，庭院前練習撲打、追逐的獵犬們，誤以爲大地開始起霧，紛紛躲進屋簷下席地而臥、閉眼休息，有些年輕好玩的獵犬用生氣的眼神，坐立不安的看著藍色的煙霧。

「祖父，您要烤獵肉嗎？廚房不是有火嗎？」畢馬從屋內走出來。

「你的吉娜現在的身體像雞蛋一樣的脆弱，一陣風就可以把她帶到很遠的地方。我想惡魔一定會利用這個時候傷害她的生命，讓我們用落淚迎接每一個日子。惡靈就是喜歡讓族人過著哭泣、失敗、恥辱和災難的歲月。我們的祖先都是用這種方法對抗惡魔。」祖父繼續跪在地上閉著眼、紅著臉，朝著火堆猛力吹氣。

「起火又能幹什麼？」

「天神知道我們的能力是薄弱的，爲了保護族人，特別化爲烈火與我們同住，並且時時刻刻的保護我們的生命。爲了保護你的吉娜，從現在起，只要有外人進入屋內，一定要讓他跨過火堆，讓天神的力量驅離外人從外地帶來的惡靈。」祖父深呼吸之後，繼續的說：「乖孫子，看到火種小了、熄滅了，必須趕緊加上木材讓它繼續冒出炙熱的火焰，直到你的吉娜可以下床走動爲止，知道嗎？」

火堆的火種開始展現該有的力量，越來越少的炊煙被微風帶到藍藍的天空。獵犬們又在庭院中玩著撲打、追逐的遊戲，掀起了陣陣的灰塵。屋簷前，一群等待機會奔入屋內的蚊蠅昆蟲，早被煙火驅逐到遠遠的草叢之中。

「畢馬，把木門關起來，煙火會讓你的吉娜不停的咳嗽。」達魯姆左手抓著火槍及一片曬乾的獸皮，右手抱著小小的弟弟。

「弟弟好漂亮，給我抱，達瑪，讓我抱一抱。」畢馬不停的往上跳，卻始終抓不到弟弟的身體。

「我要帶著他去Duhumis⑮，你這種隨便的行爲會讓眾神不高興的。」

「我要去。」畢馬開始喜歡突然成爲家人的小生命。

走出庭院之後，達魯姆立在左邊樹林的前方，右邊則是垂直而下的大峭壁，前方的視野非常寬闊，從這裡望去，遠方的山巒已被陽光灑成金黃色的一片，教人無法直視，山谷像是一條細長的裂縫在腳下伸展，流動其中永不枯竭的溪水則像獵人與猛獸近身搏鬥時所用的匕首一樣，發出冷冷的光芒，黑夜留在清晨的殘影就在朝陽猛烈的推擠之下，一步一步的躲進山谷之中。逐漸的，空中飛翔的山鳥，沉睡中的部落，陰暗的山林，準備前往耕地的族人，在金黃色山巒的反射之下，一清二楚的在畢馬的眼中展現。

「砰！」達瑪左手抱著嬰兒，右手單舉火槍朝著山林的方向射擊。

「Hu！在我胸前抱著美麗又善良的男嬰兒，長大之後，必定成爲一個能力最強的布農獵人，他的生命猶如山脈一樣，延續到眼睛看不到的地方。部落的人被惡靈詛咒而生病的時候，我的孩子依然健壯不會生病。孩子長大上山狩獵，不會迷惑於峭壁、深谷而跌落。他必將擁有來自天神的雙眼，瞄到哪裡，射到哪裡，引弓射獸，每射必中。孩子也帶來了許多享受不完的福氣，從此之後，家族在耕地所種植的小米，必像鍊珠一樣的碩大美麗。家中所豢養的豬、雞等動物，必像蜜蜂一樣，眾多而嘈雜。圍繞在我們身邊的惡靈必將羞愧的逃入黑裡最黑的山谷。Hu！Hu！Hu！」達瑪宏亮、眞摯的祈禱聲在安靜的山谷間來回飄蕩。達瑪跟著聲音望向高矮不一的山脈，彷彿看見一位頭髮斑白、面目慈祥的老人，臉帶微笑、神情滿意的凝視著大地。

「畢馬，進屋去吧。」達瑪雙手緊抱身上的孩童，轉身走向住屋。

「我來抱著弟弟。」

「不行，祖父還沒抱過，你不能先抱。」達瑪有意無意的將弟弟抬到肩膀的位置。

雖然老人的力量被歲月精靈換成滿臉的皺紋，但是卻也留下驚人的生活智慧和經驗。部落的族人都相信：老人是最接近祖靈的人。因此大家很尊重老人如同疼愛孩童一般。部落中一切新事物的發生，都由老人來解釋，也以他們的觀念來決定善惡、對錯。

達瑪將弟弟交給祖父之後，立刻把手上已經曬乾的獸皮張掛在「十」形的竹筐之上。

「畢馬，抓住另一邊的竹筐，免得獸皮掛歪了。」達瑪低著頭工作。

「這張獸皮要做什麼？」

「這是代表弟弟第一次射中的獵物，也象徵著弟弟往後入山狩獵，必定豐盛而歸，絕不會空手而回。等一下要藏入倉庫以免被惡靈發現遭到破壞。這對弟弟的未來並不是好事。」

「我也有嗎？象徵我打獵豐盛的獸皮在哪裡？」

「掛在倉庫。」

倉庫內，畢馬在陰暗中高興的露出笑容，因爲達瑪將弟弟的獸皮掛在牆壁的時候，旁邊早已掛著又大又平的另一張獸皮。

「我將是獵獲量最多的好獵人。」畢馬高興的撫摸著另一張大獸皮。

四

屋外的世界還是像鍋底般的漆黑，所有的萬物就像乖巧的嬰兒靜靜的躺在大地的懷中，自由、安詳的在屬於自己的夢境之中悠遊。畢馬以最大的力量從床上跳下來，雙腳踏上冰冷的泥土，弓著身軀，兩腳交互點地的奔向火光閃爍、發出一陣陣噪音的廚房。

畢馬掙脫孩童該有的貪睡習慣是有原因的。昨天傍晚當達瑪告訴自己，希望畢馬能夠早起，一起到名叫「沙里仙」山上的新耕地看看。那是去年經過祖父、達瑪和吉娜努力了很長的時間所開墾的耕地，那兒蓋著一間工寮，養了許多的土雞及種植了屬於今年的小米。達瑪要前往耕地抓幾隻土雞，採摘一些樹豆和老薑，除了要宴請保護吉娜生命有功的產婆之外，順便摘取一些能讓吉娜奶水充足的食物。

畢馬心裡一直想替吉娜做一點事。可惜當初吉娜爲了弟弟平安落地而痛苦嘶喊的時候，自己一點辦法都沒有，想抱抱弟弟減輕吉娜的負擔，大人們卻認爲自己的力氣不夠，無法勝任。三、四天來，畢馬像看不到的風一樣，只能遠遠的看著吉娜在床上一邊呻吟一邊吃力的翻轉著虛弱的身體。因此聽到達瑪要帶著自己去做對吉娜有幫助的事情，畢馬就迫不及待的等待著今天的來臨。

「哎呀！這麼早起的小勇士是誰的孩子呀？」達瑪故意很驚訝的說。

「早安！祖父、達瑪。」畢馬神情得意的對著廚房裡的長輩祝福。

「眞正的男人就是要遠離使人懶惰的床鋪。」祖父卻嚴肅的告誡小男孩。

『沙里仙』在族語的意思是指對面的山。因此畢馬和達瑪必需從部落順著山谷的起伏蜿蜒而下，到達Sivsiv⓰溪所沖刷而成的河床低地，再貼著對面的山谷往上爬。

屋簷下，獵犬們用後腿站立起來的跳著、轉著，充分顯示跟著出門的意願，但是當祖父嚴厲斥責的時候，這些獵犬彷彿聽得懂般的夾著尾巴發出懇求似的低鳴，有的甚至跑到屋簷的角落發出高亢的哀號，表示自己的不悅。達瑪熟練的將數十根蘆葦稈綁成一束火把，就在火光閃爍的帶領下，畢馬跟著達瑪的腳步往陰暗的山林小徑前進。越往山林的深處，整條小徑全被滿是露水的矮草叢佔滿，達瑪就像走在淺水般的直著小腿切開草叢邁進，冰冷的露水雖然趕跑了身上頑強抵抗的瞌睡精靈，但是濕透的褲子卻越來越重，浪費許多的體力。畢馬越走越慢，笨重的腳步聲在山林間引起雜亂的回音，就像許多的精靈在附近玩耍、呼叫一般。

「達瑪！達瑪！」畢馬忍不住叫著前面晃動的黑影。

達瑪停下腳步，轉身將火把朝向後方，畢馬看著被火光照得通紅的小徑，使盡全力、跌跌撞撞的急步向前。

「我累了。」畢馬喘著氣。

「在勞累的時候，先確定你的大腿是否還是你的。」達瑪等畢馬站穩之後，又繼續的走下去，只是速度放慢了，畢馬可以輕鬆的跟著達瑪的步伐前進。身邊的樹木開始拉開距離的站立著，樹幹不再顯示粗大高聳的驕傲，來自天空的微光開始穿透了樹葉，讓眼前的小徑逐漸明亮。越靠近谷底，兩旁山壁垂掛著許多的瘦小山澗，垂直落地滾過岩石的溪水發出淙淙的水聲，或輪流、或重疊的在四周響起，就像族人在祭典中所吟唱的Pasibubut⑰。山風開始在樹梢上飄蕩，明亮的天空在樹葉之間的裂縫，一小塊、一小塊的出現。此時達瑪把火把栽入山澗所形成的小潭，『ㄘ！』的一聲，熄掉了火種。

到了谷底，畢馬才發現到溪流竟然是如此的雄偉；溪底傳來的石頭滾動聲、湍急的水流加上猶如熱鍋裡滾燙的氣泡，讓畢馬有著說不出的感動。

「畢馬，不要再看了，流水的樣子會讓你頭暈目眩，甚至讓你沒有體力攀爬對面的山。」達瑪坐在一塊好似被人故意削平的大石頭上。

畢馬跟著爬上大石頭，清涼的山風適時的吹拂著汗流浹背的行人，達瑪從Davath⓲中取出黝灰、乾癟的烤地瓜，畢馬一邊咬著，一邊看著山嵐和金黃陽光搶著彩繪的山脈景觀。此時山頂上的陽光，突然像瀑布一般由山頂一直往谷底垂直奔瀉，山坡上，成千上萬睡在樹葉上的晨露，立即閃爍著五彩繽紛的色彩，令人無法直視。

「達瑪，明明是同一座山林，爲什麼在部落所看到的和這裡所見到的完全不一樣？」畢馬像隻小松鼠驚奇可又快樂的問著。

「親近是讓我們了解萬物眞相的開始。」

「這裡的美麗吸引我的眼睛到處游走，無法安定。」

「它不但美麗而且是我們祖先長年依賴的精靈。從大地開始之後，祖先所需要的，山林始終仁慈的施捨著，日復一日，從不間斷。長久以來，我們的祖先都以『夠用的心』和『誠實的手』就可以得到今天所需要的，並且把多餘的留給明天、後天及其他的族人。我的孩子！你要常常親近山林才會明白它的重要性，才會誠心誠意的喜歡這塊印著祖先腳印的土地。記住！要以祈求的心靈親近山林，不要以小偷的心靈親近山林，這樣才是布農族人對待好朋友的態度。」達瑪的表情十分嚴肅，一點笑容都沒有。

達瑪帶領著兒子繼續往溪河的上游前進，就在河面最窄的地方，畢馬看到數十根竹子互相連結並用藤蔓結結實實、層層捆綁而成的竹橋，由低矮的這一邊上坡般的伸展到對岸較高的岩石，達瑪牽著畢馬的手順著竹橋的坡度橫跨河川。

眼前的小徑開始貼著山脈往上爬升，小徑陡峭的坡度卻讓畢馬的雙腳不聽使喚。持續的攀爬和不停的前進，眼前突然出現了許多平坦的新耕地，沙里仙溪落在身後的遠處，寒冷的空氣讓父子吐出白霧。路旁低矮光禿的樹枝上垂掛著一滴滴的露珠，斷斷續續的跌入地上。這時候逐漸熱烘烘的晨光已經把黑夜頑固的殘影溶解得無影無蹤。

「到了！我們的耕地到了。」達瑪回頭看著落在約六條百步蛇遠的孩子。

畢馬驚奇的看著翠綠的耕地，小米稈筆直粗壯，露出地面的根莖又粗又硬，扁長、肥厚的葉片濃密的看不到泥土的顏色，在山風的帶領之下，愉快的互相拍打、嬉戲。

「大人們一定留了許多的汗水，才能讓小米長得這麼健康。」畢馬沉默的想著。

「畢馬，先到小工寮休息，讓山風吹乾身上的汗水和勞累，我們還有許多的事情等著我們親近呢。」達瑪經常告訴畢馬：任何事情不要讓它看到隔日的太陽，因爲過去未完成的事情總會用更多的勞累取代今天的快樂。

小工寮是面向山坡挖出平坦的凹地後建立起來的，爲了爭取更多的光線，大門沒有門板的設計，屋頂是用附近的茅草就地取材鋪蓋而成，四面的牆壁用蘆葦稈架設，內部的陳設除了供人休憩的大通鋪之外，就是一小塊的空地擺放簡單的農具，烹煮食物的石灶則放在屋外。族人爲了趕上播種季節的腳步及增加工作量，許多的族人在播種、農忙的季節，就住宿在耕地，因此族人的耕地都會有著一間比部落住屋還小的小工寮。更多的時候，這間溫暖、安全的小工寮則是許多山鳥和小動物築巢、休憩的地方。

「畢馬，我們先剝樹豆吧。趁著泥土沒被太陽曬乾之前，我們要把豆殼平均撒放在耕地上。」達瑪站起來，準備開始勞動。

「爲什麼要把豆殼還給土地？」

「土地雖然豢養著數不清的萬物，但是土地的力量並沒有我們想像中的強大。你注意到我們經過的山林小徑嗎？整片山林的底層撲滿著厚厚的落葉和動物的糞便，除了防止泥土的表面被風吹散被太陽曬乾之外，日後它們將化成泥土產生更大的力量豢養更多、更高壯的樹木，讓許多的動物從樹林中得到更多的食物及更安全的地方。萬物們就是這樣的互相依賴、互相保護，這是大自然的規則。我們應該學習它們的方法和行爲，成爲大自然的朋友，大自然才會包容我們，豢養我們。」

「哦？」畢馬似懂非懂的說著。

逐漸高升的太陽像一顆爆炸的火球，畢馬原本灰黑、潮濕的褲子在陽光之下變了顏色，讓畢馬覺得輕鬆了許多。耕地在晨光照耀下開始膨脹，小米們挺直了葉片和腰桿猶如充滿勇氣的戰士，根部的伸展讓小石子相互推擠，發出「劈啵、劈啵」猶如山崩般的細小聲響，許多藏匿地底多年的種子現出難以想像的力量掙破堅硬的石塊，以翠綠的身影加入熱鬧的早晨，更多不知名的小昆蟲奮勇的追捕更小的昆蟲，讓耕地隱隱發出慘烈的廝殺聲。一大群翅膀橙色，佈滿花豹斑紋，下翅腹面畫著白色弧形帶的豹紋蝶，在父子眼前踏著晨風無憂無慮、上上下下的飛舞。

「滴！滴！滴！」幾隻Tiktik⑲的鳥鳴躲在隱密處互相傳遞著屬於牠們的信息，好像計畫著什麼樣的陰謀？突然間，一隻比手掌還小的Tiktik鳥飛到畢馬面前的小米叢，左右晃動的眼神和不斷上下拍打的尾巴，好像尋覓著昆蟲又彷彿引誘著畢馬陪牠玩耍似的。達瑪一直注意著這一切，畢馬也一樣。他們甚至聽到深不可測的山林傳出青蟬歌頌大地的吟唱聲、山鳥互道早晨的祝福聲、山風與山林共同起舞的低沉呼嘯聲。

「大地清醒了！大地開始呼吸了！」達瑪安靜的聽著。

「是的，我的雙腳已經感覺到大地因呼吸而起伏的脈動。」畢馬跟著低頭傾聽。

「達瑪，我們的部落就在對面的山林裡面嗎？祖父、吉娜和弟弟也在那裡嗎？」畢馬第一次離家那麼遠，那麼久，心裡竟然牽掛起部落的家人。

「對，那條發著亮光的長線就是部落後面的瀑布。」達瑪用手指著對面的山巒。銀色的瀑布靜靜的躺在山脈的懷抱中，這個時候很難想像水柱狂瀉的雄偉場面。天空潔淨的沒有一片雲，瀑布上方的山峰潔淨險峻，在山嵐之中忽隱忽現。

「祖先眞聰明，在這麼美麗的地方建立了我們的部落。」畢馬對於自己和族人擁有這樣的地方感到高興。

「早期的時候，鄒族人稱它爲Tonpo（東埔），意思是製作斧頭的地方。我們的祖先稱它爲

Nupan，意思是狩獵的好場所。」

「那麼現在叫什麼呢？」

「這個地方是鄒族人先開闢的，因此祖先就引用鄒族人的語言稱它爲『東埔』，藉以表示尊敬的意思。」

「達瑪！達瑪！瀑布上方出現了一道彩虹。」畢馬激動的指著瀑布的上方。

「把手放下來，你想要讓你的手指彎曲或殘廢嗎？」達瑪驚慌的拉下畢馬的手臂。

「不能用手指著彩虹嗎？」畢馬快速的將手藏在背後，張大著眼睛像隻受到驚嚇的老鼠。

「彩虹擁有著古老的詛咒，用手指著彩虹會讓詛咒的力量驚醒。」

「爲什麼？達瑪，把這個故事告訴我嘛。」濃厚的好奇心讓畢馬遺忘了剛才的驚嚇。

部落中，許多古老的故事或者孩童尚未經歷的事情，都是父母口傳給孩童知道，讓孩童的經驗和視野不斷的成長，這對必須長期生存於山林的小生命是很有幫助的，因爲在山林生存並不是想像中的那麼容易。

「可以啊！但是你的手不許再指著彩虹。」達瑪微閉著雙眼，深深吸進一口氣之後，開始講起屬於彩虹的古老故事：

「很早很早以前，中央山脈的郡大山下，有一個古老的布農族部落。一對年老的夫妻日出晚歸的過著自由自在的生活。但是有一件心事終日困擾著阿布思和畢瑪，老夫妻一想到此事就愁眉苦臉，唉聲嘆氣。原來他們有個獨生女名叫瑪拉絲。雖然長得美麗大方，可惜生性懶惰，手腳又不靈活，老妻強迫瑪拉絲居家織布，總是織得亂七八糟。如今，瑪拉絲雖然已到適婚年齡，卻沒有一個男子上門求親。

『瑪拉絲！好好加油，妳總不能一輩子靠我們生活吧。我們有一天會離開妳，到時候妳要怎麼活下去。』年老的雙親不時訓斥著女兒。

隔壁有一個好心的婦女叫布妮。她經常幫百步蛇照顧牠的蛇孩子，並且把蛇孩子照顧的乾乾淨淨、活潑可愛。百步蛇爲了感恩，就按著自己身上的花紋做出紅、藍、黃、紫、綠等顏色的苧麻線送給布妮。布妮看了非常的興奮，趕緊把它編織成一件美麗的傳統布農服，衣服在太陽底下散發出五彩繽紛的光芒，獲得族人們的稱讚。瑪拉絲看了更是喜愛，整日只想著那件衣裳，就連作夢都夢見自己穿上了美麗的彩衣，走在路上接受族人的讚美。

『如果我擁有那件彩衣，我看起來就更加美麗，一定引來許多男子向我求婚，到時候雙親就不會天天對我囉嗦，部落的族人再也不會嘲笑我了。』瑪拉絲閉著眼睛快樂的幻想著。

瑪拉絲佔有彩衣的念頭越來越強大。終於她趁著布妮到耕地工作的時候，偷偷的把那件衣服拿回家，立即穿在身上，並對著水缸東張西望的欣賞著水中美麗的影子。老夫妻從耕地回來，看見瑪拉絲穿著鮮豔的衣裳，很驚訝的問：『女兒呀！妳已經會作出這麼美麗的衣服？』

『我連織布都不會，哪會縫製衣服？』瑪拉絲天眞的回答。

『那……衣服是怎麼來的？』

『就是隔壁布妮利用百步蛇贈送的麻線所製作的衣服嘛。你們看這顏色多光亮，女兒穿起來好不好看？』瑪拉絲一邊轉身，一邊得意的說著。

『她眞是大好人，她送給妳的？』吉娜小心地問。

『才不是呢！我是趁她不在家的時候，把衣服拿回來。』

「達瑪一聽，眼睛睜得像貓頭鷹一樣大。又氣又急的說：『妳眞是笨啊！妳知道嗎？在我們族裡偷東西是有罪的。妳這種行爲是會被族人亂棍活活打死，傻瓜！』

這時候瑪拉絲才知道自己闖禍了，害怕的拉著吉娜的手說：『怎麼辦？我該怎麼辦？』

『趁著人家尚未發現，趕快脫下來還給布妮。』吉娜催促著。瑪拉絲正要脫下衣服，忽然聽到一位長老大聲叫喊：『族人們！布妮所做的美麗衣裳不見了，大家有沒有看到？』

「瑪拉絲一聽嚇得全身發抖，想到自己可能會被亂棍活活打死，趕緊穿著彩衣從後門逃了出去。布妮看見瑪拉絲正穿著自己辛苦編織的衣裳順著小徑逃跑，立即大喊：『大家快來看啊！是瑪拉絲偷了我的衣服，大家快點出來抓小偷啊！』族人聽到了，一窩蜂的跟在後面追趕，準備抓住小偷加以懲罰。

「瑪拉絲看見許多的族人氣沖沖的拿著棍棒在後頭追趕，嚇得連滾帶爬的拚命往山上逃跑，好不容易爬上了山頂。這時候忽然下起大雨，把瑪拉絲身上美麗的彩衣都淋濕了。

『糟了！大雨把彩衣淋濕了，先找個山洞躲一躲吧，等太陽出來拿出去曬乾。』不久，雨停了，大地又籠罩在溫暖的陽光下。瑪拉絲乘機把五顏六色的衣服懸掛在山洞之外。

「山腳下的族人不知道瑪拉絲已經爬到山頂的山洞藏匿，還認眞的在部落的附近尋找。忽然有一個人指著山頂，大聲的喊著：『看啊！那是什麼東西？』族人抬頭一看，天上有一條五顏六色的布匹彎彎的掛在兩座山的中央。瑪拉絲從山頂上看到族人用手指對著自己指指點點，以爲是講自己的壞話，生氣的讓那些人的手指彎曲或折斷。

『那就是我編織的衣裳，怎會掛在天上呢？快點還給找。』布妮憤怒的狂喊。瑪拉絲聽到之後，害怕彩衣會被主人取回，趕緊將彩衣收起來，再度跑進山洞躲藏，天上的彩虹也跟著消失。從此之後，瑪拉絲再也不敢回到部落探望自己的父母，一生都在外面流浪直到死亡。

「好了，這就是彩虹全部的故事。畢馬，絕對不能偷取不屬於自己的東西。這種行爲會遭到族人的懲罰，你也會羞愧的不敢面對父母和族人，這種心靈的懲罰是來自天神的詛咒，誰也無法化解。」達瑪的語氣很誠懇。

「當然啦，我們更不能養成在別人背後說壞話的習慣。畢馬，你現在的心也被瑪拉絲偷走了嗎？」達瑪隨手將一粒樹豆丟向張著口依然沉浸在浪漫傳說的兒子。

「啊？什麼？」畢馬趕緊胡亂弄著手中的樹豆。

「天神會讓喜歡在背後批評別人的人，得到嘴巴歪掉，說話結結巴巴的懲罰，就像用手指著彩虹的人一樣。」

「達瑪，彩虹眞的就是那件美麗的衣裳嗎？」畢馬轉頭望著遠遠的彩虹。

「我也是從部落的耆老那兒聽來的，到底是不是這樣，我也不清楚。不過，部落的族人都高興的認爲：我們住在離彩虹最近的部落。」

五

隔天早晨，畢馬看見吉娜在廚房忙碌著，好幾次停下來用手驅趕撲向眼睛的炊煙，腳步輕輕的在泥土上移動，像是驚怕踏痛了泥土又像懼怕弄痛了身上的傷口，遠遠望去吉娜的身影跟著炊煙在廚房裡飄來飄去。

「吉娜，妳可以勞動了嗎？要我做什麼嗎？」畢馬跟著吉娜來回走動。

「有兒子眞好！幫我抬一桶水吧。今天早上我們要邀請產婆來跟我們一起吃飯。」

「哇！這麼多菜，我以前都沒有看過。」畢馬看到廚房的空地上擺著一鍋由樹豆、雞肉、生薑合煮的雜湯；裝在木盤上切成條狀的燻鹿肉，還有花生及小米酒。除了部落舉行傳統祭典，族人才會增加很少看見的食物，平常的日子裡，大家以小米飯及Sanlav-hudu⑳過著簡單的生活。如果大人在耕地發現蜂蜜、甘蔗或汁液甜美的野果，那則是運氣最好的一天。

「這是爲了感謝產婆的幫忙所準備的。我們要懂得讓人高興的方法。」吉娜依然忙著準備菜餚。

三塊石頭所組成的爐灶冒出熊熊的火焰，閃亮的火光像調皮的精靈在廚房的四處跳躍。祖父、達瑪、吉娜和產婆穩穩的蹲在裝有食物的圓形鍋子和木盤前面。

「吉娜·瑪拉絲㉑，謝謝您讓我的孩子平安的來到這個部落。這隻不聽話的公雞不像別家的公雞長得雄壯又漂亮，除了乾硬的骨頭之外，實在不知道還有什麼可以咬的，我是忍著被譏笑的羞恥請您老人家來這裡吃飯。」達瑪右手拿著木匙從鐵鍋撈出許多的肉塊裝進左手的木碗，然後送到吉娜·瑪拉絲前方不能再小的空地。畢馬看到原本肉塊林立的鐵鍋，頓時變成水汪汪的一片，還散發出爐灶火種的波光，畢馬緊張的移動了自己的身子，表情有點失望的看著大人們談話。

「天神一定看到你們家族誠實的行爲，才能得到一個健康的嬰兒。」產婆的聲音低沉、沙啞。「小嬰兒呢？大人應該爲力量薄弱的孩子祝福。」

「對！我們的祖先曾經告訴我們：『孩童是最大的財產。』替嬰兒祈求健康、平安是很重要的事情。」祖父跟著附和。

達瑪將嬰兒小心翼翼的交給產婆，產婆用右手掌撫摸著嬰兒的額頭，語氣虔誠的爲嬰兒祝禱：

「Hapikaunan㉒！這小孩的家人特別好客，對我很好，請我吃最豐盛的食物及最甜美的酒汁。祈望全天下的小孩都能夠平安的活下去，不會破碎了吉娜慈愛的心靈，祈求這家族的小孩像珠鍊一般的讓人喜愛。」產婆用手沾了一些酒汁灑在嬰兒的身上，「Hu！Hu！Hu！」呼喊之後，把弟弟還給吉娜。

「塔妮芙可以下床走路了。從今天起，進屋探望母子的族人就不要跨過火堆了，阻止惡靈進入屋內的火堆也可以熄滅了。」吉娜·瑪拉絲的表情十分愼重，讓臉上的皺紋十分清晰。

畢馬看著從圓鍋冒出的白煙越來越少、越來越淡，他一邊吞著口水一邊擔心飯菜是否冰涼了？

六

就像平常的歲月一樣，畢馬正準備出外尋找同伴共同嬉戲。有時候，自己也覺得當小孩是一件很幸福的事情，除了灑掃庭院或搬搬小東西等輕便的工作之外，自己就像一隻快樂的小鳥可以盡情的在天空翱翔。

「老人和小孩是部落最幸福的人。」畢馬點著頭，肯定著自己的想法。

「畢馬，去哪裡？今天早晨不能在部落走動。」吉娜的聲音從背後傳來。

畢馬像一隻老鼠被人抓住尾巴似的卡在門檻上，對吉娜的舉動感到非常疑惑。

「我想跟同伴一起玩耍？」

「不行！就算要去也要等達瑪組成的獵隊上山了才能去！」

「達瑪要上山打獵啊？」

「是啊，月亮快要變成弟弟落地時的形狀，祖父說應該要給弟弟取名字了。所以爲了準備宴客所需要的獸肉，達瑪邀請了部落中能力強大的獵人們一起上山狩獵，他們正在達瑪・布袞的空地舉行Mapuasu㉓，現在整個部落的孩童和婦女都遠遠的避開。你這樣胡亂衝出去是觸犯禁忌的，獵隊將因此無法入山，你想要被大人懲罰嗎？」吉娜心平氣和的問著孩子的意思。

「那我到石牆上觀看大人們舉行的儀式？」畢馬擁有著所有孩童的好奇心。

畢馬雙腳向外垂掛的坐在石牆上，眼睛像雲豹盯住獵物般的注視著部落上方的小茅屋，住屋前的空地上擠滿了獵人裝扮、表情嚴肅、沉默不語的大人。

「達瑪一定是做了吉夢的獵人。」部落的狩獵活動必須先舉行Mataisah㉔，若得到凶夢，代表天神不允許此次的狩獵活動；得到吉夢，代表天神允許了這次的狩獵活動。畢馬心中認爲獲得天神吉夢的獵人一定是自己的達瑪。

空地上，達瑪・布衮手中握著小米酒粕，上下灑放酒粕於獵槍上，並帶領獵團對著擺放在中央的槍枝，唱著只與天神對談才吟唱的布農古調：

『什麼東西到我的槍口？』

『所有的山鹿、山豬、山羊、山羌都到槍口前面來！』獵人虔誠的唱出心中的希望。

那內斂、沉潛的多音部合聲，像蜜蜂群帶著蜂王移居時，「嗡、嗡」的從空中飛過，歌聲和諧而完美；更像那瀑布衝向高低不一的石板，發出沉重有力的聲音；並隱藏著水滴輕撲葉片般的巧音，那種美妙的歌聲，足以讓山林的野獸醉得無心奔跑。

「Dut-Dut-」「Chis-Chis-」獵人召集獵犬出發的指揮聲，開始了漫長的狩獵活動。

吉娜趕緊帶領著婦女們勤快、熟練的開始釀酒；她們用木臼杵小米，杵好的米浸水泡軟之後撈出，放進木甑；並置於鍋上蒸煮。蒸熟的小米讓山風吹乾之後，將植物果實磨成的酒麴搗碎，放入盛水的大鐵鍋，如果沒有酒麴婦女會以浸過水的小米用口咀嚼來代替，小米進鍋後，加以攪拌均勻，然後用山芋葉覆蓋並且完全密封。天氣陰冷則在附近起火加溫，以增加發酵的速度，二、三天後就成爲香醇的小米酒。

孩童眞的是幸福的。大人的世界忙得撞來撞去，畢馬和部落的孩童卻在部落附近由大雨形成臨時溪流沖刷而成的小河床上追來追去，似乎同樣的忙碌著。孩童們主宰著小小的河床，任意的分配沙石、野草、遊戲，並從遊戲中學會與大地共享歡樂的智慧。就像部落體制一樣，孩童們的一切的行動、遊戲都是由年紀大的來安排、指揮。擔任領袖者總會先帶所有孩童打野食，以增強遊戲所需要的體力，河床上到處充滿著大自然日夜準備的豐盛食物：鮮紅纍纍的構葉懸鉤子；鹹味十足的羅氏鹽膚木；天藍色的扛板歸；以及紅得刺眼的硃砂根，當然，還有甜甜的茅草根、高大的野石榴，調皮的孩子經常指著野石榴說：

「這是某一個人的糞便長出來的。是誰的？」孩童們聽了之後，笑著蜂擁而上，爭相採食。

畢馬的祖父經常收集野石榴的嫩葉和白茅草的根，並加以曬乾。聽到部落的人有肚子痛或小孩發高燒，祖父就會將它們一起用水煮開給患者喝，許多的族人就是這樣度過要命的病痛。祖父也以野石榴的老葉和龍葵葉一起煮湯，涼了當水喝。並且得意的說：喝了它，不容易生病也不容易老邁。有時候，還會端著綠綠的湯水散發給其他的老人。

女孩子在小樹叢裡以雜草作屋頂蓋起小屋，一邊用各類野花編織頭飾，一邊訴說自己創造的悲慘故事。男孩子則在沙灘上玩起打獵的遊戲。擁有彈弓的小朋友到地形平坦的盡頭分佔小鳥可能飛行的位置守候，沒有彈弓的就以地形等寬的距離形成一排負責趕鳥，不多久撼動山林的吶喊聲以及塵土飛揚的追趕情景熱鬧了整個河床。男孩們捕獲獵物（小鳥）就拿給女孩子燒烤，因爲，布農族的男人如果蹲著、跪著燒烤食物是沒出息的。

玩沙子更是永遠玩不膩的遊戲，有時懶得到水源提水，大家乾脆把沙子挖成碗形，然後一起把尿擠出來攪拌，再用輕巧的手雕出未來的房子；雕出自己想擁有的東西，但是留在滿地的總是一群沉默的父母雕像，原本慈祥的容貌任由風沙吹襲、掩蓋，直到大地恢復原狀爲止。

傍晚，太陽像累了的小孩縮進山的懷抱，畢馬也跟著大家忙著採集一叢一叢的茵蔯蒿，以便晚上燃燒驅除蚊蟲，每個孩子戴著女孩編的頭飾，一邊踢著路邊的含羞草，一邊奔向即將黑了天的部落。

七

獵隊入山的第三天傍晚，冰冷的空氣在部落的上空停滯不動，許多的族人聚集在部落的前端，大家不安的來回走動，讓冬雨形成的泥濘小徑更加泥濘，慢慢升起的薄霧讓部落的氣氛更加詭異。神情急躁的祖父，口中不停的念著：「月亮在明天就要變成孩子落地時的形狀了，獵隊一定要準時回來啊。」

一道白色的濃煙在綠蔭深濃的山谷冉冉升起。

「回來了！獵隊回來了！」有個族人指著白煙彈跳的喊著。其他族人跟著在原地狂跳。

「別吵了，我們從他們的槍聲，看看獵隊的收穫吧。」祖父大聲的制止大家輕佻的行爲。

傳統上，歸來的獵隊會在不遠的地方，以鳴槍的次數預先告知家人所獵獲的動物和數量。連鳴二槍表示山鹿一隻；鳴槍一次表示山豬一隻。

「砰！砰！」……「砰！砰！」

「砰！」……「砰！」……「砰！」

「Hu！二隻山鹿、三隻山豬。豐收！是一次豐收的狩獵！」許多年輕的婦女，連走帶跑的朝著槍聲的地點迎接，好心的獵人也會割一些在獵區燻好的獸肉給迎接的婦女。

第二天清晨，達瑪的心情特別好，狩獵的勞累似乎沒有停留在他的身上，說話的聲調也特別高昂。

「Dauvi㉕！今天部落的族人都要來看孩子，孩子有新衣服嗎？妳釀的小米酒香醇嗎？我的衣服清洗過了嗎？」達瑪像剛下蛋的母雞一樣的說個不停，還發出一大堆的噪音。讓畢馬無法繼續睡眠。加上從隙縫中溜進來的陽光在眼前形成無數的光束，畢馬不得不帶著僵硬的身軀離開溫暖的床舖。

「畢馬，你的弟弟今天要舉行Pagingan㉖，許多族人會到家中一起慶祝，身爲哥哥要懂得禮貌。」達瑪依然像隻剛下蛋的母雞。

「不行，小孩子不能參加Pagingan的儀式。這是祖先的規定。」祖父一邊咬著長長的煙斗，一邊說著。

「爲什麼？」畢馬失望極了。

「孩童控制身體精靈的能力還不夠，常會在儀式中做出打噴嚏或放屁的行爲，會破壞好事的。」

「這也是觸犯禁忌的行爲？」

「當然。打噴嚏的聲音會招來惡靈，這對我們的未來很不好；屁的氣味會讓在場的老人家不高興，這種不孝順的行爲是天神所不允許的。」

「那我要幹什麼？」畢馬的語氣充滿了委屈。

達瑪很客氣的邀請達瑪・烏瑪斯主持弟弟命名的儀式，因爲年老的達瑪・烏瑪斯年輕時的狩獵技巧和勇氣令族人尊敬，誠實的行爲和愛護族人的心靈也是族人教導孩子的榜樣。達瑪希望經過他的命名之後，嬰兒能夠承襲他的能力和名聲。

吉娜穿著合身的傳統服，抱著穿新衣的嬰兒，低著頭坐在客廳的中央，達瑪則穿著Hapan㉗坐在旁邊，不時笑著招呼前來祝賀的族親。

達瑪・烏瑪斯端著盛有小米酒的葫蘆瓢走到嬰兒的面前，神情嚴肅的呼喊「Hupikaunan-!」所有的族人都安靜的看著即將進行的神聖儀式。

「Hu-!這個小孩取名爲Vava。小孩承襲著曾祖父的偉大名字。這個名字將使孩子永遠健康強壯勝過他人，惡靈帶來的疾病將無法侵入孩子的身體。孩子的動作像老鷹般的矯健，長大後的行爲像月光般的皎潔，他的聲望像Savah㉘一樣的崇高。所有惡靈會對今天所取的名字感到驚怕，不敢來到我們的部落。Hu-・Hu-・Hu-・」

部落裡，每一個嬰兒的名字除了要在天神面前命名之外，還必須嚴格遵守祖先定下的命名規定：長子襲祖父名、次子襲曾祖父名、三子襲叔祖名、四、五子襲伯叔名；長女襲祖母名、次女襲曾祖母名、三女以下都承襲姑姑名諱。除了紀念祖先的恩惠之外，更造就了牢不可破的家族凝聚力。畢馬是長子，所以自己和祖父的名字一樣。

達瑪・烏瑪斯祝禱完畢之後，用手沾取酒汁抹在嬰兒的嘴唇。儀式結束後，觀看的族人陸續走到嬰兒的面前，輕握著嬰兒的小手，口中說著最虔誠的祝福。畢馬從達瑪的口中得知：握著嬰兒的手是代表整個部落的族人承認了嬰兒成為部落的一分子，也承諾著嬰兒成長期間若遭遇苦難，族人將盡一切力量扶持嬰兒平安的走向未來。每個族人祝福之後，都會虔誠的說著：「Mihumisan㉙。」小Vava似乎感受到大人的祝福，竟然在吉娜的懷中高興的笑了起來。

八

在族人互相的幫忙之下，豐盛的菜餚整齊的擺放在庭院的空地上，祖父、達瑪和吉娜更是熱情的招呼族人享用。一段時間之後，小米酒的力量讓族人的談話聲及歡笑聲越來越大，整個部落似乎因為小生命的到來而充滿了喜樂。

在陣陣的笑聲中，畢馬獨自走出庭院，來到埋藏著自己和弟弟胎衣的大樹面前。第一次發現樹幹竟然如此的巨大，高大的身軀幾乎觸及天空，許多不知名的山鳥在大樹的身上自由自在的上下跳動、飛舞，濃厚的樹葉隨著山風發出低沉、有力的嘯聲。

畢馬很滿意這棵屬於自己和弟弟的「生命樹」。

庭院傳來族人讚頌眾神靈的祭歌，部落附近的萬物開始隨著歌聲起舞，有的扭動著細細的腰桿；有的前後擺動，萬物齊舞的大地讓人眼花撩亂。突然間，畢馬看到自己牽著弟弟的小手，健康、快樂的站在大樹的最高處，看著很遠很遠的地方。畢馬高興的學著大人爲小生命舉行的祝福儀式，對著大樹不斷的高喊：「Mihumisan!」「Mihumisan!」「Mihumisan!」……。

嘹亮的祝福聲在山谷間引起陣陣的迴響，久久久久，都不停止。

——一九九九年五月・選自晨星版《黥面》

註釋：

❶布農語。祖父對孫子的暱稱。
❷布農語。即媽媽。
❸六大社群之一，即郡社群。
❹雙腳並排是男嬰，交叉是女嬰。
❺衆神的總稱，此處指天神。
❻族人名，此處爲達魯姆的妻子。

❼禁忌。從事某種活動，該做或不該做的特定行為。
❽布農語。即爸爸。
❾痛苦的哀叫聲。
❿狩獵方法之一。
⓫族人對神靈的呼喊聲。
⓬族人認為精靈有兩種：對人有利的叫善靈，對人有害的叫惡靈。
⓭一種高山植物，辛辣有香味。
⓮衣服。這裡指胎衣。
⓯大人替嬰兒祈求未來的「許願祭」。
⓰溪流的名稱。指南投縣信義鄉境內的沙里仙溪。
⓱布農族獨有的多音性音樂。
⓲族人用苧麻纖維編織的網袋。
⓳褐頭鷦鶯。俗稱芒噹丟仔。
⓴野菜的名稱。
㉑族人對女性長者的名諱都會加上「吉娜」（媽媽）表示尊重，亦是傳統。
㉒族人對天神的呼喊聲。
㉓狩獵祭。

㉔以夢境占卜未來的結果。
㉕夫妻間的暱稱。
㉖嬰兒命名的祭典。
㉗布農男人的傳統服。
㉘族人心中最高的山，指玉山。
㉙布農語，意即：好好活下去。亦是族人最虔誠的祝福語。

朱天心作品

朱天心

山東臨朐人，1958年生於高雄鳳山，台灣大學歷史系畢業。曾主編《三三集刊》，現專事寫作。著有《方舟上的日子》、《昨日當我年輕時》、《未了》、《時移事往》、《我記得……》、《想我眷村的兄弟們》、《古都》、《漫遊者》等書，多次榮獲中國時報文學獎及聯合報小說獎、洪醒夫小說獎、金鼎獎、台北文學獎、中國時報開卷版年度十大好書、聯合報讀書人年度文學類最佳書獎等。

想我眷村的兄弟們

我懇請你，讀這篇小說之前，做一些準備動作——不，不是沖上一杯滾燙的茉莉香片並小心別燙到嘴，那是張愛玲「第一爐香」要求讀者的——，至於我的，抱歉可能要麻煩些，我懇請你放上一曲Stand by me，對，就是史蒂芬・金的同名原著拍成的電影，我要的就是電影裡的那一首主題曲，坊間應該不難找到的，總之，不聽是你的損失哦。

那麼，合作的讀者，我們開始吧。

即使沒看過原著沒看過電影的你，應該也會立時被那個歌詞敘事者小男生的口吻吸引住吧，一個無聊悠長的下午，他跟屁蟲的尾隨幾個大男生去遠處探險，因爲據說那裡有一具不明死因的男屍，他覺得又驚險又不大相信又拜託眞到目擊的那一刻不要嚇得尿褲才好，於是他鼓足勇氣反覆立誓似的提醒自己：我不怕，我不怕，我一點也不怕，只要你在我這一國，我他媽的一顆眼淚也不會掉！

……歌聲漸行漸遠，畫面上漸趨清楚的是一個，我不知道該如何形容她，青春期的大女孩，或小女人，第一次的月經來潮並沒有嚇倒她，她正屏著氣——全沒留意客廳裡傳來的蜂王黑砂糖香皀的電視廣告音樂——專心的把手探在裙下用力拉扯束在裙裡的襯衫，直至確定鏡中的自己胸脯又如小學時候一般平坦，她放心的衝出家門，仍沒看一眼電視畫面上的英倫口香糖廣告，十六歲的甄妮穿著超短迷你裙，邊舞邊唱著「我的愛，我的愛，英倫心心口香糖……」

她跑到村口，冬天有陽光的禮拜六午後，河口沙洲鳥群似的群聚著十幾二十名從兵役期年紀到國小一年級不等的男孩子，村口兩尊不明用途的大石柱之間，凌空橫扯出一條紅布幅，上書「本村全體支持×號候選人×××」，襯著藍色的天空迎風獵獵作響，好像每隔幾年總要張掛那麼幾天，她要到差不多二十年後，離她擁有公民投票權十幾年以後，才百感交集回想起那情景，並初次投下與那紅布條不同政黨的一票。

她盤桓在他們周圍，像一隻外來的陌生的鳥，試圖想加入他們，多想念與他們一起廝混扭打時的體溫汗臭，乃至中飯吃得太飽所發自肺腑打的嗝兒味，江西人的阿丁的嗝味其實比四川人的培培要辛辣得多，浙江人的汪家小孩總是臭哄哄的糟白魚、蒸臭豆腐味，廣東人的雅雅和她哥哥們總是粥的酸酵味，很奇怪他們都絕口不說「稀飯」而說粥，愛吃「廣柑」就是柳丁。更不要說張家莫家小孩山東人的臭蒜臭大蔥和各種臭蘸醬的味道，孫家的北平媽媽會做各種麵食點心，他們家小孩在外遊蕩總人手一種吃食，那個麵香眞引人發狂……

可是半年多來不知哪裡不對了，這些朝夕相處了十多年的伙伴，眞的是朝夕相處，像弟弟，就常在她家玩得忘了回家，就跟她們家小孩一起排排睡。毛毛還是她目睹著出生的，那時她跟好多大人小孩擠在毛毛家臥室門口看毛媽慘叫，那次毛毛哥哥得意得什麼樣子，恣意的嚴密挑選與他一國的才准進去觀賞。還有大她一歲的阿三，她與他默默甜蜜的戀愛了快十年。還有大頭，沒有一次不與她大吵或大打出手收場的，不分敵友對她的態度全變得說不上來的好奇怪。

她百思不得其解，自認做得無懈可擊，好比她確信經血是有氣味的，她便無時無刻不謹愼選擇站在下風處，以防氣味四散；好比她發現再無法阻止胸脯的日益隆起，痛哭之餘日日展開與它的搏鬥，偷過母親的絲巾把它緊緊綑綁住，或衣服裡多穿一件小學時的羊毛衫把它束得平平的，有一回廝打時被誰當胸撞了一記，當場迸出眼淚差點沒痛暈過去；她甚至偷父親的菸，跟他們一起抽，學他們邊抽邊藏菸的方法，以爲因此取得了與他們共同犯罪的身分，她甚至不願意好好讀書，說不上來的以爲功課破破的或許較利於他們的重新接納她。

當然，要到差不多十年之後，在她大學畢了業，工作了，考慮接受男友的婚約時，才能持平的看待當年那些男孩，不，或該說男人，怎麼可能當她的面談論、揣測她胸脯的尺寸，交換著因爲不知道而無限膨脹神祕引人的性知識，業務機密似的口傳誰家當兵回來的老大在機場那邊的外省掛混，下次誰惹了麻煩或跟哪個村子結了樑子可以找他出面擺平；還有唯一在市區裡唸私立中學的大國說車過中山北路看到潘家二姊跟一個美國大兵黏著走路，騷得！隨即每個人把積壓老久的髒話、獸性大發的存貨出清，深喉嚨一樣的口上得到了快感；也有同樣姊姊光明正大結交了美軍男友並快論婚嫁的馬哥，用媽媽的百雀齡面霜抹成「岸上風雲」中馬龍白蘭度的髮型，教幾個年紀大些的男孩一種剛自未來姊夫處學來的新式舞步，可那舞步屢屢被村口唐家開得好大聲的「田邊俱樂部」電視節目中觀眾所唱的難聽歌聲所擾亂；還有沿著廣場邊緣踱步，一手捲著數學代數課本一手不時在空中演算的丁家老二，每做完一題便又開始跟他們MIT個不完，丁老二的物理老師總愛像回教徒膜拜聖地麥加似的熱烈講述有關MIT的種種神話，聽熟了丁老二的二手傳播的她，要到七十年代初期，才知道MIT的當代意思，不是她熟如家珍的麻省理工學院，而是Made in Taiwan。

因此，不會有人像她一樣，為童年的逝去哀痛好幾年，乃至女校唸書時，幾個要好的同學夜宿某死黨家，同床交換祕密的描摹各自未來白馬王子的圖像時，輪到她，她一反其他人的對學歷、血型、身高、星座、經濟狀況的嚴密規定，她說：「只要是眷村男孩就好。」

黑暗中，眼睛放著異光，夜行動物搜尋獵物似的。

那一年，她搬離眷村，遷入都市邊緣尋常有一點點外省人、很多本省人、有各種職業的新興社區，河入大海似的頓時失卻了與原水族間各種形式的辨識與聯繫，仍然滯悶封閉的年代，她跟很多剛學吉他的學生一樣，從最基礎簡單的歌曲彈唱起，如Where have all the flowers gone，並不知道那是不過五、六年前外頭世界狂飆一場的反戰名歌，她只覺那句句歌詞十分切她心意，眞的，所有的男孩們都哪裡去了，所有的眷村男孩都哪裡去了？

她甚至認識了一大堆本省男孩子，深深迷惑於他們的篤定，大異於她曾經的兄弟姊妹們，她所熟悉的兄弟姊妹們，基於各種奇怪難言的原因，沒有一人沒有過想離開這個地方的念頭，書唸得好的，家裡也願意借債支持的就出國深造，唸不出的就用跑船的方式離開；大女孩子唸不來書的，拜越戰之賜，好多嫁了美軍得以出國。很多年以後，當她不耐煩老被等同於外來政權指責的

「從未把這個島視爲久居之地」時，曾認眞回想並思索，的確爲什麼他們沒有把這塊土地視爲此生落腳處，起碼在那些年間——

她自認爲尋找出的答案再簡單不過，原因無他，清明節的時候，他們並無墳可上。

他們居住的村口，有連綿數個山坡的大墳場，從青年節的連續春假假日開始，他們常在山林治遊，邊玩邊偷窺人家掃墓，那些本省人奇怪的供品或祭拜的儀式、或悲傷肅穆的神情，很令他們暗自納罕。

那時候，山坡的梯田已經開始春耕，他們小心的避免踩到田裡，可是那田埂是個難走的，一踩一攤水，其實那時候到處都是水，連信手折下的野草野花也是莖葉滴著水，連空氣也是，潮濛濛的，頭髮一下就溼成條條貼在頰上。平常非必要敬而遠之的墳墓，忽然潮水退去似的露出來，他們仗著掃墓的人氣一一去造訪，比賽搶先唸著墓碑上奇怪拗口的刻字，故意表示膽大的就去搜取墳前的香支鮮花……

可是這一日總過得荒荒草草，天晚了回家等吃的，父母也變得好奇怪，有的在後院燒紙錢，但因爲不確知家鄉親人的生死下落，只得語焉不詳的寫著是燒給×氏祖宗的，因此那表情也極度複雜，不敢悲傷，只滿佈著因益趨遠去而更加清楚的回憶。

原來，沒有親人死去的土地，是無法叫做家鄉的。

原來，那時讓她大爲不解的空氣中無時不在浮動的焦躁、不安，並非出於青春期無法壓抑的騷動的氾濫，而僅僅只是連他們自己都不能解釋的無法落地生根的危機迫促之感吧。

他們的父母，在有電視之前而又缺乏娛樂的夜間家庭相聚時刻，他們總習於把逃難史以及故鄉生活的種種，編作故事以饗兒女。出於一種複雜的心情，以及經過十數年反覆說明的膨脹，每個父家母家都曾經是大地主或大財主（毛毛家祖上有的牧場甚至有五、六個台灣那麼大），都曾經擁有十來個老媽子一排勤務兵以及半打司機，逃難時沿路不得不丟棄的黃金條塊與日俱增，加起來遠遠超過俞鴻鈞爲國民黨搬來台灣的……

曾經有過如此的經歷、眼界，怎麼甘願、怎麼可以就落腳在這小島上終老？

不知在多少歲之前，他們全都如此深信不疑著。而不知在多少年之後，例如她，漸與幾個住在山後的本省農家同學相熟，應她們的邀約去作功課，很吃驚她們日常生活水平與自己村子的差距：不愛點燈、採光甚差連白日也幽暗的堂屋、與豬圈隔牆的毛坑、有自來水卻不用都得到井邊打水。她們在曬穀場上以條凳爲桌作功課，她暗自吃驚原來平日和她搶前三名的同學每天是這樣作功課、準備考試的。

作完功課，她們去屋後不大卻也有十來株柚子樹的果林玩辦家家，她看到同學的母親完全農婦打扮、口上發著哩哩聲在餵雞鴨，看著同學父親黃昏時在曬場上曬什麼奇怪藥草，她覺得惆悵難言。

後來每年她同學庄裡一年一度的大拜拜都會邀她去，她漸漸習慣那些豐盛卻奇怪的菜餚，也一起跟著農家小孩擠看野台戲，聽不懂戲詞但隨他們該笑的時候一起笑。從不解到彷彿明白他們爲何總是如此的篤定怡然。

村裡的孩子，或早或遲跟她一樣都面臨、感覺到這個，約好了似的因此一致不再吹噓炫耀未曾見過的家鄉話題，只偶爾有不更事的小鬼誇耀他阿爺屋後的小山比阿里山要高好幾倍時，他們都變得很安靜，好合作的假裝沒聽見，也從來沒有一個人會跳出來揭穿。

便趕緊各自求生吧。

男孩子們通常都比較早得面臨這個問題，小學六年級，在國民義務教育還沒有延長成九年之前，他們好吃驚班上一些本省的同學竟然可以選擇不考試不升學（儘管他們暗自頗為羨慕），而回家幫家裡耕田，或做木工、水電工等學徒。而他們，眼前除了繼續升學，竟沒有他路可走，少數幾個好比陳家大哥寶哥，有一年一家電影公司在山上相思林拍武俠片時，他從圍觀看熱鬧的到自願以一個便當的代價拍一個挨男主角踢翻的鏡頭，到幫他們扛道具上卡車，到工作隊離開時他連換洗衣褲都沒帶的跟著走了。

這個不知為什麼顯得很駭人的例子傳誦村裡十數載，簡直以為他就這樣死了，要到差不多二十年後，他們之中有看影劇版習慣的人，便會在影劇版最不起眼的一個小角落發現他才四十出頭就肝癌英年早逝身後蕭條只遺一個幼稚園兒子的消息，才知道原來他這些年跟他們一樣一直存活著，一直在某電視台做戲劇節目的武術指導。

「噢，原來你在這裡……」她邊翻報紙邊喟嘆著。

彼時報紙的其他重要版面上，全是幾名外省第二代官宦子弟在爭奪權力的熱鬧新聞，她當然都仔細閱讀，卻未為所動，也不理會同樣在閱報的丈夫正因此大罵她所身屬的外省人（她竟然違背少女時代給自己的規定，嫁給了一個本省男人）。

其實這些年間，她曾經想起過寶哥，僅僅一次，在新婚那夜。

那時丈夫正把鬧完洞房的同事朋友給送出門，她沒力氣再撐起風度聽他們的笑謔，便獨自先返回臥室，不點燈，怕面對那陌生之感，也有些害怕即將要發生的事。這固然與她尚是處子之身有關，但大概是這幽暗陌生的新居臥室的緣故，她忽然遺失掉長期以來做個現代都會女性、性知識只會過分充足的身分，立時回到了另一間同樣昏暗的陌生臥室，寶哥家的臥室，她大概是小學二三年級，正和寶哥的妹妹、貝貝一干自組的黃梅調劇團在翻找毛巾被單扮古裝，她正在地上找髮夾時，隨手拾起一本沒有封皮的舊書，她好奇的湊在五燭光的燈泡下翻閱，那是一本用粗俗挑逗的筆調寫的性知識書，對她而言聞所未聞，因此看得十分專注，看到教導男子如何挑動處女，以及把處女膜弄破時要如何止血，好像曾聽到貝貝的警告：「那個是我哥的，他不准人家看嘔。」

她看到教人由嘴唇、乳房、以及坐姿判斷處女與否時，她忽然才感覺到四周非常安靜，她抬頭，看到房門處有個高大的身影，也才發覺貝貝她們什麼時候全跑光了，但她立刻感覺出那個穿著父親軍汗衫的身影是寶哥，她棄了書，小聲的喊了一聲寶哥，寶哥也不答話，慢慢，又好像很快的走近她，呼吸聲好大，走到近燈處，她被他那雙像貓一樣發出燐光的眼睛嚇傻了。

然後其實什麼事也沒發生，她靈巧迅速的跑出那間臥室，跑出寶哥家，跑到日光下，那段記憶，便像底片見了光，一片空白，那些第一次對性事的固陋、村俗的印象，便牢牢給關在那間臥室，甚至日後在光天化日下看到寶哥也無啥殊異之感，因此竟然真的再沒想起過他，直到新婚夜。那時她想，寶哥作夢也不會想到吧，竟然有個女孩子在一生中重要的那一刻時光裡曾想到他，儘管是那樣一種奇怪的方式。

其實不只寶哥，還有很多很多的男人，令很多很多的女孩在她們的初夜想到他們。

他們大多叫做老張、或老劉、或老王（總之端看他們姓什麼而定）。

通常一個村子只有這樣一名老×，因爲他單身，又且遠過了婚齡大概再沒有成家的可能，又往往僅是士官退伍，無一技之長，便全村合力供養他似的允許他在村口的村自治會辦公室後頭搭一間小違建，貼補他一點錢，自治會的電話由他接，一些開會通知由他挨家挨戶送，路燈壞了也由他修，他村的半大男生結夥來本村挑釁時，他會適時出來干預，冬天在村外圍一堆小孩看他烤一隻流浪來的小黑狗，夏天在發出濃烈毒香的夾竹桃樹下剝蛇皮煮蛇湯的，就是老×。

他們通常大字不識一個，甚至不識自己的名字和手臂上刺青的「殺朱拔毛」「反共抗俄」，但他們是村裡諸多小孩的啓蒙師，他有講不完的剿匪戰役、三國水滸、或鄉野鬼怪故事，儘管他們的鄉音異常嚴重，可是小孩們不知怎麼都聽得懂；儘管他們的住屋像個拾荒人家，可是小孩簡直覺得那是個寶窟，有很多用桐油擦得發亮的子彈頭（你若願意在停電的夜晚跑過可怕的公墓山邊、替他到大街上買一瓶酒回來的話，他大概會送你一顆），有不明名目的勳章，有各種處理過的蟲屍蛇皮，有用配給來的黃豆炒成的零嘴兒，還一定有撲克牌、殘缺不全的象棋或圍棋，而且他會教你下，替你算命。

然而，總要不了太久（端看那名老×的性欲和自制力而定），常出沒其間的小孩們就會起一種微妙的變化，當孩子們裡必然會有的那個比較貪嘴、或嬌滴滴愛撒嬌、或膽怯不敢違拗大人的……，我們叫她小玲吧，當小玲也來老×的破巢時，其他小孩便如同動物依本能的遠離一隻受傷病痛的同伴似的遠遠離開小玲，離開小屋……

大多數小孩並不知道空氣中的不安和危險是什麼，只有那幾個膽大些的小男生，終於有一天，會躲在窗外好奇偷窺，他們通常會看到老×與小玲做奇怪的事，不是他褪去衣褲，就是把小玲也褪去衣褲，這些老×通常因爲自己的性能力以及謹愼怕事的緣故，不致把小玲弄流血或弄到晚上洗澡時會被母親發現的地步，但通常小男生們不及看到這裡就已經全跑掉了，基於一種好像闖了禍的心情，他們都不告訴其他同伴，甚至也不警告自己的姊姊妹妹，而且他們仍然出沒老×的小屋，有時聽故事或下棋的空檔，會剎那間失神，盯著老×的褲襠並回憶他的大雞巴，沒有任何評價的只覺得哇操他眞是一頭大獸王！

至於小玲，早晚有一天，會在與女伴交換祕密時講出老×對她做的事，她得到的反應通常有兩種，一是對方立時也眼淚汪汪、抓緊她的手，不管以後她們還有沒有再去老×處，但童年時光裡她們大概會是一對最要好的朋友。不過比較多的反應是，對方漸聽漸露出陌生警戒的目光，悄悄退去，遠離，不一定會洩漏出去這個祕密，但同伴們都動物一樣的迅速感受到這個訊息，一點不想探究的也離小玲遠遠的，任她自生自滅。

但是好奇怪的這些訊息永遠只能橫的傳開，都不會讓小她們幾歲的弟弟妹妹們知道，因此每一屆都無可避免的或多或少有幾名小玲。當唸中學的老小玲發現妹妹及其同伴有些神祕難言的行跡時，比較大膽的老小玲就會喝斥妹妹：「叫妳們不要去老×家玩！」「妳小心讓媽知道了好看！」

罵完不禁奇怪為什麼自己從來沒想過告訴媽媽。每一個小玲差不多都如此，以致那些老×們都得以安然活到二十、三十年後，當這些小玲們陸陸續續結婚，或與心愛男友的第一次，都會想起那個遙遠年代遙遠村子遙遠小屋的老×，比較傳統保守的小玲們擔心自己的處女膜可還完好，健康開朗些的小玲們則流下衷心快樂的淚水，深深感激撫在自己身上的、不再是一雙遲疑卻又貪婪的蒼老的手，而是如此的年輕有力、清潔、有決心……

這些自然是老×們想都想不到的，因為在那一刻的同時，老×們正全心全意發愁手膀上的那些刺青可要如何去掉、以利於他們的返鄉探親。有大膽些的人便率先去整型外科處割掉那片刺青的皮膚，所以，假若你在八七—八八年間，在街上看過年近七十，單手膀上裹著白紗布繃帶的外省老男人，沒錯，他就是老×，……連你都無法想像吧，他們正是多少女孩在初夜會想起的男人，當然，至此我們已不用去追究她們是基於何種心情了。

看到這裡，你一定會問，那媽媽呢？媽媽們哪兒去了？都在幹什麼？不然怎麼會如此的疏於照顧保護子女？

媽媽們大概跟彼時普遍貧窮的其他媽媽們一樣忙於生計，成天絞盡腦汁在想如何以微薄的薪水餵飽一大家子。若是大陸來的媽媽，會在差不多來台灣的第十年，變賣盡最後一樣金飾後，在那一年的農曆新年一橫心，把箱底旗袍或襖子拿出來改給眾小孩當新衣，勿需丈夫們解說該年九月的雷震事件，或是進一步的洩漏軍機，她們比什麼人都早的已與朝中主政者一樣自知回不去了。

媽媽們通常除了去菜場買菜是不出門的，收音機時代就在家聽「九三俱樂部」和「小說選播」，電視時代就看「群星會」和「溫暖人間」，要到誰怕誰的時代才較多人以麻將爲戲，不再理會眷補證上印的可怕罰則（例如第一次抓到斷糧×個月，第二次抓到……），通常法太嚴則不行，若有誰家明目張膽傳出麻將聲，幾天後，該鄰官階最大的那位太太就會登門不經意的閒聊懇談一番，當然，若打麻將的那家就是該鄰或該村官階最高的，也就是住家坪數最大、最先拆掉竹籬笆改蓋紅磚圍牆、最先有電視的那家，此事大約就不了了之了。

但往往媽媽們的類型都因軍種而異。

空軍村的媽媽們最洋派、懂得化妝，傳說都會跳舞，都會說些英文。陸軍村的媽媽最保守老實，不知跟待遇最差是否有關。海軍村的打牌風最盛，也最多精神病媽媽，可能是丈夫們長年不在家的關係。憲兵村的媽媽幾乎全是本省籍，而且都很年輕甚至還沒小孩，去他們村子玩的小孩會因聽不懂閩南語、而莫明所以的認生不再去。

最奇怪的大概是情報村，情報村的爸爸們也是長年不在家，有些甚至村民們一輩子也沒見過。他們好多是廣東人，大人小孩日常生活總言必稱戴先生長戴先生短，彷彿戴笠仍健在且仍是他們的大家長。

情報村的媽媽們有的早以寡婦的心情過活，健婦把門戶的撐持一家老小，我們可依其小孩的年紀差距推斷出丈夫每次出勤的時日長短。另有些神經衰弱掉的媽媽們則任一窩小孩放野牛羊似的滿地亂跑，自生自滅。做小孩的都很怕學期開始時必須塡的家庭調查表，有一個長年考第一名的女孩甚至快要受不了的伏桌痛哭起來，深怕別人發現她的與眾不同，因爲父親工作要掩護身分的關係，一家都跟母親的姓，她覺得很難堪，乃至曾有一名小玲以老×的事與她交換最高機密時，她都違背約定的堅不吐實。

至於那些爲數不少、嫁了本省男子、而又在生活中屢感不順遂——例如丈夫們怎麼不如記憶中的外省男孩肯做、必須分擔家事，因此斷定他們一定受日據時代大男人主義遺風影響所致；例如每逢選舉，她都必須無可奈何代替國民黨與丈夫爭辯到險些演成家庭糾紛——因而會偶覺寂寞的想念昔日那些眷村男孩都哪兒去了的女孩兒們，我在深感理解同情之餘，還是不得不提醒妳們，不要忘了妳曾經多麼想離開那個小村子，那塊土地，無論以哪一種方式。

記不記得妳在成長到足以想到未來的那個年紀，儘管妳還正和村中的某個男孩戀愛，那些個乘涼或看「晶晶」連續劇、父母因此無暇顧及的夏日夜晚，滿山的情侶（之前或之後，妳會在田納西．威廉電影裡發現到幾乎一模一樣的情景，保守、炎熱、父權、壓抑的南方小鎭裡那些在夜間冶遊、無法說明自己的心靈和身體在飢渴些什麼的大男孩大女孩），你們在喧天的蟬聲裡一面發高燒似的熱烈探索彼此年輕的身體，一面在心裡暗暗告別，自然大多的告別是因爲沒考上學校的男孩就要去服役或唸軍校了，但更多時候，是女孩們片面好忍心的決定。

記不記得？妳，錯過時機尚未走成的女孩——六十年代，嫁黑人嫁GI去美國的；七十年代，出國唸書或去當歌星影星，因爲發現唯有此業是收穫耕耘可以不大成比例，宜於經濟起飛年代一無本錢而想一夜致富的人從事——，妳漸漸很不耐煩老在村口克難球場群聚終日的那些等待兵役期、抽菸打屁、除了打球無所事事的幼時玩伴（儘管他們曾經是妳太想一道溷跡終老的伙伴），並非因爲妳行經那兒時，總會飄出幾句發自其中一名剛屆青春期的男生洩慾式的髒話，影射妳的身材尺寸或器官、或大喊一聲：「×××的蜜斯！」也並非有些男孩變得粗壯似野獸、並且也發出野獸一樣很讓妳覺得陌生不安的目光和嗓音……

妳只隱隱覺得，那些幼時常與你一道在荒山裡探險開路冶遊的伙伴，不再足以繼續做妳意欲探險外面世界的伙伴，妳甚至不願意承認妳快看不起他們、覺得他們對未來簡直有點不知死活。

於是，妳會在離家唸大學或開始就業時，很自然的被那些比起妳的眷村愛人顯得土土的、保守沉默的本省男孩所吸引，儘管他們之中也多有家境比眷村生活還要窘困，或比眷村男孩的動輒放眼中國、放眼世界的四海之志要顯得胸無大志得多，但他們的安穩怡然以及諸多出乎妳意料的對事情的看法，都使得妳窒悶的生活得以開了一扇窗，透了口氣。儘管多年後妳細細回想，當初所感到的窒息鬱悶也許並非全然因爲眷村生活的緣故。

離開眷村而又想念眷村的女孩兒們，我深深同情妳們在人群中乍聞一聲外省腔的「他媽的（音踏、馬的）」時所頓生的鄉愁，也不會嘲笑有人甚至想登尋人啓事尋找幼年的伙伴或甚至組個眷村黨，因爲妳不甘願承認只擁有那些老出現在社會版上、僅憑點滴資料但照眼就能認出的兄弟們（如×台生，山東人，籍設高雄左營、或岡山、或嘉義市、或楊梅埔心、或中和南勢角、或六張犁、南機場……那些個從南到北、自西徂東、有名的大眷村集結之地）。也不願意搭計程車時，聽到司機問：「妳要去ㄌㄚˇ裡？」以及一遇塞車就痛罵國民黨和民進黨的，妳望著他後腦勺的幾莖白髮，當下可斷定他是那批氣宇軒昂意氣洋洋、專修班出來還志願留營以盡忠報國，而後中年退伍不知如何轉業的×家×哥……，除此之外，眷村的兄弟們，你們到底都哪裡去了？

所以妳當然無法承受閱報的本省籍丈夫在痛罵如李慶華、宋楚瑜這些權貴之後奪權鬥爭的同時，所順帶對妳發的怨懟之氣，妳細細回想那些年間你們的生活，簡直沒有任何一點足以被稱做既得利益階級，只除了在推行國語禁制台語最烈的時代，你們因不可能觸犯這項禁忌而未曾遭到任何處罰、羞辱、歧視（這些在多年後妳丈夫講起來還會動怒的事），儘管要不了幾年後，你們很快就陸續得爲這項政策償債，妳的那些大部分謀生不成功的兄弟們，在無法進入公家機關或不讀軍校之餘，總之必須去私人企業或小公司謀職時，他們有很多因爲不能聽、講台語而遭到老闆的拒絕。

大概非眷村，或六十年代後出生的本省外省人都無法理解，很多眷村小孩（尤其他們居住的若是個有菜市場、有小商店、飲食店及學校等的大眷區），在他們二十歲出外讀大學或當兵之前，是沒有「台灣人」經驗的，只除了少數母親是本省人，因此寒暑假有外婆家可回的，以及班上有本省小孩且妳與他們成爲朋友的。至於爲數眾多的大陸籍媽媽們，十數年間的唯一台灣人經驗就是菜市場裡那幾名賣菜的「老百姓」，因此她們印象中的台灣人大致可分爲兩種：會做生意的，和不會做生意的。

正如妳無法接受被稱做是既得利益階級一樣，妳也無法接受只因為妳父親是外省人，妳就等同於國民黨這樣的血統論，與其說妳們是喝國民黨稀薄奶水長大的（如妳丈夫常用來嘲笑妳的話），妳更覺得其實妳和這個黨的關係彷彿一對早該離婚的怨偶，妳往往恨起它來遠勝過妳丈夫對它的，因為其中還多了被辜負、被背棄之感，儘管終其一生妳並未入黨，但妳一聽到別人毫無負擔、淋漓痛快的抨擊它時，妳總克制不了的認眞挑出對方言詞間的一些破綻為它辯護，而同時打心底好羨慕他們可以如此沒有包袱的罵個過癮。

然而其實妳並非沒有過這種機會，記不記得有幾次妳單獨攜小孩回娘家的時候，妳不也是如此在晚飯桌上邊看電視新聞邊如此大罵國民黨嗎？只因為從政治光譜上來看，此時沒有人（妳丈夫）站在妳的左邊，所以妳可以難得快樂的扮個無顧忌的反對者，只因為妳很放心這種時候妳的右邊總會有人（妳老爸）出來，為這個愛恨交加、早該分手的黨辯護。

妳大概不會知道，在那個深深的、老人們煩躁歎息睡不著的午夜，父親們不禁老實承認其實也好羨慕妳們，他多想哪一天也能夠跟妳一樣，大聲痛罵媽啦個B國民黨莫名其妙把他們騙到這個島上一騙四十年，得以返鄉探親的那一刻，才發現在僅存的親族眼中，原來自己是台胞、是台灣人，而回到活了四十年的島上，又動輒被指為「你們外省人」，因此有為小孩說故事習慣的人，遲早會在伊索寓言故事裡發現，自己正如那隻徘徊於鳥類獸類之間，無可歸屬的蝙蝠。

總而言之，你們這個族群正日益稀少中，妳必須承認，並做調適。

然而其實只要妳靜下心來，憑藉動物的本能，並不困難就可在汪洋人海裡覓得昔年失散、或遭妳遺棄的那些兄弟們的蹤跡：那個幹下一億元綁票案的主謀，妳在還來不及細看破案經過以及他的身分簡介時，只見他向記者們琅琅上口的詩句：「慷慨歌燕市，從容作楚囚，引刀成一快，不負少年頭。」妳不是脫口而出：「啊，原來你在這裡！」

初中那年，妳們不是曾經被一個新來的國文老師所迷惑，只因爲那位五十來歲、一口湖北腔的單身男老師總喜歡講課本以外的東西，他就曾經含著眼淚，以平劇花臉的腔調誦完少年汪精衛這首刺攝政王失敗的「獄中口占」，妳不是還邊認眞的把全詩抄在課本空白處，邊疑惑妳所學過民國史裡的大漢奸賣國賊、怎麼也有這種看似像個人的時候，那個國文老師大概正因爲老是觸犯此類禁忌之故，學期結束就又他調。

多年後，妳猜他絕對不知道自己當年曾開啓多少熱血少年的心志，又或讓他們以爲找到了使他們動機看似神聖正義的理由。

所以，原來當初那些盤據在村口、妳覺得他們只敢跟自己人或別眷村好勇鬥狠、卻沒膽出去闖蕩世界的×哥×弟們，就在他們中間，就在妳要棄絕他們的同時，有人正在磨刀霍霍，結群結黨，暗暗在全島幹下無頭搶案數十起並殺人如麻，破案時，妳不須細看報上的說明他們這個強盜集團是新竹光復路某某眷村的子弟，妳僅憑他戴著手銬腳鐐的相貌就可呼出他的小名；乃至十數年後遠赴美國深信自己是爲國鋤奸的×哥，妳絲毫不吃驚他僅僅不過想印證那句奉行半生的：「引刀成一快，不負少年頭！」

當然村口的那些兄弟們不盡都是如此之輩，一名溷跡其中、跟其他很多人一樣去跑船的沈家老大，二十年後，妳不難在報上的訪問他中，清楚嗅出他的眷村味兒，當大約舉國都不相信他要把那塊唐榮舊址變更爲商業用地並非只爲了賺取暴利，而是想蓋一幢他做海員在其他美麗的國家看到的美麗建築時，大概只有妳相信他所說的是眞話，並驚歎且同情這名身價百億的成功證券商，爲何還可憐兮兮如妳們十數年前、對國家如此抽象卻又無法自拔的款款深情。

類似此的還有哪個、有沒有？好像是第五鄰第一家，在家門口開個早餐攤，常幫媽媽洗洗弄弄找錢的王家煊哥，三十年後，妳每見他以財政部長的身分在報章、電視等媒體大力推銷他的政策時，妳以女性的直覺並不懷疑他的操守、用心、專業有何問題。只是他那股言談間瀰漫不去「以國家興亡爲己任」的濃濃眷村味兒，讓妳覺得因爲太熟悉了而反倒心煩意亂，但畢竟也每足以讓妳百感交集的喟歎「噢，原來你在這裡，眷村的兄弟。」

所以，那些兄弟們，好的、壞的（從法律觀點看）、成功的、失敗的（從經濟事功看）、存在的、不存在的、有記憶的、遺忘症的、記憶扭曲的……，請容我不分時代、不分畛域的把四九－七五（蔣介石消逝、神話信念崩潰的那一年）凝凍成刹那，也請權把我們的眼睛變做攝影機，我已經替你鋪好了一條軌道，在一個城鎭邊緣尋常的國民黨中下級軍官的眷村後巷，請你緩緩隨軌道而行——音樂？隨你喜好，不過我自己配的是一首老國語流行歌「今宵多珍重」，上過成功嶺的男生都該會記得吧，每天晚上入睡前營區放的：南風吻臉輕輕，飄過來花香濃；南風吻臉輕輕，星已稀月迷濛……

我們開始吧——

不要吃驚，第一家在後院認眞練舉重的的確是，對，李立群……，除了喘氣聲，他並沒發出任何噪音，因此也沒吵到隔壁在燈下唸書的高希均和對門的陳長文、金惟純、趙少康……

我們悄聲而過，這幾家比較有趣得多，那名穿著阿哥哥裝在練英文歌的是歐陽菲菲，十六歲但身材已很好的她，對自己仍不滿意，希望個兒頭能跟隔壁的白嘉莉一樣。當然你不會吃驚看到第四家的白嘉莉正披裹著床單當禮服，手持一支仿麥克風物在反覆演練：「各位長官、各位來賓，今天我要爲各位介紹的是……」

別看呆了！你。第五家湊在小燈泡下偷看小說的那個小女孩也很可愛，她好像是張曉風、或愛亞、或韓韓、或袁瓊瓊、或馮青、或蘇偉貞、或蔣曉雲、或朱天文（依年齡序），總之她太小了，我分不出。

當然不是只有女孩子才愛看閑書，我們跳過一家，你會發現也有個小兄弟在看書，什麼？你連蔡詩萍和苦苓都分不出!?都錯了，是張大春，所以我們頂好快步通過，免得遭他用山東粗話噌，是啊！他打從小就是這個樣兒……

隔壁剛作完功課、正專心玩辦家家的一對小男生小女生，看不出來吧，是蔡琴和李傳偉。當然也有可能是趙傳和伊能靜。

第九家，一名小玲默默在洗澡。

第十家，漆黑無人，因爲在唸小學的正第、正杰兄弟倆陪母親去索討父親託人遺下的安家費，他們就是我們提起過的情報村的，打從他們一家遷居至此，村民們就從沒有看過他們的父親，直至差不多三十年後……

第十一家……

（我倆臨別依依，要再見在夢中。）

……

啊！

想我眷村的兄弟們。

——一九九一年．選自印刻版《想我眷村的兄弟們》

嚴歌苓作品

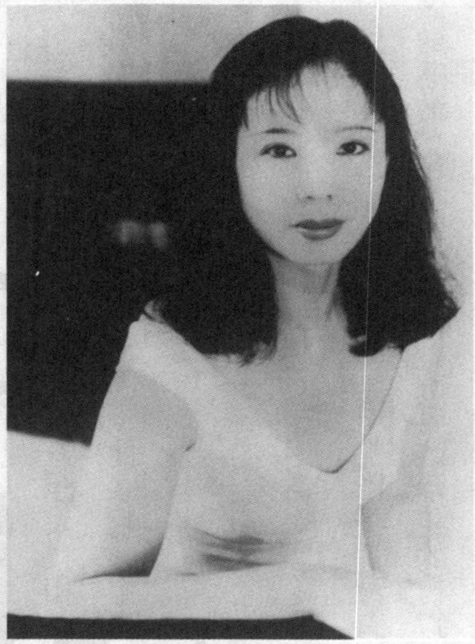

Jerry Bauer／攝影

嚴歌苓

上海人，1958年生。20歲開始文學創作，30歲始學英文，赴美留學，獲藝術碩士學位。著有小說集《少女小漁》、《海那邊》、《扶桑》、《人寰》、《天浴》、《白蛇》、《無出路咖啡館》等，多部作品被改編拍成電影。曾獲中國時報文學獎、中國時報百萬小說獎、聯合報文學獎、中央日報文學獎、洪醒夫小說獎、亞洲週刊小說獎及大陸若干文學獎。

老囚

媽媽說我必須跟她去火車站，去接從勞改營回來的姥爺。火車從蘭州開往北京的，從車上下來的人身上和腳上都有一層黃色塵土。站台空曠了，姥爺還不出現。媽煩躁地自語：「叫他別動，別動，肯定錯過了！」媽不承認她不記得姥爺的模樣，她說起碼姥爺的大個頭會讓她一眼認出來。我從來沒見過姥爺，據說他的所有照片都被燒掉了。一些是他剛被捕時燒的，其餘是文革中燒的，姥姥和媽必須把他的一切聯繫燒乾淨。我和弟弟從來不知姥爺犯的什麼法，衹知道他是政治犯，夠資格挨槍斃的，後來不知怎麼他案情的重大性就給忽略了，死刑也延緩了。一緩三十年。

一整個空站台就把我媽和我晾在正當中。都要走了，看見車尾巴上站著個人，穿一身黑不黑、藍不藍棉襖棉褲，黑暗的臉色，又瘦又矮。他疑惑地往我們這邊走幾步，希望我們先問話。媽小聲跟自己說：「不是的，不是的，一點影子都沒有！」我也但願不是的。這姥頭猥瑣透了，不是那種敢做敢爲敢犯王法的模樣，沒有政治犯的自以爲是，不以己悲的偉岸。姥頭喚出了媽的乳名。媽臉上出現了輕微的噁心和過度的失望。媽推我一把：「叫姥爺！」

這是她堅持我陪她來的原因：我叫一聲姥爺便省了她叫「爸」了。姥爺哭了一下，媽也哭了一下，這場合不哭多不近情理。

不久姥爺就成了我們家很有用的一個人。我們都抓他的差，叫他買早點，跑郵局寄包裹，或拿掛號信。也請他去中藥房抓藥，抓回來煎也是他的事，我們家除了姥爺和我，全都是常年吃中藥。常常是媽燒菜燒到半路，叫姥爺去買把蔥或一塊薑。媽給他多大個鈔票他都不找回零錢。弟弟大聲嘀咕：「八十歲的人了，他搜刮那麼多錢幹什麼？」

我也納悶姥爺拿錢去做了什麼。三十年做囚犯，該習慣沒錢的日子了。媽有時會在飯桌上突然對姥爺說：「您要吃就吃夠，別回頭拿錢到外頭吃去。」大家都看得出姥爺嘴吃得不多，眼睛卻很餓。

自從我們多了個姥爺，家裡就開始丟錢。先是每人忘在衣服口袋裡的錢被姥爺洗衣時一一掏乾淨。後來放在廚房小袋子裡的牛奶費、報紙費也沒了。最近一次，爸來了一百元的小稿費，差姥爺去取。到晚上姥爺回來了，錢沒回來。

有天我把他逼到洗碗池邊。「你今天去哪兒了？姥爺。」

「去門診部了。」他已能很流暢地扯謊。

「撒謊吧？姥爺。」我陰險地說。

他不理我，用遠不如他臉部那麼老的修長手指嘩嘩響地搓洗筷子。

「我在電影院看見你了。」我臉上出現捉贓抓姦的笑容。

他看我一眼。在他黑白混淆的眼睛裡，我不是個外孫女而是個狡獪卻還有點人情味的勞改隊幹部。我沒多少同情心，對這老人。我的同情心早在姥姥身上用光了。那個為政治犯丈夫忍氣吞聲做了三十年「敵眷」的姥姥。那個好強、自尊的老女人，哭瞎了眼在家門外也絕不低誰一頭。姥姥瞎著眼，沒等著「見」姥爺最後一面，就死了。要不是這樣等著姥爺，她是可以早些死的。

「在勞改營裡沒電影看。」我說：「三十年都沒看過電影。」

「外頭有的，那裡頭都有。」姥爺說。他和別人相反，從不控訴「裡頭」，總要給人個感覺他這三十年過得沒有太不如人。不少時候他還懷念青海湖的魚。「那些魚的雜碎比這裡的魚肉還鮮！」媽會回他：「恐怕你們衹有魚雜碎吃。魚肉從來都輪不到他們吃。」

「怎麼沒有電影？」姥爺扯起一臉皺紋，鄙夷我的孤陋寡聞：「場部一個月映一兩個新片子！」

「你們勞改犯也能去？」

他給問住了。見我要走，他忙說：「你媽演的電影，我就在那裡頭看的！」

「哪個電影？」我問，看他是不是在胡謅。半年前在火車站，他和媽根本誰也沒認出誰。

「六一年春上。」姥爺不直接回答我的提問。「對，是六一年春上。二月二十三。」

「媽演的哪部電影？」

「我在井台上，王管教隔好遠就喊我：『老賀老賀，我跟你講個事！』我手上一壺開水，在燙凍實的井頭。我就趕緊擱下壺，往王管教跟前去。他沒等我到跟前就迎著喊：『看見你女兒了！』

我一聽腳都軟了，插在雪裡，拔不動了。王管教鼻子、嘴通紅地笑：『看了你女兒演的電影！』是電影，你看。你姥姥隔一兩年給我一封信，信裡提過你媽給提拔去演電影了。王管教看著我說：『你女兒長得像你！牙也煞白的，也整齊！眼睛像她母親吧？』我直點頭。我隨身帶的相片是四七年拍的全家福，你媽那年才八歲。逮捕我那天，她還在巷子裡跟鄰居女孩子跳橡皮筋。」姥爺把最後一個盤子擦乾，看看我，猜我是不是聽得下去。

「你去看電影了嗎？」我問。

「場部離我們大隊有三十多公里。還要請假。到三十里以外去，祇有大隊長有權批准。要先跟隊長寫請假報告，隊長報告中隊長，中隊長再報告大隊長。大隊長我們幾年也見不到一面，我們就看見他的吉普，我們就指那個吉普叫它『大隊長』。一個請假報告等大隊長批，起碼要兩個禮拜。兩禮拜，早就換別的電影了，你媽也不在上頭了，我跑三十多公里去看誰？王管教小聲說：『都說你女兒漂亮！全國最漂亮的女演員數下來，她不數第一也數第二！他們都這樣講！』我問：『她可瘦？』王管教說：『瘦好，現在外頭興瘦！』我記得她是十五歲那年生的肺病。我又問：『她可高？』王管教說：『不矮，比我老婆恐怕要高出一耳朵！』我忍著不敢再問了，怕哭出來出洋相。」姥爺話斷在這裡，忽然笑一下，唬我一跳。

「一整天我都在打主意。」見我等著，姥爺又續著故事講下去。「我想我女兒啊，想家裡人啊。」

媽這時進廚房倒煙灰缸，然後去洗手，身子盡量繞開姥爺，盡量不去聞姥爺身上的氣味。我們家四個人都肯定那就是監獄的氣味，長到靈肉裡去了，清除不了的。「一整天我都在想，」姥爺等媽出去後說，「唯一的辦法是偷跑。請假怎麼都來不及，祇有偷跑。天天晚上十點要點名，缺席的人當逃跑論處。怎麼都沒法子過點名這一關，除非哪個管教肯幫你打掩護。我馬上就想到王管教。他人和氣，心眼多些，不是個王八蛋。他喜歡貪點小財。」

「我把一點家底都翻出來了。總共祇有一支派克金筆和一小瓶沒啓封的進口止疼片。才進到裡頭我有不少好東西，兩身英國西裝，一個瑞士手錶，一雙美國皮靴，一個結婚戒指，進口止疼片有好幾瓶。那些東西保住了我的老命。實在餓得吃不消，我就拿件東西去跟幹部換羊油。有油就不一樣，比糧比肉都重要，你記著。我那個純金戒指換了一個大羊頭，我把它抹上鹽，拿紙包起來，一天剁下一小塊，熬一盆湯。不然今天哪裡還有我這個人。那支派克金筆是我留著到頂難捱的時間派用場的。饑荒說來就來，一來就死一片。止疼片是我給自己留的，牙疼起來，我的頭把土坏子牆都頂出個坑來。」

「下午我見了王管教，小聲跟他說我有事跟他私下講。他一聽就明白，讓我吃過晚飯到他家去。我揣上東西——藥瓶子我裝在左邊口袋，鋼筆裝右邊。說不定運氣好，王管教今晚好說話，能少拿出來一樣，就省一樣。走到離他家院子差十來步了。他七八歲的女兒背著他兩歲的兒子跑出來，攔住我說：『我爸說中隊長在我家，你有話跟我講就行。』

「我獃掉了。這種話小孩子怎麼能傳遞？再說還要來來回回地討價還價。看我爲難地直乾笑，小丫頭說：『沒事！我扒在我爸耳朵上跟他講，誰都聽不見！每天都是這樣的！』

「我說：『我下次再來吧。今晚不打擾你爸了。』話講出口我才想到，沒下次了，電影再演最後一晚上，就收場了。我還到哪裡見我女兒去？我的徒刑變了幾次，死刑改死緩，死緩改無期，說不定哪天又回到死刑去，說死就死了，都不曉得我女兒長得什麼樣子。我把小丫頭叫回來，跟她一個字一個字把話交代清楚，又拿出那支金筆。小丫頭盯著我手掌心的筆，一邊顛著她背上的弟弟一邊一個字一個字背我的話。她很精靈，一個字都沒背錯。」

「小丫頭就回去傳話了。幾分鐘又跑回來，告訴我：『我爸對著我耳朵眼說的！他說他批准你去看你女兒，他會跟大門崗的哨兵打招呼。我爸還說，你不能跟別人講是他批准的。』我問她還有別的話沒有，她想了想又說：『他還說你在早晨五點之前要回來，不然他就不管了。』」

「我沒想到事情會這麼順利。我打算早上一過早點名就走，三十多公里踩著大雪，也要走一天。十點鐘我就上路了。到了大門崗跟前，我正要走過去，崗樓上的哨兵一下就把槍對著我，叫我不准動。我說：『我是三隊的老賀！』哨兵喊：『你動一動我就打死你。』我趕緊把兩個手舉到頭上，又說：『三隊幹部批准我出去的！我姓賀！』」

「那哨兵說：『滾回去！管你老賀老幾的！』」

「我心想王管教收了那麼重的賄，不該誆我吧？我一再跟哨兵說我是『三隊老賀』，哨兵一再叫我『滾回去』。王管教就眞誆了我。也不知道是不是那小丫頭耍了我，自己要了那支筆，根本就是自作主張把我處理了。要是我眞那樣直衝衝走出去，現在已經挨了槍子了。」

「我只好回去，想去找王管教，看岔子出在那個關節上了。我還不敢確定王管教有那麼壞的人品。怎麼也找不到王管教。我不能等啊，一等就錯過那最後一場電影了。我急死了，急得連餓都不曉得了，人都要燒著了一樣。」

弟弟晃晃蕩蕩到廚房門口，把自己在門框上靠穩，不動了。他想知道是什麼讓我和姥爺突然間這麼合得來。姥爺卻不吱聲了，掏出香煙，點上。一看就是話還長的樣子，他一口一口地吸煙，吸得兩個凹蕩的腮幫子越發凹蕩。粗劣疏鬆的煙草鑽了他一嘴，他不停地以舌頭去尋摸煙草渣子。這唇舌運動使他本來就太鬆的假牙托子發出不可思議的響動：它從牙床上被掀起，又落回牙床，「呱啦嗒、呱啦嗒」。弟弟終於受不了，說：「喲姥爺，您怎麼滿嘴直跑木拖板兒啊!?」

姥爺不理他，「木拖鞋」更是跑得勁。弟弟做了個驚恐噁心的表情，走了。姥爺的牙全落在勞改營了，假牙顯然配得太馬虎。

弟弟走後，我催姥爺往下講。

「我想了兩小時，午飯後我把羅橋找來。十六歲的一個男孩子，都說他腦筋不太當家。他十五歲把他媽給打死了，判了死刑，要等他滿十八歲才能槍斃。他誰都不怕，常常說他十八歲前再殺多少人都得等他滿十八歲才能跟他結帳。我把那瓶進口止疼片給他，問他肯不肯幫我忙。他對著太陽光舉著那個洋人造的茶色玻璃小瓶，把它晃過來晃過去數裡面的藥片。他知道一片止痛藥能換一個饅頭。那裡頭天天都有人犯牙痛，他祇要拿一片藥出來，那人就肯把晚飯的那個饃換給他。疼得命都不想要，羅橋要他什麼他都肯給。我把事情跟羅橋前後一說，他答應下來。」

「下午三點，西北風緊了。羅橋不知從哪裡弄到一小碗麥粿粒，把它炒了；跑到崗樓下去吃。

哨兵在兩層樓高的崗樓上凍得要哭了，看見羅橋吃熱呼呼的炒麥稞羨慕得罵娘，讓羅橋請他吃兩口。羅橋爬到崗樓上，跟哨兵又打又鬧地搶吃麥稞。那裡頭的人，管教也好，當兵的也好，都不防備羅橋。有的兵上廁所忘了帶草紙都會叫羅橋去取紙。有些兵怕站夜崗凍死，也讓羅橋頂過崗。羅橋也不想跑，要想跑他一百回也跑了。」

「趁哨兵和羅橋耍鬧，我不緊不慢走出了崗樓下的大門。走得慌頭慌腦就是混得過哨兵其他人也會懷疑。」

「大門外是一大片開闊地，寸草不生，生了草都燒掉，這樣有隻老鼠跑過都逃不出哨兵的眼。那片起碼有一平方里，哨兵這時要對準開槍，他打起來才舒服，一點障礙都沒有。」

我插嘴：「一哩路就是跑也要好幾分鐘吧？」

「敢跑！一跑你就講不清了，」姥爺說：「一跑肯定槍子先喊住你！」他長而狠地吸一口煙。姥爺吸煙總是很飽的樣子。「看著就要走出那塊地進向日葵田了。一進那裡就好得多。砍下的葵花桿子給捆成一人多粗的跺子，一跺一跺豎在那裡。要是哨兵不開口槍先開口，那些葵花桿子能障礙一下槍子。還差一二百米，崗樓上出來一聲：『站住！』我裝不知他在喊誰，還直往前走。哨兵又喊：『你站不站住？』我聽見槍保險給打開了。我什麼都聽得見，連羅橋吸鼻涕都聽得見。我停下來，轉回頭，還是不緊不慢。我說：『你叫我！』哨兵說：『你回來！』他槍口正對我眉心，我腦門子脹得慌。哨兵喊：『想逃跑啊，咹！』我不答腔，轉身就往葵花田走。我都不曉得自己怎麼有那麼大膽子，一下子不會害怕了，什麼都不怕了。我就去看一下我女兒，回頭他們怎麼懲治我都隨他們。哨兵嗓子都喊碎了：『我開槍啦！』槍還眞開了，打得我腳邊的雪直開花，竄烟子。我還是那個步子，坦坦蕩蕩地走。打死就打死，我就不再受凍受餓了，也止住我牙疼了。」

「槍聲把警衛兵都召來了。不少犯人也擠在大門裡頭，看看誰給斃掉了今晚省出個饃來。我還是走我的。現在是十幾條槍在我脊梁上比劃；十幾顆槍子隨時會把我釘到地上。我反正就是想看看我女兒，我就一個女兒。眞給他們斃掉我也就不必想女兒想這麼苦了。」

「這時候我聽見王管教的嗓音，喊他們不要開槍。他說：『你姥姥的他那個樣子像逃跑的?!』他又喊我：『趙智渠你姥姥的，站好了給他們看看，你那三根老絲瓜筋挑個頭逃不逃得動！』我轉過身子，臉迎槍口，我看見王管教的小個子竄得老高，要那些槍放下。他對我說：『趙智渠你這十幾年的一乾一稀白吃了——招呼也不給門崗一個！』他轉向警衛兵說：『就派他去趟隊部，我派的！』我看他直朝我揮手，就幾步跨進了葵花田。那些兵都還沒回過神來，在那裡買瞪眼。王管教還得慢慢幫我開脫。他肯定把那個金筆拿給內行看過——犯人裡頭什麼專家都有，那人估的價肯定超出他那點小貪圖了。再說他也不願意他管轄的人口挨槍，賬多少要算到他頭上。」

我說：「他還不算太王八蛋。」

姥爺說：「就算好人啦。那種人，報德報怨都快。」

媽在客廳喊：「余曉浩！」

弟弟在自己臥室回喊：「幹嘛！」

「我叫個人都叫不動？」媽在原地嚷道：「余水寬，叫你兒子！」

「余曉浩！」爸的聲音出動了，人卻仍在他自己書房。弟弟不出聲，爸又朝我出動：「余曉穗！余曉穗我命令你去一趟收發室，拿今天的晚報！」

我一動不動，眼一閉以同樣的腔調和音量喊：「余曉浩我命令你去取晚報！」

弟弟有響動了，他用足趾把門撩個縫，喊道：「姥爺！姥爺我派你去趟收發室把晚報拿回來！」

姥爺跟沒聽見一樣，倚著洗碗池，手指頭夾著一股藍煙——煙屁股總短得看不見。他在監獄裡成就的吸煙本領可以把一根煙吸到徹頭徹尾地灰飛煙滅。

「姥爺，派你去拿晚報！」弟弟又嚷。

姥爺仍不理會，慢慢從衣架上取下棉衣。這是我們家一個正常現象，誰都差不動的時候，姥爺總可以差。

我跟姥爺走到門外。寒意帶一股辛辣。我問姥爺後來怎樣了。

「我就上路了噢。」姥爺說著吸一下被寒冷刺痛的鼻子，「三十多里。我走到一半棉襖裡子給汗濕透了。二月天短，五點多就黑下來。廠部我頂多走過三回，衹記得在東南方向，路上要過個小鎮，有時能在那找到車搭。小鎮才十幾家人，多半是勞改釋放了的人，懂得怎樣掙勞改犯的錢。多數都是前門開煙草酒店；後門開飯鋪，要不就是旅店。也有兩家百貨店。我進鎮子的時候，看見一輛軍用大卡車佔了鎮子大半個地盤。我趕緊進了鎮口第一家店。店主一看我的粗布灰棉衣上號碼就說：『你怎麼敢到這裡來？沒看見鎮子戒嚴了？』我問爲什麼戒嚴，他楞住了。瞪著我一會才說：『跑了個人！昨天跑的！』我又問哪個大隊的。他還瞪著我，半天才說：『噢，不是你啊？』他把我當逃跑的那人了。這鎮上的人全是明著幫政府，暗著幫勞改犯。我不敢再進鎮子，就從一片荒地住場部去。還好，雪把天色照亮了。繞過小鎮，我還得回到公路上，還指望搭上一輛車。那片荒地栽了不少防風沙的樹。剛要出林子，我看見有煙頭火星子在前頭閃。繞那麼大彎子還沒繞出戒嚴圈子。對方也聽到了我這邊的響動，手電筒一下就照過來。我趕緊蹲下去。電筒光柱子就在我頭上晃，我一點一點趴下去，肚皮貼地。那邊叫：『看見你了！還往哪躲！』我心跳得打鼓一樣，想把自己交出去拉倒了。那人又喊：『還往哪跑？我打死你！』手電筒一下子晃到別處去了。」

「我才曉得他在詐我。他根本沒看見我，也並不確定有我這個人存在。不是光我們怕他們，他們也一樣怕我們；比例上是他們一人要對付我們幾十個。我們要眞作起對來，他們也得費些勁。他又瞎喊幾聲，就閉了手電筒。我往前爬幾步，發現他也藏起來了。他不想讓我在暗處，他在明處。我必須找到他的方位才能決定我下一步怎麼走。風硬起來，我汗濕的棉襖結冰了，跟個鐵皮筒一樣箍在身上。我差不多要凍死的時候，聽見一聲劃火柴的聲音。他把火光遮再嚴我還是把他的方位認準了。他不曉得我離他那麼近。我聞得到他紙煙的味道了。他坐在那裡，在一團駱駝刺後面，頭縮在大毛衣領子裡，皮帽子的護耳包得緊緊的。他每隔一兩分鐘就站起來往左邊走幾步，再往右邊走幾步。我一腦子就是你媽跳橡皮筋的樣子。她八歲時的樣子。到死我腦子裡祇有她八歲的樣子，我不甘心吶。我要知道她長大時什麼樣。王管教和那麼多不相干的人都見了她，我這個生身父親就沒有見她的權利？

「我算著那個兵的行動規律，然後撐起身子，慢慢站起，全身已經凍得很遲鈍了。我必須在他向右走的時候從他左邊穿過去。」

這時我發現姥爺和我都停下腳步，相互瞪著眼，似乎誰也不認識誰。我一聲不吭，呼吸也壓得很緊，生怕驚動姥爺故事中那個哨兵。

「我一步都沒算錯：他轉過身的時候，我已經在他的另一邊了。他抱著步槍朝我的方向看著，我也看著他。他忽然向公路跑去，好像我這個隱形人把他唬跑了。」

出了警戒圈，我也不指望搭車了，就順著公路旁的防風林帶小跑。時間不早了，我怕連電影尾巴都趕不上。跑得棉襖褲上的冰又化了，周身直冒白氣。這就看見場部的燈了。」

姥爺一揚手，我們前面是收發室的燈光。姥爺喘得不輕。八十歲的姥爺了。

「看上電影了？」我說。

「我進禮堂的時候，電影還有十分鐘就結束了。場子裡擠滿了人。沒座位的人站著，擋了坐在長凳子上的人。後面的人乾脆都不坐了，全站到凳子上。有的人爬得比放映機窗口還高，銀幕上盡是人影子。我沒地方爬，四周都是人牆。有個十多歲的男孩站在兩個疊在一塊的凳子上。我對他說：『你肯讓我站上去看一眼嗎？』他先不理我，後來看見我手上有張兩塊錢的鈔票，馬上跳下來。那年頭兩塊錢大得很吶，我們一個月才發五角錢買衛生用品、買煙。」

「我站到兩個凳子上面，動一動就會跌下來。我個子大，比人都高一頭。電影上的人是男的，過幾分鐘，還沒女的出來。我腦子急得嗡嗡響，什麼都聽不見，祇曉得那個男孩在下面拽我痛腳，越拽越狠。這時電影上出來個女的，大眼、尖下顎，跟小時候的你媽一個樣。十幾年沒見了，怎麼看怎麼熟悉！那個男孩子在下面扯我褲腿，捶我腳趾頭腳孤拐，我也顧不上理他，已經一臉都是眼淚了。我嗚嗚地哭啊，淚水把眼弄得什麼也看不清了，我什麼都看不清了，就用兩個手滿臉地揩眼淚。十幾年沒見過的女兒。」

路燈下，我見姥爺的臉硬硬的，並不太感傷。但我確定他在走進燈光之前偷偷把眼淚揮去了。

「我那樣嗚嗚地哭把那男孩子唬壞了——他肯定沒見過老頭像我這樣不知害臊，嚎出那種聲音來。他讓我安安生生站在那兩個凳子頂上，哭了好一會子。他就讓我站在那上面嗚嗚地哭。我不曉得哭了有多久，也不曉得人都在散場了。從我身邊走的人都像看耍把戲一樣看我，看我這個老頭穿一身囚犯的老粗布號衣，跟猴子似的爬那麼高，爬那麼高去嗚嗚地嚎。人都走光了我還不曉得，就知道自己一下子砸在水泥地上，直挺挺從那麼高就砸下來了，嘴和臉跟身子一塊著地，一嘴的血，一嘴的碎牙渣子。」

「那男孩子抽凳子了？」

姥爺不答我，換了個語氣，帶一點微笑地說：「我都不知道那個電影叫什麼名字。回去還有三十多哩地要走，不能老趴在地上歇著，清場子的人掃得我一身灰土，香煙頭、瓜籽殼都要把我埋了。我想爬也爬不起來，渾身肉疼，像皮給人剝了，一動就冷嗖嗖地疼。那個痛讓我忘了跌碎幾顆牙。我等會告訴你這個痛是哪來的，先講那些清場子的人怎麼把我拖到外面，說快把這老頭抬衛生所吧，說不定還救得活；也有的說，還值當抬嚒？先放在這裡看看，差不多就叫三中隊來認屍首。我衣服上的號碼上有大隊中隊的編號。三中隊一來人我就完了，我是偷跑出來的，逮著會給我加刑。我這刑還能往哪加？一加就是死了。」

「等他們一轉身，我就忍著疼爬起來。還好，嘴上的血不流了，凍住了。從場部回我們隊是迎風。那風是滿頭滿臉地砍，滿嘴地鑽──沒牙了嚒。我怎麼也要在天亮前回到隊裡，趕上早晨六點的點名，不然也當逃跑論處。我看到我們隊那片土坏房的時候，天泛白了。也不曉得我怎麼就倒在雪裡頭。後來我們那些人說，他們從我的棉襖褲裡剝出個血人。我們犯人都沒有內衣內褲，六七斤重的粗布棉衣裡都是光身子。布料是回收的舊棉花織的，又粗又硬，跟油毛氈差不多，加上棉花也是『廢物利用』，用了再用不知輪迴了多少次，早沒彈性了。據說裡面還摻了紙渣，全靠份量擋寒。那東西能穿著走出六七十里地嗎？給汗濕，又結冰；人走一步，它就跟銼刀一樣在皮肉上銼一銼，一身還不都給它銼爛完了。我醒了，看看身上──俗語說不死蛻層皮，那是眞的，一塊好皮都沒了，……」

姥爺忽然不說了。我們已到了家門口，媽伸出個頭在樓梯口，見我們便說：「我這就要出去找警察報案：我家丟了兩個人！」她從姥爺手裡抽過報就走。媽眼下在電影中演的角色越來越次要，也越演越無聲息。不經常地，晚報上會有一兩行字提醒一下人們，她尚活著，尚演著。這是她讀晚報的目的。她也要向自己證實一下：人們尚記得她曾經的美麗，人們尚諒解已不再美麗的她。媽有成大角兒的本錢，卻不知怎麼就錯過了一生。她一向認爲主要得歸罪姥爺；因爲他做了三十年的政治犯，她從來都沒有得到重用。連姥爺自己都不知道他這麼個疏遠政治的人怎麼會成個如此重要的政治犯，値得槍斃，値得關押三十年，値得特赦，總之，値得許許多多的人爲他麻煩。在那個政治背景家庭出生左右個人命運的時代，媽的推斷或許有道理。我從來沒有聽過媽叫姥爺「爸爸」。她實在無法把她一生不幸運的根源叫做「爸爸」。我們家的每一個人都希望過：不要有這樣一個姥爺。沒有這樣一個姥爺，我們的日子會合理些。

姥爺在哇哇亂響的電視機前睡著了。我把媽拉到客廳門口，小聲跟她講了姥爺剛講給我聽的那事。媽想了一會說：「那他肯定看錯了。那個電影裡我的戲不到五分鐘。他看見的是女主角。我本來該演女主角的，要不是……」她嗓音開始爬音階，我嫌惡地制止了她。我說：「行了！」

媽安靜地看著姥爺撞南牆一般的睡姿。

我狠狠地懇求媽，不准她把實話講給姥爺。讓老人到死時仍保持這誤會，讓他認爲他爲女兒曾做過的一個壯舉。「其實那電影上的是不是你；他看見的是不是你，都無所謂！」我說。

姥爺在八九年被徹底平反了，被恢復了名譽，他這下可眞成了個無名無份的人。不然罪名也可以算個名份吧。如果他回江蘇老家，可以每月領三十七圓的養老金。不過媽考慮姥爺在這個家還是頂用的，就沒送他回去。我們家的日子就那樣往下過，媽照樣發牢騷，她有積了三十餘年對姥爺的牢騷；姥爺照樣要搜刮家裡的錢，去看電影。只有我在喚「姥爺」時，心裡多了一份眞切。我靜靜地設想：姥爺去看電影中扮演次要角色的媽媽，因爲媽在銀幕上是和悅的，是眞實的，姥爺能從銀幕上媽的笑容裡，看見八九歲的她——他最後鎖進眼簾和心腑的女兒形象。

——一九九六年五月·選自時報版《風箏歌》

拓拔斯·塔瑪匹瑪作品

拓拔斯·塔瑪匹瑪

漢名田雅各，台灣南投人，1960年生，布農族人。高雄醫學院畢業，就讀醫學院時期參加阿米巴詩社，並開始短篇小說創作。曾服務於台東蘭嶼鄉，高雄三民鄉、桃源鄉衛生所，現任職於台東縣長濱鄉衛生所。著有《最後的獵人》、《情人與妓女》等書。曾獲吳濁流文學獎、賴和醫療文學獎。

安魂之夜

伊畢．阿布斯，伊畢．阿布斯，第二鄰的伊畢．阿布斯，你的台南電話，請趕快來代辦處，家人可以代接，伊畢．阿布斯……。

天色尚未晴朗，烏雲底下射出一道微微弱弱的光線，看來太陽早已跳出山谷，只是今天可能會是陰天或是下雨天。大喇叭又傳叫了兩次，兩次的音波在山谷間共振而聽起來更大聲，全部落的人都知道那是第二鄰伊畢．阿布斯的電話，這時大家都正準備上山工作，但伊畢和阿布斯早已在小米田裡採收小米，伊畢聽到那傳聲喇叭也起床了，以爲如同往常一樣放早晨的音樂給部落的人聽，第二次傳呼時，他才聽到原來是廣播自己的名字，臉色由採小米的歡喜，漸漸露出懷疑納悶的表情，他呼喊阿布斯叫她停止採收小米，並把籃子從背上由右向左卸下，猜想怎麼突然有陌生地打來的電話，他對著阿布斯笑笑，忘了穿上雨鞋就走回部落，他跳過一處水溝，將身上的泥土拍掉，順著長滿一點紅且看來很少人走過的田埂跑回去，一面跑一面猜這通電話到底是誰打來，是女兒嗎？但是她們不住台南啊！是兒子嗎？他正想到兒子伊蒂克時，大腳趾被瓶子碎片刺傷，流了一湯匙的血，他坐下來把血由傷口擠出來，然後以口水塗傷口，撕下顏色不很乾淨的衣袖子將傷口綁好止血，他的情緒變得更不穩定，他相信老布農的一套，一切都有前兆，這一次好像不是什麼好事。

他停在代辦處門口片刻，試圖使呼吸聲再小聲點，然後走到電話桌旁，電話沒有掛上，伊畢馬上拿起電話，始終聽不清楚對方講話，發現原來電話拿反了。

「喂！我是伊畢·阿布斯。」

「什麼·松必龍是你的男孩子嗎？」

「哎！對，松必龍是我的兒子，怎麼樣？」

「你的兒子現在在台南，在我們部隊裡，希望你趕快來這裡辦手續，並且也通知村幹事一起來，已經二天半了，他……」

「我還沒認識松必龍這三個國語字之前，我早就知道他叫伊蒂克，我們五歲那年有次在濁水溪的河床放牛，他牽一頭母牛，我牽的是一頭長滿皮膚病的老公牛，但牠非常強壯，每每遇上蠻橫的公牛，必定會被牠嚇跑，我不是吹牛，牠有一個祕密，牠的牛角是在夜裡偷偷地磨利，我那隻公牛看到伊蒂克的母牛時，眼睛看得發楞，牧草由嘴角掉下來，於是牠跑到母牛前笑一笑，然後轉到母牛後面，又張開令人作嘔的笑臉，牠們不理我們的拉扯，一直衝向水邊，我那時和伊蒂克站在那兒直發呆，我心裡知道牠們要幹什麼，所以就邀他去游泳直到中午，只要我們碰了面，就到河邊游泳。入伍以前他結識一位女孩子，從那時他就比較少來登門造訪了，那女孩是他親自描述給我聽的，那是一個泰雅爾的女人，漂亮且不會拒絕他的暗示，有一次我在水里的麵攤遇到他們，我不想驚動他們，所以躲在左側邊看著他們，的確她就如同我祖父常說的刺莓，看到了就想放進嘴裡舔一舔，在她的左眼角舖上幾個棕褐色的小斑點，如果那幾粒斑點落在布農女孩的臉上，可能消失無影，她的臉色太嫩了，但不像都市人的蒼白，那一對眼睛就像純眞的小孩好動且快樂，她也有布農樣的小腿，相信伊蒂克若娶到她一定會快樂。最近伊蒂克找我的次數卻愈來愈頻繁，尤其由軍中放假回部落時，他都主動來找我。

有一次，他喝過酒，穿著紫色的汗衫，平日即使是放假他的軍服不輕易脫下，有時衣服忘了扣鈕釦，但他不會忘記插一朵牽牛花，或貼上骷髏貼紙，就好像布農的勇士一樣喜歡炫耀他們神氣的外表，他一向不太愛喝酒。那天他說了一句話然後轉身離去，他說女人可以像太陽那麼熱情，也可以像魔鬼那般可怕，女人實在太可怕了。那時我就覺得不對勁，但他因爲醉了，所以我就沒理睬他。

前幾個禮拜六，他正好放假回來，我們上教堂唱詩歌，他一直是第三部男高音的主要人物，之後大家散開回家，他把阿嬪拉住，邀她到校園的橄欖樹下聊天，阿嬪那時嚇住了，伊蒂克以前上教堂練詩歌時不苟言笑，散會之後往往男男女女相約去談天看月亮，但每次一定會看到伊蒂克隻身在巷尾消失，他就是那麼害羞且嘴巴小得像女人，說起話來有點娘娘腔。那天他向阿嬪訴苦，並請教如何對待溫柔但外向的女孩，他受不了他的女朋友也對其他的男人笑口常開，就這樣他們幾乎鬧到破裂的邊緣，像嘴角的口水，只要一不小心吐一口氣，那口水就掉下來，阿嬪還聽到一句不該是布農男人講的話，伊蒂克想讓自己的呼吸聲離開這大地，他們聊到月亮已經斜著走，伊蒂克還是搖著頭走回去。最近聽說有回家，不知道他回來幹什麼？我猜想他的離開與感情脫不了關係。

都爾布斯說完就抬起頭來，轉向蓋上白毛氈的棺木，棺木周圍擺了幾朵伊蒂克生前喜愛的紫色牽牛花，前端放著一本聖經，棺木是由六塊杉木板釘裝而成的，是伊蒂克父親中午趕製而成，鐵釘還亮得發光。用牛糞塗製的院子因下著雨顯得骯髒，但整個家的牆壁甚至牆角落沒有一點髒東西，他母親在黃昏之前已讓伊蒂克安然躺著，也將和伊蒂克同時出生的肚臍，以及他第一次來這世界所穿的衣服都拿出來放在他身邊，與他同葬，並趕緊以五、六株蘆葦拍打牆角、屋角及整個棺木，然後順著小路拍向太陽落下的天邊，好讓伊蒂克的鬼魂離開這地方。

「如果不是女人，今天我們就吃不到綠豆與米。」一位嘴裡叼著長壽菸的老人開口道。

「伊蒂克應該叫我爸爸輩，他父親是我爸爸弟弟的兒子，伊蒂克是伊畢・阿布斯唯一的一個男孩，說起來蠻可憐的，他母親以前再怎麼勤勞就是生不出孩子來，她有兩次流產的經驗，她生第一胎而小孩夭折的那個晚上，她已經疲憊不堪，隔天她的家族竟然把她揍得全身傷痕累累，她額前的疤就是那件事發生之後遺留下來的，她與伊蒂克的爸爸最後承認，他們曾經將流產的小豬帶到部落外煮來吃，他們永遠不會忘記那小豬又嫩又香，雖然煮過小豬的鍋與碗筷都丟到濁水溪底，讓河水把詛咒流走，但布農的詛咒一直在他們身上。自從生下伊蒂克之後，他們慢慢不相信詛咒，而特別愛護伊蒂克，儘可能把伊蒂克放在身邊，就是到山上採小米，也把他帶著，放在樹下讓樹蔭保護他，每天教導他做人的道理以及古老的禁忌，伊蒂克的膽小及羞怯就是這樣子得來的，他甚至對小動物都非常善良，有次他偷偷詛咒比雅日，因爲比雅日吃了一隻不到半歲的小山羊，他很有良心，絕對像聖經告訴他的寬容與愛顧，國小畢業後，他跟著爸爸種小米和玉米，偶爾上林班砍草賺錢，客廳的錄影機就是他買來的，他一直是他父親良好的幫手，在當兵之前他就是這樣的一個人。有次他來我家，手裡拿著一大堆東西，我的小孩像一群小雞看到母雞，一擁而上，把他手上的東西統統拿走，那是他在高雄受訓時買的，孩子散開之後，他的上嘴唇顫動地說著，他說軍中給他很大而且怪異的壓力，每一回有上課或打子彈的那一晚，一定會作噩夢，有一種硬邦邦聲音，不像人聲那般柔和，但可聽得出那是射擊的口令，他看得很清楚，他親自提一把五七式步槍，以敏銳的眼珠瞄準一個人的太陽穴，那人的皮膚是黃顏色的，和他週遭的朋友有著同樣的色彩，他偷偷看一下那人的左眼，白底黑眼珠，眼皮平滑像青蛙眼，他不敢再看下去，然而那聲音一直命令他，伊蒂克無法選擇而將槍口指向自己，每次流著冷汗被驚醒，尤其今年最後第二次回家，他適假不歸而受到處分，他覺得很對不起他的長官。最後一次回來，他來找我時，我正好上林班賺錢，我的女人告訴我，伊蒂克光著上身酒醉來訪，並且不斷地詢問著，人活著一定要拿勇氣打倒莫名其妙的人嗎？小時候父母要他善待別人，族人教他要愛這土地上的人，教會教他要愛世人，但大了以後，大家教他怎麼防範別人，如何爬上他人的頭上。當兵之後，學到怎麼分別敵我，如何把準星對著敵人，他受不了，他受不了。我的女人要安慰他時，他就衝出去，還不小心把竹籬笆推倒，沒想到再見到他回來時，他不能答謝我們的安慰。」

「早上我跟伊蒂克的爸爸去台南領屍體，我到連長那裡辦理一些手續，連長室裡另有一位看來心裡哀傷的輔導長，輔導長談到伊蒂克的死，帶給他與連上官兵很不愉快的氣氛，伊蒂克的表現應該以優等來定位，他在野外活動往往是佔最前面的一位，工作勤奮但不說話，應該不是因爲國語不標準而害怕開口，輔導長曾經遇到伊蒂克與一位客家籍的二等兵有說有笑，輔導長想不透爲何他要自殺。伊蒂克是在星期六下午回營，有人看到他由側門回營，但沒多久他躺在彈藥庫大門，聽說他正值勤，身穿整齊的革命軍服，皮鞋看來剛擦過，兩手伸張且平躺，像是死前身體絲毫沒掙扎，只是在肚臍穿有一個槍火燒的洞，翻起身子，後面有一個大洞，下個值班的士兵發現到，但已經來不及，一個字兒也沒留下。我也跑去看屍體，比五七式步槍還短的手臂已經變僵硬，食指頭無法彈直，看似扣了扳機後就馬上斷氣，可能不是五七步槍，也許是手槍，但沒有聽說手槍可以打出那樣大的洞，和老鼠洞沒有兩樣，也可能是卡賓槍，但是，現場只有步槍在伊蒂克腳下，對了，伊蒂克是很聰敏的年輕人，他可能用腳趾頭扣扳機，也許襪子與鞋子是他們事後給他穿上的。輔導長說最近伊蒂克的情緒不太穩定，有時突然對上司頂嘴，有時說是火車逾時而遲歸入營，值勤時口令亂回答，反正有點怪異。正當輔導長要徹底了解時他已遭不幸，記得我在金門當兵時，曾經親眼看到一位士兵因情緒不滿而舉槍朝著排長的臉，但被班長以手槍制止，不過那是前方。如果我們早發現他怪異的行爲就不會如此，我這個村幹事也許可幫點忙。」

「我曾經在軍中不服從，而被用槍桿打在我的屁股上，我因痛而放了一個屁，只是這樣的處置而已，班長頂多罰站或大罵罷了，我認爲，伊蒂克是因感情而做出傻事。」一位長滿小米般大青春痘的布農青年說道。

「我也認爲伊蒂克是那女人害的，我哥哥以前認識一個泰雅爾的女人，他們的感情之要好，就像藤條那般堅硬，就是要燒斷它，也得要太陽轉兩次的時間，我以爲她會像小溪流入濁水溪匯合在一起而不分開，沒想到那個女人在他們工作的工廠裡，跟一位平地人跑了，不知道泰雅爾的女人看中什麼東西。所以伊蒂克他們可能吵架，逾假不歸而受處分，心情不好而發生這種事。」伊蒂克的表弟氣憤的說道。

「喂！你怎麼那麼笨，你自以爲樹影子是因太陽轉動而改變形狀，你知道嗎？是陰影在移動，太陽是老布農的神，怎麼可能讓神爲我們日夜操勞。」一位已酒醉的長老笑臉帶著鄙視的眼光胡言亂語。

大家七嘴八舌似乎要討論決定到底伊蒂克是怎麼死的，年輕人與老年人互相僵持不下，突然有個黑影子站在門前，她頭上披著黑薄布，她身上穿著一套看似她上一代的舊衣服，極端的可憐，衣襟上已濕透了，她低著頭，但紅紅的眼眶不能躲過別人的視野，她就是伊蒂克的母親——阿布斯，她的打扮正是要讓大家與上天知道，此刻的她是最可憐的，事實上此刻她是最需要安慰。她剛把伊蒂克的鬼魂趕離部落，且將蘆葦也丟掉了，然後由部落外趕來，她盡量走小路不願被人看到，所以沒有其他人知道阿布斯正遭受極大的災變。

大家突然靜得像沒有星月的夜晚，沒有人敢再討論伊蒂克的死。

「喂！盧斯基，你剛才說如果沒有女人就吃不到綠豆和稻米是怎麼一回事？」

「我們等一下再聊，伊畢・阿布斯回來了，我們開始來唱歌！」一位長老搶著起身向大家宣佈。

突然，有一個叫聲揚了起來，緩和但聽起來強有力，唱第二句時，其他人開口出聲，開始是二、三部，最後仔細聽來至少有七八種音調，但聽起來一點都不感到嘈雜，一個聲音由高音跌到最低音時，霎時又有一個聲音突然高亢起來，正好接上，他們一而再，再而三地稱頌人生，回憶人的喜、怒、哀、樂，而把死去的伊蒂克送上天，任由他的鬼魂自己處理，所以唱到他的死，大家又唱回來，又同樣的調子，安慰他父母、家族及他身旁人的靈魂，一樣的歌反覆的歌詠著。

年輕人大都不會唱，三、五個青年人走到客廳來，打開錄影機，經過他們的挑選，他們決定看日本摔角片。

高比爾村幹事坐在角落，聽那些年輕人爲摔角者加油，他們有時握拳破口大罵，指責蒙面人暗藏武器，他們有時安慰將倒地的人，第三場是馬場與一個瑞典的大胖子對決，那些年輕人大聲叫好，瘋狂得幾乎忘了今天是伊蒂克告別的日子，這些人大都是伊蒂克家族的人，他們下午冒著細雨，在公墓挖了一坑洞，做爲伊蒂克的永久住家。

突然，大家叫出可憐聲，馬場被瑞典大胖子的左勾拳打了好幾下，馬場抱著肚子倒地，他再次爬起來，發現肚臍旁沾了血跡，裁判在那瑞典人的手指間摸索，好像懷疑什麼？

高比爾看到這幕景象，想到伊蒂克的肚臍，他再也看不下去，他走回客廳，老人們已經唱完歌，地上擺了幾瓶保力達，他們說是用來安慰自己冰冷、悲戚的心，他也坐下來，而伊畢・阿布斯被他們家族人圍靠著，情緒看來漸漸平穩下來。

「對了，剛才說到女人與稻米及綠豆的故事是這樣的，最早以前我們的祖先偶然間認識一種很矮小的人，他們不是四肢腳的動物，也具備有人的各種肢體與器官，只是他們小的可以裝進背囊裡，他們穿著很堅固的布料，住在一個山洞裡，在叫做「阿吉安」❶的一座山，他們有時邀請老布農入洞裡，跟他們坐在地上一起吸鍋子裡噴出來的蒸氣，哇！那些看來與雲氣沒兩樣的東西，又香又甜，而且一下子肚子就有充滿的感覺。有次那矮小的人禁不住老布農的慫恿，將鍋子打開來，原來是一粒晶白色的東西，摻雜一些綠綠的豆子，那小矮人警告老布農不准帶出洞去，而且規定如要進入山洞之前，必先在洞外大聲呼喊，而且帶一捆的油柴進山洞來，回去之前接受全身搜查。老布農與小矮人立下約定，而經常有往來。有一次，有一個女人叫米娜日按規定進山洞，這女人受不了綠豆香及稻米甜的誘惑，肚子吸飽了之後，她想如果家人都是吃這種食物多好，米娜日趁「伊古倫」❷不注意時，將一粒米及一粒綠豆塞進那個地方，哈哈……米娜日非常緊張，要回去時，伊古倫摸遍她全身，就是沒想到那個地方，她就這麼輕易把東西帶出來了，女人眞是了不起，給我們的不只是後裔子孫，還有吃不完的米和綠豆湯。」

大家都笑，伊畢的兩頰開始向外移動了，但嘴巴沒有張開，阿布斯依然低著頭。

「盧斯基，你講錯了吧！應該是男人夾帶出來的吧！我媽媽說是男人藏在那一層皮裡，所以教我要尊敬且好好服侍男人。」一位穿著黑上衣的老婦人搶著談到。

「對嘛！盧斯基，你一定聽錯了，或是告訴你的那個人一定醉得認不出男人女人，如果眞是女人夾帶的，我們現在應該還是吃小米，女人只要一出力就掉下一個人，何況是米粒與綠豆，又加上情緒緊張。」有個長滿老人斑的男人說道。

大家都笑了，但笑得不很大聲，伊畢也張嘴笑一笑，只有村幹事感到莫名其妙的樣子，他是這客廳裡最年輕的一位，許多古老的傳說他不曾聽過，而那些人似乎已講述多遍，可以一直講話而不換氣，他腦子裡充滿疑問與好奇，想開口問，但又害怕被老人視爲不尊敬，不問就失去了解的機會，他突然清清喉嚨。

「那些伊古倫還在阿吉安山洞嗎？他們的皮膚是黃色？還是白色？」

「從來沒有人在洞外看到伊古倫，他們就是生活在地洞裡，但他們很黑，不像現在整天不曬太陽的女孩，她們比較透明一點，那座山還活著，但已經找不到那山洞，最後看到伊古倫的是松魯曼那家族的人，他們的男人一個個蠻壯如山豬，松魯曼是部落裡有名的獵人，他的眼睛像每月第十五日的月亮那般明亮，即使沒有油柴的黑夜，他也看得遠走得快，有一次他正進去洞裡，伊古倫匆促地穿上褲子，但已經來不及，褲子仍吊在大腿上，松魯曼嚇著了，就在屁股上，伊古倫有一條約玉米梗般長的毛東西，原來伊古倫是長尾巴的人，喂！年輕人，『伊古兒』是尾巴的布農話，所以叫他們伊古倫。伊古倫的尾巴被看到，眼睛呈現日正當中般的紅暈，慚愧且激動的把松魯曼趕出山洞，並且把山洞堵住，從此再沒有人看到伊古倫。」一位長者細心地說明。

「我在城裡讀書時曾經聽過別族有關小矮人的故事，他們會不會是同一個種族？」村幹事繼續問道。

「高比爾，不要聽他們亂講，我們祖先的嘴巴是很大，但絕對不會說伊古倫也是棕色皮膚雙眼皮。城市人眞奇怪，他們一直想把不一樣的東西弄成一樣，你看水里街上幾乎看不到很醜的女人，都是一樣了嘛。」一直喝保力達的勞恩講道。

「我看勞恩醉飽了，只看到話從嘴巴一個一個出來，好像不是從肚子講出來的話，一點道理都沒有。」坐大門邊始終在啓開小嘴笑的老婦人，張開大嘴說話。

「談到女人，我就想到一個懶女人叫烏莉，從前老布農煮一頓飯，只要把一串小米放在手掌裡慢慢搓一搓，等到小米去殼，手掌心就出現裸著身的黃色米粒，就抓一粒放在鍋子裡煮，所以聽老人說一個家只要兩三株的小米，就可以活到下次採小米的時候，有些人怕山豬、猴子來搶他們的小米，晚上就抱著供養他家人一年的小米，一起過夜。到了黑夜還捨不得離開土地和農作物的日子，就在太陽被打下來時，老布農不再那麼受照顧，如要養活一家人，就得再燒更大片的山坡地，種植更多的小米，也許小米不夠甜，又要找其他的糧食。」

「那個懶女人烏莉是怎麼樣？妳沒有講到啊！」勞恩手拿著保力達叫道。

「那懶女人有一天傍晚因白天睡覺忘了煮飯，上山工作的家人將回來，她因怕來不及，因此把一條支脈還有十幾粒的小米統統放入鍋子裡，那女人又躺著等飯熟，不料她醒來了，小米飯塞滿整個屋子、屋頂及後院的石壁隙縫也已塞滿，那女人於是緊張起來，她想用呑食的辦法，但是她的肚子即使裝滿了，小米飯還是看不出有減少的跡象，當她的家人由田裡回來時，那女人變成了懶惰的家鼠。所以懶女人會變成家鼠，那麼害怕人而又令人十分厭惡。」

「聽說那吃不完的小米飯，恰巧被一隻蜜蜂吃掉，沒多久就把全部的小米飯吃光了。」

「這就是我們的老人教我們不能吃蜂蜜，免得吃不完的糧食一下子不見了。」

「更過分的是，當採收小米時，絕對不能吃甜的東西。」

「如有一群蜜蜂由右向左飛過頭上，那就必須停止採收小米。如犯了這禁忌，他們將遭遇饑荒，但奇怪的是飛向右邊時不影響採收的運氣。」

「老人太迷信左邊了，不知道爲什麼？」

「背小米在路上遇見人時，一定要讓人走左邊，就採收小米的動作也必須由右向左，一定要有順序的走向，不然會變成禿頭。」阿布斯也說出祖先傳給她的故事。

「你們看看勞恩的禿頭，可能是他或他的祖先常犯禁忌才如此，勞恩你又犯了禁忌，你應該脫掉上衣，那幾片紅顏色是喪禮不被容許的色彩，脫下來吧！」勞恩把上衣脫掉丟向門外，並且拿酒喝來取暖。

「勞恩，又是喝酒，前天我上台北看女兒，由台中到台北，我還以爲我到了國外，爲什麼看不到米酒那種紅色瓶子？看來米酒是專釀製給我們布農喝的，有一次唸小學的孫子，講一個故事給我聽，他由漫畫書看來的，說美國也有原住民，他們喝了客人給的酒，土地及食物就被客人佔有了，但他們的兩手已經不能抵抗，我看我們不要太信任這種東西，久美部落那裡有人喝假酒死了，『巴哈玉』❸不好就輪到你唷。」伊畢家隔壁的老女人說道。

「讓我解釋一下。」勞恩趕緊抓住空檔，繼續又說。

「我這個禿頭並不是犯了禁忌造成的，是買來的味素吃太多了，事實上犯了禁忌的人是過橋、爬樹、走斷崖時必遭咒詛，他會因無法平穩身子而不敢走過去；如果布農不走路，就像失去了大半生命，痛苦萬分，這是我祖父臨死給我的忠告，使得我一點也不敢干犯布農的禁忌。」

「勞恩，酒不但使你的手腳不靈活，你腦裡的東西也很雜亂。是吃了家鼠才不敢過橋，害怕掉入水中，因爲家鼠不會游泳，犯禁忌的人會咳血而死。偷了東西才會變禿頭，不要再隱瞞了，閃閃光光的頭就在你頸子上，騙得了我們嗎？」一位長老指著勞恩的頭叫道。

勞恩無法與他們爭辯，向前倒一杯酒，與旁邊的老人交杯酒。

「伊畢．阿布斯，最近難道沒有一點預兆嗎？」伊蒂克的外祖父也關心問。

「沒有很好或很壞的跌塞克（夢），昨夜我夢到我父親的大哥——比撒日，我去玉米田時，他正好躲在一叢比較密的草堆裡，我看得很清楚，他也穿和我們同樣的布料，不是他們日本時代的質料；我繼續走過去，正當走過那草堆，他突然跳過來，右手臂夾住我的脖子，我幾乎失去呼吸的能力，我用力踏他的腳趾頭，他鬆開了右手，想不到眞的來取我孩子的鬼魂！」伊畢說道。

「你說是比撒日？你可能沒有見過比撒日吧！他三十歲那年跟一個叫哈尼的年輕人去打獵，那時還用紅毛人的火槍，他們在一棵櫸木上看到一隻猴子，那時正是與太陽最接近的時候，草木茂密，那隻鬼猴子太聰明了，利用山芋的大葉子躲藏，哈尼由上坡要把猴子趕下坡，這時比撒日看到一叢毛在草叢移動，而且移動的樣子，就像躲躲藏藏的猴子。比撒日扣下扳機，噴出來的血竟然與往常看到的不同，倒下去的聲音傳到比撒日的耳裡時，就肯定自己闖了大禍，於是他被警察抓去集集鎮的拘留所，比撒日不會講，更聽不懂一句國語，警察無法忍受比撒日的嘴巴只懂得哭，所以就叫村長領回去，烏曼斯就是你嘛！你那時是村長吧！哈尼就用老布農的方法，草草埋葬。」

烏曼斯現在已是部落的牧師，他聽到自己也是傳說人物，因此也開口。

「那法官只問我這個人的行爲怎麼樣？我告訴法官，比撒日沒有什麼不良行爲，他只是一個好青年而已，而不是一個很好的獵人，於是法官就把比撒日放出來。」

「獵槍、弓箭是不長頭腦的。從前就有這樣的事情，勞恩，你們塔瑪匹瑪就有一次打死了同去打獵的友伴，而從那天起到隔年的同時節，他自己放逐在外面，不敢回部落，比撒日當時也被我們放逐三個月。」

「那些死在森林的人，怎麼辦？」

「他們大都是自家人或是親戚朋友，所以挖個坑埋著就好，那些意外而死，如淹死、被滾石頭撞死的，絕對不能帶回家，當場就送他走。」

「如果是自殺離開人間的，要不要帶回家好好送別？」一位年老婦人問烏曼斯。

「以前，沒有聽說過有人自己拿刀來結束自己的生命，只聽過泰雅族的男人自殺，都是剛長毛的男人。」

「聽說他們比較好勝、倔強，好像他們征服了男人、女人及這個土地，覺得很無聊，但他們的女人不像布農的女人，那麼甘心照顧男人，一定是他們的女人帶來的不幸，難怪伊蒂克認識了泰雅爾小姐就無緣無故消失。」村幹事激昂地談道。

「自殺也是算壞死，不可以帶回家來，更不能享受砌好的石壁、堅固的住家，隨便埋葬就好，生前既不能看重自己的生命，死了就乾脆讓他去了，不過……伊蒂克是怎麼死的大家不知道就算了，不過看來你們也不遵守布農的禁忌。」那七十五歲的長者起來說道。

阿布斯的母親突然叫一聲，而且這一聲無法停下，伊畢用力敲打她的背後，叫聲停止了，但她繼續哭著，大家心裡責備剛才提到自殺是壞死的人，但礙於他是一個年老的人，大家只好到阿布斯旁安慰幾句，直到阿布斯不出聲，但眼睛仍流著眼淚，鼻子也在抽泣著。

「伊蒂克不是壞死的，原本他的連長要把他火葬，但必須要父母的允許，連長的理由是已經放冰庫兩天半了，我們看到屍體會心理不平衡，並且帶骨灰回家不用錢。但我那時相信伊蒂克不是壞死，因爲當兵之前，我的阿布斯做一串竹項鍊給他，掛在脖子上，用來避邪，所以我堅決把伊蒂克的身體給大家看，再好好埋葬。」伊畢說道。

大家聽到伊畢堅決地相信自己沒有犯了布農的禁忌，但看得出來，伊畢的心裡因著困惑而仍不平衡。

盧斯基搶著說：「以前布農的手腳非常靈活，活動的空間就在這廣大的森林，但我們這個頭的想法都被綁在部落，天一亮就害怕不小心犯了禁忌，現在就全然相反，雖然有明文規定，但小孩仍敢犯錯，他們說只要沒有被看到就好，而且不遵守布農的禁忌。」

「對啊！現在，男女都可以吃豬頭皮，女人吃山豬的生殖器，眞不像話！小孩也吃山羊的骨髓，害得他們的老人都瘦巴巴。」

「唉！犯了太多的禁忌，所以，我們布農的『巴哈玉』不很好，我看他們年輕人以後不知會落到什麼地步。」

「這是老一輩的人沒有文字或符號傳給我們啊！如果像公文寫在文件上就好，易懂又可保存。」最年輕的村幹事說道。

「這些禁忌不是我們生出來就有的禮物，是我們長大的歷程中，一個個出現在我們的生活中，然後我們才學習到的，只要是碰上了冒犯禁忌的事，老人就當場解釋說明，老人說過的就不會再說第二遍，除非是大笨蛋，需要天天重複的告訴他，現在的人一出生，眼睛一開，除了空氣之外法律也是他們的禮物，打從父母取了孩子名字時，他就要遵守，孩子的成長就有一本法律壓著他，一不小心冒犯了，沒有辯解的餘地，難怪現在的小孩愈來愈小。」拿著聖經的牧師說著。

「用文字記錄也有一點缺陷，使得老人在小孩面前不知講些什麼，因爲學校已經教了他們怎麼生活，對布農的禁忌他們不再有興趣了，學校教育減少老人與小孩聚在一起的機會。」她以四隻指頭指著看摔角的年輕人。

「老布農的禁忌，傳來傳去，好像有了許多不一樣的地方。」一位比較年輕的男人說道。

「所以要常聚在一起，生活在一起，如不想拋開布農的生活，就不能離開部落，以前的禁忌與傳說，靠頭目來掌握，現在就得靠自己，村長不會管這種事。」

院子的雨早已停住了，伊畢、阿布斯及他的家人的臉色漸漸因愛睏而變形，像沈睡的臉那麼可愛，有人先回去了，他們看看牆上的時鐘，已指著十一點過五分，大家沒再說話，牧師把嘴巴送到最年長的耳邊說，他們要再唱一首歌，但長老告訴牧師，他們已經好不容易把悲傷趕出伊畢和阿布斯的心裡，如再唱一首歌會激動他們的心。於是長老站了起來說：

「我們看不到月亮，因剛才下過雨，但是我們知道月亮也正要回去，而且我們不要太打擾伊畢和阿布斯，伊蒂克剛剛被阿布斯送上天了，我們不用再擔心，而應該使仍與我們同在的人，繼續得到快樂，明天我們一大早一起把他帶不回去的身體埋起來，謝謝大家今晚在這裡聚集，一同安慰伊蒂克的父母，以及他家人的靈魂，希望這一場雨是洗掉伊蒂克留在這裡的一切，不管屋裡屋外，他所走過的道路，然後明天的太陽將再把雨水接上天。」

長老祝福之後，人們一一向伊畢、阿布斯相互擁抱揮別，那些年輕人早已離開客廳，只剩阿布斯及伊畢兩人，四隻眼睛互相凝視，陪伴伊蒂克的最後一夜。

——一九九二年・選自晨星版《情人與妓女》

註釋：

❶阿吉安：一座山名，布農語。傳說此座山有山洞。洞裡住著一些小矮人。

❷伊古倫：布農語。指小矮人。

❸巴哈玉：布農語。運氣的意思。

黃碧雲作品

黃碧雲

香港人，1961年生。香港中文大學新聞系畢業、香港大學社會學系犯罪學碩士，後於巴黎第一大學修讀法文及法國文化課程。曾任記者、編劇，並為香港各報章雜誌自由撰稿。著有小說集《七宗罪》、《血卡門》、《突然我記起妳的臉》、《烈女圖》、《媚行者》、《無愛紀》、《十二女色》等。小說曾入選台灣年度小說選，並獲香港市政局第三屆香港中文文學雙年獎小說獎、第一屆香港藝術發展局文學新秀獎。

嘔吐

在一個病人與另一個病人之間，我有極小極小的思索空間。此時我突然想起柏克萊校園電報大道的落葉，以及加州無盡的陽光。是否因爲香港的秋天脆薄如紙，而加州四季如秋。在我略感疲憊，以及年紀的負擔的一刻，記憶竟像舊病一樣，一陣一陣的向我侵襲過來。

我想提早退休了，如此這般，在幻聽、性格分裂、言語錯亂、抑鬱、甲狀腺分泌過多等等，一個病人與另一個病人之間，我只有極小極小的思索空間。從前我想像的生命不是這樣的。

那是陽光無盡，事事都可以。

落葉敲著玻璃窗。

最後一個病人，姓陳，是一個新症，希望不會耽擱得太久。我對病人感到不耐煩，是最近這一、兩年開始的事情。病人述說病情，我漫無目的，想到一瓶發酸牛奶的氣味，一個死去病人的眼珠，我妻扔掉的一塊破碎的小梳妝鏡，閃著陽光，一首披頭四的歌曲，約翰・藍儂的微笑，我以前穿過的一件破爛牛仔上衣，別著那枚☮的生鏽鐵章，我母親一件像旗袍的式樣，自己的長頭髮的感覺……

「詹醫生，你好。」

「我如何可以幫你呢，陳先生？」

病人是一個典型的都市雅痞，年紀三十開外，穿著剪裁合適的義大利西裝，結著大紅野玫瑰絲質領帶。恐怕又是另一個抑鬱症，緊張、出汗，甚至夢遊、幻想有人謀殺等等。我解掉白袍的一顆鈕扣，希望這一天快點過去。

病人忽然墜入長長的靜默。

另一片落葉敲著玻璃窗。

「我見過你的，詹醫生。」

「哦。」

病人咬字清晰，聲線正常。

「在一間電影院，大概已經是二、三年前的事。那時放映的是《碧血黃花》。你當時可能剛下班，穿著襯衣西褲，而且身上帶一種藥味。我已經記不清你的臉容，因為當時很幽黯，電影已經開始了。」空氣漸漸的冷靜下來，而且感覺冰涼。畢竟是秋天了吧，每逢我想起葉細細，我便有這種冰涼的感覺。

那天我剛巧接到一個病人跳樓自殺的消息。他來看我已有五、六年，有強烈的自殺傾向，這次結果成功，我可以合上他的檔案了。然而我的心情很抑鬱，於是去看了一部六〇年代的舊電影，在幽黯的電影院裡，碰到葉細細，她走過來，緊緊抓著我的手說：「是我是我是我。」我一怔，道：「是你。」她已經走了，依稀身邊有一個男子。

「細細身邊的男子便是你。」我說。

「細細失蹤了。」

不知能否說葉細細是我第一個病人。我第一次見她的時候，是一九七〇年。當時我還在柏克萊的醫學院，在一次校內的反越戰示威，警察開入校園，用水砲及警棍驅散示威的學生。我在拉扯間受了傷，頭被打破，小縫了十多針。母親知道我在校內惹了事，便到加州來找我，半迫半哄的把我拉回香港放暑假。我傷了頭，逼得剪掉了長頭髮，母親又扔了我的破牛仔褲，我只有穿新衣服，儀容便由此整齊了很多，母親才敢帶我去見她的朋友。母親本來是一個小明星，年輕時跌宕不羈，後來嫁了我父親，父親死後，母親承繼了父親幾間製衣廠，也似模似樣，算是有好下場，不過，她的舊友並不全像她這樣幸運。她的一個金蘭姊妹叫葉英，跟了一個黑人導演，到了美國，後來黑人扔了她，她便帶著一個混血的女兒，再回香港覓食，偶然在電視肥皂劇裡當閒角，又到夜總會裡唱歌，一夜被人姦殺。她的女兒當時在場，受了很大的驚嚇，忽然患了一個病，便是不斷的嘔吐。葉英死後，母親暫時照顧她的女兒，把她帶回家來，是一個骯髒瘦弱的小女孩，皮膚微黑，頭髮是黑人那種蓬鬆，雙眼非常非常大，如此靜靜的看著世界，充滿了驚惶與好奇。她看見我，也不言也不語，忽然輕輕的碰一下我的手，拿著我的掌，合著，便在其中嘔吐起來。我雙手盛著又黃又綠的嘔吐物，酸臭的氣味一陣一陣的襲過來，我也不期然的作嘔。這個小女孩，九歲，在我手掌裡嘔吐，全身發抖。她的母親被姦殺，而她只是靜靜而驚惶好奇的目睹性與死亡，我在此刻忽然記得毆打我的黑人警察的面容，是否因爲如此，我差點亦要嘔吐出來。

這是我第一次見葉細細。以後有關葉細細的回憶總是非常痛楚。

那個夏天葉細細在我家暫住。傭人洗乾淨她，爲她換上了碎花紗裙，頭髮束起，結一隻血紅大蝴蝶。葉細細待我，卻有一種非常詭異的，近乎成人的性的誘惑的親暱。她見著我，總拖著我的雙手，小臉孔就埋在我雙手間，如同在此嘔吐，低低的叫我的名字：「詹克明，詹克明。」她從不肯叫我「哥哥」、「叔叔」或其他。她又要與我玩騎馬，讓我緊緊的抱她。晚上就哭鬧，要與我同睡。我拗不過她，也就撫她的背，哄她入睡。她有時夜半會發病，渾身發抖，然後嘔吐，嘔得我一臉一身。漸漸嘔吐的酸餿之氣，成了我這個夏天的生活的一部分。隱隱的，猶如一種難以抗拒的刺激，細細又喜歡在我身邊講話。編很多很多的故事，小嘴唇如蝴蝶，若有若無的吻我的耳後。我反正心裡沒多想，也由著她，她又喜歡用小手抓我的背。

夏日將盡，每天的陽光愈來愈早消逝。空氣蘊藏冰涼的呼吸。我也要收拾行裝，返回柏克萊。母親亦爲葉細細找了一間寄宿學校，將她安頓，又爲她掌管葉英留下來的一點錢財，一筆小錢，足夠供細細上大學，算是盡了金蘭姊妹的情誼。起程在即，我也不再與細細廝混，日間到城裡買點日用品，幾件衣服，行李箱，幾件隨身用的電器，先在家擱著，晚上又與幾個中學同學敘舊話別。這天夜裡母親在姊妹家玩小麻將，傭人因丈夫生病，告了假。我回到家已經近深夜，家裡靜悄悄的，只聽到園子裡細碎的蟲鳴，以及一片落葉，輕微清脆的聲音。我想細細已經睡了，便返回房間，開燈。燈沒有亮，大概停了電。陽臺有月色，淡淡地照進房間來。我挨挨摸摸，想找一個手電筒，忽然聽到了咿咿呵呵的聲音，同時一陣強烈的酸餿味，陣陣向我襲來。我站在房中央，輕輕道：「細細，細細。」也尋找嘔吐聲音的來源。走向了我的行李箱，並不見細細，但卻分明聽到了聲音。我打開行李箱，在衣服、電風筒、手提錄音機之間，看到了葉細細，小貓似的，伏在那裡嘔吐。不知是那極度挑釁的酸餿氣，還是那咿咿呵呵的聲音，我大力的拉她出來，喝她：「葉細細，你是男孩子我便打死你。」細細便看著我，在黑暗裡，她黑暗的皮膚就只像影子——生命如影子。忽然她開始打我，不是小女孩撒嬌那種，而是狠毒的，成年女人的失望與怨懟，抓我，咬我，甚至踢我的下體。我一手揪起她，狠狠的刮她的臉。她一直掙扎，以致大家筋疲力竭，我渾身都是抓痕，她滿嘴是牙血。月色卻非常寧靜而蒼白。這血腥，酸餿，人的氣息，在荒誕寧靜的夜，令我突然想哭泣，我便停了手。細細還在掙扎，微弱的抓我，我便在我的藥箱裡拿出針筒，在針筒裡注了鎮靜藥。

這是我第一次爲她注射鎮靜劑。她沒有反抗，只是非常軟弱的靠著我，低聲道：「不要走。」我爲她抹臉，洗澡。她靜靜的讓我褪去了腥餿的衣服。在黑暗裡我仍然看見她萌芽的乳，淡淡的粉紅的乳頭，如褪色紙花。我其實也和幾個女友做過愛，但此刻看見她的孩童肉體，也停了手，不敢造次。鎮靜藥發作，細細就在浴缸裡，伏著，沉沉睡去。我輕輕的爲她洗擦肉體，莫名奇妙同時感到恐怖與親暱。

這也是我第一次接觸她，同時想避開她。

再見細細已經是幾年後的事情。

那是一個秋天。我才知道香港有影樹，秋天的時候落葉如雨。陽光漸漸昏黃與黯淡，年光之逝去。現在的我，與那個來自柏克萊，長了長頭髮的青年，已經隔了一種叫年紀的東西。年紀讓我對事事反應都很平淡，雖然葉細細還能牽動我最深刻而沉重的回憶，但我只是淡然的問我這個「病人」：「她又怎樣失蹤的呢？」

「我們住在同一層樓宇，兩個相對的單位。我沒有她公寓的鑰匙。她堅持要有她私人的空間，我只好尊重她，但我連續幾天按她的門鈴，總是無人回應，我又嗅到強烈的腐爛氣味，心底一寒，便報了警。消防員破門而入。她的客廳很整齊，跟平日一樣。書桌上還攤著一本《尤茲里斯》，不知是什麼作家的書，只是她很喜歡讀。桌上還擱著咖啡，印著她喜歡的深草莓口紅。只是客廳的一缸金魚全死了，發出了強烈的臭味。她的床沒有收拾，床邊有一攤嘔吐物，已經乾了，但仍非常的餿臭，令我作嘔及登時流汗。家裡的雜物沒動，不過她帶走了所有現款、金幣及旅行證件。」

「有沒有反常的物件呢？」

「唔……桌上還釘了一大堆聘請啓事：接待員、售貨員、金融經理，其實對她沒用，她是個正在行內竄紅的刑事律師……」

「她是自己離開的，陳先生。」

「但不可能。她是這麼一個有條理的女子……鋼鐵般的意志，追一件案子熬它三天三夜……每天游泳，做六十下仰臥起坐，絕不抽菸。她不是那種追求浪漫的人……」

「葉細細是一個可怕的女子。她的生命有無盡的可能性。」

我再見葉細細，她已經是一個快十三歲的少女，手腳非常修長，胸部平坦，頭髮紮成無數小辮，縛了彩繩，穿一件素白抽紗襯衣，一條淡白的舊牛仔褲。見著我，規規矩矩的叫：「詹克明。」她仍然不肯叫我「哥哥」或「叔叔」，我見得她如此，亦放了心，伸手撫她的頭：「長大了好些。」她忽然一把的抱著我，柔軟的身體緊緊與我相貼，我心一陣抽緊，推開了她。

當年為一九七三年，我離開了燃燒著年輕火焰的柏克萊大學城，心裡總是有點悵然有所失。我回港後要在醫院實習，並重新考試，學業十分沉悶。香港當時鬧反貪污、釣魚臺學生運動，本著在柏克萊的信仰，我也理所當然的成了一分子：沒有比自由更重要。那天我在同人刊物的大本營，相約與同志往天星碼頭示威，抗議港英政府壓制言論自由。港英當時發了通牒：誰去示威便抓誰。在去示威的途中，我縛了頭帶，手牽著同志的手，右邊是吳君，左邊是趙眉，迎著一排防暴警察，這時候我腦海裡漫無目的，想到了柏克萊校園一個黑人警察打傷我以前的表情，約翰・藍儂的音樂，大麻的芳香氣味，葉細細的嘔吐物，她的萌芽的乳，及加州海灣大橋的清風。記憶令我的存在很純靜，我身邊的吳君，此時卻說：「他們都走了。」我回身一看，果然身後所有人都走了，只剩下我們數人，面對著防暴警察。

他們開始用警棍打我們了，在血腥及汗的氣味裡，我想起了葉細細。

有關她的聯想與記憶，總是非常痛楚。

她與母親來拘留所看我。母親怕我留案底，自此不能習醫，因而哭得死去活來。細細只站在她身邊，一眨一眨她的大眼睛，微黑的皮膚閃閃發亮，肩膊有汗，如黎明暗夜的一滴露珠，她一直沒作聲，離開前緊緊的抓著我的手。

回家後我得臥床休息，整天頭痛欲裂，吳君和趙眉偶然來看我。趙眉是一個溫柔羞怯的女子，來得我家，總是拘拘謹謹，反而是我逗她說話，只是她總來看我，攜著百合、玫瑰、鬱金香，先在我房裡坐得遠遠的，慢慢的坐到我床沿來，有時唸一首她寫的詩。我握著她的手，感到了著實的親密溫柔。我也首次生了與一個女子結婚的意思。

細細還在寄宿學校，偶然回來。一個週末下午，趙眉來看我，走的時候就在客廳碰到葉細細。我聽得聲響，便想到客廳裡作介紹，但已聽得細細在問：「你是誰？你爲什麼來看詹克明？」我到客廳裡見得趙眉，非常驚懼而無助，細細雙眉挑得老高，在打量趙眉，趙眉匆匆低頭說：「我先走了。」便風似的去了。

細細和我在客廳對坐，她戴上黑眼鏡，點一支菸，而我頭痛欲裂。空氣如水，靜靜的淹沒。她良久方問：「你愛她嗎？」我十分煩惱，不禁道：「爲什麼女子總愛問這樣的問題。」她忽然走近我，扯起我頭上的綳帶，咬牙切齒的道：「你好歹尊重我們一些。」然後她放下我，收拾她的手提大袋，回到房間去。細細畢竟長大了，不是那個在我手掌裡嘔吐的小女孩了。我竟然有點若有所失。

細細後來失了蹤。我的頭傷痊癒，細細的學校打電話來，發覺細細離校出走，已經二、三天。母親現在老了，很怕麻煩，想脫掉葉細細監護人的身分，正跟校長糾纏。我立刻四出找尋葉細細，趙眉陪我。去哪裡找呢？城市那麼大，霓虹光管如此稠密，連海水也是黑的、密的，像鉛。城市是這麼一個大祕密。這時我才發覺，我根本不認識香港。

我找遍了細細的同學，一個女同學透露：一個男子將細細收容在一間空置的舊房子裡，在深水埗。我和趙眉便踏著彎彎曲曲的街道去找她，而我又不慎踩到了狗屎，幾個老妓女在訕笑。吸毒者迎上來向我拿十塊錢。單位在一間鐵廠的閣樓，晚上鐵廠在趕夜班，一閃一閃的在燒焊，「嘩」的著了一朵花。我踏著微熱的鐵花，感到眼前的不眞實，便緊緊的捉著趙眉的手。趙眉也明白，安慰道：「一會便好了。」

單位沒人應門，裡面一片漆黑。外面是天井，可以從天井跳入單位去。我教趙眉在外等我，便賊似的貓著腰，潛入單位裡面。我立刻嗅到熟悉的嘔吐物餿味，這種氣味，讓以往的日子在黑暗裡回到我眼前。外面是慘白的街燈。我嘆一口氣，道：「細細。」在黑暗裡，看不清楚細細的黑皮膚，但我知道她在。一會一個修長的影子迎上來，緊緊的抱著我。她全身發抖，腸胃抽搐，顯得非常痛楚。細細臉上有明顯的瘀痕：「爲什麼呢？細細。」我低低的說。細細抱著我，在我耳邊微弱的道：「我愛你，詹克明。」這是我所知道的，最荒謬的愛情故事了。我抱著她，慘白的燈光照進來，像一盞舞臺的照燈。她在我耳邊道：「你可以愛我嗎？」我只好答：「你知道嗎？你有病，葉細細，讓我照顧你一生，我是你的醫生。」她道：「但你可以愛我嗎？」我只重複道：「你有病，葉細細。」細細竟狠狠的咬我的耳朵，痛得我不禁大叫起來，外面的趙眉立刻拍門。細細又陷入歇斯底里的狀態，我只好打她，乘機給趙眉開門，二人合力制伏了她。

那夜我又爲她注射了鎮靜劑，自己卻無法成眠，便到客廳裡，打開陽臺的門，看山下的維多利亞港，半明不暗。我抽了一支又一支的菸。被捕之後，同志紛紛流散。趙眉和我只變回普通的情侶，她甚至喜歡弄飯給我吃。我將來會是什麼呢？一個精神科醫生，每天工作十六小時。我的一生是否如此完成呢？我只是十分迷惘。此時細細靜靜的走進客廳來，坐在我面前。我不理她，繼續抽我的菸。她抱著她自己，也沒動。巨大的黎明就此降臨了，從遠而近。細細慢慢解掉她的睡袍。她的聲音很遙遠而平淡：「他們就這樣解掉媽媽的衣服。」這是我第二次看見細細的裸體，非常非常的精緻，淡淡的巧克力色。細細又拿起我的手，輕輕的碰她。她的臉、她的肩、她的胸前、她的乳、她的肚皮。不知她上次出走遭遇了什麼，她渾身都是瘀痕，只是她絕口不說。如今我碰她，很奇怪，並不色情，只是讓我碰到她成長的諸般痛楚。她讓我的手停在她的膝上，然後她在劃她的小腿。一劃，便劃了淡淡的白痕，一會便沁了鮮紅的血。她手中不知何時拿了一把裁紙刀，邊道：「他們這樣劃破媽媽的絲襪。」然後葉細細這樣倚著我，道：「你要我嗎？像他們要媽媽一樣。」我閉上眼，道：「我不可以，葉細細。」我嘆一口氣，便做了一個決定：「你不能再留在我身邊。你要去英國寄宿，不然我還給你你的錢，你離開我們家。」

葉細細是一隻妖怪。她有病。

「你知道她有病嗎？」我如今才仔細打量我這個病人，只是奇怪的，覺得非常的眼熟。他那種低頭思索的姿態，一臉無可奈何的表情……如同讓我照到了鏡子。

天色開始昏暗。我的登記護士下班了。

「我是她律師樓的同事，你知道，她很吸引人。她的思維跟行動都很快；高跟鞋跳躍如琴鍵。跟她合作做事，像坐過山車……我們一直都很愉快。直到我第一次和她做愛。」病人此時也仔細的打量我：「你不介意吧？」

「唔。」

「她開始叫一個人的名字。聽不清楚她叫什麼。後來我仔細聽清楚，姓詹，……詹什麼明。然後她開始咬我。不是挑情那種咬，是……想……咬掉我……我很痛，實在很怕，不知如何是好。而且……哎……每次做愛她都嘔吐。完事之後她便嘔吐，像男人有精液一樣。很可怕。」

「你有沒有離開？」

「沒有。此外她一切都很好。她很溫柔，又很堅強。我炒金炒壞了，她去跟經紀講數。她借錢給我。去旅行她訂酒店，弄簽證，負責一切。我家的水喉壞了，她來替我修理。我跟她生活，感覺很好。雖然如此，我時常覺得無法接近她。」

「你覺得很好，她呢？」

「我不知道。我眞的不知道。」

「這樣，你爲何要來找我呢？」

「因爲現在我想離開她。」

葉細細離開之後，我的生活得到表面的平靜。我開始在政府醫院工作實習，和趙眉結了婚，很快有了孩子。香港經濟開始起飛，每一個人在賺錢的過程裡有無限快樂。因此昔日的戰友更作風雲散。吳君當了一個地產大王的助手。小明當了諧星。還有的進大學教書，都開始禿頭，長肚子。這種生活非常沉悶，我卻無法擺脫它。我除了當醫生，我什麼也不會做，我甚至不會打字，或使用吸塵器。工作、女兒花了我絕大部分的時間，我的頭髮在不知不覺間斑白。有時下班回來，很累很累的抱著女兒，在她床邊朦朧睡去，依稀聽到了披頭四的音樂，我在柏克萊城張貼標語，懷裡的卻是葉細細，才九歲，受盡了驚嚇。這一切和我眼前的一切沒有關係。

窮極無聊，我決定自己開業，好歹賺點錢。在山頂找了一間小房子，窗外有落葉，迎著西。趙眉嫌租貴，地點又偏遠，但我堅持租下，因為在此，很像在加州，可以看到窗外金黃的季節。

細細在英國期間，回來度過幾次假；她住在曼徹斯特。我總是避著她，與趙眉、女兒一起見她。她看來亦很正常，衣著趨時，像任何一個美麗的黑人混種少女。她那種流於俗套的青春美，反而讓我心安。因為她正常，我便不會受她誘惑。反正這些青春美女，一毛錢一打，每年港姐選舉都大把大把的任人觀賞評點，此時我行年三十六，年近不惑，對於皮膚的美麗，只讓它僅止於皮膚。細細有同年紀的男友，相伴而遊，她與我之間，似乎就已完滿結束。

後來母親心臟病猝發逝世，細細回來奔喪，在喪禮中招呼親友，張羅飲食，竟也十分周到。我並不悲痛，只是十分沉重，吃了鎮靜藥，只得一個軀體，心底有一種很徹底的疲倦。趙眉跟女兒自然也不知道，女兒如常撒嬌，趙眉如常哄護。母親遺體火化時，我和細細就站在火化爐外面等。遠處見到濃煙，也不知是那一個屍體。細細伸手握著我的手，她的手很溫柔而堅定，就像當年趙眉的手，跟她小時候不大一樣。然後她低低的問我：「詹克明，你對你的生命滿意不滿意？」

我一怔，看著那燒屍體的濃煙，在空中漸漸散去。暮色蒼茫，此時我內心非常哀傷。

我和細細晚上相約在中環一間義大利館子見面。我診所關了門，特地回家換衣服，洗了澡，穿了一雙新襪子，才去見葉細細。因爲心情有點緊張，抽了根菸。出了家門，又覺得不好，折回家，擦牙。如此折騰，自己也覺得好笑。細細早到，見得我，站起身來迎我，大家都非常禮貌而客氣。她將蓬鬆的頭髮束起，戴了一雙長及胸前的吊墜耳環，穿一件銀紅的絲襯衫，非常的俗豔。我們開始交割她母親款項的問題，有信件，要她簽署。她亦年滿二十一，母親和我已經完成了我們的責任。細細決定放棄大學二年級的課程，回港定居，她討厭英國。我們叫了冰凍的新酒，嚐點義大利芝士。細細說她在義大利被打劫的情況，一會又談到巴塞隆納的米羅博物館，布拉格的城堡與水晶，相對起來，我的工作就很單調，愈來愈像幼稚園教師。她聽了，靜下來，很嚴肅的問：「有沒有像我這樣的女病人？」我笑：「沒有。」她又問：「有沒有碰她們呢？」我老老實實的答：「沒有。」她忽然又問：「你是個好男人嗎？」我想想，道：「那麼要待別人來評定。」她堅持：「我問你。」我只好答：「我想我是。」她便說：「我懷孕了。」

這是我第三次接觸她的裸體。痲醉師爲她注射痲醉劑的時候，她拉著我的白袍，問我：「詹克明，你可否愛我呢？」我一怔，反應很慢的，道：「葉細細，我不可以。」但她已經失去知覺了。我到手術室，拿著鉗子與吸盤，充當一個護士，我的舊友非常熟練的張開她的陰道。她很快的流了血。細細堅持要我在場，不知是一個陰謀還是一個誘惑。她的血就像是生命的傷害，很多很多的湧出來。鉗子非常冰冷。我抬頭看見手術檯的燈。吸盤抽出了胎兒，在膠袋裡盛了一攤血肉，來自細細體內。我輕輕的碰一下她的胎兒，猶有溫熱。此時我忽然想與她有一個孩子。

她的身體很虛弱，我便把她接回家去，告訴趙眉她做了腸胃的小手術。也事有湊巧，趙眉患了急性胰臟炎，要入院住幾天，做點小手術。一下子我身邊有兩個親密的病人，實在分身不暇。有一天實在累極，下午沒有預約，便提早關了診所，回家休息。小女兒到趙眉母親家裡去。下午的家靜悄無人，細細想來已經休息。她有點血壓低，體力恢復得很慢。回家我又聞到一陣淡淡的酸餿氣息，回憶一陣一陣的向我襲過來。這許多年了，此情此景都似曾相識，但其實那些日子都不會回來了。盛夏炎炎，我感到了一陣冰涼。倒了一點威士忌，加很多很多的冰，就此在客廳睡了。醒來是黃昏，眼前卻有一個黑影，我以爲是我自己死亡的影子，心裡一驚，便醒過來了。細細以背向我，正在喝我剩下的威士忌酒，想來酒已暖了。我不動聲色的看她，她穿著白色絲質睡衣，沒穿睡褲，只有一條白絲小內褲，皮膚黑亮，腿上卻一滴一滴的承接了眼淚。細細哭了，我不敢驚動她。不知她爲何而哭，或許只是爲了生存本身：如此風塵閱歷。鐳射唱機開動，隱隱傳來貝多芬的〈莊嚴彌撒曲〉。〈彌撒曲〉恐怕是貝多芬最莊重而哀傷的曲子了。此時我亦感到了與葉細細有一種非常莊重的接近。好一會，她的淚停了，開腔道：「你爲什麼不愛我？」把我嚇了一跳。我伸手揩抹她膝上的淚水：「你知道，愛情並不是一切。我是你的醫生，我時常都是。」細細低聲道：「對你的愛情是一種病吧，我渴望病好。」我說：「你渴望，便得著。」——多麼像耶穌基督，我幾乎要笑出來。她轉身看我：「詹克明，你可否令我幻滅？不再愛你？」我慢慢的撫摸她：「可以。我原來是一個不值得的人。」我輕輕的撫她的乳：「你長大了，不再追求不存在的事情。」這樣她便吻我了，唇那麼輕而蜜，如玫瑰色的黃昏小雨。她褪去她的睡衣，她的皮膚如絲。我只是怔怔的讓她擺布，我心裡卻非常清楚，我們愈接近幻滅了。我很想進入她的身體，同時我內裡卻昇起一種欲嘔吐的感覺。此刻我突然明白細細的嘔吐：感情如此強烈，無法言喻掌握，只得劇烈的嘔吐起來。細細緊貼著我的身體，如此豐盛廣大，如雨後的草原。我無法不進入她，如同渴望水，睡眠，死。她在低低的呻吟，說：「我希望做一個正常的人，詹克明。我不要再愛你了。」我一動，便說：「好。」她的淚一滴一滴的流下來。她剛做完手術，內裡非常的柔軟敏感而且痛楚。她額上沁了一滴一滴的汗。我想退出來，她緊緊的纏著我：「不要走。」她的臉孔扭曲，卻又笑著，分不清是痛苦還是什麼，非常詭異。我緊緊的按著她的肩膊（她的肩非常瘦削而又堅硬），劇烈的動起來，也不管她的痛楚，此時我若有小刀還是手槍，我會毫不猶疑的殺死她的。我不知道爲什麼。我很快便射了精，而且從來沒覺得這樣疲乏，幾近虛脫，她看著陽臺外的夜色，一城的燈細細碎碎的亮起來。我感到十分難堪，立刻穿回衣服。她赤裸著，抽根菸，神情十分冷漠，猜不透，我十分懊惱，大力的捏自己的臉孔。她便邪惡的笑我：「就像一個失節的女子。這年頭，即使是女子，也無節可守呀。」我隨手拿起水晶威士忌杯，摔個稀爛，便大步走出家門。

我沒開車，獨自走下山去。路上急走，只看著自己的腳步，也沒多想。到了城中心，下班的人潮已開始散去。有人在地車站口賣號外：「中英草簽號外！中英草簽！」我買了一份，隨手又丟在垃圾桶。抬頭仍然看見銀行的英國旗。主權移歸了，世界將不一樣。我走過中環的中央公園，有學生在表演街頭劇，鼓聲咚咚作響，在現代商廈之間回聲不絕，如現代蠻荒。一個戴面具的學生道：「我一覺醒來，英國變了中國……」事情愈來愈不合情理，但又不爲人所掌握。這世界跟我認識的世界不一樣了；我們不再可以決定自己的命運了，在情慾還是政治層面均如此。但以前不是這樣的。在柏克萊，在六〇年代……以前不是這樣的。

我不敢再回那個家，在酒店住了幾天，再接趙眉出院，趙眉十分虛弱，倚著我身上，十分的信任，連我覺得安全，畢竟是一個妻。我也緊緊的挽著她。還沒有進家，已經嗅到一陣焦味。我急步進門，大吃一驚。那張我和細細在上面做愛的沙發，我在加州時用的行李箱，以前我穿的舊衣服，細細兒時的玩具，都擱在客廳裡，燒個焦爛，天花板都燻黑了。我急怒攻心，就在客廳裡瘋狂地將遺骸亂踢，踢傷了腳。我要告她、用木棍打她、殺死她。但其實我知道，我永遠不會再見到她了。

細細走了。她決定不再愛我，做一個正常的人。

我在盛怒中忽然流了眼淚，此時我體內昇起一陣欲嘔吐的感覺，強烈得五臟都被折個稀爛，我衝到洗手間，只嘔出透明的唾液，眼淚此時卻不停的流下來。

我的過去已經離棄我了。

此時我突然心頭一亮：在黃昏極重的時刻，眼前這病人和年輕的我如此相像；低頭思索的姿態，一臉無可奈何的表情。

「爲什麼你想離開她呢？」我問。

「我想……她有病。她看起來卻一切都很正常。大概是去年冬天吧，聖誕節假期之前，她和我都留得比較晚。我埋頭在寫報告，抬頭已是晚上十時。我去找她吃飯。她在影印，我站在她身後，一看，她影印的全是白紙。我叫她，她便開始伏在影印機上嘔吐。好可怕。嘔得影印盤上全是又黃又綠的嘔吐物。她在嘔吐間，斷斷續續的告訴我，很厭倦。不知她厭倦些什麼。」

「那天後她就拒絕與我做愛。」

「那時她開始有病吧。很奇怪，她在很突兀的時刻嘔吐，譬如與一個客人談價錢，在法庭裡勝訴，或在吃東西，看色情刊物等等。」

「我爲了她的嘔吐想離開她。」

「她失了蹤你應該很高興。」

「我應該是。但我……」

那次在戲院裡碰到細細是她走後唯一的一次。我輾轉知道她當了兩年空姐，因爲涉嫌運毒被起訴，所以停了職，後來罪名不成立。她就到了倫敦唸法律。她決意做一個正常人，正常的職員，有一個正常的男朋友，閒來挽著手去看電影，她的生命便從此沒有我的份兒，我想理應如是。但那天她在電影院來將我的手緊緊一握，我在電影院裡便非常迷亂，連電影裡的六〇年代也無法牽動我。電影還未完我便走了。

此時天已全黑。我們二人在小小的檯燈前，兩個影子，挨湊著，竟然親親密密。我脫掉白袍，要送我的病人下山。我關掉空調，病人猶坐著不動，我不禁問他：「我還有什麼可以幫你的呢？」他才答：「我應否去找葉細細呢？」「啪」的我關掉了燈。一切陷在黑暗裡。我說：「她已經離棄你了。」聲音如此低，就像跟我自己說。「不用了吧，她會為她自己找尋新生活。」

病人與我一起離去時，我才發覺，他跟我的高度相若，衣著相若，就像一個自我與他我。我們都是細細在追尋的什麼，可能是愛情，也可能是對於人的素質的要求，譬如忠誠，溫柔，忍耐等等。我們不過是她這過程中的影子吧。病人也好，我也好，對她來說可能不過是象徵。我們二人在車裡都很沉默，很快我們便下了山，病人要到中環去赴一個晚餐的約。快要抵達目的地時，他忽然問我：「詹醫生，你和細細有沒有做過愛？」紅燈一亮，我登地煞了車，二人都往前一衝：「沒有。」我說。「為什麼？」他便答：「因為細細有一次說，她曾經有過你的孩子。」綠燈亮起，病人不等我回答，便說：「我到了，謝謝，再見。」便下車去了。我待在那裡，不知他的話是何意思。是細細的幻想還是眞的。我這生或許沒有機會知道了。我亦不明白我自己。

我分明與葉細細做過愛（她的內裡非常柔軟敏感而又充滿痛楚），我竟要騙他。我如此懷念六〇年代，現在我的生命卻如此沉悶而退縮。香港的主權轉移，到底這是什麼。收音機此時卻播了約翰·藍儂的〈幻想天堂〉來。美麗的約翰·藍儂。美麗的加州柏克萊。美麗的葉細細。金黃色的過往已經離開我。我身後的車子響聲徹天。我此時感到整個世界都搖搖欲墜，難以支撐。我便下車來，在車子堵塞的一個紅綠燈口，想起我的前半生，我搖搖擺擺的扶著交通燈桿，這前半生就像一個無聊度日的作者寫的糟糕流行小說，煽情，造作，假浪漫，充滿突發性情節，廉價的中產階級懷舊感傷，但畢竟這就是我自己，也實在難以理解。而這時候其實已經是冬天了，秋日的逝隱在城市裡並不清楚，星夜裡我感到一點涼意，胃裡直打哆嗦，全身都發抖，我彎下腰去，看到灰黑的瀝青馬路，我跪下，脾胃抽搐，就此強烈的嘔吐起來。

——一九九一年二月・選自大田版《突然我記起你的臉》

張啓疆作品

小說卷

張啓疆

安徽桐城人，1961年生。台灣大學商學系畢業。曾任雜誌主編、報社記者、副刊主編，現專事寫作，任中國青年寫作協會副理事長。著有小說集《如花初綻的容顏》、《小說、小說家和他的太太》、《導盲者》、《消失的□□》、《俄羅斯娃娃》、《不完全比賽》、《一直說不的男人》等。曾獲梁實秋文學獎、聯合報小說獎、中央日報文學獎、中國時報文學獎、聯合報文學獎、中國文藝協會獎章等數十種。

俄羅斯娃娃

紅底彩繪的俄羅斯娃娃供在原木色的床頭，像神位，像一座哭泣的不倒翁。我佇在房門口，像個原發性顫抖的病患，惶恐震顫不能自已，也不敢走近她，觸撫她，擁她入懷，旋開她的腰腹，查看藏在心裡的祕密。是的，祕密，漩渦般的情謎，心與心的同心圓。

七天前的清晨，初春陽光潑進百葉窗條封閉的房間，房裡的小主人使盡氣力對我微笑：「舅，生日快樂，娃娃送給你娃娃。」層層飛灰散入空中，試圖「綻放」的笑容反而像口蜷曲收縮的黑窟窿。

我望著光條中的懸浮微粒，想起出門時閃過腦海的「願望」：能不能用我朝菌的一日，換給她靈龜或老椿般的一年？如果我就這麼無求無望地老去，可不可以凍結時間，讓孩子始終是個孩子？

沒有蠟燭蛋糕的生日，抱著保齡球瓶般大小的許願娃娃，我闔上雙眼，微笑聆聽出自娃娃口中，帶著魔咒神力的使用說明：「娃娃裡面還有小娃娃，一層一層的娃娃，每一個娃娃就是一個願望。把願望寫在紅紙條上，放在娃娃肚裡，然後把她們關起來，她們急著出來，就會幫你達成願望。舅，你的生日願望是什麼呢？」

我的願望是什麼？那道如鶺鴒顫鳴的啜泣聲又通過我的耳溝，在砧骨、鎚骨形成渦狀亂流。我眨眨眼，眼球痛如針扎，乾澀得像仙人掌。

「我看，妳就當我的許願娃娃好了。」我努力擺出一副玩笑的輕鬆。可惜，大顴骨肌、眼輪匝肌和笑肌的同步運動，也化不開酒渦裡沉澱的苦味。許願是不是像追逐地平線那樣，將渴望許配給虛空的彼端？許諾一個不可預知或不能實現的未來。

「你說的哦，你答應囉。」娃娃光浪的眼神，熱得我心頭發冷。

層層框疊套的設計，很像俄羅斯方塊，不，不是層層疊疊的方框，是無始無終的永劫之圓。脫去快樂的外層，總有個悲傷的內裡。滿足了的慾望裡面，還有一個填不飽的眞空。

那天，妹妹見到我，倒是開門見山剝掉我的外衣：「你瘦了，一個月不見，怎麼瘦那麼多，好像縮了一圈？」

窩心的刺痛，分筋錯骨的體貼。

「不是『瘦』，是『融化』。好不好這麼說，我釋放了另一個自己。」

妹妹搖頭了：「不對，你應該把最裡面的那個你放出來。」

我想起十年前，第一次像抱小玉西瓜那樣抱起娃娃時，妹妹似乎別有所指的責備：「你該先學會擁抱一個女人，怎麼把她藏在口袋，掛在心裡，你的房間夠大嗎？」

當時，我來不及反芻這番預言在往後十年賜給我的懲罰，只是不安望著剛被驅逐出境，病房外探頭縮腦的妹夫。

不到二千公克的新生兒在我的懷裡掙動。很難想像，這具當初看不出正在快速長變的小生命成爲往後十年我生命中唯一的女嬰、女娃、女孩和女人。

小女娃曾經是個正常的不正常女嬰：雙眼浮腫，小臉腫青，鼻樑扁斜，太陽穴和雙頰因爲使用產鉗而弄出瘀傷。皮膚泛紫、鬆皺，好像蛻皮蛻到一半的蛇，背肩、耳後猶有一層黑細的猿毛。我望著女嬰呈長瓜形的頭部，以爲這就是早產兒的容顏，後來才知道，我們得自電視廣告裡「健康寶寶」的印象，只是一種對生命無知的美化。半猿半蛇的娃娃是「正常」的，她的「不正常」也不在於提前六十天來到人間。離開母親的瞬間，她努力張開小嘴，讓肺部充滿新世界的第一口空氣，喉嚨迸出不知是感恩還是感傷的破裂音。她伸臂踢腿，縮身弓背，好像急著長大又恐懼成長；對她而言，嗆咳，吐奶，翻滾，抽搐，不過是日常功課，令人擔心的是，每回夢醒或受驚時，那雙不屬於天眞無邪的失焦的眼瞳：我看不出她看到了什麼，她好像也看不見近在眉睫的我。

當時的我們，的確看不懂她特立獨行的生命姿態。

七年前，娃娃第一次進醫院，隔壁住著一位巨人症的男孩，因爲腦下垂體的病變，而在十五歲的年齡卻長成四十歲的模樣，不，他的模樣不是一句「四十歲」、「肢端肥大」、「視茫髮蒼」所能形容，沒有人能正確描述他的五官，因爲那不知該說是早熟還是早凋的眼鼻耳唇分分秒秒在變化：臉部變寬，顴骨暴凸，牙齒撐裂如化石岩床，舌頭腫脹得幾乎不能發聲。那孩子最怕聽到

「一眠大一寸」之類的搖籃曲，後來甚至不敢睡覺：夜深人靜時，他得獨自面對轟隆飆宕，亂了譜的心跳聲，以及，無以名狀的骨骼爆響。

那是骨頭抽芽，還是板塊運動的聲音？我常藉口看娃娃，其實是留在醫院陪那男孩，半出於同情，半源自自己內在驚濤裂岸的呼喚。只要左肩痠痛或右腿抽搐，或是任何一次的心肺積水、腎臟衰竭，他會指著眉骨變形的自己：「你看，又在『成長』了。」男孩的身體暴長，生命發展卻停滯不前，他的智能、思想還停留在童稚的階段，卻要承受膨脹如中年的身體，而那暴走的生長速度又迫使孩子的他提前思索老年的問題。

認識他不到半年，那孩子就老了，眞的老了。他的身上沒有魚尾紋、老人斑，凸出腦殼留下深達二公分凹陷的骨摺就是他的「皺紋」。後來，插著呼吸器的男孩用尚未完全變嗓的聲音問我：「神燈裡面那位巨人，用什麼法子藏在神燈裡？」當時的我剛結束長達十年的初戀，好像這麼回答：「巨人從來就不在神燈裡。因爲她是精靈，只會躲在心靈裡。」

很多年以後，我猛想起一牆之隔的兩位小病人先後說過的同一句話：「我不敢睡著，我怕一覺醒來就不認識自己了。」

不敢辨認自己的人是我。

很多年以後的此刻，抱著中空彩繪的許願娃娃，腦海閃過一些闇沉、曖昧，關於中年男人情慾珊瑚礁的暗影，一隻雄海馬掃過下視丘，捲起宛如海崩的激沫。是的，整面海洋崩潰了，我收不住那些湍流，只好聆聽中空的體內層層疊疊、土崩瓦解的潰碎聲，彷佛地震來時千門萬戶瞬間傾圮：一扇紅門貼著六歲的妹妹渴愛的表情，門旁紙窗嵌著一雙目送母親離家的黯然的八歲眼瞳，二十歲的我推開家門，走向異鄉，十年、二十年後又急急在廢墟裡拼湊「家」的碎片。裡三圈外三環，鬧門之內還有鐵柵，我該放出那個自己？

生日那天，送我出門時，妹妹拍拍我懷裡的木娃娃，眼裡似痛似憐，欲言又止，我知道她想說：「老哥，我的老哥哥，四十歲的大寶寶，千萬不要受爸媽離異和你老妹婚姻不幸的影響，不要怕失戀，知道嗎？」

我不置可否地傻笑。映著夕陽，妹妹眸裡的一抹閃光竟似乾枯河床上的一滴凝膠，那逐漸消沉靜止的眼神疊向十年前病床上的無神之眼。那位破碎而堅強的新媽媽不哭不喊，不埋怨不詛咒，靜靜完成一場彷彿與自身無關的割禮。那時的妹妹不像產婦，而是位接受切除手術的腫瘤病人；產後的她，也不似棄婦，而像個遺孀。

爲什麼說是割禮？因爲妹妹曾用撕裂自己的方式，阻止小生命的降臨。

七年戀情，一夕變色，情變的時間不巧發生在妹妹被醫院告知「喜訊」的那天。

那段期間，我這個從小和她無話不談的哥哥不在國內，我不知道無依無助的椎心之痛迫使小女人選擇那樣？割捨那樁？而我總是夢見另一位被我耽誤青春，苦苦等我回頭的女子。後來我用心虛的口吻責備妹妹：「爲什麼堅持嫁給那個意志不堅的男人？」

她的聲音聽起來堅定而銳利：「我不後悔離開他，不後悔當初嫁給他。哥，你不覺得他很像你？太像太像了。」

我知道她的不後悔。十年前，娃娃誕生那天，妹妹堅持用離婚的方式爲自己慶生。返鄉之夜，凌晨三點，妹妹堅持來看我。那一個無眠之夜，向來辯才無礙的她忽然變成沉默的芭比娃娃，我也因隔房父親的嘆息聲而岔神，吐不出一句安慰的話。妹妹安靜地睇著狼狽的我，過度的靜謐溫柔，彷彿連空氣都消融、不存在了。微弱的壁燈在她周身罩上一層封膜，琥珀包覆的昆蟲化石，我聽見自己的心跳聲漸漸騷鬧如擂鼓，然後，空氣開裂，美麗的蝴蝶剝開厚厚的繭衣，褪下層層包覆的痛苦與美麗，我再也抑制不住臉上的水刀，因爲妹妹潔雪豐饒的裸身新刻了猙獰的傷痕：從頸部到小腹，跨越肚臍，兩旁挖出好幾個引流管凹洞的紅疤。

她用微不可聞的氣聲說：「對不起，哥，我把自己弄成破布娃娃了。」

仰藥和割腕，沒能結束自己的生命，也殺不死一體共生的女兒。與生俱來的親仇，只在未生而先老的嬰兒手掌上，留下筆直、深紅的猿線。

很難想像，這對母女藉由同一具軀體分享不共戴天的親情。很多年後的某個清晨，妹妹終於用液化的語調告訴我：「對不起，哥，這麼些年，害你一直扮演『母親』的角色……」

或許，妹妹說對了，娃娃的某一部分是從我這裡脫胎而出，滋長，壯大，進而反哺，吞噬我，變成我的全部。

十年來，娃娃和舅舅相處的時間，勝過母女時間；娃娃在我夢裡製造的騷亂，又遠超過現實生活裡的鬱挫與動亂。這幾天娃娃又進了醫院，而那個讓我險些失去自己的女人也不在身邊，我將彩繪娃娃供在床頭，希望借一個彩色的夢，完成那個羞於啓齒關於卑微自我的許諾。接連七天，我不確定自己處於失眠狀態，還是夢見自己一夜不眠，我，或者夢中的我瞠張著血瞳凝視木娃娃焱焰般的目光，像神諭也似咒語的溫憐眼神，燒烤我這具濕濡未乾的雪人靈魂，目光愈炙，我的心頭愈暖，融化的速度愈快。

「所以你的瘦是一種漸漸失去自己的融化？老哥哥，愛情對你這種老男人而言，算是安多芬呢？還是安非他命？」連續七夜，我不得安眠的前葉皮質層迴盪著生日那天的對話。

「安多芬？」

「一種腦中主司鎮靜、溫暖、舒適的物質，它不是激情，不會帶來大悲大喜，卻是長久相依的感受。不過，對你這種搞文學的人，即使是鎮靜劑也會變成毒品吧。」

苦笑，我只知道，這些年來，即使身邊沒有女友，我那片破廬殘瓦的心靈寶蓋下始終藏著個睡不安枕的女人。有時是具長髮的背影，有時是尊雕像的側面。有時，她忽然變成連落地都不敢出聲的娃娃。

我記得很清楚，十年前那個子夜，體重不足的小生命離開母體時，畏首縮尾，渾身顫抖，母親不叫，她也不敢哭，緊閉的眼角滑出兩行膠淚（後來才知道那是羊水感染的黏眼現象）。醫生拍打她的小屁股，她蹙眉，唇線微揚，小心翼翼呵出第一口氣，還是不敢睜眼。好像剛被人從夢鄉擾醒，依依不捨甜美夢境的睡美人。

現在回想，也許娃娃是位急著轉世，冒冒失失投錯娘胎的嬰靈。

就像七天前收到生日禮物時，閃過腦門的疑惑：為什麼給我願望的是具女娃？為什麼明明是女娃的身體，卻有一對老嫗的眼睛。

「這個玩偶看起來滿詭異的。」昨晚，一位剛離婚的朋友用命理師的語氣恫嚇我：「你不怕她變成妖嬈豐美的女人纏上你？你這個經常在課堂上迷惑小女生的壞老師。」

糾結迷惘的是我吧。舅代母職的那幾年，八、九歲的娃娃像個懷春少女（事實上，那時的她已經是位老婦人了），從早到晚窩在書房，翻我的作品，查我的筆記，讀遍我的藏書，反覆播放我的教學錄音帶，背景音樂則是不斷迴旋的卡農或巴哈的賦格曲，牆上掛著莫內的複製畫「印象・日出」。我常抱著宛如寵物的失寵的她，輕聲說，賦格是複音音樂的重要曲式，這種對位音樂的旋律線會互相結合、跟隨，一種自由的模仿，模進的藝術。這時，娃娃患了肌肉無力症的眼皮下方突破閃現漩渦星系狀的晶芒，追逐窗外破天而來的第一線曙光。只是啊，賦格的拉丁文字源還有逃遁之意。

娃娃急著「模進」我的方格花園，也就是逃離她的失速世界？

有時深夜歸來，她已熟睡，書桌、稿紙、扉頁上殘留著枯黃半白的掉髮，半透明蜷曲如梵谷筆觸的皮屑，彷彿小貓過境的爪紋。我忽然明白，妹妹當初不想生她不是不愛骨肉，而是對不祥生命的不忍，或許是早預知了某種不幸的模仿。娃娃是俄羅斯媽媽的形體的賦格。

可是，從外貌看，娃娃沒有一個地方像妹妹：愛美的娃娃從來就沒有黑柔的長髮，白皙的皮膚，明亮的大眼睛和典型的鵝蛋臉，唯有眉間積鬱不化的鎖印和共同的斷掌，延續著不能相容的命運，以及，三年前妹妹對愛情斷念一刀剪去三千煩惱絲，娃娃也開始掉髮。

兩位女人變老的程度和速度也不同。媽媽愈看愈年輕，一種棄情絕欲的清淨，渴望綻放的女兒卻是急速枯萎。過了五歲的女兒，看起來就已經比年近三十五的媽媽老了。住院期間，有位腦性痲痺兒的媽媽只擔心有一天自己走了，留下重度肢障、語障的孩子，獨自面對鴻蒙業障的人生。她每日的禱詞只有一句話：比孩子多活一天，一天就好。我的親愛的妹子沒有這層顧慮，女兒肯定比她先走。十月懷胎也改變不了特立獨行的十年周期。媽媽的一天，可能就是女兒的一年。

我寧願將娃娃的生命樣態視為未知星體，環繞著神祕的銀暈與核球。從她周歲時一拱一拱的蠕行，手腳並用的爬行，抬頭挺胸的直立到彎腰駝背的蹭行，好像皆在瞬間完成。我們錯以為那是身與心的早熟，卻懵懂於時間鐵則、生理時鐘也有逆行的時候，或者應該說，飛離。

那是一種星爆？彗星式燦爛的殞滅？

和巨人症男孩的情況相反，娃娃的身體萎縮，像反世界反物質那樣反向成長；生命本身卻呈現異常擴張，宛如凌駕時間與空間的大爆炸所創造的暴脹宇宙。

書房裡的娃娃像個早萎的哲人，最喜歡《莊子》裡靈龜朝菌的故事。奇怪的是，她從不問人死後的虛無，只關心一個生命誕生前的「虛空」（老天，我一直疏忽了這個意象的暗示意味）。某個星鑽滿天，我懷疑可以肉眼目擊銀河圓盤的夏夜，我又藉故避開老爸爸的責備，潛回書房，茫然望向遠天，一面對背後悄悄接近的女孩說：

「宇宙太年輕了，我們看到的星光仍在風塵僕僕地趕路，穿過星塵射線和黑暗物質，我們看到的新家已經是座老宅。知道嗎?當我們凝望夜空,遙想未來,其實是在回顧一個星球形成前的太古紀元。」

「娃娃知道。舅舅還年輕,娃娃已經老了。」

我愣了愣,來不及反應。然後她說了一句讓我崩陷內縮如黑洞的話:「娃娃當你的新娘,好嗎?」

我們家的娃娃有多老?每一位第一次見她的朋友總忍不住輕呼:「天啊!這就是你們家的早老兒?好像……像……」

像夾在書頁裡的乾燥花?

他們看到的娃娃已經是三年前的模樣了。由黑轉黃轉紅轉焦的乾燥的頭髮,落雪般的眉睫毛,餓鼠似的小鼻子、尖下巴,和一觸即破的表皮,暴凸的青筋血管。十歲的娃娃不到一百公分高,只有十公斤重。事實上,七歲以後的她就不再長高、增胖,也不肯照相、外出、會見陌生人,身體像燃燒的蠟燭那樣寸寸短縮。膝蓋彎曲,肌肉萎頓,器官功能急速退化,直到無法自由活動手腳,直到,半小時前,妹妹打來的告解電話:「她攣縮了,縮到你無法想像的小巧,好像一具被弄壞丟棄的美麗洋娃娃,比她送你的娃娃大不了多少。」我想起七天前她用盡奶力抱起俄羅斯娃娃的模樣,也許我看錯了,是那娃娃抱著她。

可是,娃娃退縮的體內似乎有股急進的能量,生理感官的急速衰變,高血壓、動脈硬化、腦中風等「老人病」並沒有扼殺老孩子對生命孩童式的好奇。畏光的她,偏偏喜歡日出,總是努力用顫抖的小手撥開眼皮，像拉起窗簾那樣迎接晨曦（我常擔心，黎明一出，她就粉碎風化了）。不管夜裡如何病變，她堅持不流淚，不爲自己哭泣（只在我的夢裡哭得聲嘶力竭），七歲以後，她的嘴角、唇線再也飛不起來，可是「笑意」依舊。

我曾提醒妹妹：「娃娃過分早熟了。我的意思是，她的思想早熟的程度，尤甚於身體的早老。」妹妹淡淡地反問：「像我，還是像你？」

如果娃娃有幸成爲眞正的女人，應該是位辣紅的火鶴女子。可惜，她永遠不明白「成熟」的滋味，剛結束嬰兒期的她，跳過中間的那段嗔癡哀怨，直接步入中老年。

退縮的身體叫做「生長遲緩」，急進的生命名爲「提前老化」，醫生說，早老症是這兩種矛盾症狀的合併呈現，發生的原因不詳，只因先天性基因缺損，細胞缺乏自我修復的能力，老化的速度爲一般人的數倍，生理時鐘急促而短暫。

從同心圓的外環急急奔向虛點的圓心，每繞行一圈就失去一大截自己，愈來愈快、愈窄的旋繞。

直到此刻，捧著無生命的木質娃娃，我寧願相信，那不斷枯萎內縮的娃娃不是眞正的她。眞正的娃娃藏在最裡面，一層一層的形銷骨毀，乃是剛蛻的皮、將破之繭，或者說，我的娃娃是不受形體拘束的不同層次的同心圓。

娃娃也喜歡談「小人」的話題：科學家假設，在我們最深、最隱祕的內在，有一個聰明的小精靈，指揮一切的心智活動。這位小人主宰感官，控制行爲，掌控我們的身體而又超越了人身的限制，有時，他代表智慧，有時扮演渴望，有時可能是魔鬼。

七年前，第一次發病的娃娃爲巨人症男孩的不斷「變大」而恐懼失眠，我試著用她不可能聽懂的語彙解釋：「那是因爲他體內的小人想要長大，那位小人就在他腦下垂體，他的名字叫做『腫瘤』。」

「舅舅的裡面也有小人囉。」在書房裡，她習慣性伸出枯枝般的小爪，擦刮我泛著冷光的顴骨眼窩：「娃娃可不可以當舅舅的小人？可是娃娃幫不了想要有小娃娃的舅舅，娃娃做舅舅的小人的小小人好了。」

「娃娃也有自己的小娃娃呀！」十年來，我送她各式各樣的洋娃娃，有麗卡家族、捲心菜娃娃、坐著輪椅的芭比娃娃，還有全套櫻桃小丸子、泰迪熊。電子雞流行時，我託朋友從國外帶回以十天爲一生命週期的電子娃娃。可是，娃娃搖頭了，像個頑固老女人那樣搖頭。我再也不敢接腔。

那夜起，我再不敢擁抱這位老靈魂的女人，或者，女人靈魂的老娃娃。

生日那天，妹妹流著淚聽完我的失戀故事，忽然露出笑容：「恭喜你，老哥哥，你的心裡有人了，一位小小、被你溫柔疼愛的女人。不論那女人是誰，不論她何時出現。」

昨晚的朋友倒是拋來一段耐人尋味的挖苦：「這就奇了。我剛離婚，現在只想逢場作戲；你正失戀，居然還不肯放棄婚姻。我實在很好奇，中年的你還想創造什麼？」

「快要中年的你，還在磨蹭什麼？」朋友的聲音穿過我渾噩的腦袋（當時我又聽見體內小女人的嬰啼），接上那一年返鄉之夜父親的吼罵：「要你出國留學，學不成就說什麼受不了孤獨急著回來，回來又不肯好好立業成家。你現在是三十不立，再過十年，就要四十而大惑了。老爸爸可不可以請教寶貝兒子，我的孫子在哪裡？」

朋友離去後，我又被紛亂時空的合聲驚擾得不成眠，只好抱起冷眼瞅視我的俄羅斯娃娃，許下第一個願望。

清晨六點的急電，話筒另一端傳來的第一聲問候：「你許願了嗎？」

我知道有事發生。事情的背後，還有更重要的，未曾許諾的諾言，等待我去完成。

「哥，對不起，這麼些年害你一直扮演『母親』的角色。很小的時候開始，我們就不知道母親是什麼了。媽離家那年，我六歲，你八歲。三十多年後，你的身邊還是沒有妻子或母親那樣的女人，可是莫名其妙多出一個孩子。我知道你想要眞正的女人和眞正的孩子。你許願了嗎？」

許什麼願呢？回顧不堪聞問的過往，我幾乎想要放棄未來。

七天前的生日，聊了一整天，笑了一下午，妹妹還不忘消遣憔悴的哥哥：「人是瘦了一圈，不過黑眼圈好像肥了一環。老哥哥，你還是不肯說明故事、情節，來龍去脈？那女人是誰？還是堅持那套象徵、隱喻、轉化的文學手法？」

那時，我剛說完第一個夢：七年前揮別的女人像一座銅雕凝固在我緊閉的眼瞼裡。她側著臉，長髮及腰，炸落咖啡杯的第一滴淚，從此變成一響凍結的回音。

「妳的七載戀情、一年婚姻都在一夕之間瓦解，妳老哥的愛情又有什麼可歌可泣的情節可言？」

只有一種情境：珍珠灰的背景底色，一枚雕工樸拙的金戒指，很細很瘦的一圈，懸在可見而不可觸的半空，暈茫而虛幻。我想要瞪大眼睛，才發現眼皮是閉合的。（妹妹詭譎地笑了，眼瞳閃過流星一瞬似的極光。我忍不住在她眼裡找我自己……）伸出手，想套進那圈緊箍咒，那金環竟然有熱有光，原來是插在泥塑的生日蛋糕上孤伶伶的瘦蠟燭的光暈。海潮漸響。光暈擴散又收攏，凝聚成某個寒潭眼瞳的熱燙珍珠。我知道，那是一雙女人的眼睛。

（妹妹深不見底的黑珍珠開始潮變。）

我忍不住在她眼裡找我自己，只見她眼裡的我的眼睛睜得不能再睜，一對擴張的瞳孔與眼眶疊合，嵌在女人深不見底的黑眼珠裡。

半小時前，妹妹在電話裡嚷著：「你不要來醫院，趕快去娃娃房間。真正的俄羅斯娃娃在她房裡，娃娃的肚裡有東西。」

我搖晃著懷裡這尊特大號的娃娃，真正的許願娃娃，感覺一股破殼而出的衝力，裡面傳來窸窣的紙片摩擦聲。原來，我的糾纏，那些女人中的女人，中空裡的虛空，全部來自這座母體。最外層，懷孕待產的俄羅斯媽媽。

那天，望著病重虛弱，卻硬賴在兩位中年人之間如貓蜷伏的老娃娃，我很想說：親愛的妹子，讓人心疼的小女人，妳斬斷的七年戀情，就好像這七年來我失去的感覺臍帶；而我最須要情愛的這段中年變成了生命裡的中空：懸在某個女人冰天雪地的心靈裡。可是啊，可是，我的空白又被娃娃的愛怨嗔癡塡滿，未曾許諾、無從實現的辣紅青春。

「你知道嗎？娃娃送你許願娃娃前，就已經許過願了。」

潮聲和窸窣聲又漸漸匯聚成啁啾、顫鳴、啼囀和鯨唱的混聲。

「我早該知道，七年前的長髮女子爲什麼送我一對賦別的仙人掌。」我對七天前的妹妹說：「一直放在窗臺，一直放到永遠了。一直以爲，那對球狀的綠太陽是用來橫渡感情的沙漠。原來不是。我的初戀情人，最愛我的女人，從七年前開始，就想幫我貯存眼淚。」

「你受傷了？哥，你受傷了對不對？」妹妹的聲音像正在搶救急症病患。

我凝睇著愈來愈溫柔的黃昏光線：「妳有過被陽光刺破淚腺的經驗嗎？」

那時，我已走出妹妹的家門口，繼續對背後的影子女人說：「失戀那晚，我夢見自己赤身裸體在極地飛行。一位陌生女子抓緊我的背影，用眼眸的一點微光，陪我橫渡寂靜無聲的雪地。」直覺告訴我，那位豐美、溫熱的女人是另度時空的娃娃，也是過去的我的世界的總和。「沒有背景音樂，夢的背景是無垠的白。可是，寂靜的雪卻在我的體腔激起白色的噪音：除了鯨唱禽鳴，所有的聲音以對位的方式合成撕裂我的多重奏，夾雜著似嗚咽似嘆息的女人的啜泣聲，那是我的哭聲嗎？我凍結了，凍成冰天裡的雪人。」

「娃……娃娃，沒有哭，直到……最後，一秒鐘，她，還，是，不，哭。」十年來的第一次，我終於聽見堅冷的母親抑揚頓挫的哭聲，爲她的另一個自己而哭。

十年來的第一次，我終於看見長久以來禁錮我的水牢。水聲滴瀝。有時在內，有時在外，有時像取悅我的演員，有時變成駕馭我的導演。我分不清了。那是一種密語？心靈告訴身體，脆弱通知堅強，痛苦擁抱感動，迷惘詢問未知，沮喪等待高潮。自我的一部分試圖喚醒另一個自我。

清晨六點，電話鈴響前的一分鐘，我的唇抵上許願娃娃的額。我不知道自己要什麼，只想了解娃娃僅存的一年、一天或一秒的渴望。我唯一的願望就是讓她的心願實現。如果她許過的願不靈不驗，我的一併給她。兩種希望合成一個諾言。兩樣生命共度一世人生。

初春的陽光不再是光暈，而是層層推湧的光浪，光浪的後面是燃燒的光瀑。

我使盡氣力，旋開雪人的腰腹，夾起藏在裡面的火鶴，凝讀紅紙條上一寸寸融化的自己：「舅舅，謝謝您成全娃娃的心願。你如果不打開她，娃娃的遺願就永遠不能實現……」

半小時前，電話裡，虛脫的我只能迸出一聲顫問：「她有遺言嗎？」

「沒有。最後一次睜開眼，只說了一句：我要回家，舅舅在等我。」

朝陽刺傷我的眼。我癱軟在地，眨視著四處流竄的液體聲音。懸浮光條中，娃娃綻露罌粟般的笑容：「對不起，娃娃今生不能當您的新娘了。如果有來世，能不能投胎做您的女兒？娃娃這輩子唯一的心願，您會讓它兌現嗎？加油，舅，您一定會找到舅媽，娃娃來生的希望，全部寄託在您的今世了，舅舅。」

——一九九七年．選自九歌版《俄羅斯娃娃》

林黛嫚作品

小說卷

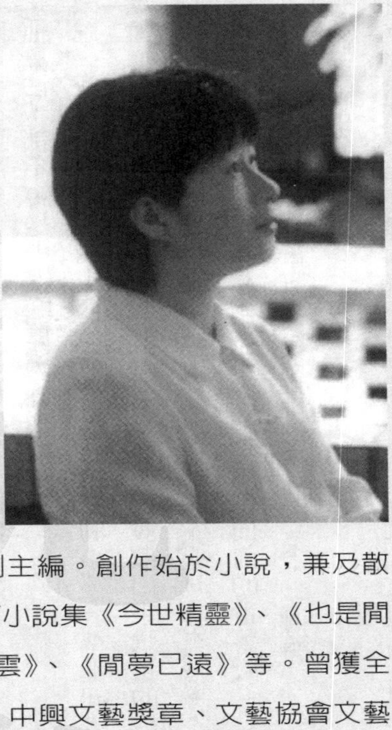

林黛嫚

台灣南投人，1962年生，台灣大學中文系畢業、世新大學社會學碩士。現任《中央日報》副刊中心主任兼副刊主編。創作始於小說，兼及散文。著有長短篇小說集《今世精靈》、《也是閒愁》、《閒愛孤雲》、《閒夢已遠》等。曾獲全國學生文學獎、中興文藝獎章、文藝協會文藝獎章。

平安

夜晚眞的降臨了。

每個人對夜晚抵達的計算方式雖然是以裸目視物爲基準，可是卻也有程度上的差別，有的在黃昏初臨，山和雲的分際變得模糊時就當做是夜晚；有的要待整排的霓虹燈都亮起，才肯承認是夜晚；有人以下班時間爲準，有人把上班時間當做夜晚的開始。

不論哪一種算法，都不會是平安的算法。

對平安來說，夜晚是從她離開田壟，轉入產業道路的小徑，準備回家吃晚飯開始。她走進緊鄰竹籬笆的紅木門，夜色正逼近，和屋內發散出來暈黃的燈光密縫起來。

隔壁歐巴桑做的晚飯，菜色簡單，炒高麗菜、清蒸小管、菜脯蛋、青菜豆腐湯，白飯裡有幾莖紅番薯籤。平安坐下來，和父親相對而坐，開始扒她面前的番薯飯。

「今天怎麼樣？學校裡教了什麼？」父親一邊挾高麗菜，一邊問。

「沒什麼，體育課玩躲避球。」

父親笑了，他今天心情不壞，如果他情緒平平，他們的對話只會到這兒，每天藉著一頓晚飯維持一個家庭的基本型態，能有多豐富的談話內容呢？

「平安一定是最會躲的人，妳的名字平安，一定會平平安安的，躲避球打不到妳的。」平安撒謊。她最不耐煩玩躲避球，只想被打死好離場，所以她看球來絕不躲，除非那球直往她臉上撞來，她擔心打破眼鏡，只好閃開，再等下一個球。

但是說實話太費勁，父親會問「妳為什麼不愛玩躲避球？」「每個小孩都愛玩啊？」「就算妳不愛玩，既然是體育課、既然分兩隊比賽，妳就得盡力，怎麼可以不躲呢？」

她更不能說因為她老是很快就離場，班上每次分ＡＢ隊時，她是被踢來踢去的皮球，最後才會入列，和她一樣命運的都是看到蟑螂會驚嚇得超級誇張的女生。平安要是這麼說，父親接著會追究，「女生，妳不也是女生？妳在學校還好吧？」

父親如果到學校去打聽，得到的答案他應該會滿意。在導師眼裡，平安是個不惹麻煩的好孩子。不惹麻煩是僅次於成績優異的好學生的等級。一班五十幾個學生，理平頭戴副眼鏡的曹老師哪照顧得了，他其實也願意花心思在學生身上，他最大樂趣是利用上課時間摸八圈。中午吃便當時，約好牌友，曹老師吩咐班長，睡過午覺後，發數學練習卷，寫完的人安靜自習。曹老師要到放學時才會出現，三個小時又五十分鐘，剛好夠摸八圈。

平安不只不惹麻煩，平安是標準的循規蹈矩。功課按時繳，考試成績中上，上課時不鬧，她比任何乖巧的女生還乖巧。如果說她有什麼引人注意的地方，那就是太安靜了，安靜到曹老師離開的時間她不在教室，卻沒人發現。

她尾隨在曹老師之後。

曹老師壯碩的屁股裹在鼠色百慕達褲裡，一手插褲袋，一手拎著便當袋，膠皮鑰匙包塞在褲袋內，鑰匙搭在袋沿，他一路踐著屁股，鑰匙碰撞的聲音跟了他一路。

平安看著曹老師進宿舍區。這兒住著全鎮的公教人員，一排排日式木造房子，有前院後院，前院草坪緊鄰馬路，曹老師就從馬路穿越草坪，拉開其中一戶的紗門，消失在門後。

平安膽子很大，她曾經欺進草坪，挨著紗窗偷窺，幸好曹老師是後腦勺對著她，她看見另外三張椅子上坐著訓導主任、五年三班的莫老師以及拿躲避球像拿鐵球砸的體育老師。平安看見麻將牌被推倒，四雙大手嘩啦嘩啦地攪麻將牌，她看見那四雙眼睛盯著麻將牌的專注模樣，就知道自己可以安心去浪遊。

離開那間有四個老師在搓麻將的宿舍，平安沿著宿舍區走，直到盡頭。盡頭是一道牆，牆後面是一條大水溝，間隔著宿舍區與廣袤的稻田。

水溝雖寬水卻不深，脫了鞋襪從牆頭躍下也不過到小腿肚，但是溝底有足踝高的爛泥，清爛泥頗費功夫，平安寧願走窄窄的牆頭，像個走鋼索的特技演員，走到牆的盡頭，再跳到日式平房的黑瓦屋頂，沿著排水管滑到地面。如此可以保有一身清潔，白淨的小女生，要純潔無瑕地走進高老頭的雜貨店。

像這樣的浪遊不曾有差錯，本來平安還趕回去參加降旗典禮，後來幾乎發生的一次失誤，反而讓她得到豁免權。

那次曹老師肯定手氣太背，竟然不到三小時就輸光了薪水袋，這樣的牌局為免傷感情也不時興賒賬，於是曹老師摸摸鼻子離開，看看時間還早，總不能溜回家睡大頭覺吧，只好回學校去盡薪水袋的義務。

好死不死，平安從高老頭店裡走出來，被曹老師撞個正著。兩個人都愣住了，曹老師是要想一想才能從聽二五八條帶四餅的牌局中回過神來，把眼前這張白襯衫、藍裙子，斜背黑書包的童稚的臉，和他班上的學生連上線。平安則是得把緊張得衝撞到喉頭的一顆心按捺歸位，並且立即從千頭萬緒的理由中找出一條最堅實的。

「妳，妳怎麼會在這裡？」曹老師果然問。

「我媽媽的情況不太好，緊急送醫院，我準備趕去醫院，想到得跟老師說一聲，走到這兒，又不曉得老師住哪一間。」

平安的理由從容有序，她有一個久臥病床的母親，曹老師知道，只要這小女孩沒撞見那牌桌上的曹老師，也沒什麼好計較的。後來曹老師還跟班長說：「平安的媽媽生病，以後沒事就讓她早點回去陪媽媽好了。」

當平安和父親坐在餐桌前吃著三菜一湯的晚飯時，平安那久臥病床的母親正在她的臥房裡，靜靜的躺著。

平安的母親像那樣躺著已經有五年了，但她生病的歷史更久遠，似乎是從平安懂事起，或者可以回溯到平安的出生，甚至還要早。總之，平安的童年和她班上的小朋友不一樣，昭玉她媽媽每天幫她做鮪魚三明治；銘志的媽媽常常在變天時爲他送外套，下雨時爲他送雨具；筱如的媽媽總在放學時站在巷口等。

平安的母親不一樣。她襁褓時和母親並躺在床上，平安被花布包裹得像一隻日式手捲，雙手交疊胸前、花布繞纏著，民間傳統包裹小孩的方式。平安靠床沿躺著，平安母親靠牆，她們都很少翻動，只是靜靜躺著，靜得連時間沙沙從身旁流逝都彷彿聽得到。偶爾平安母親會從平安上空翻過，那一躍而起的俐落讓人很難和她之前動也不動躺著的場景聯想一起。平安母親翻身下床，在房間角落的一個塑膠大面盆前蹲下，用手撩水清洗身子。清水沿著平安母親白皙的身體流下，流到地面，向排水孔聚集，那水在灰暗的水泥地面仍隱約可辨出血色，由鮮紅而暗赭而淡粉。

平安和父親吃過晚飯，平安收拾餐桌，父親則裝一碗熬得爛熟的排骨稀飯進平安母親房間。最近幾個月，平安母親只能進食稀飯，這幾天，連稀飯都只嚐幾口。平安在水槽前清洗碗筷，聽見父親對母親說：「今天怎麼樣？還舒服嗎？要不要多吃兩口？」母親則只是「嗯，嗯」地回應，聲音空洞而遙遠。

平安把水槽的水龍頭扭緊，緊到龍頭下連滴滴答答的水珠都沒有，然後回到自己的臥房，夜晚徹徹底底降臨了。

平安午後的巡行開始得很早，和母親久臥病房的時間差不多。

那時她剛上小學，天天高高興興、乾乾淨淨上學。平安從來是自己打理自己，父親有一次說：「平安這孩子很愛乾淨，嬰兒時尿布一濕就哭，哭到你非得趕緊更換不可。只尿一次就換，誰受得了啊，布尿布根本來不及洗淨晾乾，紙尿布又那麼貴，比鈔票還貴，可是怎麼辦呢？總不能讓她哭得斷氣吧？」父親這話是對著來幫忙的歐巴桑說，表面上的無奈透著炫耀成分，平安的乾淨懂事是值得炫耀的。那時平安穿好白襯衫、藍色吊帶褶裙，書包整齊斜背著，連那斜跨胸前的帆布都沒有弄皺白襯衫，平安走過交談著的父親與歐巴桑，像個聖潔的天使往學校走去。

低年級只上半天課，平安從學校回來，正午火辣的太陽讓她走出一身汗，她回家第一件事就是衝進浴室，拿起毛巾擰濕，準備抹一抹身子，再換一套乾淨的衣服。

她還沒開始解白襯衫的扣子，就聽到母親房間傳來呻吟的聲音，「嗯——哎——」，尾音拉得細長，聲音雖低卻聽得分明，活像一條身形靈巧的蚯蚓，準確地鑽進平安的耳朵，向耳渦的深處鑽去。

平安的身上起了疙瘩，是被那「嗯——哎——」的呻吟聲嚇著的疙瘩。

她應該去看一看，母親一向病著，這裡痛那裡痛，呻吟也是常事，可是這呻吟聲不一樣，時高時低，又細又長，極大的痛苦在那高高低低的音階中若隱若現。

她應該去看一看，至少拉開面前的這扇窗吧。浴室和母親的房間隔著一道牆，這道牆上裝飾著一座盥洗台、一具明鏡、一條晾毛巾架，還有一扇窗。

平安謹慎而緩慢地把木格子窗向右方推開，母親的呻吟聲「啊——」那麼高亢在她還沒武裝好就撞了過來，驚得她差點讓那格子窗扇彈開而互撞。然後她看見母親了，她已經很久沒有那麼近、那麼清楚地看著母親，從她會打理自己，不再需要一個母親的時候，她就開始避免和母親接觸，以致她幾乎忘了母親的模樣。

母親閉著眼，長長的睫毛像兩條黑色毛蟲橫在那慘白的大臉上，正一掀一掀地歙動著。豆大的汗珠代替毛毛蟲在母親的臉上自由地游走，游過嘴唇時也不易分辨，因爲那兩片薄唇幾乎和臉色一樣慘白，而呻吟聲正從那兩片薄唇的縫隙中擠出來。

平安把格子窗又推開些，好讓她能從母親的臉往下張望。她看到母親痛苦的緣由了，母親身上蓋著的薄被，從胸部以下都變了顏色，原本是淺橘的被單變成深褐色，母親的下身，包括薄被、包括床單都浸在血泊裡，而那血水仍然沿著薄被的棉絮向整張床氾濫……。

平安扔下手上的毛巾，衝出浴室，衝出紅木門，向家門前最近的一條小徑奔跑，她只想逃離，逃離那即將漫天蓋地而來的紅色，她奔向樹林，她希望那蓊鬱的綠意能截斷汩汩侵逼過來的血流。

平安在樹林裡奔跑，繞著樹林裡的每一棵樹，把天都繞黑了。一直到又走上家門前的那條小徑，平安才感覺到累，再也奔跑不起來，她拖著腫脹得幾乎失去知覺的腳走進紅木門。

客廳的燈亮著，父親坐在藤椅上看電視，平安走進時，他抬一抬眼，又把視線轉回電視，六點半的連續劇正說著最後一句台詞，然後父親說：「回來啦，吃飯吧。」

對著餐桌上的煎小黃魚、蒜炒空心菜和油豆腐，父親解釋道：「媽媽生病住院了，等一下吃過飯我們去看她。」

平安嚼著油豆腐，感覺不出食物的滋味，反而是空氣中血腥的味道越來越明顯。

●

母親從醫院回來之後，平安就開始午後的浪遊。

中午從學校回到家，平安放下書包，迅速把制服換下，百褶裙的兩條吊帶吊在衣架上，白襯衫披上，扣住上下兩顆扣子，像一個整齊的平安被送進衣櫥，接著套上T恤、牛仔短褲，白襪和球鞋則還在腳上。然後平安撕一張日曆，把桌上歐巴桑準備的午餐胡亂夾一些在日曆紙上，再舀兩匙白飯，這就是平安的午餐。可她連再多待一分鐘都不肯，握著午餐出門，她會在抵達高隴前把午餐送進肚子裡，日曆紙則沿著水溝流走。

從對著平安家紅木門的小徑一直走，就會在這高隴前停住。小徑的兩旁都是水田，這道高隴便是水田的盡頭，爬上去，另一頭是溝水黑濁的臭水溝，這道高隴很寬，足可通行一部拖拉庫。

平安這部拖拉庫有時駛向右邊，有時駛向左邊。

向右邊走，幾畝水田之後，地勢漸平，高隴和水田的步道合而為一，走出水田區之後，眼前一座堂皇的園邸，這是小鎮的地標，百年歷史的名宅，從牆頭飛舞的各式粉蝶可以想見園裡花團錦簇。

這道牆雖高，由於牆上的裝飾窗可以借力，雙手勾住裝飾窗的磚格，用力一蹬，人就上了牆頭。

用這個方式平安經常出入林家大宅，那有好幾進廳堂的四合院，平安也旁若無人地走動。她身形輕巧，步履無聲，遠遠聽見談話聲或腳步聲時，找個布簾迅速潛藏，竟然不曾被發現過。事實上午後一、兩點的光景，有勞動力的人都外出工作，沒有勞動力的人不是忙於家事便是正在午寐，想撞見一、兩個人還眞不容易。她最常看見的是一個比她大不了幾歲的女孩，整天在大宅裡忙個不停，忙得無暇注意到有個小女孩就在身邊。

進出林家大宅的行徑後來打住，由於那次平安聽見腳步聲，隨意藏入一布簾後，當腳步聲走遠，平安準備悄悄離去時，身後一聲「嗯，唉」的呻吟讓她驚嚇得定住，動也動不了，「嗯，唉」再來時，平安終於能緩緩轉頭，古老眠床上躺著一具身形矮小的軀體，那老奶奶緊閉眼，睡得很熟，而那「嗯，唉」是從她的睡夢中逃逸出來的。

然後平安習慣在高隴上向左走。

向左離開水田之後，有一片菜圃，種著時期短的搶耕蔬菜，一年四季這兒總是綠油油的，菜圃後面便接上宿舍區，住著這個小鎮所有的公教人員。

平安走過宿舍區，繞一圈會接上林家大宅，然後又是那道高隴。沿著高隴走回小徑，小徑的盡頭便是平安家。

平安的浪遊像一個圓周運動，繞了一圈又回到起點，她在這半徑數十里的範圍內，一圈又一圈地活動，把這圓圈內的每一寸土地逛得爛熟。

浪遊這個圓周運動是平安生活中最大的私密，隨著她一年一年長大，竟然能夠持續下去。平安的學校校舍不足，學生分上午班、下午班上課。一直到升上五年級，校舍不足問題終於解決，已經習慣半天學制的全校師生，對於多出來的半天課，大多是用美勞、音樂、體育、作業指導等副課應付，讓平安得以溜課溜得不露痕跡。

偶爾有親戚來探望平安的母親。來客從客廳端了一把椅子，坐在母親房門口，房門由於這個交談的姿勢必須大開，平安經過時，不僅逃不過知道來客是誰，甚至母親慘白的臉和虛軟的聲音都一無屏擋。

平安只對來客微微頷首表示招呼，就算盡了義務，客人對這個怪怪的外甥女或姪女也已見怪不怪。他們簡略的談話也很少談及平安。只有一次，父親的么妹，平安應該叫她屘姑的人，對著和屘姑同行，平安根本不願費力氣知道是何關係的友人，說明平安母親的病情。那急促而激動的聲音斷斷續續透露：「這個女孩大概是我大嫂上輩子欠的債。生產不順差點去掉半條命也就不說，生產完胎盤沒產乾淨，引起大血崩，累得整個子宮都拿掉了，命雖保住，這個病滴滴答答拖著斷不了，我大嫂犧牲這麼大，偏偏這女孩卻和她不親，唉……。」

平安最討厭嘆氣的聲音，尤其是對人評斷一番後的嘆氣，彷彿是藉著那嘆氣的句點，落實了前頭的議論。那天平安沒打飯，她讓廚房的紗門重重彈回去碰撞的聲響，把飢餓感也擋在紗門內。

平安的浪遊一直以她自己的方式進行，沒有出過差錯，就像當時學校裡的女生流行收集橡皮筋，把一條一條橡皮筋以結繩的方式圈套起來，成爲具有彈性又不斷絕的長繩，一圈一圈環套下去。

每個安靜的午後，平安潛出家門，她可以不用猥瑣的潛行，唯一應該在意她存在的母親，和安靜得近乎停滯的空氣一樣，無聲無息地躺著，必須靠得很近，才能從胸膛上薄被的微微起伏察覺到那仍是一個活生生的人。但是平安已習慣如夜行客的行走方式，在她遊蕩的區域潛進潛出。

一直到她戴上眼鏡，她才發現那麼多年她從容自在穿行小巷、林徑以及林家大宅，之所以沒有任何差錯，原來是由於她觀看世界的方式。

那天理平頭也戴眼鏡的曹老師，突然對她說：「平安，我看妳得要妳爸爸帶妳去檢查眼睛，妳老是瞇著眼睛，八成是近視了。」

班上只有兩個同學戴眼鏡，那兩個同學是平安一認識他們時就戴著眼鏡，平安以爲那就像髮夾或蝴蝶結，是他們身上裝飾品的一部分，她不知道近視是怎麼一回事。

平安也沒馬上跟父親說，還是父親自己發現了。在餐桌上，他們一如往常安靜吃著晚飯，父親問一兩句學校的事，平安有一搭沒一搭地回答，兩個人都心不在焉，一起用晚飯和不由自主的父女關係一樣，不得不撥一些心思應付。直到平安的筷子在桌巾上夾一塊掉落的紅燒豬肉，夾了幾次都沒夾起，她正想放棄，父親說：「平安，吃過飯，我帶妳去眼鏡行驗光，那不是豬肉，那是桌巾破了個洞。」

眼鏡行的師傅要平安坐上一張高腳椅，那椅子對矮小的平安來說顯得又高又大，她努力爬上去。師傅教她看著前方，牆上一張視力表有許多圈圈，他說，那些圈圈每個都缺了口，要平安告訴他，缺口在哪裡？一開始，平安根本不知道這個戴著酒瓶蓋的男人在說什麼，圈圈在哪裡？平安眼前只有一堵灰色的、迷濛的、遙遠的牆，等到師傅把一個鐵製的眼鏡框架在平安的鼻樑，再在那空鏡框上套入一片玻璃，忽然，她眼前的世界變了。

原本她的世界裡永遠有一團灰白的濃霧，揮也揮不去，這團濃霧把五彩繽紛的世界遮掩得顏色全失，而那兩片小小圓圓的玻璃片竟把那團濃霧徹底驅趕。她把頭轉向配眼鏡的師傅，師傅的眼鏡片的螺紋圈圈清晰得讓平安嚇了一大跳。

「妹妹，我教妳看牆上的圈圈，不是教妳看我」，據師傅說，平安的近視很深，第一次戴眼鏡，不能戴太深，他給平安配了一個差不多的度數，父親給平安挑了一個差不多的鏡框。

配好眼鏡，平安發覺地面升高了，原本眼睛到地面的距離是一公尺，現在似乎少了三分之一，而且包括地面在內的一切事物都動起來。太清晰的世界令她不習慣。她仍然常常不戴眼鏡，透過一團白霧來親近世界。

平安的午後浪遊是一個祕密，由於這個祕密使得發生在其中的事也成了祕密。

從門前小徑往前走可以走到大水溝，沿大水溝繞一圈經過宿舍區又回到平安家的紅木門；紅木門向左，是繁華的商店區，小鎮上的人採購生活日用都在這兒。

離開熱鬧的店家，廣袤的水田綿延數里，然後是大水溝的盡頭，躍上高隴可以接上紅木門前的小徑；紅木門向右，林家大宅隱在一片竹林之後，那神祕的高牆預告著百年家族的傳奇。爲什麼小鎮的路都首尾相連，爲什麼沒有一條路可以直直走，走出小鎮，不回頭……

平安有一天從高老頭的店出來，距離天黑還早，她很自然走上往高隴的產業道路，回想起高老頭那肥滋滋、光滑得不似一個糟老頭的十指在她身上摩挲的景象，找一條路，走出這小鎮的念頭便出現了。

高老頭的雜貨店成爲她浪遊的一站才是一年前的事。平安家的日用從小就由隔壁歐巴桑打理，先是一位挑著菜擔的婦人天天把新鮮蔬果擔到家門前，後來歐巴桑也託她送些精鹽、舒潔、味素、肥皂什麼的，直到那婦人的兒子嫌挑擔的工作太辛苦，不再讓她出來販售，歐巴桑也只好像鎮上其他人一樣，在高老頭或張奶奶或朱太太的雜貨店中選一家長期往來。假日不能浪遊的日子，平安偶爾也會被驅使上雜貨店採買。平安看上高老頭是因爲那店裡堆在角落的故事書，那些書不知從哪兒來，高老頭把它當寶，以每本店看三元、出借五元的價碼吸引愛看書的小孩，包括平安。當然平安很快就看完了那堆破爛寶貝。

高老頭很喜歡平安，他每回看見平安便笑得那對小眼完全陷在肥肉堆裡。於是平安看書不必花錢，甚至平安看完破爛寶貝，高老頭怕她不再上門，而從後房又拿出一些封皮完整、內容豐富的演義、話本之類的書出來，好讓平安有繼續上門的理由。

有一天，平安在浪遊的半途轉回家，那天的太陽特別毒辣，在高隴上爲追一隻五彩的大鳳蝶，多逗留十幾分鐘，卻因此曬出一身汗，和黏在皮膚上的一層灰。她決定先回家擦洗。

平安還沒踏進客廳的門檻，談話聲已從母親的臥房傳來。

家裡有客人，要不要進去呢，平安對身上污穢的不適感，終於壓過對客人的嫌惡。她視而不見地繞過張課長那擋住木門的椅子，張課長的話在平安經過時斷了一下，直到平安的身子閃過進浴室才又續上。張課長住在差兩號的右鄰，是平安父親的長官，隔著一道木牆，張課長的話聲仍然傳進來。

「……我看見他們一起走進『三合』，不會錯的，……唉，雖說妳一直病著，男人有需要也沒錯，可是妳還是得多留心，男人心要是變了，連家都不會要的……」

張課長在說誰啊，「三合」是鎮上唯一像樣的旅社，兩個人一起走進「三合」，聽起來像是說著平安父親的外遇事件。

平安把浴室的門用力一砰，以便截斷張課長的口舌是非，她沒有勇氣對著母親或張課長說話，她隔牆呼喊：

「不要以為妳男人偷人，全天下的男人就都不是好東西，我爸爸才不會做那種不要臉的事，妳這麼愛講人閒話，難怪妳先生不要妳！」

一個強人型的女長官，多可怕，平安開始同情起父親，此刻眼鏡雖還架在耳朵上，但平安其實是像沒戴眼鏡的時候，世界罩上一層霧，掩去父親那在赤裸女體上顫動的模樣。那不是眞的，那是只在平安腦海中存在的畫面，平安見過張課長說的那個情況，兩個人一起走進……，雖然不是「三合」。

父親和年輕的女同事走在路上，平安在宿舍區的轉角看見了，她本能一躲。如果是正常時間，平安父親該在辦公室待著、平安該在教室待著的正常時間，平安會大大方方打招呼，像每一個乖巧的小孩，甜甜地喚一聲「阿姨好」。但是平安不能，她沒在教室待著，平安父親也沒待在辦公室。平安父親和女同事一前一後走進一戶單身宿舍，平安在那戶房子對街的大樹後站定，她可以看見父親出入，而不會被父親看見。平安等著，她希望父親去去就出來，那麼她就不必只有一個假設等待證實。父親進去很久，久得平安幾乎要在樹下睡著了，父親出來時是一個人。平安看著父親走遠，把眼鏡摘下，一團白霧模糊了那間房子。

後來她又撞見過父親幾次，但平安不會再去樹下等，她提早拐彎，甚至在眼角瞥見父親的身影時就把眼鏡摘下。但是張課長硬是把她的眼鏡架上鼻樑，讓她無可迴避地看著父親搭著女同事的腰，神態親暱地走進「三合」……。

把浴室門用力砰上過幾天，平安在路上遇見張課長，張課長喚她，「平安，平安……，」平安不理，走著自己的路，張課長在後頭追了幾步，平安個子雖小、腿雖短，她若不想讓人追上，卻一定辦得到，張課長追了幾步就放棄了。

平安知道張課長要說什麼，大約是，她也是爲平安媽媽著想，才會說那些話，這件事最好別讓平安爸爸知道……等等，就算不是要說這些，平安也不想跟張課長說話，不想跟同學說話，不想跟曹老師說話，不想跟父親說話，不想跟歐巴桑說話，她不想跟任何人說話，她去找高老頭。

高老頭遠遠見平安來，欣喜上臉。這個午後時分，只有閒著沒事的主婦會上門，買的也是味精、醬油一類賺頭很少的雜貨，高老頭寧願她們不要上門打擾他和平安獨處。這天他見平安進來，忙不迭就來牽平安的手。

平安不喜歡高老頭老想拉她到內室或看平安來就想拉下鐵門的動作，她覺得這是個蠢動作，有些人以爲這樣就可以躲著眾人的目光，其實，曹老師打麻將、父親和女同事、林家在大宅裡動個不停的女孩、母親在床上靜靜躺著，應該都是私密而被隱藏的事，但平安都看到了，透過一扇窗或越過一道牆。

所以當高老頭用一雙肥手臂圈住她，再用肥短的手指在平安尚未發育、小巧似荷包蛋的乳房上下移走時，她彷彿看見自己脫離軀體，上升到一個高度，可以看見高老頭中空的頭頂，繃緊臉孔，緊緊盯著無心去掙脫高老頭圈繞的自己，看著高老頭口水滴滴答答的嘴唇在平安的頭髮、臉頰、脖頸四處烙印。

平安終於推開高老頭的手，推開他的圈繞，說：「我肚子餓了。」

高老頭聽了，肥鈍的身子展現從未有過的敏捷，「我去弄點吃的，妳等著喔。」

高老頭走開後，平安還維持方才的姿勢，肚子空空不打緊，比較嚴重的是，腦袋也空空的，她記得先前在腦中不斷轉著的念頭，離開這兒，走出這小鎮，走到哪兒呢，她只會繞著小鎮熟識或不熟識的路反覆做著圓周運動呀！

雜貨店門口的午後陽光突然暗了一下，是一位婦人，平安並不認識，這是她能安心在小鎮浪遊的原因之一，她並不認識小鎮的所有人，小鎮的人也不全認識平安。那婦人向店裡張了張望，也許是看不到高老頭，也許沒有非買不可的物品，便掉轉頭，讓店門口的陽光回復原先的形狀。就在這時，平安閃過一個念頭，「還是走了吧」，那婦人離去時腦中閃過的是不是也是這句話？

「還是走了吧」，平安從高老頭放錢的筒子裡揪了兩張皺巴巴的紙鈔，向內室丟了一句，「我要回家吃飯了」。就顧不得什麼的走掉了。

兩張鈔票揣在褲袋裡，貼著大腿內側彷彿火燙的烙鐵。平安說不清楚自己爲何總要從高老頭的錢筒裡拿錢，她從來不需用錢。別的女同學，很喜歡下課時結伴去福利社，尤其是第二節下課課間操時間，訓導處的擴音器傳出訓育組長指揮學生照著雄壯有力的音樂扭動肢體，這時那些母親沒空做早餐的人，便到福利社買個麵包、牛奶，即使吃過早餐，買枝冰棒什麼的也好。但是平安去過一次就興味索然，那兒嘈雜、擁擠，雖然不是難民爭搶食物的亂世景象，卻也相去不遠。平安其實也和那些女同學一樣，母親並未準備早餐，父親也給零用錢購買食物，但是平安從不用那錢，她不吃早餐，寧願餓著肚子，午餐是如果不吃便沒有力氣爬高走低，晚餐是如果不吃得花許多力氣向父親解釋，若是可能，平安眞的想不吃不喝。

那兩張鈔票和之前的一張、兩張、三張鈔票以及平安的早餐，都存放在一個空牛奶罐，擺在樹林一棵百年老榕的樹洞裡，那散放的姿態就和在高老頭店裡的錢筒沒有兩樣。看起來，它們只是換了一個地方，並沒有改變它們的本質，那仍然是高老頭的錢，仍然是平安從高老頭那兒拿來的錢。平安覺得這種感覺跟自己想走出小鎮的感覺很像，選一條路毫不考慮向下走，不停頓、不回頭，不就是了，哪有那麼難！難的是走到哪裡，她都還是平安，這是永遠不會改變的，這也是可能讓她走到中途，突然失去動力，再也走不下去的原因。

●

這是最後一個夏天了，最後一個浪遊的夏天。平安不會知道這是最後一個浪遊的夏天，她只是感覺到這個夏天特別的熱，太陽特別的豔麗，鳳凰花開得比往年都燦爛，火紅火紅得幾乎要把整個小鎮都燒了去；蟬叫得特別的響，吵得午睡的人得用枕頭摀住耳朵才得好眠。

暑假結束的最後一個返校日，暑氣仍炙，蒸騰得校園裡人心浮泛，玩荒了一個暑假的心還沒復原。曹老師早早就準備打發學生，他把一落暑假作業往櫃子裡一擺，吩咐班長，打掃完就可以放學了，說完就晃盪著腳步從學校後門離開。

平安尾隨在曹老師之後。對曹老師來說，這個暑假並不如意，從他走路的方式可以看出來，雖然仍是那條鼠色百慕達褲，鑰匙包也搭在褲袋邊，但是那壯碩的屁股搖動的頻率不太一樣，遲緩而沉重，只有經常跟在曹老師身後的平安知道那意味著曹老師輸了一個暑假，而且可能還不是小輸，他連便當都沒有心思顧及。

曹老師拐進宿舍區，平安走向另一頭，曹老師顧不及吃午餐，平安也是，她不餓，懶得彎回家，省一頓是一頓，她直接向高隴走去。

夏天快過完了，高隴兩旁的稻田黃橙橙一片，稻穗都成熟得彎垂著，平安跳過大水溝，穿過竹林，林家大宅的高牆擋著路，想到有一陣子沒有溜進那又深又廣的四合院，於是雙手在裝飾窗上一借力，就躍過了高牆。四合院如平日安靜得像無人入住的空屋，平安的球鞋踩在清水磚上的聲音，連一隻螞蟻都吵不醒。她在一道又一道的布簾間穿梭。林家大宅平安其實已經很熟悉，哪兒是房，哪兒是廳，她都很清楚，她並不確切知道自己在找什麼。

但是平安把每一道布簾都找了兩遍，沒看見老奶奶，平安有點失望，老奶奶和這座四合院，都是平安浪遊的一站，她有時經過，有時不經過，但是只要經過，只要進來，就會看見老奶奶。就像高隴之後是大水溝，宿舍區之後是商店區，都是一定的，不會改變的，這天，平安在應該看見老奶奶的林家大宅沒有看見老奶奶，她不知道浪遊要如何繼續！

從林家大宅出來，平安經過樹林，沒有走進去，牛奶罐繼續在樹林裡的榕樹洞裡埋著。平安經過商店區，經過高老頭的店，高老頭看見平安了，從店裡奔出來向她招手，平安看了高老頭一眼，高老頭肥碩的身子剛好把整個店門擋住，她對高老頭的招呼視而不見，逕自向宿舍區走去，接上紅木門前的小徑，她突然失去了窺探的興趣。

午後三點，這個時間如果是上學的日子，小學生正開始放學前的打掃，而平安的家和宿舍區的其他房子，如常靜謐。

平安經過母親的房間，房門緊扣，沒有一絲光與空氣可以出入的空間。平安在房門口停下，是什麼讓平安停下走向廚房的腳步，不是聲音，不是一向的那斷斷續續的呻吟聲，而是，沒有聲音，全然的寂靜。

平安在那兒站了很久，比她在外頭浪遊的時間還久，心中仍然沒有一個主意，就這樣走過去，走到廚房，拿起桌上的食物，塞進嘴巴裡，完成塡飽肚子的責任，然後回到自己的房間，躺下，睡著，然後父親就會回家，夜晚來到，生活的軌道又接上了，這是最讓人心安的。

或者，她應該推開門，看看母親怎麼了，也許母親正熟睡，熟睡得忘了呻吟呢。

平安終於決定推開門。

母親還在床上，如常躺著，屋內陰涼，甚至有些寒意，母親身上的薄被蓋至胸前，兩條白白軟軟的手臂搭在被上，母親的臉色平靜，雙眼合攏，一切看起來和平日一樣，母親陷在深深的睡眠裡。但是平安知道，不一樣，和平日不一樣，平安從口袋裡拿出眼鏡盒，打開盒蓋，那副會讓她看清世界的眼鏡正靜靜躺在盒內。她小心翼翼拿出眼鏡，深怕一不小心摔了，她就再也沒有機會看清母親的模樣。

母親正陷在深深的睡眠裡，雙眼合攏，那細細長長的弧度可以想像睜開時是多麼清澄明亮；平時她老覺得母親的臉色蒼白，這會兒沒有那間斷的呻吟聲助陣，卻顯出似美白化妝品妝點出的白皙；母親的嘴唇薄而俏，好似張開便吐氣如蘭；接下來是母親的下頷，平安把自己慣常微仰的角度冠在母親的下頷，那仰躺的下頷，便顯出美女的風華……父親身材高大，平安一直想知道她矮小的個子是不是遺傳母親，但是她如何從一具横躺的軀體去計量出身高！

平安搬了一張椅子，坐在房門口，她拿下眼鏡，一團濃霧撲上來，將她和母親一起籠罩。然後她像那些來探望母親的親友一樣，對著房內，叨叨的說著，說著一些病人不會感興趣，也無所謂的話，平安從門前的小徑說起，樹林、高隴、大水溝、林家大宅、老奶奶、高老頭、高老頭的店……說個不停，不知什麼時候，夜晚眞的降臨了。

——原載二〇〇〇年二月十～十三日《中國時報》

陳建志作品

陳建志

1964年生於台灣台中，淡江大學西洋文學博士，任教淡江大學英文系、台北藝術大學戲劇系。2001年獲洛克菲勒基金會亞洲文化協會獎助，赴紐約進修表演藝術。著有短篇小說集《氣息》。曾獲九項全國性文學獎，包括兩屆中國時報小說獎、聯合文學中篇小說獎、聯合報散文獎、梁實秋散文獎與翻譯獎、華航文學獎、全球華人同志文學獎小說獎等。

跟蹤

下班後，公司的美編大爲過來跟我說他的奇異遭遇。

他帶我來的這家 pub 是金華街的 Bar 99，玻璃落地窗暗瑩瑩的，不出色的漆黑後現代風，偶爾浮動著金屬冷光，不是週末，沒什麼人來。倒是兩面成直角的牆上比較吸引人，幾十排飽滿的 CD，怕有上萬張，在吧台後面的那面牆上還有一排全是黑膠老唱片。

我選了一個靠石灰牆的角落坐下，有個半圓形的黯黃光照在桌上，像個殘缺的月亮。光線斜斜把大爲的臉切下來，一半藏在黑暗裡，就像是會漂浮一樣。

「我一直被跟蹤。」大爲說。

「哦。」我冷淡的應了應。

「是眞的，」大爲說，「被一個女的。」

老實說，大爲並不是那種會吸引女孩的典型，老穿著那一套土黃色夾克，短而淡的眉毛下一雙狹小的眼睛，方形頭臉肥白浮腫，鬆垂的下巴幾乎沒有稜線，毫無魅力，只有不修邊幅的乾稻草似的短髮有股落拓的味道。當然他也不醜，是那種在一生中總會碰上一兩個平凡女人的平凡男人。被一個女的跟蹤，是一個男的偶爾碰上一個神經病的機會，也並不奇怪。

這家酒吧太荒涼了一些，頗寬敞的二三十桌的場地，除了我們只有兩三桌人，而且都是靜默派。一抹抹鉛色的金屬光、大塊的陰影，渺茫的香菸之霧隱現一張張歌劇魅影面具般殘缺的臉，讓多餘的空間殘酷的暴露出來，在耶誕節前夕的冷冬，寒氣森森的。

這也許就是他們喜歡來這家酒吧的原因吧，在燈光中隱藏自己或半暴露的讓自己成爲誘惑之物。我一邊啜著 Taquila，瞥見大爲背後遠遠的一面鉛灰金屬片映著我模糊的臉，一個白白的團形裡有兩個黑凹洞。我看起來大概就是一個黯淡的，不著痕跡的轉動著頭傾聽的月亮的角色。

新轉來我們公司的大爲，三十多歲，某家私立大學公行研究所畢業，對美工是半路出家，也不知能不能適應，聽說他在這之前換過好幾個工作了，在公司裡也一副不得志的樣子。本來還以爲他請我喝酒是想藉機接近我，但是也並沒這種企圖，就只是想傾吐而已。至於爲什麼找上了我？其實我在這家公司給人的感覺是有點冷漠的，也不會看星座什麼的。

也許是他知道我也是孤家寡人一個，在人人陷入耶誕節的焦慮中卻一派與世無爭，或偶爾流露出的一絲資深單身女性的不安，進而感到同病相憐而與我交談的吧。

我是個模糊無個性的人嗎？我看著金屬片上的我的臉，一時覺得也許是別人的臉。我轉頭看看，也沒有別人。我的臉就這麼模糊嗎？即使月亮也有她的陰影的。爲什麼我總是扮演傾聽的角色？從小我就聽著爸爸永不厭煩的講他過去的光榮奮鬥，上班後聽老闆的種種抱怨與夢想，卻沒有機會說話。

有個手機廣告，一張短髮美女的臉，耳邊一隻手機，像聽見了什麼而微笑了，旁邊幾個大字Make Yourself Heard.意思是買個手機，讓你被女人聽見。彷彿女人生來的任務就是傾聽，而嘴巴的唯一功能是配合的微笑似的。

沒有人願意眞正聽我說話。從來沒有。連老天也不聽我說話。我是說如果眞的有個老天的話。以前有一陣子我非常虔誠的試著說話給上天聽，也沒有用。當然。

「說說看呀。」我慣性的配合。

「有個女的，不管我走到哪裡，都會跟蹤在我的背後。說的更清楚些，是一個穿豆沙紅衣裳的女孩。有一次我在頂好超市買泡麵的時候，看到她在另一頭的各類泡麵的縫隙中偷看著我。還有一次，下班騎摩托車的紅綠燈前，也會發現她在旁邊的一輛轎車裡偷窺著我。」

「眞有這種事呀。」我做出感到些許興趣的樣子。

「是眞的，」他鄭重的說。看他那憨厚的長相，應該是不會騙人的吧。「眞的好多次了，有時候我以爲她走了不會再來干擾我了，可是隔了一陣子之後她又悄悄出現了。她這樣糾纏我已經有一兩年了。」

「她有什麼目的？」

「……我不知道。」大爲遲疑了一下。

「後來事情演變得越來越嚴重，」大爲的口吻有點激動，卻又呑呑吐吐的。

「有一次，有個電視收視調查員打我手機，來問我收視情況，說只要三分鐘，問我幾個收視習慣的問題就可以，希望我能幫忙。我於是回答了她幾個問題，可是對話到沒幾句，我忽然認出那是她的聲音，是她偽裝的，我斷然掛掉手機。我立刻換了手機號碼。那一兩個禮拜，我連住處的電話也不接，只聽答錄機。就是連聽答錄都會心驚膽跳，好怕她會錄下什麼奇奇怪怪的留言。」

「眞的？她的目的是什麼？」

「我也不知道。」大為說，兩眼空洞。

「你不知道那種精神壓力有多大，我被她弄得無心工作，每天都提心吊膽的。後來，每當我忽然又看到她的背影時，我差點就要拔腿就跑，是眞的要跑起來那樣你知道嗎？」他激動起來。

我還是一派安閒，冷冷看他要把故事牽到哪裡。這年頭誰沒有一兩個遠遠看了要躲起來的X boyfriend, X girlfriend？有人跟蹤就了不起了？少噁了，你算哪根蔥。

「是你過去的女朋友對吧。」

大為身體震了一下，只好說：「算是吧。過去的，女朋友。」

「她是不是對你有什麼要求？把話說清楚不就得了？有事情是可以解決的嘛。你是個男人呀，有什麼好怕的。」我故意拿話激他。

「是，有一次，我終於去面對了。」大為頓了一頓，說：「這就是我想向你講的部分，一個噩夢般的經驗。

「那是與大學同學聚會之後，差不多到半夜兩點才散，喝了許多酒，身體不太舒服，只想要趕快騎我那台破機車回家。車子停在衡陽路附近的一個角落，那裡有塊暗暗的蓋大樓的空地，好像永遠在施工的樣子。我的機車就停在工地的附近。

「才走到那個黑暗的工地，我背後忽然有一種毛骨悚然的感覺。有人走動的聲音，對了，我發現她在跟我。差不多隔著七八步的距離，她跟著我。

「這次我是眞的豁出去了。我鼓起勇氣轉過頭去瞪視她，乾脆在這裡把話說清楚好了。沒想到她立刻回頭走，相當快速的逃走。

「我跟上去，她快速轉進一個地上很潮溼的小巷，那裡面很暗，垃圾堆積著發出臭味，昏黯失修的路燈根本讓人看不清什麼。但她總是穿豆沙紅的裙子，那頭長髮我怎麼會不認得？我追進去，她跑起來了，風沙、破報紙向我的臉撲飛過來，我不斷舉起手來擋，還有某種濕黏的幽靈樣的什麼刮過我耳朵，我腳下踉蹌差點滑倒，她已繞過小巷。

「我不管有沒有陷阱就跟上去，用力跑，轉彎，在下一個小巷子抓住了她，我們都跌倒。我跪在地上壓住她，雙手發抖的壓住她的雙手，逼視著她大叫：『不要再來煩我了！』」

大為這時眼睛亮亮的瞪著我。我有點害怕，他像是在逼視我一樣。

「然後呢？」我問。

「然後……」大為把頭低下，再抬起眼睛來看我：

「然後她叫救命呀，救命呀。那女的根本不是她。

「一個其貌不揚的大學女孩吧，還好她因為膽怯而聲音並不大，沒有驚動什麼巷子裡什麼人。一發現之後我就趕緊逃走了，說我認錯人了我認錯人了。我好久沒跑得那麼快了。跑回到機車旁邊時就吐了，吐得座墊和引擎都是，酒都醒了一半。」

大爲苦笑，「她一定以爲自己碰上了個瘋子或是強暴犯吧。」

「不是她，不是她的眼睛，她的臉。不是她。」大爲自言自語，「那麼近，一剎那竟然變得那麼遙遠。」

他一臉苦笑，粗糙毛孔的鼻子看來眞醜。

「我想，到這時候你應該也知道故事的謎底了，」大爲說，「到最後，我發現竟然是我有神經病。是我的疑心病太重了。」

「哦。」我眼皮搭拉，因爲聽了一個拙劣的故事。

大爲還繼續說：「是我自己疑心生暗鬼，到了這麼嚴重的地步。是不是有那句成語，叫什麼蛇弓杯影，還是杯弓蛇影？」

「杯弓蛇影。」校正成語好像是身爲編輯的我的責任。

「不過，」我忽然說，「也有可能不是你看錯。而是你被鬼纏身了呢。有個女鬼跟在你身邊，引得你心神不寧。」

大爲把眼睛瞥向他方，忽然沈默了。大爲眼珠子一下子變冷，把剩下的啤酒一口喝光。然後他用一種顫抖般的眼神看著我，像一扇在冷風中抖動的破窗子。

我說錯話了嗎？

還是，我說對了？大爲眞的做了什麼虧心事，弄到女鬼纏身了？

一時我覺得週遭的空氣冷起來了，有種鬼氣森森的哀傷。要命，我不該看那些鬼片的，從七夜怪譚、噩夜叢林、幽魂娜娜到危機四伏我都看過，弄到我現在一到幽暗的地方就會想到鬼。不知從什麼時候開始，我變得喜歡一個人在獨居的公寓裡租鬼片來看，現在嚐到惡果了。我環顧四周，彷彿眞的有某種哀傷瀰漫在酒吧的空氣裡。那個女孩死了，也許。她的鬼魂飄在耶誕夜前夕的空中，在這家 pub 孤伶伶的尋找一個棲息之地。

我眞羨慕那些還相信著神佛的人，至少可以靠著自我安慰讓自己心安。我從前也信，但老早就不了，只覺得從前的自己太天眞了。可是我是個奇怪的人，因爲我不相信神卻相信鬼，也相信鬼會復仇。我相信在看不見的空間裡，也許就在大爲的臉背後，飄蕩著一縷冤屈的鬼魂。

有個女孩早死了。在純樸的泰國鄉下，當離家好久的丈夫回到家裡，與妻子娜娜團聚時，都不知道她早已經是個鬼魂了。幽魂娜娜，懷著身孕孤獨一人守著河水上的木屋，一心等待丈夫回來等到成爲枯骨，陰魂流連著終於等到丈夫。

她難產死去時，還淒厲的喊著丈夫的名字。

那個女孩一定早就死了。

「不會吧。」過了好久，大爲說。

「你確定？她沒病沒痛，一點都沒事的活下去？」至少，他一定是做了什麼對不起女友的事。大爲無言以對。兩隻手攀著桌沿一動不動，彷彿因爲我的質問而連拿起啤酒來喝也不敢了。

我靠在椅背上，眼睜睜看著他那副死樣子。

這時候有一首老歌瀰漫在空中。難以忘懷，是Nat King Cole與Natalie Cole跨時空合唱的新版本，是我還算喜歡的一首。

Unforgettable, that's what you are. Unforgettable, through near or far…

It's incredible that someone so unforgettable thinks that I am unforgettable, too.

難忘的，你就是這樣。難忘的，或近或遠…

眞是不可思議，那難以忘懷的人，也認爲我，是難以忘懷的。

低迴的，悠揚的，嗓音與管弦彷彿深不可測的海底，有多重的暗湧波浪不斷擴散淹沒了我。我忽然想到，這是一首亡魂之歌呀。Nat King Cole，古老年代的抒情爵士歌王，如今女兒娜塔莉與她的父親生前的錄音帶剪接合唱，透過現代技術而相逢。她錄音的時候，對亡魂的聲音是什麼感覺？畢竟是天人兩隔了。

「你們之間到底有什麼事你就說吧。怎麼認識怎麼分手的？」我有點不耐煩了。

「我們是……」大爲皺著眉，右手抓著稻草短髮，一道細細的陰影正刺進他的右腦，刺出一條鋸齒狀的傷痕，兩眼露出被獵的獸般的痛苦。

「她是我大學的學妹，也是我的，最愛。那時候我大四，她大二。她是社團認識的女孩子。很好很純的女孩子。是透過社團的時候見面，約她一起吃飯。」

去的話都沒有說的。

「於是你們就戀愛了。」我說。愛情的老公式。

「那時候也沒有說眞的定了，只是大家都已經認爲我們是一對了。其實，是連將來要怎麼走下去的話都沒有說的。

「我們常常在圖書館靜靜的坐在一起看書，離開圖書館後，在半夜的校園裡靜靜的擁抱，抱得很久，覺得我們好像融化在一起了，就像是暖氣下的兩顆糖果融在一起了那樣。

「現在想起來，那眞是一段不可思議的美好時光。人可以那樣，好像什麼都不需要，只要很簡單的在一起唸書，吃飯，手牽手逛街，晚上在簡陋的宿舍裡相擁而眠，這樣就滿足了。

「就這樣，才一年，很快我就面臨畢業了。我遇上了抉擇的關口，因爲我要申請公費到美國留學。會有好幾年不能見面。我覺得沒有機會再走下去，出國起碼四五年。就沒跟她聯絡了。」

「你說沒聯絡是什麼意思？」

「就是斷了啊。不理她了。」

「這樣就斷了，完全不聯絡了？」我壓抑住我的震驚。

「她寫信來，說她……懷孕了，希望把孩子留下來。我根本不相信，把信扔了。……我們的次數並不是那麼頻繁的。後來也打過幾通電話來，只要一聽出是她，她哭泣的聲音，就立刻掛斷。後來我乾脆不接電話，好長的一陣子。」

我瞠目結舌。沒想到他是這樣的男人。

「你有在聽嗎？」大爲問我。

「只是這樣？只因爲你認爲不會繼續下去，就忽然片面宣告終止，一點也不在乎對方的感受！」我想保持鎮定，但是沒辦法。

「你知道她會有多痛苦嗎？她完全不知道是怎麼回事的情況下！你還狠心的根本不接她的信她的電話，這到底是爲什麼？」我的心裡在銳叫。

「我不知道。也不知道那時候是怎麼想的。」大爲一臉無辜的樣子，「我想我是做錯了。」他頭低低的。

男人就是這樣，爲什麼不講清楚，就算是給一個交代也好。我好痛恨這樣的男人。我的胸口變得很悶，呼吸會有點痛，彷彿肺葉間卡住了。

「後來呢？」

「後來也沒有下文了。不過，那時候意興風發的以爲公費能夠考到，結果卻沒考到，美國根本沒去成。我只好改考國內的研究所，但因爲事出突然，準備不及也沒考上。是再過了一年，才考上了研究所。

「在這一兩年，我也沒跟她聯絡，後來研究所裡有個同班的女孩過來接近我，於是我就和她在一起了。對於這件事，也就漸漸忘記了。更正確的說，應該是我以爲我忘記了。

「不過，和新女友在一起不到三個月，就又分手了。後來，又和其他幾個女孩子交往過，但總是幾個月就沒下文了。我在想，是不是我心裡還是愛著她。」

大爲繼續說下去，眼睛怪異的轉到右上方，有點像乩童的那種眼白的顫抖，彷彿他回到了某個過去難以碰觸的時空：

「之後的有一個晚上，過了午夜了吧，我還在看書，宿舍的窗口忽然出現她的臉。她來找我。但是我立刻把窗帕的關上。一直熬到毛玻璃的另一面，她的那張臉消失掉爲止。不過，她也並沒有敲窗或發出任何聲音。就是那樣的一張臉。

「奇怪的是，我隔天問住在同一棟樓的人，都沒有人看過像這樣的女孩來過。有個人還說那天晚上十二點以後，根本沒有人再進過大門。

「從那一夜以後，我就感冒昏睡了一天。這以後就覺得事事都不順利，無論工作，人際關係上都有許多波折。有一天走在路上還跌到水溝裡，折斷了小腿骨，躺了一兩月。大概是長期的躺在床上，睡眠也出現了障礙，常常有噩夢，很少有睡得好的一天。

「到現在，我還是忘不了她的眼神，不說一句話的那樣看著我，分不清是悲哀還是怨恨。那個眼神在這幾年不斷浮現我的腦海裡，眞的是陰魂不散。越是想遠離她，她就越會出現在我的眼前，怎麼會這樣？」

從大爲的種種跡象來看，是有點像鬼魂附身。我開始後悔了，爲何我要看那些鬼片，幹麼這麼自虐？

「你怎麼不回去找她？打個電話，就可以確定她到底還活著沒有了。而且你應該誠心的道歉的。懂嗎？不管她會不會再接受你，你都應該道歉的。至少你可以把這個誠意傳達給她。」

他遲疑了一陣子，起身去上廁所。談話過程中他啤酒一直沒停過。

我只好聽歌，不知在什麼時候，老歌 *Unforgettable* 又陰魂不散的轉回來了。娜塔莉和她已故的父親仍然隔著不可碰觸的時空對唱著，那幾個低迴渾厚的 *Unforgettable* 來來去去，纏綿不已。

難以忘懷，你就是這樣。難以忘懷，在每一方面。難以忘懷，或近或遠……

他回座的時候，忽然說：「我找過。」

「哦？」

「隔了兩三年，研究所畢業之後，我找過她。我曾經打過電話給她。她的電話號碼我還留著。但是她搬走了。輾轉問到她的一個大學同學，那是她比較熟的朋友，但是她說畢業後就沒有聯絡了，所有她認識的人都沒有她的消息。我問到她老家的電話號碼打過去，但電話也不通，大概換了電話。她不見了……」

「這樣你就不再追蹤了？你怎麼會知道結果是什麼？」我淡然的拾起話頭。

「不再追了。來不及了。而且，我想她恨我，不會再接受我。」

「她恨你也是應該的，你不該去乞求她的原諒嗎？」我說。

「你只因爲怕對方拒絕，所以就縮起來自我保護嗎？這不是很自私嗎？至少你必須道歉。重點是道歉，而不是能不能挽回她的心。畢竟那不是你能控制或預期的，但你必須把你的心意與當時的情況告訴她。It's never too late！」我激動的說了一大串，好像什麼愛情專家似的，還堅持一種正義感。

大爲只是恍惚的點點頭，也不知道在想什麼。

「你實在很沒勇氣耶！」我差點罵出來：「算什麼！」

「我想她眞的死了。」我衝口而出的話使我自己都感到驚訝，但我竟無法自制：「她化成冤魂永遠跟在你身旁，時時刻刻跟蹤你！」

他只喃喃的說：「不會的，不會的。」神情越來越痛苦，像隻黑夜被獵傷的醜陋的獸。

大爲拚命解釋：「到現在我還是愛她的。夢中的她的臉一直糾纏著我，我無法入睡。我總是在半夜被噩夢驚醒，全身都是冷汗。即使走在街上，人群中也會出現她的面孔。不知道爲什麼，我總是想像以前那樣要去拉住她的手，但是我卻從來無法做到。她可能是一個在珠寶展示櫃前探頭看的女孩，一個捷運車廂的玻璃窗反映出的女孩，或是在泡沫紅茶攤等著外帶的女孩，可是當我眞的轉頭過去看她的正面，她就會變成另一個女孩。一個不相干的女孩。

「這已經成爲我的噩夢了。我最怕的就是，如果有一天我眞的遇上她了，我是說，眞的是她，而當我趕到她的面前去看她，她也會變成另一個女孩，一個我根本不認識的女孩。這已經是一個噩夢經驗了。你懂我的意思嗎？」

「事實不就是如此嗎？她的確變成了另一個女孩。或是一個鬼魂。」我哼了一聲。

「她還在恨著我吧，如果她還活著的話。」大爲雙手緊握住木桌邊緣，神情顯得痛苦。

「當然，你這個該死的傢伙。」我衝口而出，不管自己的失態。

我的身體顫抖著，不知是什麼情緒在蠢蠢欲動，一股強烈的衝動驅使我要往大爲身上湧過去。怎麼會這樣？難道我也被附身了不成？這股衝動是要幹什麼，甩他一巴掌？還是去掐住他脖子？

他又喝了一大口啤酒。一直喝，他已經喝了八瓶啤酒了，再下去會醉的。

「不過就是噩夢也沒關係。一切都來不及了。我所擁有的只剩下這個夢而已。」他說。他的左眼有某種反光，是淚水嗎？可惡又可憐的男人。

「她一定很恨我。我眞的該死，我毀了我自己……」

「你醉了。」我說。

「我對不起她。她一定覺得我是一個狠心的人。」

「難道不是嗎？」我冷冷的說。

「是，你說的對。」大爲忽然把頭去撞石灰牆，不很重，但已經發出咚的一聲。老天，他這樣會受傷的。但我故意不去理他。

該我去洗手間了。

廁所故意設計的藍色燈光好暗，氣味也不乾淨，阿摩尼亞味混上剝落的水泥牆濕冷之味，塑膠桶露出衛生棉的黑紅一角，我忽然想嘔吐但還是忍住了，只是心裡沈重起來。起身洗手時，我眼前一暈，頭部缺血，要過一陣子才會好。

我故意低著頭避開自己映在陰暗鏡中的臉，但還是看到了一瞥，一個蒼黃的側影在鏡裡閃了一下，就像個鬼魂。不要，不要讓我在這裡遇上鬼魂，也不要讓我看見我自己。

我自己的狀況也不好，為什麼還要碰到這種事？誰沒有割裂的傷口？誰心裡沒有恐怖？即使月亮的角色也有她的陰影的。難道我就沒有被拋棄的往事嗎？大為使我想起好久以前的一個男人，是我不願再想起的。我覺得呼吸困難，但願他別再說下去了。

當我回座時，大為的眼睛直直盯著我，好像專心的等著我回來。

「你知道我為什麼要告訴你這個故事了嗎？」他把雙手伸到桌心的那圈黃光裡，白而修長的手指放在那裡，像個繳械的犯人。

「她還是在糾纏著我哪。也許你說的對，她是陰魂不散，我每週都固定慢跑、游泳，但只要一靜下來就會看到她的臉……」

「有時候你逃避的東西會回來的，它會回來，一再的回來。你以為不去理它就會自動消失，可是它並不會，它會潛藏在某個你看不見的地方等著你……」

大為已經陷入自言自語的神經病狀態，原本粗厚的聲音變得尖細而飄忽，眼神憂傷，睫毛下的陰影變成一條扭曲的紫藍蟲蟲。他的眼睛定定的看著我，他的臉孔後還有一張臉孔忽然冒出來，又消失了，是我眼花了？有一種神祕又癲狂的什麼在看著我。

眞希望我有陰陽眼，可以看出藏在他的眼睛裡的那個女孩的眼神。那一定是個哀傷到無可言喻的，卻又發不出任何聲音的眼神。

然後大為的身體搖晃起來：「很痛！很痛苦，很痛——苦！無底深淵呀！為什麼不肯聽我解釋連一句話都不肯讓我對你說？你不知道我過的是什麼日子？當黑夜來臨恐怖就會跟著來，有誰能夠救我……」

他的話被打斷，被突如其來的嘔吐。他一下子往前湧，像被人用力在背部拍了一掌，哇的嘔出來。那是一陣發出奇怪喉音的乾嘔，沒嘔出飯菜，只有一些噁心的黃綠液體，弄得他的襯衫黏膩一片，桌上也汪了一攤可怕的酒臭黏液。

他趴在桌上喘息，才一會兒，背部又開始細細的抖著，像體內有隻鬼頭怪蛾在拍著粉粉的灰翅，然後抖得越來越厲害，身體前後晃動。

我好怕，有什麼東西就要從他的體內奔出來了。

毫無預兆的，他再度以腦袋去撞牆，一記一記撞下去，毫不停止。看起來好像不激烈，緩慢的，機械性的，沈沈的咚，咚，咚，咚，有如翻修房屋在敲掉一面牆的聲音。

「別瘋了好嗎。」我說。

他還是繼續撞，咚——咚——咚——

咚——咚——咚——

有規律的，彷彿被一種無形的力量一面拿著手錶，一面計時的去撞那樣。猛烈，又安靜。

「別瘋了！」我低聲的說，兩手按在桌面上，生氣而嚴肅的。

他停了一下，又撞。還是又撞了兩三下，然後忽然停了。就像他是聽到了我的話，但是我的聲音需要好幾分鐘才能傳到他的耳裡似的。

我鬆了一口氣，心裡想著，你到底要我怎麼樣？想藉由這種方式獲得我的安慰？但我才不給你。不會原諒你。

他頭部已經流血了。有一條紫色的血蛇滲進他的左耳窩裡。

「快走吧。」

他沒反應。

我保持冷冷的靜默，就這樣僵持著。

忽然他用拳頭打自己的肚子，悶悶的響，勁道相當重，啊啊的悶叫。

我驚訝極了，傾過前去阻止他，「你別瘋了！鎮靜一點。」

他怎麼會這樣？要壓住這樣一個男人眞是費盡我的力氣，他緊緊抓住了我的雙臂，但還好又會顫抖的亂揮，我趕緊脫開。混亂中我用力甩了他一巴掌。

「安靜下來好嗎？否則我眞的要走了！」

「請你不要走！」大爲哀聲的說，又抓住我的手臂。

「你不鬧我就不走。」我壓低了聲音，變成在哄一個小孩似的，或是一個執拗的女鬼，也許。

「我不鬧，我不鬧，請你留下來陪我。聽我說，就是聽我說。」

就這樣，他才穩定下來了。抓住我的手也漸漸放開了。

兩三黑暗角落中，幾張歌劇魅影的面具轉過來看，然後又漠然的別過去。還好空中的音樂聲掩蓋過去了一些。

上天保佑你。我不知不覺在心裡默唸。

雖然我早就不信神了，但情急之下我還是說了這句鬼話，也許是以前的習慣太根深柢固了。

「懲罰我。我是個罪人。懲罰我！」他說，眼皮蛾翅般撲撲翻動，剝出陰藍的眼白。

他的右腦勺濕黏一片，幾條血蛇在他髮間扭曲著，隱隱映出紫紅的詭光。剛剛那一巴掌甩得很用力，他的臉頰浮現紅腫的掌痕。他的眼睛紅得厲害，也濕得厲害。他原來一直在流淚。

我忽然覺得哀憐。我用水杯沾濕了紙巾幫他擦擦臉上的血與淚，冒汗的額頭，流了口水與嘔吐液體的嘴角。

「深呼吸，深呼吸一下。」我伸出手，撫著他鬢邊的頭髮安慰他。

「她還恨著我，她恨我。我真的好抱歉。」他的身體還在顫抖。

「也許會怪你一陣子。但是她沒有真的恨你，真的。」我說，心裡哀哀的。

「真的？沒恨我？」

他凝視著我，好像我就是那個女孩似的，簡直語無倫次。也許他下意識就是單純的需要我這個女人的安慰吧。

「相信我。」我說，眼眶忽然辣起來。

幾乎完全一樣，在六七年前曾有一個男人也這樣對過我。我唯一的男人，一樣的不告而別。無論怎麼聯絡都沒有回應，完全不管我到底有什麼感受。拿掉孩子之後的那幾個月，我不停的哭泣，哭到連呼吸胸口都會刮痛，彷彿肺葉已經哭出一個破洞。我曾經問了又問，最後問到上天，都沒有答案。我本來是一個常向上天祈禱的人，但在差點結束掉自己的生命之後，我什麼都不信了。

有好長一段時間，我也常常在別的男人身上看到他的臉，就像大為的中邪一樣。一個停在紅燈前的轎車裡的男人，一個晚上走在我身邊的路人，一個手機店的玻璃窗前反映出來的男人，我都會在剎那間以為是他。都一樣。

「沒有眞的恨你。」我說。

我忽然咳了好一陣子，眼淚都流了出來。

「你怎麼了？」大為問。

「沒什麼。」

我拿了大為的啤酒杯，大口大口喝起來，好苦，眼睛好熱，彷彿啤酒不斷的從眼睛流出來，水龍頭關不住。大為怔怔的看著我，但我沒事，我只是在痛哭中感到一種暢快，一種蒼涼的釋然。

後來偶然聽說那男人也過得不好，短暫結了婚又離婚了。但僅止於聽說。僅止於偶然。就像那女孩一樣，早在他離開時，我身體裡有個部分就已經死掉了。後來我搬來台北，與過去的所有朋友切斷聯絡，找到這個工作重新開始。一直到後來，即使他回來也沒有用了。

一切都是回憶了，但總還有些什麼我說不出來。

「你說不恨我嗎？」大為認眞看著我：

「不恨我嗎？」

那是一張很奇怪的臉。因爲悲傷、混亂與執迷而顫抖著，是眞的被附身的一張臉。

然後我忽然在大爲臉上看到那一張附身的臉孔了。

燈光黃暈暈斜切下來，在那雙迷濛濕潤的醉眼中，我看到**他**失蹤多年的眼睛，像幽靈一樣對著我浮現出來。**他**此刻就坐在我對面。是**他**一直在不斷的對我說話。那是一張曾經多麼令我愛憐的臉龐。

「請你不要難過。我從沒恨過你。」

我溫柔的握住**他**顫抖的手，靜靜把話說完，手掌彷彿有一團月光傳到**他**手上。

他也靜靜的看著我，眼裡終於有了安詳。

「你還好嗎？請你不要哭。」聲音是那樣溫柔。

「沒關係，我很好。」

我忽然懂了大爲爲什麼來找我傾吐的原因了。上天聽到了我的呼喊，冥冥中穿過時空，把那個男人痛咎的心聲透過大爲送過來給我。很難解釋爲什麼，但是我眞的覺得冥冥中自有安排，這個相遇爲我帶來了從來沒有過的瞭解。此時此刻，鬼魅的悽愴隨著我的淚水流走了，一種奇妙的感覺融化了我的心。四周忽然變得好清楚，升起了一種難以形容的神意。

「想要說的，都被聽見了。」我說。

我的眼淚已止息，喉嚨毫不沙啞，聲音清清楚楚。雖然這迂迴的跟蹤來得好晚，雖然經過漫長的等待，我終於說出這麼多年來想說而不能說的，我心底最深處的聲音。

——二〇〇二年五月・選自麥田版《氣息》

張瀛太作品

張瀛太

台灣台南人，1965 年生。台灣大學文學博士，曾任教於輔仁大學、暨南大學、海洋大學，現為台灣科技大學專任教師。著有《巢渡》、《西藏愛人》。曾獲聯合報小說獎第一名、中國時報文學獎短篇小說暨散文首獎、中央日報小說獎第一名、年度小說獎、教育部文藝創作獎、新聞局優良電影劇本獎等二十多項文學獎。

西藏愛人

世界上沒有人信神話了，但不代表人們不需要神話。

那座神殿，他們叫它「烏干」，尼瑪說，意思是「生命呼吸之屋」。我把呼吸偷偷裝在神殿外面的皮袋子，每一口都裝。據說人間所有死亡生靈的呼吸，都收在神殿裡；法師在被附身的狀態下，捕捉亡魂的呼吸，把呼吸裝在袋中帶回寺內……。尼瑪說，他曾在殿外一個皮袋裡呼了一口氣，我忘記問他是裝在哪個袋，只好打開每一袋，每袋都吸一口。

有位喇嘛告訴我，我前世是此地的牧民，因爲弄錯了或是有罪而投胎到他處。但我覺得是自己被強盜劫去了，暫時存放在別人不知的地方；或有個強盜被我擄走了，匆忙間只顧著帶走強盜，卻撂下自己。現在被收藏在皮袋中的是我嗎？還是在我盜走強盜之前，他已把我盜去了？那麼藏在生命呼吸之屋的呼吸到底是誰？尼瑪可能會說，是一對難分難解，盜去了彼此的強盜。

從他探入帳篷開始，我就認定他是強盜。其實是鬼，但我克制自己先別嚇倒。那個鬼王，面目猙獰的從一片黑天裡闖進來，胸口兩隻巨眼，在怒視的瞬間又遽轉而去。那瞬間，我被惡魔的血舌舔噬全身，被地獄的煙霧嗆得窒息，腦子裡全是焦急全是呼救，離開我，離開我——他走了，剛才被掀開的帳篷缺口，幾線星光射進鬼獸的尖爪和獠牙，陰慘慘。我盯住那缺口，目無法轉睛，一會兒，身子可以動彈了，我坐起來，拿了手槍，提著裙角輕輕追出去。夜色奇暗，整個峽谷的一石一木都靜悄悄，濕潮的空氣中，有些深奧的音節潺潺，時如梵音時如海潮低鳴。遠遠的湖邊，我看到了。是他，面著湖，背對一大片草浪，長長的髮長長的鬚隨風游過來，幾根烏絲撩到我胸口，我伸手撈起，就著漸露的月光，那鬼髮看起來似棕似紅。他坐在石上，拿一把短刀，挽紗一樣地，割了垂胸的鬚切了及腰的髮，一大把一大把，隨手一放，幾根長絲又吹到我胸口、臉上，僕僕的風塵。是幻覺嗎？我看不到他正面，卻直覺他有胸毛。撥開長草，我離得他更近，風一樣的胸毛，體味一樣的風，全教月色給著了魔催了眠。那象徵地獄的法力，現在擱在岩石上，一張猙獰的臉，睜著兩隻巨眼，頓時無能爲力：他剛才脫了衣服，解開胸前垂掛的面具，游進水裡。他的胴體，有戰馬的勁烈和神駒的飄逸，我瞥見他的側臉，優長的鼻尖劃開水面，音節潺潺。

那潺潺，令人難以捉摸，是來自於巫者、隱士、盜匪或者野獸？

不用費心去思量，我可以變化成無數面貌，這些面貌是你未嘗見的。尼瑪說。

每次，他去時就如他來時一般神出鬼沒，在山谷裡消失得無形無蹤。有時從篷外唐突掠過，有時自湖中伸出長手抱你，有時隱遁在仙人、魔鬼、獵人和猛獸……各式面具和戲服之間。有時只是一種體味、一叢胸毛、一陣風。

我們都玩化身遊戲，但他是抽象的，我是具象的。抽象的無藉無形，具象的不時得露跡見形。當我與藏民們閒聊，描述我高原上的黑色帳篷、我的牛群馬群，還有節慶時男人們如何騎馬競技、射擊比賽。沒有人知道我在說謊，因爲我對他們的事物了如指掌，我熟讀各種西藏資料。有時我裝束成乞丐，有時是村婦，有時是根本分不出是男是女的高原牧民，臉上擦可可粉及炭灰，用犛牛毛紮上辮子，手心手背全塗抹鍋底黑灰。我和他們唱歌跳舞，喝酥油茶、飲青稞酒，也一道吃糌粑，不過僅只一次——那個熱情的婦人，在我碗裡倒了酥油和糌粑，我熟稔而自信的用拇指扣住碗沿，轉動四指拌勻，學著他們抓食，但我忘了，奶色的麵糰正褪掉手指新染的黑，褪掉我的僞裝。

他們可能無視我的僞裝，或者僞裝對我無視。

有個小孩指著我掉色的皮膚，問我眞的是混血兒？我說我父親是藏民、母親是擺夷族，所以身上一塊黑一塊白，像隻花狗。也有人問我住哪個村莊，我說是一個橫斷的河谷入口，從任何路都看不見的村莊，四周有銀色山谷、藍色冰川、雪河瀑布、神祕山洞，森林裡空無一物，聽不到人類或走獸的聲音，底下起伏無際的黑色山脊，終年有濃霧從山腳繞到山上……。

任何地圖都沒標記，也無從打聽的小村莊。也許是攝影書上看到的，或過去曾到過的，又或者未來我將抵達的。

沒人問我來做什麼，任何嚴肅的動機對他們都是種荒謬。他們習慣了這些人的來來去去，這些觀光旅遊、走馬看花。

我告訴尼瑪說是來攝影。

但攝影師何必僞裝？

我說如果你不確定自己從事的是攝影，只好替你的曖昧僞裝了。

捕捉那些五光十色的掠影，對所有美麗的浮面執著——我的確不確定自己的攝影算不算攝影。那些人群中的形形色色、個別的造型、在群眾中的造型……，任何鏡頭上的可能性及視覺上的詮釋是否利用得山窮水盡了，你的照片要拍什麼？你的神話要說什麼？有時候，我不敢肯定自己在找什麼，可能昨天要找的不會是今天所要的了。但我告訴尼瑪，我要找一種大勢磅礡的風景。

所以，一萬多公里的旅程，走了三十六個點，總有一個尋找的理由。有時候是要從熱鬧中逃亡，孤舟單騎的放逐。有時候是一種自暴自棄，尋求反叛文明的捷徑。更多時候，是因爲平靜很久的倦怠，沒有任何激烈的夢，沒有新鮮的物事，沒有甦醒。我知道，我患上一種狂熱的飢渴，渴求更多生活。至於攝影，可能是種生活，也可能是種僞裝——方便我「渴求更多生活」的僞裝。

從一張張相片，我虛設時間，揑造空間，摧毀許許多多解釋，爲了牽動許許多多臆想。我以爲我塑造了一個虛寂怪誕的天地，尼瑪說過他欣賞我的作品：「的確，在某種距離裡我很喜歡。可是一走近，我卻失望的看到上面有東西。」攝影對我原本是種挽留，但有時越要挽留，就越陷入可疑的虛空和荒蕪，尼瑪看到的「東西」究竟是影像的荒蕪，還是僞裝成荒蕪的荒無？尼瑪習慣用他那一臉荒無來回答我。

尼瑪的舞姿，是我緝捕的影像之一。他常說是我先盜取他，我是女強盜。我追蹤他騎馬、乘船、擒妖、伏魔……，他演過多少角色，我不清楚，也不關心。我只喜歡拍攝角色背面，面具罩不到的地方，妖魔、神仙、犛牛、獵人、山羊，都在前面演著熱鬧的戲，但你不坐在觀眾席，不知道劇情進展，也不理會是什麼戲碼。〈諾桑王子〉、〈蘇吉尼瑪〉、〈卓娃桑姆〉、〈文成公主〉，都在藍天、青山、草原之間上演。紅、黑、藍、黃、白色面具，都有鼓凸的巨眼、猙獰的面目。而我只看到無數單純的肢體，被自己影子所感動，他們全都著了魔催了眠，彼此感染著狂喜。

第一次正眼見識面具，要從尼瑪探入帳篷開始。他說他是路過，見一個搭得搖搖欲墜的帳篷，好意掀開來看，怎單一個小個子睡這兒。他說當時看了就走，根本沒認出裡頭是姑娘家還是小伙子。倒是「雪頓節」第一天，我搶拍一齣〈白馬文巴〉的鏡頭，不意被一隻下了戲的「狗」踩到，他說那隻狗是他。

我說不追究這個夜闖禁地的妖魔或強盜，但為什麼我上山拍照，你要拿槍趕我？他說趕你後面的老虎。為什麼我在路上喝茶，你來捏我頸子？他說頸子上有蚊子。為什麼我買綠松石，你要掀那攤子？他說他們全賣假貨。為什麼我在溪裡洗澡，你居然從背後抱上來？他說這女人好看，他忍不住要抱。我問他抱住我時說的是什麼話，他說「拉姆」，意思是仙女。

我還記得那個溫熱的身體從湖底纏上來時，那樣輕輕不著力，令人有種要放棄掙扎的迷惑、高潮之後的鬆弛。我幾乎弄不清他是扪住我的乳房還是揉搓我的腹，是怎樣的磨蹭弄得我神魂顛倒？

你有胸毛嗎？

他拉開襯衫，裡面確有胸毛，但寥寥幾根點綴在乳頭和肋骨間，不是想像中的一叢。

他重新扣好鈕扣，撩開長髮和鬍鬚，胸前掛上那個腳色未明的面具，騎了馬走了。又要去演哪齣戲？我想著他那只端凝不動的面具，凸出的縱目在凝視什麼，羽翼般的巨耳又在聆聽什麼。我曾經有種錯覺，以爲他從來演的不是狗，不是妖魔，而是格薩爾史詩裡的無名幽魂，〈霍領大戰〉中幫助國王奪回珠牡美人的戰士——戲開演時，一名演員在陰影中登場，披一套舊盔甲，嗓音低沉，他是鬼魂、國王、既是國王亦非國王，一個分不出是因行蹤杳然而成演員的鬼魂，或是打扮成戰死而成鬼魂的國王。

他不固定跟著戲班子跑，只喜歡客串芸芸眾生裡的一個，除了演戲，就是流浪，而通常，他是藉著演戲來流浪。

尼瑪，意味著太陽。他說因爲是星期日出生，所以取名尼瑪。而我覺得他像月亮，像第一次探視我帳篷那天的月亮。月亮怎麼講？他說「達娃」。達娃，我常想著他那天靜坐湖畔的側臉，一個幽居曠野的隱者，可敬的神祇；我更著迷他滑下水面的胴體，潺潺游去，一個衣襟標致線條飄逸的巫者。

他有個漢名，叫韓英。我問他是英雄的英？他說是鷹。又說應該是鶯。「風風雨雨，寒寒暖暖，處處，尋尋覓覓。鶯鶯燕燕，花花夜夜，卿卿，暮暮朝朝。」的鶯。他說他父親到過蘇州某處庭園，看了這對聯，後來就給他取名叫鶯，給弟弟取名叫燕。我說他瞎編，問他父親是做啥的，他說是北京動物園裡打掃禿鷹雁鴨園區的清潔工。

尼瑪在西藏出生，而韓鶯，是在天津出生。他說中學畢業後，工作兩年，拿了家裡給他念大學的錢，和一個大他十九歲的女人遠走高飛。有四年時間，他到處飄蕩，碼頭工人、剃頭師、酒保、幫廚，什麼工作都幹。接下來的兩年，他回到家裡想幫忙，眼看弟弟妹妹父親母親都工作得挺安分，他幫不上什麼忙。那陣子，他只好考大學，畢業後在單位裡待個一年，一年裡只兩個月有事做，沒事做的時候就畫油畫、寫詩。有一幅畫被母親選中當窗簾，其他的全做了進門的踏腳墊，至於詩，幸虧有一本《先鋒詩人》的集子收了他三首。「那年，我從畜牲轉為藝術家。一年後，又從藝術家轉回畜牲。來西藏前，我是隻野獸。現在是一隻走獸。以後希望是飛禽。」

問他希望是什麼飛禽，他指著山頂，就那個吧。

禿鷹？

我們叫夏日格，是神鷹。

神鷹？我看看尼瑪，雖然一頭長髮蓬蓬密密，可頭頂確實有些禿了，我想等他老了，頭髮白了，大概會像禿鷹。至於現在，倒像隻剛打完架、被咬掉一嘴毛的黑狗，或一隻半老色衰的黑天鵝。只有做愛的時候，他是隻鷹。我看過這些禿鷹在天葬台狼吞虎嚥、喧嘩鼓譟的場面，那種俯衝直下，等得不耐煩的激烈和飢餓，根本無暇辨別什麼骨頭什麼皮肉，一口吞下去便是。但往往性愛也是他無可熱中的時候，沒活找活的活兒，口裡嚷著「餓了，餓了」其實他並不想吃，送到他嘴邊，頂多淺嚐即止。而他說這都是「詩」，餓的時候，是篇壯麗史詩；淺嚐的時候，是短小的即興詩。

尼瑪「寫詩」時，眞是頭野獸，一頭眞正高貴的獸，即使不露爪牙、不佩寶劍，也不失其貴族魅力，他從不求文明人或萬物之靈的尊榮。與其說是樂天，毋寧說是享樂，享受那些荒誕和放蕩，他一點也不想自拔，他說是用眞誠的墮落來譏笑世俗的虛僞。可他眞誠得心不在焉，墮落得清明，像一列車身鑲滿鏡子的火車，在疾馳中，照出人世光景，卻不帶走一草一木。「不知怎麼回事，當初運我屍體的船迷了航，把我留在人世，此後我的船就在世界的河流上航行，沒完沒了。我變成一個世界的走馬看花者。」

他是走馬看花，神出鬼沒，但他從沒有自我周遭消失，我感覺他是「在」的。一如漆黑中向寂靜呼喚：

你在嗎？

有聲音回答：在，在你身邊，天快亮了。

彷彿靈魂在生命中尋求的回聲，在生命眾多局限中可堪之慰。

我們習於各自所慣說的「消失」，喬裝他種身分，然後在某處不期而遇，有失而復得、隔世莫逆的驚喜；時候到了，我們又各自消失；有時卻是毫無知會……。「一則故事之所以美好，在於裡面的一切可以隨我們創造，任我們來去。」尼瑪說我們是一則美妙的故事，當他草率的用美妙定義時，我則想著之前和之後，我和他可能創造的各種冷與熱，動與靜，神祕或者幽遠。

只是，有些時候，並不是可以任我們自由來去。森林區那場大雪，就在我們意料之外。那年冬季，雪量少得令牧民擔心，我們估計山路容易通行，就沿著河流攀上了森林區，我們無意在山頂停留，只想看上一眼。出發時雪下得零星，下山時積雪已深及膝部，在連續下了五十七小時的雪中行走，軟的雪硬的冰，我們的靴子逐漸裂開、小縫變大縫，腳趾全露出來。尼瑪找來幾個石塊紮營，撐不了多久，積雪太重，把頂篷壓垮，兩個人奮力從活埋中掙脫，餘下的夜晚，只能不斷趕路、藉走路取暖。第二天傍晚終於找到一個山洞容身，我們沒有燃料，也沒剩食物，我抓一把雪吞下，止不了渴，寒氣卻蒸發得人更乾更凜。尼瑪拿了鐵罐裝雪，夾在大腿間來回摩擦，他要我等等，等喝了這罐水再睡，他說他會救我。他不時往罐裡呵氣，我看他鬍髮一片霜白，老得可眞快。其實我只是餓累凍累，希望趕快入睡……。我終於睡了，睡夢中曾被幾陣嗤鼻聲吵醒，我以爲是尼瑪，有一次睜開眼睛，看到兩隻閃閃的銳光以及一身紋了斑點的皮毛，才知道被尼瑪之外的野獸觀察了好久。去吧，沒什麼好吃的。接下來的酣睡中，還有些呼嘯聲，我猜是雪雞、旱獺、啼兔、狼、熊或者雪豹之類的，總之我是累得不能再醒。尼瑪什麼時候回來我並不清楚，好像一睜眼就看見地上一堆點燃的樹葉，他正替我按摩腳。他給我些食物，我牙關卻緊得不得了，全凍成化石。尼瑪張著一雙紅眼看我，我覺得他頂上的頭髮一夕間少了好多，那樣子眞像禿鷹。他把食物送進自己嘴裡，一邊嚼一邊仍舊盯著我，一會兒身子靠過來，捏住我的嘴巴，把食物吐進來。

好像是三十多年前的印象了，當年母親也這樣餵食過我。我告訴尼瑪，我把身體餵了幾個男人，沒一個反哺過我。我說我曾是個靠美色過活的人，不管處境有多壞，總可以喝到免費的香檳。那時我養了一個詩人，像尼瑪一樣也被《先鋒詩人》收錄了三首作品的詩人。我們兩個都不事生產，有時候我把整疊的鈔票帶回家，如果他問，我會說：「是某某老闆給的，他和我一起喝茶，陪我聊天。我說有一天你會成爲大詩人，他說想認識你。」詩人吃我用我睡我，但永遠摸不清我。

我不曉得這樣說，是否得到了某種意淫的滿足。其實我是想反哺尼瑪，把自己餵給他。我說的故事大概是個未來的模擬，未必模擬得準，也未必得是準。有些故事，隨興起個頭，倒不一定要有續尾的打算，好像我每晚作個夢，到自己不同的夢中去開鎖，每次到門口都忘了或者拿錯鑰匙。門後面鎖著的是什麼我永遠不知道。

我問他食物從哪兒來，他說是搶來。跟山搶來、跟樹搶來，偏偏他媽的這種天，搶不到一個人。我問他眞的幹過強盜？他說自己是強盜頭，獨成一團，有時候加上些農人和牧民，沒事的時候「聚聚」，有事的時候各自消失。

你眞的搶過人？

搶過。什麼人都搶，運氣好還可能搶到一個拉姆（仙女）。

搶劫只是種冒險，被劫才是可恥。尼瑪說，一個人缺乏智慧和力量保護自己，是無能的，需要來個強盜教育他。尼瑪邊說邊拿出短刀，挽紗一樣地挽起鬍子，割掉剛才被柴火燒著了的部分，他隨手一放，幾根烏絲飛到我胸口，仔細看，那顏色的確有些赤棕赤紅。他摩擦我的手腳，問我是否暖過來了，我見他額頭出汗，伸手去抹，他把這手抓了，放進自己口中含了含，「還好，暖了」，然後脫掉破鞋，專心按摩起自己的腳。那張安靜的側臉，讓人有種被急速凍住的感覺，他輕易將你從人群中抽離，置身一座孤島或一艘獨木船上。而他的沉靜，可能連心事都不是，只是迷戀於一種現象。

我們也許迷戀喬裝，但都相信那不是虛構。唯一不滿的，是不論在什麼「身分」間遊走，總還是人，而我們不見得滿意當人。那些人，老喜歡往人多的地方擠，遠看，像一團奇怪的蠕蟲，總是爬來爬去。我想，他們格外需要被「空間」隔開，而空間，是我們唯一扮演過的無身分名堂。那次下山，我們曾在一個河谷入口停住，靠近路徑處，尼瑪發現一個營地，我們決定不搭帳篷，只躺在乾燥的樹葉上，行李擺在兩人中間，把白色帳篷像毯子一樣覆蓋身上，雪繼續下，夾雜一些枯葉和細枝，落在白帳毯，漸漸成了「雪地和雪塊」，我們在「雪地」下面入眠，有種莫名的安全。

偶爾行人路過，我們正在他們腳下，漆黑中，一個人問起，「那是雪嗎？」；他的同伴回答是雪。

也有人朝我們丟石頭，是人還是雪？

是雪。尼瑪沉沉的說。

對方問，你一個嗎？尼瑪說，是。行人繼續趕路，我們仍在看不見的營地，是雪地，也是大地。

尼瑪有個黑帳篷，在山頂靠湖邊的草地上。我常想自己是被他扛上山的，像個新嫁娘半途被劫，一路夾在他的狐臭和胸毛間。不過他說我是從天上降下來的馬給馱過來的。

湖邊的確有隻馬，當牠嚼著風景晃著蹄，頸上的叮鈴聲就琤琤琮琮彈起來。有時我們在篷內做愛，彷彿會聽到類似的節奏，我懷疑，第一次遇見尼瑪時聽到的那種潺潺，究竟是水聲還是鈴聲，還是，我們體內的交會聲。當我們做愛，我感覺到有條水脈從身上流過——它的古老，它的土地，它的四時節氣。眼前躺的，是尼瑪，還是一片迷了流向的汪洋？只要把這種愉悅和一張男性的臉結合，我便困惑極了，我胡亂的喚著他達娃、夜鶯或黑鷹，他叫我「用全身思考，不要用概念思考」，我覺得尼瑪的明朗熱烈就在眼前，同時達娃的詭奇精靈也浮游出現，它們使我的感官興奮起來，禁不住去窺探自己充滿濃異氣味的祕境。

在許多不尋常的日夜，我們互相探訪祕境。空蕩的高原，濃烈的花香和草薰從天邊颳過來，我們赤裸裸的狂翻橫滾，發出興奮的嘶鳴。有時守坐黑洞洞的帳篷，任山風劇烈地搖撼小小屋頂，沙石狂奔橫掃，我們久久坐在一起，看不見對方。

你在嗎？我向黑暗試問。

一隻手摟住我的臉貼上他胸口。在。

我拿望遠鏡看，近得好遠。

他說，遠得好近。

我想是的，無論徜徉的深度和高度有多遠，一隻鷹，再怎麼飛，離天地都近。但也離誰都遠。

連續幾天颶風之後，我上山去找尼瑪，尼瑪早站在那裡，幾根斷杜零亂的堆疊一地，黑帳篷已捲在馬背上。他說正要出發，我問他是不是等我，他說沒什麼等不等，只是碰巧遇上。他靠過來要吻我，但我把他推開，我渴望他的吻渴望好幾天，可我不滿意他這副不適時的急色相，那樣高高嘟起的嘴，吻起來能有多少臨別的纏綿？他說算了，拉著馬就走，我追上幾步，他停下來問是不是後悔了，現在吻還來得及，我挨過去，解開他衣襟，他正低頭吻我的髮，我使點勁，拔掉他幾根胸毛，推他一把，「去吧，現在飛還來得及」。尼瑪張著一雙紅眼看我，頂上的髮被風吹得稀疏，像是羽毛掉得快要飛不起來的禿鷹。

再見。他說。

我站著不動，忘了說再見，或者沒這個習慣。聽到尼瑪說再見，好像只此一次，也許他是跟他的羽毛說再見——我手中握的，有好幾根，又紅又棕。

還記得那幕情景，很遠很遠的下方，無垠的雪地上，一個小黑點緩緩的往下爬，而山上的這一個，遠遠落在後頭，那冰川銀峰崎嶇縱橫，那蠻荒長坡曠蕩蒼茫，在這萬頃高原上，兩個渺小的黑點相遇，然後擦身而過，躑躅獨行。

我和他做過愛了嗎？許多做愛的場景反覆在我腦海搬演，但我越來越不確定了。只記得有一次我推開他，他撩撩長髮走出帳篷，第二天告訴我，他游泳到對岸去和一個牧羊女做愛，又游回來。我說他逃不開我，他說犯不著逃，你抓不到，他忽然放個屁，問我，你抓得到這個屁？我抓不到，但我決定追。一年後，我跋涉萬里，從拉薩到貢嘎，從澤當到松嘎渡口，航越雅魯藏布江，攀上神殿，盜走了他的呼吸——也留下我的呼吸。

每當我想起尼瑪之於我，就像有個隱形幽靈，掉在你今天走過的路上。或者……我想，是我掉在他的路上了。

我仍放任自己的行蹤，而且不斷虛構身世。我常想像，自己是活在對人生的幻象和虛構裡，尼瑪這個人也是我想像的一部分，特別是「強盜尼瑪」。

這是我第六次西藏之旅，每次離開的情境和方式，各有異趣，有熱情的村民喋喋不休，有驢頸的銅鈴叮噹作響，也有粗野而酣暢的喧熱，肅穆莊重的送別。記憶中，那個湖邊草原，白雪覆蓋的群峰，仍沐浴在奇異的紫紅和橘色霞光中，這次我是否要去尋找黑色帳篷，去辨認各式面具，去造訪烏干神殿寄存的「呼吸」？

每個路標都吻合心中某些缺口的形狀，於是你便不可抑止的追索下去。我們換穿不同的裝束，攝影家、旅行作家、民族音樂採集者、流浪者、朝聖者、新聞採訪者，不停地奔走萬里，走訪三十六個點、四十七個點、無數的點，直至地圖最後給你一個邊緣，你在邊緣前止步，悵然，心驚那界線外的空白。也許，沒有高原雪地，沒有冰川峻嶺，我無須留意是哪個身分哪個點，只要按照導演的指示，站上高崗——佯裝一副遠眺曠野的巍然模樣，而曠野並不在我眼底。

尼瑪，雖然我記不起曾在何處見過他。但我的探險，尚未結束。

——一九九九年十月・選自九歌版《西藏愛人》

袁哲生作品

袁哲生

江西瑞金人，1966年生。中國文化大學英文系畢業，淡江大學西洋語文研究所碩士。曾任《自由時報》副刊編輯，現為《FHM》雜誌副總編輯。著有小說集《靜止在樹上的羊》、《寂寞的遊戲》、《秀才的手錶》等。曾獲中國時報文學獎、中央日報文學獎、聯合報文學獎、吳濁流文學獎。

秀才的手錶

小時候，最令我懷念的，就是陪秀才去寄信的那一段時光。

每當秀才寫好一封信的時候，總不會忘了找我一起去寄；如果我正在廟埕那邊和武雄他們打乾樂的話，秀才就會騎著他的大鐵馬咿咿歪歪地在大路當中繞圈子，直到我穩穩地抓住車後的鐵架子，像隻青蛙似地彈上車尾之後，秀才便會像一頭乾巴巴的水牛那樣拱起背脊，死命地踩著踏板，往郵局的方向狂奔而去。

秀才之所以這樣拚命趕路是有原因的，他要趕在郵差出現之前把信投進郵筒裡去。在我們燒水溝這個地方，秀才可是少數幾個戴了手錶的人。那是一只鐵力士的自動錶，秀才沒事便舉起手來甩兩下，然後把手腕挪近耳朵旁邊傾聽那滴滴答答的聲音。這是秀才告訴我的，自動錶裡面有一個心臟，需要人不時地刺激它一下，否則便會停止跳動死翹翹了。

我敢發誓，在整個燒水溝，只有我一個人摸過秀才的手錶。秀才所以會放心地讓我戴他的手錶，原因就在於我對手錶一點好感都沒有。有一次，武雄趁秀才在樹下打瞌睡的時候，用樹枝去勾他的錶鍊，結果秀才像瘋了似地追著他跑。那一幕情景令我印象深刻，因為我從來沒有看過一個能夠跑得比狗還快的小孩。

每次去寄信，我和秀才就會比賽誰能正確地猜中郵差出現的時間，當然，每次都是我贏，所以秀才便百思不解地，一次又一次地找我去寄信。秀才熟知郵差收信的時間，而且他還有鐵力士，按照他的說法，那只「鐵力克士」手錶應該會爲他贏得比賽才是。但是，秀才始終不知道，我可是靠我的耳朵贏他的。秀才失敗的原因就在：他以爲這個世界就像黃曆上記載的一樣，是按照精確的時間在進行著的。但這是戴上手錶的人才有的想法，像我阿公、阿媽、還有武雄他們就不這麼認爲。說實在的，誰知道下一分鐘會發生什麼事情呢？

我從來沒有把我的想法告訴秀才，一方面，因爲他是長輩的關係；另一方面，只要秀才繼續充滿迷惑地輸給我，我就有吃不完的金柑仔糖和鳥梨仔，何必多費唇舌呢？其實，郵差也是一個少數戴了手錶且又守時的好人，可是，他總不可能那樣準時地於某時某分某秒便出現在郵筒旁吧？我能夠準確地猜中郵差出現的時間，那是因爲我眞眞實實地「聽」見他來了。

郵差和秀才一樣，騎著一台破舊的大鐵馬，因爲他一直懶得爲它上點油，所以騎起來鍊條吱嘎吱嘎的，辨認起來一點也不困難。

從小我的聽力就很好，雖然還稱不上順風耳，不過，即使隔了好幾條大路，一旦有任何異狀，我馬上就能和涼亭仔腳的那隻癩皮狗同時豎起耳朵來，用一種專注而負責的態度向遠方「聽」去。不是我在臭蓋，這個本事，連阿公都很佩服我。還在上幼稚園之前，我便已通過了連番嚴格的考驗。只要遠遠地從大路的盡頭出現了一陣灰灰的人影，我一「聽」就知道是辦喪事的，或是辦喜事的，而且屢試不爽。

這都是阿進仔的功勞。

阿進仔是賣粉圓冰的，推著一台雙輪小板車，兩個大鐵筒，一頭放粉圓，一頭放碎冰，車頭桿上吊著一只小銅鈴，走起來叮叮地響，清脆的鈴聲裡還混雜了陶碗、鐵匙相互碰撞、擠壓的顫抖聲，那聲音眞是嘩嘩地激人嘴饞。不是我在吹牛，在那個年頭的炎炎夏日裡，阿進仔在燒水溝可是比七爺、八爺還要神氣的傢伙。

而我總是整條街第一個發現阿進仔的小孩。

「阿公，我要吃粉圓冰。」

「囝仔人有耳沒嘴，知啊？」

阿公斜睨著我，將手上那把鋒利的剃刀自客人沾滿白色泡沫的下巴移開，然後在一條黑油油的皮革上霍霍地刮了兩下。

「阿媽，我要吃阿進仔的粉圓冰。」

「憨孫仔喲，哪有粉圓冰啦？」

阿媽坐在光線明亮的涼亭仔腳，一邊對我說話，一邊還揀著手上的四季豆，可是她沒有發現，癩皮狗姆達已經高高地豎起牠那一雙毛茸茸的爛耳朵了。

正當阿媽還在疑惑的時候，阿進仔的鈴聲已緩緩地逼近，而我幼小的心靈裡，也立刻浮現了一幅即將一再重演的景象：當我端著一碗甜滋滋、香ＱＱ又透心涼的粉圓冰，坐在角落裡的小板凳上獨享時，阿公必定會從工作當中抽空回過頭來，不屑地露出一副想要掩藏食慾的表情，與我四目相對。就在我圈起手臂來保護我的粉圓冰時，阿公總是吐出那一百零一句的評語：

「吃乎死卡贏死無吃！」

其實聽力好又不是我的錯，就像秀才老是輸掉比賽也不能怪我的道理是一樣的。

倚賴手錶的人聽力怎麼會好得起來呢？

有幾點我始終弄不清楚的是：秀才是誰？他住在哪裡？家裡還有什麼人？他的錢從哪裡來？爲什麼大家都叫他秀才？還有，爲什麼在這麼多小孩之中，秀才偏偏挑中了我？

或許在秀才眼中，我也一樣只是一堆問號而已。不過，有一點我很確定的是，秀才不一定和大人們口中所說的一樣，是個成天遊蕩，不事生產的廢人。套句阿公常常用來批評我的話，這種人只是「放雞屎的」。意思就是說，別指望我們這種人會下雞蛋了。

我覺得在這種惡毒的批評之中，帶有很濃厚的嫉妒成分。

這種話用來教示我還勉強可以通過，用在秀才身上就太苛薄了點。

秀才可是生活得很認眞的人，在燒水溝，像他這個年紀（三十？四十？或者五十？）就戴上了手錶，又努力工作的人可是沒幾個。我說秀才工作認眞可是有憑有據的，人家每隔幾天就用毛筆寫一封信，厚厚的一封哩！雖然我不知道信裡面和信封上寫的是什麼（因為那時候我還不識字），可是我的眼力也是很不錯的，至少我看得出來秀才的字寫得很用力，也很漂亮，比阿公請算命仙仔寫在價目表上的字要強得多了。

可是偏偏郵差（另外一個工作認真的人）卻說，秀才不貼郵票也就算了，那些信封上的地址根本就是秀才自己發明的。「全台灣島根本就無這個所在」，每當郵差把厚厚一疊信退還給守候在郵筒旁的秀才時，便會重複這一句話。這個時候，秀才總是低頭沈默不語，把信交給我拿著，然後載我到水窟仔那邊去，拿糖果給我吃。

水窟仔是位於糖廠後方鐵枝路邊的一個廢魚塭，四周長滿了高大的芒草，從外邊看不見裡面原來是一個大水塘。到了水窟仔那邊，秀才把鐵馬沿著鐵枝路旁的碎石坡堆下去，然後用力扛起鐵馬，帶著我從芒草叢的缺口鑽進去，再把我們藏在魚塭旁邊的兩枝竹釣竿取出來。這個時候，我就用那個撿來的鳳梨罐頭，從一處鬆軟的泥土裡掏挖出幾條孔武有力的蚯蚓來，準備一邊吃糖果，一邊釣青蛙。

不是我在吹牛，釣青蛙我就比秀才厲害得多了；這樣說，也不太精確，這種成績是很難比較的，因爲秀才從來就沒有釣到半隻青蛙過，連一次也沒有。糖果也是被我一個人吃光光的。

我最記得是，不論春夏秋冬，秀才總是穿著全套的，厚厚的大西裝，坐在水塘邊的一塊大石頭上，呆呆地拿著一枝綁了蚯蚓的竹釣竿去「餵」青蛙。那種蠢方法，釣不上青蛙是應該的，可是一年四季都穿著那套又黑又臭的大西裝就不太應該了。我猜那套衣服是秀才他阿爸結婚那天穿的，因爲我阿公也有相同的一套，而且也是從來不洗（至少我沒有看他洗過），不過，每年只有過農曆春節的那幾天才看他穿一下。像秀才這種穿法就不太像話了，在這一點上，他可就沒什麼時間觀念了，不像是一個手上戴了手錶的人該做的事。然而，這種穿法也有好處，冬天防風，夏天防蚊子，而且永遠不必買衣服。

釣上來的青蛙，我都會用一大截從水面撈起的濕草莖，細細地纏繞住蛙腿，綁成一串提回家，送給阿公、阿媽當禮物。阿媽總是擔心我的安全，教我「下次少釣一點」，她怕我萬一淹死了，就沒辦法跟我老爸、老媽交代了。阿公就比較過分了，最愛喝青蛙湯的是他，不停地罵人的也是他。他總是命令我以後不准再跟「空秀才仔」鬼混，並且警告我，下次再去釣青蛙的話，要把我的腳骨打斷（就像他對付那些青蛙一樣）。

這種忘恩負義的口氣讓我非常不滿，天下豈有白吃的青蛙？這般的情緒積壓久了，一旦時機成熟的時候，我怎麼會捨得放棄可以小小教示他一下的機會呢？

這一天，機會終於來了。

雖然阿公時常把「生死由命，富貴在天」這句話掛在嘴邊，不過，每年他還是忍不住會去仙仔那裡算一次命。往常都是在農曆年底的時候，當所有的顧客都已經來剃過頭、刮過鬍子，耳朵也掏乾淨了之後，阿公便會若有所失地從抽屜裡抓出幾張鈔票，往大樹公那兒走去。雖然我待在家裡照常能夠清清楚楚地聽見他們說了什麼（大樹公才多遠？也不過隔一、兩百公尺罷了。），不過我還是希望跟阿公一起去看看那隻小白文鳥咬紙籤的絕活，我只是想要在一旁輕輕摸一下小鳥的翅膀而已。那年，阿公去得特別早，（生意不好？）他不讓我跟。我心想，不跟就不跟，命不好還怕人家知道？燒水溝有幾個好命的？去到那裡，仙仔還不是那句老話：「我講啊，時也，運也，命也。做一天的牛，就拖一天的犁，一枝草就啊有一點露也。好業是果，前世是因，龍配龍，鳳配鳳，歪嘴雞是不免想要吃好米啊——」我就恨自己的下巴沒有一撮白色的山羊鬍子，要不然，做個囝仔仙來過過癮也不壞。

不過，那年算命的結果卻不一樣，他們說話的內容，我和癩皮狗姆達都聽見了。

「舊曆十一月十九日和廿九日會有大地動，當中一次會把台灣島震甲裂做兩半……。」

「可憐哦，不知是頂港或是下港會沈落去海底哦，唉！雞仔鴨仔死甲無半隻哦，僥倖哦……。」

就在算命仙仔「唉哦、唉哦」的嘆息聲中，我聽到阿公默默地起身，輕輕靠上長板凳，拍拍他的大肚子，踏著沈重的腳步往回走來。

仙仔這幾句全新的台詞可是天助我也。我喜孜孜地搬出高腳凳和小板凳，取出圖畫紙和一盒蠟筆，坐在涼亭仔腳畫起畫來。在我畫畫的時候，姆達很乖巧地坐在一旁吐舌頭，好像在爲我的計畫高興著。「僥倖哦——僥倖哦——」我一邊拿起一枝蠟筆來塗塗抹抹，一邊還忍不住在心中模仿仙仔說話的語氣。阿公沈重的腳步聲愈來愈大，好像也在爲我加油似的。

「猴死囝仔在創啥？」

「沒啊，人在畫尪仔啊！」

「這是啥？」

「厝啊。」

「厝哪會是紅色的？」

「沒啊，火燒厝啊。」

「沒待沒誌，哪會火燒厝？」

「啊就地動啊，灶腳就火燒啊！」

「啊這些擱是啥？」

「人啊。」

「人哪會攏總跑出來？」

「跑命啊！」

「你黑白講、亂亂畫，誰甲你講會地動？」

「沒啊，畫好玩的啊！」

「畫什麼死人骨頭，畫符仔仙你，啊這是叨位，頂港還是下港？」

「我哪會知啦，黑白畫的啊！」

就在阿公氣急敗壞地沒收了我所有的蠟筆，並且把我的「傑作」撕成七七四十九片的時候，我終於首次嚐到了當算命仙的美妙滋味了。

那天吃晚飯的時候，阿公滿面嚴肅地宣布了一個重大的決定：他要買一只手錶。

這個決定，立刻遭到了阿媽的強烈反對，她說，這一年辛辛苦苦存下來的錢是要拿來買大同電鍋的，況且，一個剃頭的師傅根本就用不到手錶，而一台大同電鍋卻可以用上好幾十年都不會壞呢！

「你七月半的鴨子不知死活。」聽到阿媽說大同電鍋可以用「好幾十年」的時候，阿公終於忍不住光火了起來。

「你才是老番顚咧！」阿媽的語氣，充分表達了她對電鍋的喜愛。

「啪」地一聲，阿公把竹筷子往桌上用力一按，「你查某人是知啥米，你是要我打乎人看是毋，你——」說到這裡，阿公怒氣未平地朝我瞪了一眼，似乎是怕我聽見或是看見了什麼事，一副天機不可洩漏的模樣。

「買電鍋卡好啦，阿媽要電鍋，我嘛要電鍋，你又不是空秀才仔，要手錶要創啥？」

聽到我說「空秀才仔」，阿公的臉色看起來和豬肝非常接近，我知道我的計畫肯定會成功了。

「駛伊娘仔，空秀才仔都有手錶，是按怎我不行有？你爸就是要買手錶啦，阿無恁是要按怎？」

隔天，阿公到菜市仔口的鐘錶行買了一只精工牌的自動錶，那是他生命中的第一只手錶，在他的想法裡，那也可能是他的最後一只手錶了。

自從戴上手錶，阿公的內心似乎平靜了不少，雖然他每天的作息還是一模一樣，生意也沒有好起來，但是手錶卻是那樣活生生地讓他安心著。他不時地舉起來瞧瞧時間，那枝細細的秒針慢吞吞地走著，老半天才繞一圈，繞個六十圈也才一小時。時間變慢了，阿公似乎得到了安慰，他閒來無事時便會用手掌輕輕地撫摩著晶亮的錶面，好像交到了一個知心的好朋友。

這是暴風雨前的寧靜，我知道。這場計畫終歸是我贏，我在心裡算計著，舊曆十一月十九遲早要來的，到時候，那只全新的精工牌手錶就會像一條大水蛭似的令人憎惡不已。也就是說，阿公早晚會發現到，只要一戴上手錶，他就注定和秀才一樣，只能呆呆地守候在大郵筒旁，感慨這個世界實在太不準時了。

當然，像秀才這種人是不會停止寫信的，這就是我知道我一定會贏的最大原因。接下來的日子，我照常地吃我的金柑仔糖，釣我的青蛙，打我的乾樂，日子一時還沒有太大的改變。倒是隔壁武雄家有一些不同了。自從阿公買了手錶之後，武雄他老爸火炎仔也吵著要買一只，爲了這事，火炎仔打了他老婆麗霞仔好幾回，不過麗霞仔體力好，韌性強，所以火炎仔的手錶始終沒買成。

每個人的身體裡面原本就有一只手錶，這是我從火炎仔身上驗證得到的道理。自從火炎仔確定他買不成手錶之後，只要阿公的剃頭店門開著的時候，每隔一小時，火炎仔便會從他做紅龜粿的工作中抽身，走到店門外的涼亭仔腳張望著。這時候，先是姆達豎起了耳朵，然後便會聽到火炎仔用他粗大的嗓門對阿公叫嚷著：

「水木仔，現在兩點對姆？」

「水木仔，三點到了未？」

「四點了是姆？」

「五點對姆？」

火炎仔出現的時間是如此地準確，阿公也只有看一眼手錶，然後點點頭的份兒了。阿公點完頭後，火炎仔便會露出一抹詭異的笑容，然後欣然地返回他的工作崗位，接著才是姆達滿意地垂下牠的那雙爛耳朵，繼續打盹兒。

頭幾天，這樣的猜時間遊戲還有點趣味，可是再來就不這麼好玩了。對於火炎仔這種貪小便宜，近乎不勞而獲的行為，阿公漸漸地不耐煩了起來。

「水木仔，現在六點正對不對？」

「你哭爸啊！」

「火炎仔，裡面坐啦！」對於阿公這種態度，阿媽感到非常失禮。

「免啦，免啦，問一下時間而已。」火炎仔仍舊帶著那抹笑臉返回家去。

由於阿公的不友善態度，火炎仔變得收斂了些。他改成每兩個小時才來探頭探腦一次，還是一樣的準確無誤。

「水木仔，十點是毋？」

「不知啦。」

「十二點到了對毋？」

「看衰啊！」

……

阿媽認為阿公是吃老愈番顛了，我可不這麼認為。我知道，十一月十九已經愈來愈接近了。

十一月十六那一天，我和秀才正在水窟仔釣青蛙，一隻大青蛙咬住蚯蚓，我正要提釣竿時，突然，地動了——

先是水面輕輕地盪了一下，接著是猛烈地搖擺，握在手上的釣竿，好像水面上的蜻蜓那樣橫衝直撞起來。

我匆忙甩掉釣竿，趴倒在地上，對大石頭上仍然傻楞楞的秀才大叫：

「秀才，地動了，快走！」

我永遠忘不了秀才當時的樣子。他躲在他的大西裝裡，身體瑟縮著，雙手依舊直挺挺地死命握著釣竿，一臉茫然……。

地動過去之後，秀才全身依然發抖不止，我只好幫他把鐵馬推到大廟埕那兒去放。我拿糖給秀才，他不吃；教他回家，他也沒有反應。後來，還是郵差剛好騎著鐵馬經過大廟口，秀才的眼睛一亮，才回過神來。見郵差經過，這一驚非同小可，秀才立刻跨騎上他的鐵馬，不等我跳上車架，便嘎吱嘎吱地往郵筒那兒狂奔而去。我想，可能是他口袋裡還有一封要寄的信吧；我本來想跟上去看看的，可是武雄正好奉命前來叫我回家了。

接下來的兩天，舊曆十一月十七、十八也是一樣的情形，接連三天地震，可把大家都嚇著了。

阿公一逕地摩擦著他的手錶，擦得錶面、錶鏈都油光滿面了，終於，他下定決心要把算命仙仔說的話告訴阿媽了。

十八那天晚上，我在我的小房間裡，聽到阿公和阿媽房裡傳來窸窸窣窣收行李的聲音和低沈的交談。

「不行了，要快送回去，下港要沈落去了。」

「你不通黑白想啦，仙仔的話觔準啦，又不是不曾地動過。」

「恁查某人知影啥？待誌嚴重啊恁甘知？」

「由在您講啦，你歡喜就好啦！」

「卡早睏啦，明早天光我就坐火車帶他回去。」

「按泥也好啦，唉！」

阿媽這一聲「唉」，倒著實令我發慌了起來。沒想到，最後我倒成受害者了。想到隔天就要告別燒水溝了，我的心情頓時哀傷起來，這時候，如果癩皮狗姆達再吹上幾聲狗螺的話，我一定會孤單地流下淚來的。武雄欠我的三顆乾樂怎麼還我？沒有了我，誰陪秀才去寄信呢？誰來釣青蛙給阿公、阿媽呢？到了明年夏天，我就聽不到阿進仔賣粉圓冰的叮叮聲了……。

雖然我並沒有戴手錶，但是，該來的還是要來的。十九日透早，吃過阿媽的地瓜稀飯配菜脯，我和阿公一人提了一個花布包袱，往火車站的方向走去。我們出門的時候，阿媽和姆達在涼亭仔腳上目送我們離去，在阿公的催促下，我只能回過頭去跟他們揮了兩次手。

熹微的日頭從燒水溝那邊照過來，我和阿公一大一小的身影淡淡地投映在大路上，好像一支分針和一支時針被聯結在一起慢慢地走動著。

對於畫圖的惡作劇，我開始感到懊悔了。

我們沿著大路走，穿過一大片甘蔗園，再順著鐵枝路往糖廠的方向走去。阿公教我要注意有沒有火車開過來，還鄭重地警告我，待會兒坐上火車，不准吵著要買牛奶糖或是茶葉蛋。我覺得這樣很不公平，爲什麼阿公就可以在火車上要一杯熱茶，而且下車時還把杯子收到包袱巾裡面去？

我說要放尿，阿公一直看他的手錶，頻頻地催促我：

「卡緊咧啦，猴死囝仔，慢牛多屎尿！」

其實我也不是故意的，可是阿公愈看錶，我的尿就愈多，到了後來，阿公自己也想尿了。

「閃卡邊一點兒知毋？注意看有火車無。」說完這句話，阿公放下手上的包袱，往鐵道旁的芒草叢裡鑽進去，接著就只聽到芒草莖相互摩擦發出窸窸窣窣的聲音，聲音一直往裡面游走過去，然後在一處較稀疏的地方靜止了下來。

「注意看火車，知毋，我要放尿。」直到阿公隔空說完這句話，四周才眞的安靜下來。天空清潔溜溜的，連一朵雲都沒有，只有一隻老鷹在不遠處的上方兀自盤旋著。我往鐵軌延伸的方向望去，兩條直直的黑線在遠方交會成一個尖尖的小點，什麼鬼影子也沒有。

火車不會準時開出來的，這我早就知道了。即使全燒水溝的人都戴上手錶了，火車還是火車，郵差還是郵差，當然，我也還是我。要知道火車到底來了沒有，還是要用「聽」的才準。

我拎著我的花布包袱，站到鐵軌中間的枕木上，蹲下來把耳朵貼在鐵軌上。除了聞到石塊間隱隱發出的鐵鏽、鳥糞和乾草的味道之外，一點動靜也沒有。

我隨手撿起一把小石塊，往阿公的方向擲去。

「猴死囝仔，你討皮痛是毋？」

「不是我啦！」我把手掌圈在嘴邊，大聲對草叢吼去。

「不是你，要不甘是鬼是嗎？」

「不是我啦，是空秀才仔啦！」

「你甲我騙猾仔，等一下你就知死！」

太陽又昇高了一些，路旁的芒草也愈來愈密集。我們繼續沿著鐵枝路走去，再轉個小彎，經過一個小平交道，就到水窟仔了。

火車依舊沒有來。

一陣灰灰的人影出現在前方，他們聚集在鐵道上。

「出待誌了，走卡緊咧！」阿公又望了一眼手錶，催促我加快腳步。

「在水窟仔那兒！」我伸長了脖子說。

火車穩穩地停在鐵軌上。好幾個派出所的員警聚在火車前方，他們交頭接耳地說著話，我清清楚楚地聽到其中一個人講說：

「這個空秀才仔！」

我和阿公一起看見了秀才的大鐵馬歪歪扭扭地倒在鐵道邊的斜坡上，而秀才則在另一頭，他的身上蓋了一張大草蓆，只露出半截手臂在外面。

他們把郵差也找來了。郵差說，昨天他告訴秀才，郵局的信都是用火車一布袋一布袋地載走的，秀才聽了很歡喜，就說他要自己去寄他的信。

秀才的信是用一個大飼料袋裝著的，袋子大概被撞得飛到半空中才掉下來，信飄落了一地，像是一大落長方形的厚紙板，鋪撒在鐵道旁的一排小黃花上。

阿公不讓我靠近秀才。

我猜，秀才一定是大清早便在水窟仔這兒守候火車的，就在他久久等不到火車，而把鐵馬牽到鐵枝路上往回走的時候，火車來了。我想，或許秀才死前的最後一刻，正好舉起他的手腕在看時間也說不定。

我從來沒有告訴過阿公，我們是在相同的那一年，各自擁有了屬於自己的手錶。

那天，就在他們圍在一起討論秀才的死因時，我在靠近水窟仔的祕密入口處撿到了秀才的手錶。我知道秀才是要把這只錶送給我的，要不然他不會把他的手從草蓆底下伸出來。

我並沒有戴那只手錶。我也沒有告訴他們，秀才就是因爲戴了手錶，所以才會聽力不好的。

並不是我不想告訴他們，而是他們不會相信我的。

我從來不知道秀才的信裡面到底寫了些什麼，我也不知道秀才是誰？住在哪裡？又爲什麼在這麼多小孩之中，偏偏選中了我。

那天和阿公依照原路走回家之後，我就把秀才的手錶藏在床板下面的一個夾層裡。

奇怪的是，從此以後我的聽力變得不如從前了。有的時候，睡到半夜，我會夢見秀才被火車追撞的那一刻，「轟」的一聲把我從噩夢之中驚醒，然後我的耳畔便會一直嗡嗡地響起那句話來：

「這個空秀才仔！」

在這個時候，我便會挪開床單，掀起一塊床板，取出秀才的手錶來搖一搖，再貼近耳朵聽那「滴答滴答」的聲音。

秀才說的沒錯，每一只手錶裡面都有一個心臟，需要人不時地刺激它一下，否則便會停止跳動死翹翹了。

偶爾，我還會一個人獨自回到水窟仔那邊釣青蛙。當我孤單地握著一枝釣竿，等待青蛙上鉤的時刻，四周更顯得一片死寂。在那種全然安靜無聲的下午時光裡，有時竟會讓我誤以爲自己早已經喪失了聽覺。

我很懷念小時候陪秀才去寄信的那一段時光，如果可能的話，我很想親自告訴他，其實，我們每個人的身體裡面本來就有一只手錶，只要讓自己安靜下來，就可以清楚地聽見那些「滴答滴答」的聲音正毫不遲疑地向前狂奔著。

——一九九九年十一月・選自聯合文學版《秀才的手錶》

駱以軍作品

駱以軍

安徽無為人，1967 年生。中國文化大學中文系文藝創作組畢業，台北藝術大學戲劇碩士，現專事創作。著有小說集《紅字團》、《我們自夜闇的酒館離開》、《妻夢狗》、《第三個舞者》、《月球姓氏》、《遣悲懷》等。曾獲聯合文學小說新人獎、中國時報文學小說首獎、聯合報讀書人年度文學類最佳書獎、中國時報開卷版年度十大好書、中央日報年度十大好書、台北文學年金、九歌年度小說獎。

底片

我在這個城市的這條街的這張椅子上已經足足坐了四個小時又七分鐘。而從頭開始唯一和我對話的便是我面前那個櫥窗的海報上的淡眉毛女人。這是一家仕女服飾店的展示櫥窗裡的一張海報。海報中的女人，淡眉，塗了紫色唇膏的菱形的嘴，雙手交叉抱肩，穿著網狀毛織背心。兩個胳膊瘦條條地將她的胸部遮擋起來。

我在這張椅子上坐了許久，始終沒有找到我的小說課老師給我們的那張照片中的背影的主人。我已經在這條街上的這張椅子上連續待了七個晚上了。

「孩子們，去找出它們的主人，」我的小說課老師興奮地說，把數十張身分各異的人物背影照發給大家。我拿到的是一張蓄長髮穿豬肝紅運動背心（球衣號碼14號）；坐我旁邊的小咪愁眉苦臉地把她拿到的照片遞給我看，那是一個露著青白後腦勺戴軍帽的軍官背影，佩在腰際的軍刀挑釁似地橫在屁股下方，「找出他們的傳奇和身世，讓這些背影，告訴你們它主人的故事。」

最初我試著儘可能地到所知的球場和運動場，專心地探尋是否有習慣穿14號球衣或是蓄長髮的傢伙（不知爲什麼我直覺那個背影的主人是個男的）。但是皆無所獲。我又試著打聽我們學校美術系系隊的球衣顏色（因爲那些半生不熟的藝術家們全像制服一樣留著長髮），得到的結果十分令人振奮，因爲他們的球衣顏色正是赭紅色。

於是我在一次他們練球時到一旁觀看，可是身穿14號球衣的傢伙竟是個光頭。我認定必然是新的風潮出現最近流行光頭，便上前問他是否從前留了一頭披肩長髮，卻差點爲此被揍。一旁拉架的人善意地告訴我說他是打娘胎出來就光溜溜一粒禿頭，很爲此自卑，從不允許別人拿這個開玩笑。

於是我檢討自己的探索方式，必然是哪裡出了問題，這樣下去無異海底撈針，幾趟下來看了不少場爛球賽，對照片中那個背影的身世依舊一片空白。我仔細端詳照片中那個14號球衣傢伙置身的背景，發現他似乎是站在一張有一個模糊女人的海報之前，在端詳著那個女人：再仔細研判之下，我確定他和那張海報之間隔著一層玻璃，他是站在一個櫥窗外頭看著櫥窗裡的海報。這時我也證實原先在海報一旁斜斜舖開的模糊顏色（像醬漬抹布或是塗在牆上的顏料），極可能是展示中的衣服。那麼這個長頭髮的傢伙正是像個傻蛋一樣站在一個服飾店的展示櫥窗前，海報中的女人是個推銷衣服的模特兒。

我很容易便在東區的這條街上找到了有這張海報的這個櫥窗的這家服飾店（因爲照片中女人的左上角有模模糊糊的 FASHION 這個字，我找了十一家同樣叫這個名字的服裝店，最後找到此處），便在櫥窗前供人閒坐打屁調情的長條椅坐下。

按我的想法，照片中的傢伙必然會再度於此亮相，那我不就可以守株待兔一網打盡了麼？但是我在這張椅子上坐了七個晚上四小時又七分鐘，我飽覽了整個城市遊蕩於此藏匿於此的財閥、貴婦、妓女、毒梟、乞丐、人渣和作家，就是始終沒有發現那個穿14號豬肝色球衣蓄長髮的傢伙。

不知從何時起我開始對這些來往的各種裝扮的人物失去興趣，被櫥窗中的海報女人吸引，我發現在我百無聊賴地盯著人們的衣著打扮髮型瞧的這些時間，她比我更有耐心更無聊地盯著我瞧，於是我也狠狠地盯著她，突然有一種奇異的感覺，我覺得她似乎可以告訴我許多我苦苦尋覓不得的情節；實則不是，她只是喚起我一些丟失已久的回憶。這些回憶，我曾經以爲它們早已黯然消失在遺忘的銅門外，但如今歷歷在目，其實自始便清晰如昨。

當我驚覺我的眼神漸漸被她淡眉毛下的得意眼神死死纏牢時，已經爲時已晚，不能自拔。

海報中的這個女人我認得。

那是國三時，在我們高中聯考的前夕，我們焦頭爛額地在我們導師家惡補發生的事。在一間賃租來的四疊榻榻米大小的小閣樓，我們的導師在陰慘日光燈下，精力充沛地帶領著四、五十個學生，背誦英文單字，幾何類題，以及改編成「你那假如設法美女心鐵喜錢新……」的化學元素表。照例在九點過後，將近下課的時候，狹仄的小閣樓裡，只剩下我們導師那聽不出一絲疲倦的宏亮嗓音，以及呂立抵死追從的平板聲音。其餘的學生不是早睡著了，就是不耐煩地看著錶，或者像我這樣想出一些打發時間的方法：我把我暗戀的一個忘記叫什麼如的班上女生的名字，拆成一筆一畫，反覆地在參考書上書寫。於是在別人看來只是一頁七橫八豎布滿了原子筆線條的書上，其實已狡猾留下了我痛苦壓抑的少年情懷。

每當這個時候，海報中的這個女人——她那時不過是個在我們導師家幫傭的年輕姑娘——便會從我們導師家過來，在樓下乒乒乓乓地打掃起這間賃租來的兩層房子。她似乎和我們站在一線那般地用各種方法阻撓我們導師驚人的毅力和上課欲：一會兒帶著謙卑的神情進來將黏滿了一層鮮黃豔紅粉屑的板擦拿到陽台（就在我們這間四疊榻榻米大的「教室」旁邊），噼叭噼叭打將起來；一會兒又帶著更謙卑的神情打斷我們導師力挽狂瀾的決心（彼時整間「教室」無禮地充斥著鼾聲、竊語和有些搗鬼傢伙故意事先調好對時的電子錶報時鈴）。對不起，先生，這杯茶可以拿去倒了吧？喔，對了，太太說這個月的薪水教我來向先生拿。待我們導師粗憋著嗓音說：「好啦好啦，知道了。」將她攆出去之後，她又在隔壁樓梯間的廁所拉起沖水繩，用狂瀾一般的水流捲去糞便的聲音，將我們導師妄圖提高的嗓音淹沒。

這時候，導師先生才會放棄抗爭，嘆口氣，把書闔上，宣布下課。

當我們爭先恐後地爭擠著從那個搖搖欲墜的木樓梯下去時，那個淡眉毛的女人便面帶微笑地站在廁所門口，看著我們。我自然不願像那些蠢透了的傢伙一般，不敢正眼瞧她，卻尖叫著正在變聲的嗓子大驚小怪地嚷嚷。我總是朝向她，像同謀者那樣地眨眨眼，然後露出會心的微笑。

而她自然亦回報我同樣的眨眼和微笑。

（我考慮著要不要在這個回憶裡加上這麼一段：一次放學我最後一個離開，下樓梯時淡眉毛的女人沒有如常站在廁所旁，卻從只容一人身寬的狹梯下上來，像是計謀好了以下的一幕：在錯身而過的一瞬，她在陰暗的光影裡仰起臉，掀著稀薄的眉毛，咧開菱形嘴衝著我笑，然後手往我胯下卵蛋狠狠捏了一把。我彎著腰離開那棟陰慘日光燈的房子，帶著少年的惆悵和模糊的欲望，騎上腳踏車回家。）

背景之重要

小咪打電話給我。

「天啊，難道要我去國防部借調全國軍官資料，或者是一個軍營一個軍營地去查？」我試著安慰她，並且告訴她我守候在照片中那家服飾店外面的辦法，勸她是否注意，照片的背景，也許提供了某種看似無奇，其實十分重要的線索。「想想看，一個穿著背心球衣的運動員或許沒有什麼故事好講，但是一個穿著背心球衣的運動員出現在東區的這條繁華的大街上？」

在我正將開始沈迷於這個神祕卻純潔的儀式——在每晚補習課結束的狹隘樓梯間，向著廁所門前的淡眉毛女人眨眼和微笑——淡眉毛女人卻突然悄悄消失。第一個晚上，除了我之外，班上的同學們似乎沒有注意到這個變化，只不過那晚我們的導師卻在毫不受阻的狀況下暢快無比地講課至將近十點才下課。

第二個晚上女人還是沒來，第三個第四個晚上我們都疲倦不堪地捱到十點才得回家，一些關於淡眉毛女人的謠言和臆測便開始在同學之間傳了開來。有人談淡眉毛女人已被我們的導師解僱——當然不會有人無聊地把原因簡單歸爲她每晚在下課前的例行攪局。早熟一些的同學說他們早就看出淡眉毛女人是我們導師的「黑市夫人」（那時好像有一部陸一嬋還是陳麗雲主演的社會寫實片就叫這個名字），每晚下課後的這段空檔便是他們偷情的短暫時光，這也是爲什麼淡眉毛女人肆無忌憚地每每都準時在下課前出現，催促我們的導師早早下課。但是好景不常，他們的事情被師母發現了，於是淡眉毛女人只好走路。

這個富想像力的推測被另一個證據確鑿的說法給徹底粉碎。後者指出，咱們的導師絕不是那種罔顧道德的男人，他與淡眉毛女人之間，不過是清白不過的主僕關係罷了。事實的眞相是，淡眉毛女人根本就是個不折不扣的妓女，她在每晚補習課結束，所有人離開後，便帶著私通的男人到我們上課的房間胡搞。

告訴我們這個說法的人是呂立。他在班上的成績雖不過中等，卻無疑是班上最受我們導師的寵信，這除了他清寒的出身、傴僂的站姿、一千多度的厚鏡片眼鏡所造成的老成形象外，自然主要和他對我們導師那種近於信仰、抵死效忠的態度有關。

說良心話，包括我在內，班上的人沒有一個喜歡呂立的。我們在暗地裡給他取了個「呂公公」

的綽號，那就是太監或者宦官的意思，因爲他實在太愛打小報告了。原先班上的風紀股長由我的朋友徐大柏擔任時，大家都過著風平浪靜的好日子，但是自從徐大柏在背後講了一句譏嘲我們導師身材的什麼話，被呂立密奏上去而遭撤換後（當然新任的風紀股長便是呂立），我們全班都活在一股肅殺的恐懼氣氛中。

「誰敢說老師是那種背著妻子偷腥的男人？」呂立目光灼灼，嚴正地逼視著我們。我們面面相覷，不敢反駁。

不過若說我們是因爲害怕被舉發而強迫自己接受了那套不是眞相的說法，那也並不公平。因爲呂立不是信誓旦旦地賭咒，他確實親眼目睹了淡眉毛女人和「她私通的男人」，在我們那間四疊榻榻米大小的房間「亂搞」。

據呂立說，那天他下課之後，走到半路，想起一件什麼東西留在閣樓忘了帶，便又轉回去。在他掏鑰匙開門乃至登上那架嘎吱嘎吱作響的木梯時，他壓根兒都沒想到屋裡會有人。但是當他上了閣樓，手還放在開關上準備開燈時，發覺闇黑中有四道目光警戒地望著他。

「我……我，來，拿，拿東西的。」

閣樓外稀薄的水銀街燈把房間裡的情形模糊勾描出個大概：他們（淡眉毛女人和她的情人）把上課用的長條桌全併到房間兩側，一對男女裸裎著相擁在中間狹窄的空間，厚顏無恥地盯著他黑裡跌跌絆絆找東西的狼狽模樣。最不可忍受地是淡眉毛女人竟然像個蕩婦那樣響亮地笑著：

「小男生，你緊張個什麼勁！把燈打開找呀。」

「簡直把課室的神聖性給糟蹋盡了。」呂立氣憤地說。

（我再度考慮是否將淡眉毛女人在狹仄樓梯上猥褻的主角改為呂立：被他撞見隱情的第二天晚上，呂立打算下課後在外頭等我們導師，把這一個醜聞向他匯報，但是誰曉得在他下樓梯時，淡眉毛女人像個精密地執行一幕暗殺計畫一樣，從只容一人的樓梯上來。錯身而過的一瞬，她溫柔地、乞求又挑釁地握了他的卵蛋一下。

告密之事被呂立延擱下來。他痛苦不已，對導師的忠貞和對自己肉體模糊情慾的忠貞，兩種忠貞在他體內翻攪爭鬥。最後他還是選擇了前者，困苦的身世也提醒他，抽象的權力世界要比實際的官能逸樂，要可靠得多。）

我們雖然都被呂立那歷歷如繪的描敘給弄得瞠目結舌，但是心裡的納罕卻轉到另一方面：雖然我們導師屢次在課堂上或者惡補的賃租閣樓裡，公然褒獎著呂立，要我們拿他家境困苦卻力學不倦的典範來學習，但是竟然信任他至於讓他也配了一把閣樓的鎖匙，可以任意進出，他們之間，是不是有什麼祕密的關聯？

「那還用說，」徐大柏沈著聲對我說：「他還不是那個矮子伏在我們之間的眼線，講難聽些，根本就是錦衣衛！」

每晚在四疊榻榻米大的房間裡，惡補的煎熬仍在進行，我們的導師像是根本沒發生過任何事一樣，聲如洪鐘地講課。我在參考書上不再拆解重複那個叫什麼如的女生名字，而是不知不覺地畫上淡眉毛女人的臉孔。我並且憑空揣想，畫下她眨眼睛和作各式鬼臉的神情。

因為瞌睡而漏抄的一條

你在聽嗎？我在聽。我說了什麼？妳說我們導師和妳有一腿，不過那本來就是妳設計的，妳是爲了替姊姊報仇，喬裝成女傭潛進我們導師家。胡說，胡說。妳說由於我們導師的告密，使妳善良的姊姊被捕入獄，害得妳家陷入經濟的絕路和無告的恐懼，妳患癡呆症的父親和糖尿病的母親，受此打擊，因爲憂憤過度，相繼過世。胡說胡說。於是妳在少女時代便立下宏願，要除盡天下所有的報馬仔。胡說胡說。妳加入了「島內反特務組織」的第四縱隊，14號球衣的傢伙，是妳的上司？妳的愛人？還是反間諜戰大火併中負責踩住妳的對方頭號特務？胡說胡說胡說。

胡說

小咪告訴我一個奇怪的情報，她說她假托創作上的疑難，跑去我們小說老師家，誰知道小說老師概念混淆次序顛倒回答了兩個問題後，便兀自打著酒嗝像塘鵝那樣把脖子縮進胸腔裡垂頭睡著了（原來那傢伙是個酒鬼）。小咪踮著腳在小說家臭氣燻天的屋子裡東聞聞西嗅嗅，看看能否找到一些關於照片的線索。

「果不其然，」小咪激動地說：「在一間道具房裡，我找到了一套和服，一套滿清郵務大臣的官服官帽和辮子假髮，一套功夫裝，一套俠盜羅賓漢的裝束和箭袋，還有你那件苦苦追蹤的豬肝紅14號球衣背心……」

「那麼妳自然也找到妳要的那套軍服囉？」

「沒有，我找了半天，就是沒有。我照你的話仔細去端詳了照片中穿軍服的傢伙所在的地方，結果你猜背景是什麼？金門莒光樓！殺千刀的，我猜那個酒鬼八成是絞盡腦汁製造了許多張仔說的『錯置背景』的照片，最後掰不出來或沒錢買戲服了，便隨便拿一張軍教宣傳戰地風光明信片來搪塞，偏被我拿到，殺千刀的！」

徐大柏是那時我們班唯一沒有參加「晚間輔導」的學生。剛開始班上也有幾個自恃甚高的好學生也沒有參加，但是過不了多久，他們便在我們導師頑強的意志和怪異的策略下先後屈服。我們導師或者每天打一通電話給他們的父母，說什麼貴子弟最近不知道爲什麼事分心，上課老在作白日夢這一類的話；或者是故意把一些怪僻的題目不在課堂講而留到晚上，然後讓那些傢伙在第二天的考試中對著考卷發傻。不過徐大柏是唯一一個自始至終都堅守陣線的。這使他在班上被孤立爲異端，連那些當初話說得很滿事後卻被迫屈服的傢伙都譏嘲他裝模作樣。

「隨他們要怎麼辦，」徐大柏忿忿地向我抱怨：「反正老子沒錢。」

我和徐大柏在小學時代就是同學，國中時又分在同班，他那種執拗的個性我早就領教過，在這一點，我確實不像班上其他人那樣，認定我們導師精悍的鬥志必定會迫他屈服。

小學時代的徐大柏，已經在各方面顯露出那種天生的領袖氣質了。他沈默寡言，玩伴們爲一些小孩子之間簡單無聊卻又堅持的原則起爭執時，他總是在最恰當的時候（通常是爭執雙方已辭窮或厭膩，開始有一句沒一句地拌嘴時），簡明扼要地作出結論。那時他幾乎是班上各小山頭的頭目之間，共同尊奉的領袖，但是他似乎除了我之外，在班上的其他人之中，並沒有所謂「死黨」。我那時也常爲以自己的平庸，居然可以受到這個第一號領袖人物的寵信而感到心虛不已。直到這些年來，我才慢慢體會，就某方面來講，毫不懷疑的信仰和忠誠，其實也是一種罕見的氣質。

「我要的是完全的效忠。」那時，甫十來歲的徐大柏便這樣告訴我。

但是他一樣抵死堅持的怪癖，就是雖然他幾乎每次放學後，都會到我家蘑菇個把鐘頭才回家，但是一提到他家，他便嚴厲地獨裁地不讓我去。

「爲什麼你就是不肯讓我去呢？」我常常被這個壓抑的狐疑攪得心癢難搔。

有一次，少年的狡猾使我想出一種利用終極的誣陷迫他說出眞相的辦法，「ㄏㄡˊ——我知道，你家有匪諜。」在我們那個時候，白色恐怖的氣氛在校園內確實散放得相當成功。在我們孩子之間，即使在爲了遊戲或爭執翻起臉時，也不敢輕易跨過這個禁忌。

「我要跟你爸講。」在我還不及反應自己這個玩笑（或逼供的心機）是如何失敗得一塌糊塗時，徐大柏已拗執地往我家走。沿途不論我如何道歉，哀求，甚至用玩笑的態度說：「好啦，不要鬧了啦，以後我不堅持去你家了。」他仍舊板著臉，把我拽扯他書包帶子的手甩開，頑固地前進。

按了門鈴，我父親職業警官的嚴肅聲音傳了出來，「誰？」「伯父，」我父親打開門，被我們的表情嚇壞了——徐大柏充滿了玉石俱焚的悲愴神色，我則在一邊哆嗦不已。

「發生什麼事了？」我父親的臉色也凝重起來。

「伯父，他硬要去我家，我，我不給他去，他，他，……他就說，」早熟性格的徐大柏這時居然抽抽噎噎地哭了起來，「他就說，我家窩藏匪諜！」

我也嚇得哭了起來，絕望地辯解：「我只是開玩笑的。」

我的父親看看我又看看徐大柏，平時精幹的警官作風變成不知所措的愕然，有一瞬我幾乎以爲他要笑出來。但是他很快又恢復了正直的腔調，摸摸徐大柏的頭，然後輕輕在我頭上敲了一記爆栗。

「好，我會處罰他。」

我和徐大柏第二天又握手言和。我照著父親的指導，故作抱怨的神情，騙他前一晚被我父親狠揍了一頓；徐大柏也邀請我到他家——原來他家是一棟緊傍著河堤搭建的違章建築。紅磚砌的牆也沒糊上水泥，屋頂便是一塊木板披上塑膠篷，上頭再用幾塊磚壓著。如果不是他帶我來，我再經過這裡幾回，都必然以爲是河邊砂石工人的工寮。

不過從此以後，徐大柏再也不肯上我家了。

在歷史的背面

淡眉毛女人在櫥窗的那一邊用力拍打著玻璃，像是焦急地要告訴我什麼。但是我聽不見她的聲音，只看見她的嘴，努力又徒然地，無聲地張合著。

不過，即使如此，至少在徐大柏被撤去服務股長的那個下午之前，我對他始終是言聽計從，甚至可算是個嘍囉的角色。我也曾企圖在力氣上超過他或是在他發表宏論時對他進行辯駁，問題是他太強了。他的身軀和臂力似乎早跨過青春期的青澀，進入成人的階段，他的雄辯往往使我絞盡腦汁的質疑，三兩下便成了無聊的自討沒趣，以至於在他因爲成績每下愈況（我們導師陰謀的考卷）而接連被撤去職務的那一陣（由班長貶爲風紀，再由風紀貶爲學藝，再由學藝貶爲體育，最後竟被貶成服務股長），我仍是樂觀地爲他打氣：「至少你還是幹部，那總比我們這些老百姓強吧。」

但是我安慰他這句話的第二天（也就是他服務股長新官上任的第二天），我們的導師突然在課堂上宣布改任我當服務：「不行，徐大柏，你的成績糟透了，應該給你多一點時間讀書。好罷，張三丰，以後你就接服務這個位置。」

那天放學，在我尷尬萬分地監督全班打掃教室的過程中，徐大柏始終不用正眼瞧我一下，十分認眞地打掃。

我們如常一起走在回途的河堤上，以往這個時候，即使是在他被貶爲服務最低潮之際，都是徐大柏壟斷了大部分的對話，他滔滔不絕地大肆批評班上哪幾個是小集團，哪些傢伙是陰謀分子。就算是沒話可說時，他也不安分地拿石頭K人家院子裡的木瓜，或者當街倒立，或學飛機俯衝那樣衝下河堤的斜坡再衝上來。

但是那天，我們兩人都悶不吭聲，枯燥之極地走著。

「說不定武大郎看出了你是我剩下唯一的朋友了，要挑撥我們。」

「我也不想幹啊。」我謹愼地回答。

「那好，」徐大柏突然停下不走，定定地看著我：「你明天去告訴武大郎，說你不適合這個工作，請老師再換個人吧。」

「不行啦——」

「我命令你去。」

「憑什麼？」

連我都被自己迸出這句冷颼颼的話嚇著了，徐大柏不敢置信地盯著我，臉孔被扭曲成一種絕望的猙獰，「已經開始生效了吧，武大郎還眞有他一套。」然後他就在河堤上，不管許多其他的路人，撲了上來，將我壓倒在地。那時我所有反抗的動作竟然像個被姦淫的女生，又踢又掙又咬，然後絕望地任他按著我的手腕，把頭偏向一側。

「如何？」他氣喘吁吁，用著征服者的亢奮語調問我。

我轉過臉來，迷惑地看著他，良久良久。

（我斟酌許久，不知是否要在此處煽情地加上我感覺他巨大的陽具抵在我的肚子上。因爲在權力傾軋的象徵動作中，陽具的介入，等同於毫無逆轉餘地的侵略和強暴。但是不知道我的小說老師讀至此，會不會以爲我是個同性戀或者像三島那種提倡雄性肉體美學的偏執狂。）

徐大柏把手放開，站起身，「哈哈！」他拍拍腿上的土。

我也站起身來：「哈哈！」

我們互相凝視住對方，心裡都知道，無論如何掩飾或玩笑，角力或少年的鬥氣，有一些本來可以單純解釋的什麼，我們都回不去回不去了。

不斷修正中的底片

「我的故事大綱都出來了，」小咪興匆匆地告訴我關於她那張軍人背影相片的故事。

第一個故事是一個老兵在「六四」那一陣在家看電視，看到中共人民解放軍向百姓開槍的慘烈鏡頭，突然發瘋。他穿著軍服拄拐杖（因爲他輕微中風）衝進中正紀念堂哀悼示威的人群裡，恐怖地大喊：「我不是故意的！上頭騙我說他們是暴民，我不知道！我不知道啊！」後來被送到精神病醫院，醫生在調檔案時發現：原來在四十多年前的二二八事件中，他曾屬於鎮壓台北的那個部隊。

第二個故事是說一個孩子出生不久父親就把他右手食指剁掉，於是在他滿兵役年齡後便因體檢不合格而免於徵召。但是年輕人的熱血及對陽剛美的憧憬（電視上軍校招生的廣告？）使他補償性質地迷上了小兵、戰車、戰艦這一類模型，而其中又以田宮模型廠製的德軍日軍模型最受鍾愛。在無法忍受的激情下，他偷偷存錢去定做了一套軍服，並且自己拍了張半身照，放大掛在房間。

誰料到他一向沈默溫馴的父親知道後，狂風驟雨一樣把照片撕了，模型打爛。原來他父親那一代全和軍人結下了一堆糊塗爛帳，他大伯被日軍征至南洋，成了砲灰；二伯在「二二八」被打得腦袋開花；小叔在古寧頭戰役壯烈殉國。

「只要我活著，」他父親含著眼淚說：「就不容許他們給你穿上軍服，送往墳場。」

「太激情了一點，」我說，心裡想小咪是不是瘋了。

「還有第三個大綱，是有點現代花木蘭的味道，照片中的主角原來是替父從軍的……」

我打斷她：「啊，停停，妳要交幾篇啊？」

「欸，這個可香豔多了……」

「妳聽我說，小咪，我們苦心收集諸多線索的最初動機，便是在背臉向著我們的一片空白中，找出蜷縮在內，最接近眞相的可能，是要自不知眞相的困境中拔身出來，但是妳現在——妳現在跌進了另一種困境，妳已經迷失在有能力大量衍生和拷貝不同的可能的歡愉裡了。」

小咪沈默了許久，問我：「但是在空白的背後，眞的有一個，眞相，在那兒忠心耿耿等著我們嗎？」

我們的導師據說是出身刻苦的農家，憑著他驚人的毅力和堅持，從公費的師專到插班考師大，然後再以他傲視諸人的精悍，成爲我們學校升學班的王牌老師。他在學校裡始終是不用正眼去瞧其他的老師，我好幾次看見在走廊上別的老師向他微笑問候，他卻昂首跨步視若無睹；有幾次我們一大群同學考壞被叫到導師辦公室，其他的老師正輕鬆地喝茶聊天，他卻旁若無人用宏亮的嗓音詢問：「考幾分？」並且狠狠用籐條抽打，致使整個辦公室懾服於由他營構起的肅殺氣氛。

「當兵的時候，」他常常自豪地告訴我們：「開始我只能做十下不到的伏地挺身，而連上的其他人至少也能做三、四十次以上，後來我下定決心，每晚寢室熄燈後，自己摸黑在通鋪苦練，十下、二十下、三十下……到了我做到二百下時，全連包括那些排長班長，沒有一個人做得比我多了。」

有一次我忽然想到：我們的導師其實是個心思敏銳的人。這樣一個人想必十分清楚我們暗地給他取的「武大郎」的綽號。他是要如何努力才能夠抑制住自己在一張張無辜仰視的臉孔前，不至於露出洞悉了他們的嘲弄蔑視而湧起的恐懼。一個只能做十下伏地挺身的人可以靠毅力在每夜偷練而累增至二百下，但是一個三十歲的中學老師，如何去改變他一四八公分的身高呢？

我猜測著我們的導師在這種單憑毅力無法填補的絕望深淵裡，想出了一個仍舊是絕望的辦法：從他自講台上輕蔑地俯瞰我們的神情，我懷疑他陷溺在一種自以爲是巨人的妄想之中。而確實在我的記憶裡，對於我們的導師，也因爲他宏亮的嗓音，超人的毅力，而只存在著模模糊糊一個很龐大的感覺。

只有在那個清晨，升旗前早自修的時候，那個曾打了徐大柏一巴掌的女老師，在校長陪同下被幾個便衣情治人員帶走時，我們的導師才唯一一次，在我們面前，露出了他極其脆弱的一面。

據說那位女老師是因爲私下研讀馬克思被舉發而遭逮捕。之前她曾經「消失」了一陣子，學生們都耳語紛紛，謠傳發生了各式各樣情節的事故。後來她又出現在學校，上了兩天課，就在早自習給學生檢查連絡簿的時候，被校長喚到走廊，由情治人員帶走。

那個清晨我一開始就預感似地覺察了氣氛的異常。早自習時我們導師如常地給我們抽背英文課文。我也如常地因爲沒有準備，在早晨上學途中硬呑活塞了幾句之後，便絕望地全盤放棄，只在座位上虔誠地祈禱千萬保佑不要叫到我。

這種在抽背前胃抽痛膀胱發脹苦苦祈禱的情境，我到今天仍感受清晰恍如昨日，甚至猶常常在噩夢中出現。但是那天清晨，從我被抽中，硬著頭皮上台，囁囁嚅嚅背誦了些，到像一個被遺棄在台上的演員那樣不知所措，我始終都由於另一種旁觀者的好奇，而忘記（或著沖淡）了我應有的恐懼和困窘。

應該說是我們導師在我背不出課文那一瞬的反應，掩過了我的困窘。

當我難堪地呆立在台上，全班同學都抬頭看看我，然後似乎若有所悟（這傢伙該糟了）地微笑低下頭去時，我們的導師卻在一旁的椅子上發愣，毫不覺察我背誦的中斷。就是在這時候，那個隔壁班的女老師在那些情治人員的押解下，經過我們教室前的走廊，由於她的臉色平靜，絲毫沒有任何反抗的跡象，所以在當時，我們並沒有感到發生了什麼了不起的大事。

但是就在這一刻，那個女老師像是預先設計過，十分突兀地把臉轉過來，直直看著我們導師。她雖然說是「看著」，但是臉上表情並沒有什麼變化，並且仍然順從地跟著情治人員走。

我不知道台下的人有沒有像我一樣注意到這一幕，我清楚地看到我們導師像孩子一樣被嚇呆在椅子上，在那一瞬間，他的臉上迅速地出現了好幾種表情的企圖：輕蔑威嚇害怕求恕若無其事活該倒楣，但是他一樣表情也沒有擠出來。待他們走過我們教室前，從視野消失後，我們的導師便當著全班同學的面把臉埋在手掌中，沒有聲音地哭了起來。

就是在那一個清晨，我清楚地看見我們的導師，無論他的聲音多麼宏亮，抽籐條多麼用力，但是在哭泣的那一瞬，他實實在在，是一個身高一點四八米的矮子。我從此再也沒有跟著同學們私下喊他「武大郎」了。

過了許久，我們的導師把頭從手掌中抬起，有些詫異地望著仍在台上的我，疲倦地（甚至有點討好地）說：

「啊？背完了？好，很好，很好，可以回去了。」

後來有人告訴我，那個隔壁班的女老師被捕，就是我們導師去告的密；又似乎有這麼一說：說我們導師小的時候，因為他小叔一時好心收留了一個素不相識的「叛亂犯」，而竟株連包括他父親在內的幾個兄弟全被逮捕，並且祕密處決。

對這些說法，我記不太清楚了，而且我也忘了，它們到底是徐大柏私下告訴我，還是呂立放出的風聲。

讓角色告訴你該如何去寫

打開櫥窗，走了進去，裡面是一扇又一扇盈滿光和聲音和情節的門，每一個門縫都失去控制地溢流出讓我錯愕陌生的回憶。「發生過這樣的事嗎？」到後來我已無暇多問。淡眉毛女人依舊交叉雙臂，紫色的嘴唇像決堤的水閘，滔滔不絕地回敘著那些往事。告訴我吧，把真相告訴我吧，初始我猶從容地勸誘，最後，變得忙不迭地將一扇扇爭相打開的門關上。

「告訴我最後的真相吧！」我站在漫淹到膝，混濁的情節之中，絕望地大喊。

一開門，她在那兒，全身赤裸，臉上空白沒有半點表情。將背影扳過臉來，推理的窮途是一面空白的牆，張開的全是我自己的故事。十年前日光燈黯淡四疊榻榻米大的房間，我們導師的課沒有終止地延伸下去，淡眉毛女人自始至終便不曾出現，我期待的闖入者俏女傭打板擦沖馬桶的水流聲一直流產在聯考前那段陰慘的回憶裡；呂立考上了第一志願我卻落榜在一家撞球店看他勾了個騷包女生不改書呆子的口吃毛病指著我別別理他他是是個妄想症；重考一年混上了所普通高中卻聽說徐大柏重考兩年都落榜在一家修車店學黑手，同學會時大家T恤牛仔褲女孩子全摘去眼鏡燙了鬈髮，只有他一套笨重的西裝，打躬哈腰向大家遞名片，據說自己奮鬥開了一間小具規模的修車廠。整個同學會因爲他的出現弄得滑稽不已。

也遞給我一張名片，打著哈哈說我現在是文人了，自己是個粗人談吐不雅請不要見笑。

「你還記得那次被撤去服務股長的那天下午，在河堤上將我壓倒嗎？」我有時也弄迷糊了回憶中哪些是眞實的哪些是虛構的。

「哈哈哈，你是在嘲笑我現在像個蠻牛的身材吧！眞是，眞是，是做工做出來的，」便又拉住另一個從一旁走過去的同學，照例打躬哈腰遞名片，「有車子要板金噴漆校正方向盤避震器，來本店，老同學一概八折。」

原來再度弄錯了。耿耿於懷的那個下午，從來就沒有發生過任何事。

被告密匪諜的隔壁班的女老師呢？我望著那轉過來的背影空白的牆，投去無助的迷惑的一瞥。

「你是誰？」淡眉毛女人一隻手遮住腹下，一隻手掩住前胸，將情節呑噬的空白表情開始崩潰剝落，扭曲成巨大的恐懼和敵意，「怎麼亂跑到私人化妝間來？來人啊，非禮啊——」

她開始尖聲嘶喊起來，我掩住耳朵轉身便跑，臨去前拾起街邊一個小攤陳舊的練腕力的鋼珠，朝玻璃櫥窗裡那個剛張開故事又緊閉而起，裸著身子嘶聲吶喊將我努力編織的情節一概否定的海報中的女人砸去。

〔我把那張蓄長髮穿14號豬肝紅球衣的照片扔掉，偷偷換上一個穿白色網狀毛衣的女人背影照，（這個背影，我拜託小咪扮演，而我自然也義不容辭地穿了一套借來的軍服讓小咪拍了一張軍官背影照），照片中女人正交叉雙臂，站在原先那個淡眉毛女人的海報櫥窗前，彷彿是海報中的女人本人隔著一層櫥窗玻璃在觀看自己的海報。〕

這張照片連同關於這個女人的小說混水摸魚地交了上去。後來我才知道班上的同學幾乎全這麼幹，胡掰瞎編了一篇小說，然後自己隨便設計照了張和小說情節相符的照片，便硬著頭皮繳交上去湊數。

那天上課我們的小說老師大約是宿醉未醒，咕噥著一些我們聽不懂的句子，似乎陷在不得其解的苦思之中。最後他恍有所悟，揚了揚手中我們的作業，說：「孩子們，幹得好，逼視和探索生命眞相的不二法門，便是在不懈的虛構和無中生有之中。」

——一九九〇年十一月・選自聯合文學版《紅字團》

董啓章作品

董啓章

廣東三水人，1967年生於香港。香港大學比較文學碩士，畢業後從事寫作及教學工作，先後任教於香港中文大學及嶺南大學，亦曾主持香港電台讀書節目。著有《安卓珍尼》、《地圖集》、《衣魚簡史》、《雙身》、《名字的玫瑰》等。曾獲聯合文學小說新人獎、聯合報文學獎長篇小說特別獎、香港藝術發展局文學獎新秀獎。

安卓珍尼
——一個不存在的物種的進化史

斑尾毛蜥(Capillisaurus Varicaudata)，毛蜥科，毛蜥屬。體型中等大小，頭身約長十五厘米，連尾共長四十厘米。背腹略扁平。頭身棕色，有不規則黃色橫間。腹白色。尾較長，易斷，橫切面圓形，上有藍色發光細環紋，形態與光澤酷似四線石龍子的尾部。頭背面無對稱排列的大鱗；體表鱗片多呈覆瓦狀排列；腹鱗平滑；體側鱗小於背鱗；無肛前窩或股窩。背鬣發達，但並非鬣蜥科屬的豎立側扁的鱗片，而是背項中央自頸鱗直線伸延約三厘米的淺棕色細軟毛鬣。眼中等大小，眼瞼發達，瞳孔圓形，雙眼可分開各自轉動。鼓膜裸露，具有喉囊。舌厚，中等長度，前端微缺，舌面上被絨毛狀乳突。端生齒，異形。頭骨具顳弓及眶後弓。

陸棲品種，但喜愛接近水源或潮濕地區，生活於樹林區溪澗附近的石塊之間，以樹木草葉為掩護。適應海拔四百米至八百米的山區。多作夜出，但間中亦於日間活動。習慣長時間靜止不動，遇襲時迅速逃進石隙或草叢，並且自斷尾部分散敵人注意。新長出的尾巴不會回復原來的長度和色澤。

主要以蟋蟀、草蜢等昆蟲爲食，間中兼食植物。單性，全雌性品種。春季繁殖，雌性間進行假性交配。卵胎生，一次可產兩或三條小蜥。一九六二年爲南來實業家兼業餘生物學者傳世傳於香港大帽山首次發現，傳氏並詳細記錄觀察所得。因沒有捕獲標本或拍下照片，此品種一直未得到學術界的正式確認，只以傳氏毛蜥的非正式名稱流傳，其後並一度被視爲已經絕種。一九七四及一九七九年分別在馬來西亞及泰國再次傳出目擊個案，但沒有實質證據支持。一九九四年夏天最後一次在大帽山山澗旁出現。

關於安卓珍尼，我還能夠說些什麼呢？在山上的一段日子，我嘗試把我所知道關於安卓珍尼的一切寫下來，這不單是因爲我希望爲最後的安卓珍尼在文獻中佔上一個位置、留下一點痕跡，也是出於賦予她一種存在的慾望。我竭盡心神地爲安卓珍尼編寫她的故事，這個過程是異常地痛苦的，但又同時是異常地美妙的。當中的滋味，就像跟一個不存在的對象談話一樣，一會兒絕望難堪，被啞默無言的挫敗感折磨得要死，一會兒卻又得心應手，無須思索便流露出心底的話語。但我一直也未能確知，究竟我要說一種怎樣的語言，才能更接近安卓珍尼的本質，才能與安卓珍尼建立溝通的基礎，避免自說自話，徒然絮絮不休。也許，我最終還是找到了。

我上山的那一天，是三月十五日。車子沿著蜿蜒的山路爬行，春天晨間的薄霧像帷幕一樣在擋風玻璃前展開。安文坐在旁邊，把著駕駛盤，看來憂心忡忡，不知是因爲擔心在霧中發生交通意外還是因爲對我的決定放心不下。但是，當初是她自己告訴我山上有這樣的一所房子的，而位於山上的房子，正合我意。也許她後來又後悔了，因爲這所房子的地點的確非常偏僻，一個女孩子長期單獨住在裡面實在有點不太安全。對於像安文這樣的城市人來說，山野只是偶然去度假的地方，而絕對不是久留的居所。

她緊緊抓著駕駛盤，眼睛盯著前方。我側著臉一會兒看看她，一會兒看看道旁的景色，馬尾松和白千層在柔焦效果般的視域內肅穆地退下。深山，總給人一種殉死的節氣，而向上爬又有一種接近天界神靈的意味。但我沒有把這想法告訴安文，我知道她有點害怕山。我故作輕鬆地東張西望，裝作這只是一次普通的旅行，暫時遠離繁囂，也暫時遠離我的丈夫，亦即是安文的哥哥。

和丈夫隔絕一段時間，也許這是我上山的主要原因。但我不是爲了要找尋安卓珍尼才到深山來的嗎？在那個時候，我還未曾理解遠離丈夫和接近安卓珍尼之間有什麼關係。我以爲這不過是一種湊巧吧！我想暫時和丈夫分開一下，剛巧也想研究一下關於安卓珍尼的事情，於是山中的房子便成爲了這兩個想望的交會點。一切能夠安排得這樣恰到好處，實在有點出乎我意料之外。而促成這一切的，是安文。

房子是安文的祖父所建的，位於大帽山東面海拔六百米的岩坡上。她祖父對植物有一種特殊的偏好，這房子大概是他當年遠足的基地，也是他退休後隱居的處所。我曾經在她祖父的老家中瀏覽過他多年來所收藏關於本土植物的資料，翻揭著那些陳舊的書冊和標本，心中泛起了一瞬間的感動，有一種相逢恨晚的悲哀。而安文的家族，亦即是我丈夫的家族與自然界的勾連，自她祖父以後便斷絕了，老家中的無數大小盆栽已經盡數凋零。但這並沒有對這個家造成任何影響；離開了泥土，家族在城市裡開枝散葉，反而愈加燦爛蓬勃起來。

當我坐在房間的窗子前，眺望整個城門水塘區的山色，手肘的肌膚輕輕抵著木桌子給歲月磨滑了的邊沿，手中的筆便不期然地懸於空中。安文的祖父彷彿在這一刻進入了我的體內，教我把他的血脈流傳下去。但我卻只能夠哀傷起來，因爲我之所以來到這裡，正是要遠離老人家的孫兒，我的丈夫。在這段日子，老人家的靈魂常常在我的耳邊騷動著，我知道如果他能夠的話，他一定會讓我懷下他家族的後代，跨越他兒子和孫兒的缺陷，重新遺傳他血液中對於綠色生命的感情。對於此，我心中只有懷著無限的歉疚。

車子到達山頂之前，馬路來到了它的盡頭，接下來的路程要徒步完成。我們下車，趕緊穿上外套，但驟降的氣溫還是令我們不由得打了個寒噤。如果太陽出來，情況會好一點，我說。站在這片土地的最高峰，終於感到了風的流動。極目四望，整幅圖景就像包了牛油紙的地理教科書封面，遠處的城市只剩下沒法辨別的灰色影子，近處的山巒在白茫茫的霧氣中蟄伏，彷彿一群隨時也會活動起來的野獸。

想起自己將要獨自一個人在這獸群中生活，心中才開始有點恐懼的意思。也許後悔還是來得及的，只要我跟旁邊的安文說一聲：還是回去吧！這樣便行。但我卻沒法說出這樣簡單的一句話來，就像在我丈夫向我求婚的時候我沒有勇氣說出「等一等」一樣。我就是這樣的一個人，在行爲和思想間存在著一個斷層，常常教我在行爲上逕自往一個方向走，在思想上卻又裹足不前，而當思想傾向於某種做法，卻又往往沒法作出相應的行動。而我的思考方法，卻又是偏近理性的那一種，這使我對自己不受理性管轄的行為更感困惑，甚至可以說是有一種痙攣般的痛苦。後來我和男人之間的事情，便可以用這個說法去理解。

我們在山頂上等了一會，微弱的陽光終於從雲層間透出，霧靄開始慢慢退去，雖然遠景還依然給煙霞蒙著，但近處的路途已經漸漸清晰起來。我們各自揹上大背囊，向著北面的山路往下走，小徑兩旁只有矮小的雜草，山頂的範圍林木稀疏。含羞草在我們腳下所過之處紛紛退避，像一種膜拜的姿勢。我用摺合刀割下了開著紅色和黃色小花群的馬纓丹。塞進小袋中。據說此花有劇毒。我不知道自己當時為什麼這樣做。我們小心翼翼地在山路上走著，由山的北面折回東面，並且開始看見下面的水塘區。在途中我們只休息了一次，在開滿了痲子梨的白色花朵的岩石坡旁，安文喝著水，長髮在微風中飄到我的臉上，髮香混合了山野間的濕氣和花草的芬芳。但與燦爛的痲子梨相映，安文的笑還是顯得有點柔弱乏力了，憂慮給她美麗的臉上蒙上陰影。她是個很容易產生憂慮的女人，自從認識她以來，這陰影從來也沒有自她的臉上移開過，也許陰影已經漸漸變成了她的魅力。看著她不安的臉容，總教人暗暗的揪心。

認識安文，是在美國讀研究院的時候。那一天我搬到一個剛租下的單位，在梯間給一個只披著浴袍、髮絲還在滴水的女孩子衝出來嚇了一跳。她說屋內有一隻蟑螂。蟑螂後來給我處理掉了，那女孩子原來是房間的共租者，我們便這樣成為朋友。安文是念語言和文學的，她至今還不理解為什麼一個女孩子能夠像我一樣念生物，終日與白老鼠為伍。對於人們以為念生物的便必定終日剖開白老鼠的肚子翻來覆去，我只有一笑置之。至於跟安文的哥哥結識，那是半年後的事情。

而更令安文不解的，是我對安卓珍尼的著迷。這甚至令她對我暗生害怕的感覺。她的反感，一方面是關乎安卓珍尼這個名稱，另一方面則關於安卓珍尼這種動物。安卓珍尼在謠傳中稱爲斑尾毛蜥，「安卓珍尼」只是我私人給她起的名字。「安卓珍尼」是我自己發明的譯詞，源自英語中的 Androgyny，意謂雌雄同體。安文認爲，只有對自己的性別身分認同有問題的人，才會被這些怪異的觀念迷住。她又深信，一個女孩子絕對不應該也不可能對外貌如此令人噁心的蜥類產生興趣。當然，她所知道關於斑尾毛蜥的描述，完全出自我口中，而現在世界上還沒有一張攝得此種動物的照片，也未曾有過任何捕獲的樣本，甚至沒有一篇關於她的正式文獻記載。斑尾毛蜥只存在於口耳相傳之間，但有人曾經看見過她，卻是千眞萬確的事實。當我翻開安文祖父的遠足日記第十六號第一百二十頁，我驚訝地發現了老人家與斑尾毛蜥相遇的紀錄，地點便是這座山中的一條山澗附近。老人家還憑著記憶在日記中畫了兩張草圖，一張展示斑尾毛蜥的形貌，另一張標出與她相遇的位置。這本日記，便放在我背上的行囊之中，隨著步伐的節奏像心臟般在袋中跳動，陪伴著我再次進入奇遇的境界。

房子門前的小徑驟然開闊起來，兩邊的雜草也有修剪過的痕跡。安文說家中一直僱用專人每個月來房子清理一次，雖然家族中已經十數年沒有人踏足這個地方，但裡面的一切還是保存得完好無缺。知道這房子並非絕對的荒落，這給我帶來了一點兒安慰，但卻也同時勾起了一絲失望，就像走進遊樂場的歷險旅程一樣的缺乏趣味。不過，我當時還未曾知道，這個打點這地方、令這地方不至於落入原始而隔絕的荒蕪狀態的「專人」，不單沒有損減山林的誘惑，反而令我陷入一場絕望而瀕死的掙扎中。

房子前面的欄柵內外各長著兩棵宮粉羊蹄甲，還未長出新葉的枝椏上掛滿了花蕾。我想，欄柵內的兩棵大概是老人家當年栽種在這裡的，而外面的兩株則可能是羊蹄甲的莢果成熟剝爆，把種子彈到那裡而生長起來的。也許曾經還有其他的新生代，但也給人清理掉，只剩下這四棵。

安文推開小欄柵，掏鑰匙打開房子的大門。事實上，房子在如此純眞而無助的狀態下，門鎖是近乎沒有意義的。只要拿石頭打破任何一個窗子，進出房子便暢通無阻。不過，城市裡的人還是信賴鑰匙和門鎖，並且爲鑰匙插進門鎖扭轉著的一刻感到釋懷。我有理由相信，門鎖是老人家死後才加上去的。

既然門上有鎖，我在晚間竟然眞的把門鎖上才睡覺，但這種沒有意義的行爲後來還是終止了。有一天我因爲過度勞累而遲了起床，爬起來便看見大門開著，一個男人站在我面前。他的一隻手還捏著鑰匙，另一隻手則握著一柄斧頭。也許我當場驚叫起來，也許我沒有。我後來才知道，這個男人便是多年來照料這間荒廢的房子的「專人」。雖然他從來沒有正式作出這樣的解釋，我也沒有向他求證，但我知道就是他。我完全沒法記起他當時的神情，大概也會有點驚訝吧！他會否以爲我擅闖房子，而萌起把我驅趕的念頭？但他什麼也沒說。也許他認爲他的職責只是整理房子，而不是處理人事。可是人家把房子託給你看管，一天你發現房子內出現了一個陌生人，而你竟然視若無睹，這不能不算是一種失職嗎？不過，除了老人家之外，也許他根本從未見過擁有這房子的家族的任何成員，而他順理成章地認爲我必然是他的僱主。而事實上，我的確是這個家族的一員啊！

男人叉著腿站著，對我的驚恐沒有半點反應。然後他徐徐轉身走出門外，輕輕把門掩上。過了一會，我聽見後園傳來砍樹的聲音。他眞的視若無睹嗎？我不知道。

放下我的行李之後，安文沒多久便走了。她雖然捨不得撇下我在這孤伶伶的房子內，但她對這個地方實在沒有好感，而且多留一會，只會加深她往回走的時候的痛楚。她想給我講解一下房子中的設備，但連她自己也不清楚房子內設置了些什麼。她想打開櫥櫃找水壺，但水壺卻在桌子上，找到了水壺，卻又找不到水煲。在房子內團團轉了一會，她有點洩氣了，她沒法忍受這個沒有人爲她把一切安排妥當的地方。安文臨離去之前說：我會給你打電話。電話？我回頭搜視，看見房間角落處眞的躺著一具古老黑色電話。我再回身追出去，在門外大叫：別打來！有事我會打給你！在小徑的拐彎處安文扭轉身子，滿臉不願意。別打來好嗎？我叫道。她無奈地點點頭，消失在樹叢後面。

三月十五日，這是我記憶中最後的一個日期，此後時間便以一種接近無區間性的狀態滲透著我的意識，其中標示著周期性階段的便只有日出和日落、我的月經來潮和安文每隔兩星期的到訪。從外間走到山中房子的路途，彷彿是我人生中最後一條線性的路，可以講出由一個地方到另一個地方的路。

對於斑尾毛蜥的科、屬和種的鑑別，最大的困難發生在如何把她的背鬣和尾部歸類。斑尾毛蜥的頭身無論在鱗片的大小、形狀、數目、排列和起稜情況，以及在體形、骨骼與牙齒結構、舌頭形態和四肢發達情況等各方面，也應該納入鬣蜥科之內，但背鬣和尾部的變異狀況卻是鬣蜥科原有的科、屬和種的界別條件所不能涵括的，所以有必要另闢新科，以資識別。

現存於世界上的毛蜥科蜥蜴亞目爬行類動物，就只有斑尾毛蜥一屬一種。而毛蜥科的訂立從兩方面來說仍然未能完全解決斑尾毛蜥這種動物的分類問題。第一方面，是斑尾毛蜥的尾部特徵與石龍子科蜥類的尾部十分酷似。可自行折斷、光滑發光的鱗片和圓形的橫切面這些特性也是屬於石龍子科而非鬣蜥科的，其中斑尾毛蜥尾部的藍色細環紋發出的耀眼光芒更和四線石龍子的藍色直條子的色澤非常相似。問題便是爲何斑尾毛蜥會擁有鬣蜥科的頭身但卻擁有石龍子科的尾部。兩種不同的屬性出現在同一種蜥蜴身上，一個極大的可能是斑尾毛蜥是鬣蜥科和石龍子科蜥蜴的雜交種。然而，究竟斑尾毛蜥是鬣蜥科的哪一屬哪一種與石龍子科的哪一屬哪一種共同產生的後代，現時還未能確定，當中的最大疑難是斑尾毛蜥的環紋與石龍子的直紋差異極大，而在蜥蜴亞目當中並沒有任何尾部具有發出藍光的環紋的品種。另一個假設，是斑尾毛蜥尾部的環紋和某類環蛇有關，但這便超越了蜥蜴亞目的範疇，而牽連到蜥蜴亞目和蛇亞目之間的某些沒法釐清的雜亂情況。這個假設的可能性暫時還未有得到充分的研究。

關於毛蜥科的訂立的第二項疑難，是斑尾毛蜥背上的毛鬣超出了蜥蜴亞目甚至是整個爬行綱的分類條件。這一行淺棕色的、由首尾短而中長的、有如髮冠狀的細小鬣毛，與哺乳類動物的毛髮或某些鳥類頭上的軟毛相似。這種類同情況暗示了爬行綱和哺乳綱及鳥綱動物之間的某種關聯，也破壞了原有的綱目分類的穩定性。斑尾毛蜥的背鬣所牽涉的問題與她尾部的變異情況不同，她的鬣毛很難被界定爲混種之後的產物，因爲物種之間超越綱以上的分類的雜交產育行爲是不可思議的。所以，斑尾毛蜥的背鬣的特異性應該更確切地被理解爲一項進化史上的課題。要追溯斑尾毛蜥的背鬣的來源，我們得先把著眼點放在爬行綱動物和哺乳綱動物還未曾分道揚鑣之前，亦即是回到大概二億多年前突觸動物或類哺乳類爬行類漸漸進化成爬蟲類和哺乳類動物之前的年代。

門外的宮粉羊蹄甲終於開花了，淡紫色的蘭花形花朵掛滿了枝椏。

房子後面有一個細小的花園，野葛從欄柵外爬進來，差不多霸佔去園子的一半空間。男人第一次出現的那一天，便是來砍掉野葛和園子周圍過分繁密的枝條。我驚呆地坐在床沿，聽著園子傳來的砍伐聲和枝葉的沙沙聲，慢慢地理解正在發生什麼事情。也許我並未理解，但我已經不那麼害怕。我起來穿上外衣，趿著鞋子走到外面，看見男人正彎著腰和遍地蔓生的野葛糾纏著。他看準了植物的主莖，用手抽出來，然後揮斧砍下去。我奇怪他爲什麼不用剪刀或鐮刀對付這些攀援植物，揮斧砍擊這種柔軟的枝條實在事倍功半。也許他原先並沒有打算砍野葛的，但看見我忽然來了，後園又凌亂不堪，一時害怕受怪責，於是便急忙著手整頓。揮動斧頭的男人散發著一種力的美，但砍野葛的笨拙效果卻又有點滑稽。我忍不住笑了出來，男人停止動作，依然蹲著身子，回頭瞪了我一眼，然後又回到他的作業上去。這一眼教我止住了笑，它教我不敢把他當作傭人看待。於是我明白到，他才是這裡的主人，而我只是個不速之客。

這是一所設備頗爲周全的房子，有電力供應，還有電話線。既然有電力，自然也有電氣用品。電燈、煮食用電爐，甚至電風扇也一應俱全，但卻沒有電冰箱。不過這沒關係，因爲我沒有帶來需要雪藏的食物。雖然盛了一整個背囊的罐頭、麵食和米飯，但爲了省點吃的，常常餓得要命，尤其是在日間出外探索大量消耗體力之後，食慾比從前大一倍，但食量卻只能是平常的一半。這實在使人有點氣餒。但我自認是一個對自然有點知識的人，我不相信我沒法在山林間活下去。當春天的濕氣越來越重的時候，我還未曾找到半點安卓珍尼的蹤影。我每天早晚也誦讀一遍老人家的日記本上關於斑尾毛蜥的記述，彷彿佛教徒誦念早晚課一樣，我以爲這樣可以振奮我對尋找安卓珍尼的決心。

在這裡生活的一個很大的問題是房子內沒有鏡子。我自己沒有帶備小鏡子，也往往忘記教安文下次來訪的時候帶一面給我，就是到了想照鏡子時，才醒覺沒有鏡子可照。我知道自己的腰身和胳膊比從前消瘦了一圈，衫褲開始有點寬鬆，但我一向嫌自己略胖了一點，現在反而恰到好處，而且日夜的勞動使我全身的肌肉也結實了。我漸漸覺得鏡子實在可有可無，反正草木也不會鑑別我容貌的美醜。唯獨是每一次碰見男人，我便不期然地想知道自己究竟是怎麼的一個模樣。

男人從來也不說話，起先我還以爲他是個啞巴。在他費勁地整理好園子之後，一連數天也沒有見他再出現。我以爲他大概要到一個月後才會再來的了。怎料有一天當我從南面的一條溪澗回來，卻看見門外放著一綑乾柴枝。這時節雖說是春季，在晚上還是冷得人在睡袋裡暗暗打顫，山中的濕度又高，拾來的柴枝也點不著。對男人竟然會作出如此細緻的照顧，我又感動又害怕。我把柴放進火爐裡點著了，在夜裡微微晃動著火光的房子中，我隱然感到男人的影子自某個方向慢慢地迫近。我彷彿還聽到門匙插進匙孔的聲音。

安文第二次來的時候，竟然帶來了一部小型傳眞機。她把原先的電話線接到傳眞機上去，拿起聽筒打了兩通電話，還試著把一張廢紙傳出去。對於傳眞機的設置，我只能夠感到荒謬。但這是出於安文的周全設想，我又沒有理由作出抗議。她說：我們至少可以寫信吧！但我還是一直沒有給她電話或傳眞，我覺得還不是和外面聯絡的時候。我知道我一定是傷透了安文的心，她開始不理我的請求，斷斷續續地傳來了她的文字。她認為，如果聲音是一種噪音、一種騷擾的話，文字大概還可以算是一種沉靜的溝通，她希望我不會感到過分的麻煩，容許她點滴的話語陪我度過清冷的夜晚。安文的信總是這樣溫柔而富有文采，教人不敢粗心輕視。在孤寂的日子裡，我眞心地感激她的關懷，但每次傳眞機響起來，紙張慢慢捲吐而出，總是和荒山的夜晚格格不入，越加凸顯兩個世界間的隔絕，令人有想哭的感覺。

春天是個生機蓬勃的季節，蟲蟻也鑽出地面，花木紛紛展示新姿，安卓珍尼也必定在山中的某處探出頭來，凝視這個繁榮而又充滿危機的世界。但我起初還是不敢走得太遠，一方面是因為不熟路途，另一方面是因為春天的霧靄。有些日子潮濕得厲害，一覺醒來，發現房子彷彿正在雲層中飄蕩，窗外什麼也看不見；打開門，樹影隱隱聳動，煙絲橫過極目不過十尺的小徑，眼前猶如鬼魅出沒的幻境。房子內的牆上滲出水珠，地面匯聚著水窪，走在上面淅淅瀝瀝的；甚至連皮膚也粘濕一片，不像汗，反而像漿糊。脫掉衣服又怕著涼，不脫，衣服又貼在皮膚上，教人十分不暢快。在這種時候，我眞的想打電話，或是寫一則傳眞給安文，告訴她我實在害怕。我又期望男人會忽然自霧中出現，來陪伴我也好，甚至是來傷害我也好，至少我不至於這樣隔絕和孤單。但我終於還是沒有打電話，男人也沒有來。我的行動又一次背棄了我，我的幻想也再三的令我失望。

再次見到男人，是在一個下雨的下午。連日來也下雨，但也只是雨絲紛飛，想不到這一天雨勢卻大起來，還教我在山林裡迷了路。在一個草木橫生的陡坡上，我幾次闖關，但也找不到出路。給困在密如羅網的灌木叢間，腳下盡是泥濘，水分由髮頂滲至腳跟，我眞的想哭。還說找什麼安卓珍尼！這些日子，我不過是在山中閒蕩，以藉口令自己的逃避顯得高尚，把自己僅餘的精力漫無目的地消磨。我爲著不聽安文的勸告而極度懊悔，並且十分想念起傳眞機來。這時候，上面的枝葉間發生了一陣騷動，鑽出一頭黑色的怪物來。我大聲驚呼，還來不及拔刀子，人已經滑倒在坡上，若不是手腕給一股力量抓著，我大概已經滾到帶棘的蔓藤叢中給割得遍體鱗傷了。爬起來，才知道這頭黑色巨怪原來是男人。他的雨衣像光滑的獸皮，雨帽的尖頂像只獨角，雨帽下面的雙眼炯炯發亮。我還記得他瞪視我的方法，它會令人喪失自信，感到軟弱，彷彿不堪一擊。

男人一隻手握著我的手腕，另一隻手扯著樹木的枝椏，慢慢地把我從陡坡拉上去。在他的雨衣下面腰側的地方有一件奇怪的突起物，我相信是他的斧頭。待從坡上爬到小徑，他才放開了我，我的手腕給他握捏過的地方還隱隱作痛。我想向他說聲謝謝，但又沒有開口，他再一次的瞪視令我頓時失去說話的能力。他的眼神彷彿流露著厭惡和嫌棄，彷彿在怪責我入侵了他寧靜的天地。我覺得有點不太公平了，我來這裡不是爲了看人臉色的。況且誰教他擅作主張，介入我的生活？他不伸手出來，難道我自己便沒法爬上來嗎？他大踏步地在前面引路，我走在他的背後，肚子裡忽然湧起萬般的委屈。我不想見任何人，也不願任何人看見我現在的樣子；就算這個人不像人，而像野獸，我也不想見。

原先我不想見的只是我丈夫，但現在竟然擴展至全人類。不，我還是想見安文的，我每天在筆記本上畫上符號，計算著她下一次來訪的日期。我倒情願這樣數算著，也不願意去看日曆。事實上，我亦沒有日曆可看。一日與另一日，縱使天氣有異，感覺上卻沒有兩樣。甚至在每一個今天，我也會懷疑昨天的存在，彷彿所有的昨天也已經融入今天去，而所有的今天也是一樣的，因爲它沒法把昨天區分開來。只有人的闖入，才把我從這種永恆的今天狀態中喚醒過來。安文教我意識到定期性，知道日子和階段的劃分；男人教我感受到突發性，告訴我日子與日子之間的特殊歧異。

所以，我深刻而明確地記得男子如何掏鑰匙打開大門，走到火爐前生了火，然後叉著雙腿站在房間的角落。我坐在火爐前，見男人沒有離去的意思，不敢把濕透和沾滿泥濘的衣服脫下，逕自抱著腰身發抖。他站在那裡，緊緊地盯著我，我搞不清楚他是存心幫助我還是折磨我。我不敢正視他，肉體的顫抖令我的心靈也顯得軟弱了，我甚至不敢想像會發生什麼事情。他可能會強暴我，按照一種原始的規律，這是個最合理不過的結果。在這個徹底無助的處境中，我唯一的武器，是說話。

你一直也跟蹤著我嗎？我竭力遏止自己聲帶的顫動，嗓音不自然地提高著。男人沒有答話，只是輕移了一下腳步。我再說：你的職責只是打點房子，其他的你不用管。你的工作已經完了，你現在可以回去。男人又再移了一下腳步，但仍然沒有離去。我爬起來，走到牆角，抓起傳真機的聽筒，跟男人說：對不起，我要打個電話給我丈夫，麻煩你還是先回去吧！男人發出了深深的呼氣聲，神情沒有什麼變動，他的腰間還插著那柄斧頭。我緊緊握著聽筒，彷彿它是一種自衛的武器。空氣中有一種膠著的情緒，我的耳邊響著聽筒內省略號似的聲響。然後男人轉身，穿上雨衣，向門口走去。我聽見自己說：請你把鑰匙留下來吧！男人頭也不回，掏出鑰匙插在門鎖上，那動作和聲音有點嚇人。

門敞開著，男人走了。我放下聽筒，掩著臉抽泣起來，加上冷，身子抖動得厲害，像要把五臟六腑也抖轉過來。我感到自己很卑鄙，對男人、對丈夫也如是。這個晚上，我沒有把門鎖上，鑰匙還插在匙孔內，直到第二天早上。

我是忘了把門鎖上，還是刻意不把門鎖上，我自己也不知道。得到了兩把鑰匙，我又把它們置之不顧；也許我是對它們有點害怕。男人可能擁有不只一把鑰匙，而且若他要進來，簡直易如反掌，所以門還是一直沒有上鎖。我想起那一個晚上在雄踞整個維多利亞海港景觀的半山寓所中，我把自己鎖在房間內，在窗前眺望著燦爛的城市燈火如何令天上的星星黯淡無光。我想做一點研究，做一點什麼也好，總之我要做一點事情來令自己有活著的感覺。丈夫回來了，他剛剛單獨出席了一個宴會。我竟然有點希望他在宴會上結識到一個美麗的女人，雙雙共度良宵而去，但他卻單獨回來了。也許他眞的結交了女人，但他也回來了。他在門上輕輕敲著，說我不能把自己鎖在房間內，說這樣對我的身心健康也沒有益處。我已經單獨在房間內度過了一星期，期間我只讓安文一個人進來。丈夫也許由擔心而轉爲有點憤怒了，但他永遠不讓我看見他的不滿。他總是在門外低聲細語，講出千百個理由去說服我讓他進來。

門上繼續響著「各各」聲，我的丈夫具有超凡的耐性，這個我是很清楚的。催眠似的敲門聲令我昏昏欲睡，後來，便發現丈夫站在我的跟前，他的手中拿著一把鑰匙。我抬頭望望他的臉、他那溫文的容顏，然後我便絕望地微笑了。這個晚上，丈夫把他的精子射進我的陰道內，這是我月經周期中的第十四天，我側著臉遙看著桌子上的月曆上的一個紅圈，偷偷拭掉眼角的淚水，唯一的期望是脫穎而出的是一顆擁有第二十三條X染色體的精子。丈夫發現我哭了，他還溫柔地吻我的乳房，像個吃奶的孩子。我不知道我是否眞的有點愛他。

在一次遠足之後，我流產了，我不願意知道那是個男的還是女的。

血從腿間流下來，我正在舀著盆子的暖水洗澡。電爐上正燒著另一煲熱水，水煲在噴出蒸氣時「必必」作響，我連忙跑到廚房關了電爐，提著水煲把熱水沖到盆子中的冷水去。腿間又滲出了血。暖水淋在身上，我又想起了男人。他瞪視我的時候，會否也來不及制止自己幻想我身體的模樣？我很想照照鏡子，但只能夠在盆子內晃盪不定的水面上隱約鑑辨出一個女人的形貌。她一會兒分散，一會兒聚合；毛巾放到水中，又撈上來，她微笑的嘴角浮著細細的血絲。男人已經十多天沒有露面了，後園的野葛又猖獗起來，直迫到從牆頂垂下來的常春藤下面。如果男人在這時候闖進房子來，我該怎麼辦？我連忙把盆子中剩餘的水從頭頂淋下去，匆匆地抹乾身體，穿回衣服，心臟在胸口內怦然亂跳。

門前的宮粉羊蹄甲長出葉子了，紫花綠葉熙熙攘攘的一片，美麗極了。它們使房子門前洋溢著暖洋洋的氣氛，遠遠望見，就像看見安文她祖父在那裡笑臉相迎。房子的一桌一椅也存留著老人家的氣息，有時候我還彷彿聽見老人家的話語，看見他獨自一人，躲在幽深的山中，與自己一手創立的事業斷絕關係。他要認識眞正屬於這片土地的東西，一些生於斯長於斯的生命，而非從他處移植過來的產物。他自己便是一株外來的品種，在戰亂的時世帶著兒子和微薄的資本從大陸來到這個以洋人名稱命名花朵的地方，在陌生的土壤扎下他的根來，在惡劣的環境茁壯成長。在洋紫荊被採用爲這裡的市花的一年，他的第三間漂染廠正式投產，他的第一個孫兒也呱呱落地。他總是暗暗奇怪，爲什麼洋紫荊這種雜交種和不育的樹木會成爲市花。慈祥的老人家抱著這個家族的新生代，滿心激動和慨嘆，一時間看不出洋紫荊的諷刺。這個孫兒二十七年後成爲了我的丈夫。我們結婚後的第二年，我流產了。

洋紫荊與宮粉羊蹄甲同科，但洋紫荊的深紫色花朵比宮粉羊蹄甲更璀璨嬌豔。

老人家總令我想起康教授。我還是康教授學生的時候，他已經年過五旬，但卻沒有妻室。在大學的一段日子，我就像找到了第二個父親一樣，這個父親把我引領向我那更原始的母親去，讓自然的生命線索在我的眼前展開。我跟他到海下灣看未受污染的自然生態，在鋪滿綠色海藻的沙灘上漫步。初秋時分，我又跟他到大帽山的山谷中去看葛量洪茶，巨大的白色花瓣襯托著無數金黃色的雄蕊，在淙淙溪流之上雄偉無比。康教授在葛量洪茶旁邊說：如果每年可以這樣來看一次葛量洪茶便好了。後來我從美國回港，跟康教授見過一次面，想探聽大學有沒有適合的工作，但他已經退休了，閒來在家中種花養鳥，和系裡的事務已經斷絕關係。我陪他在他大埔的園子內坐了一個下午，始終沒有開口提出我的請求。我也沒有再陪他去看葛量洪茶了。

我常常害怕人們以爲我是個寡情薄義的人，但我往往卻在想念對方的時候感情澎湃，到大家見面的時候又冷若冰霜。安文每隔兩星期便揹著沉重的行囊，走一個半小時的山路，爲我帶來各種食物和生活必需品。她總是那樣鉅細無遺地照顧著我的生活所需，這常常使我萬分感動。我甚至開始覺得連傳眞機也不盡是一項絕對地荒謬和多餘的物品，因爲在看不見她的日子，我往往會一邊讀著她的文字一邊流淚。安文有著她糊塗但卻可愛的一面，她寫信的原意是開解我鬱悶的心靈，但話匣子一打開，她又忍不住說到她自己的煩惱上去。她生活無憂，但卻事事不如意；她幻想做女作家，但又覺得自己的稿子空洞無聊；她爲男朋友細心設想，但人家卻嫌她嘮叨麻煩；她一時按捺不住性子，和人家鬧分手，卻又往往弄假成眞。她變得愈來愈憂心忡忡，但憂心永遠只會令事情變得更糟糕。我讀著她的信，不單沒有減輕自己的困擾，反而更爲她擔心起來了。但我沒有回信給她，我彷彿已經給啞默吞噬，漸漸喪失語言的能力。當和她見面的一刻快要來臨，我滿心歡喜，但到她眞正的坐在我跟前，我們又只能夠談些無關痛癢的事情，而且談話很快便落入沉默的深海。我知道，我已經給深山吸進一個原始的時空，我唯一自救的辦法，是奮力地說話。但在深山中，除了男人，我沒有說話的對象。

也許我不該去找男人。我已經成功地擊退了他，現在反過來主動去找他，只會自食其果。但我隱然感到，有些事情沒有男人的幫助，憑我自己一人之力是很難做到的。我需要男人幫我找安卓珍尼。春天濕潤的日子即將過去，除了房子內外的壁虎和在山間各發現過一次的樹蜥和滑蜥之外，什麼蜥蜴亞目動物的蹤影也沒有。也許是我的方法有問題，或是我的視力不夠敏銳，又或是不熟悉蜥類的習性和出沒的地方。我一天比一天沮喪，甚至想到丈夫將會如何駕車來帶我回去，把我安放在床上，請來各種名目的醫生，餵我吃各種顏色的化學藥物，不准我做操勞的工作，甚至不能看過多的書本，晚上卻在做愛中消耗我的體力。然後，我在胡思亂想中竟然轉到男人的房子去。

這是一所細小的石房子，窗上沒有玻璃，只架著防蟲的紗網。破舊的木門沒有上鎖，輕輕一碰便咿啞退開。房子內昏暗一片，空間極爲狹小，一邊有一張剛及一人平躺的木板床，另一邊是煮食的地方，未清洗的鍋子和飯碗還浸在水桶中。在門旁放著各種工具，其中有那柄斧頭。男人也許是下山去了，我不敢看得太仔細，退了出來，關上門，望望四周，連忙覓路回去。

第二天大清早，我沿著之前一天的路途走了半小時，來到男人的房子。去找男人，是一個直覺上的決定。這就像上山的決定一樣，我可以找出很多原因去加以解釋，但這些原因也是後來才加上去的。在最先，就只是一種衝動的使然。

男人正蹲在門外洗臉，口中還隨意地哼著調子，嗓音圓潤而沉亮。我呆在當兒，心中受到很大的震動，彷彿窺探到別人的裸體般的內疚。男人的歌聲是那麼的美妙，但又同時是那樣地刺痛著我的耳朵。我移動腳步，男人止住了歌聲，慢慢地抹乾了臉，抬起頭來。也許他老早便聽到我的腳步，並且在心中閃過片刻的驚愕，但他卻故意繼續哼著歌兒，裝作若無其事的樣子。

對不起啊！打擾了你！我說。

他站起來，這一次，他的眼中閃耀著奇異的等待。

我有點著急了。我想說：你可以幫我一個忙嗎？我想找一種叫做斑尾毛蜥的動物，你對這個地方一定很熟悉，說不定你曾經在哪裡遇見過她。我又想說：我剛巧經過這裡，聽見有聲音，便過來看看。也許我應該說：昨天我來過，但你不在，那一次的事情實在很抱歉。

結果，我說的是：你的歌聲很好聽。

男人的眼珠子慢慢滾到下方，他回轉身子，背對著我。也許他要隱藏他的微笑，或者是不屑。

要理解斑尾毛蜥在進化史中的地位，她的類哺乳類動物的背鬣是主要關鍵。要研究她的背鬣的來由，我們不得不先從類似哺乳類的爬蟲類說起。廣佈每一個大陸的化石骸骨告訴我們一個簡單的事實：所有哺乳類（包括人類）和爬行類（包括恐龍）也是演化自同一的先祖，即所謂「母幹爬蟲」。在地質紀二疊紀和三疊紀的時代，即大約二億五千萬至一億五千萬年之前，衍生自母幹爬蟲的類哺乳類爬蟲類在地球上曾經一度數量眾多、族類紛歧。這種現已絕種的被稱爲突觸動物的類哺乳類爬行類，被認爲是爬行類演進成哺乳類的分支，而現存的動物當中，與突觸動物最相似的，是蜥蜴類。

在進入侏羅紀及之前的時代，爬行類的另一分支恐龍雄霸整個地面，身體和力量較小的類哺乳類爬行類或突觸動物給大量殺戮和吞食，其中有小部分倖存者躲進了狹小的山洞或地底的掩護所，並且改爲晝伏夜出。這種險峻的形勢令突觸動物發展出敏捷的逃生能力和本能性的防衛系統。她們高度發展的爬蟲類視力可以不經大腦皮層的指揮而直接作出反應，而夜出的習慣又改善了她們的聽力，哺乳類動物在聽覺和聲音溝通方面的感官特質便漸漸演進出來。

在白堊紀的末期，即六千萬至七千萬年前，地球上的恐龍全數滅絕了。於是，比較細小的類哺乳類爬行類便得到了繁衍和演進的機會。她們發展出毛髮以保存體溫，免致像恐龍和一些爬行類一樣因氣溫的下降而無法保存能量致死。大概就在這個時候，斑尾毛蜥的先祖也在粗硬的鱗片退化之後長出了毛髮。過渡性質的各種類哺乳類爬行類動物後來不是進化成哺乳類便是絕種了，而當中亦有朝反方向發展的族群。牠們沒有發展爲哺乳類動物，而保存了本身爬蟲類的特性，有的甚至逐漸退化，失去了四肢或其他的特徵。在這個曚晦而充滿著劇烈變化的時代，斑尾毛蜥的先祖因某些不明的原因停止了朝哺乳類動物方向的發展，而在類哺乳類爬行類的形態上停留下來，甚至倒退而更接近其他的爬行綱蜥蜴類。斑尾毛蜥極有可能曾經發展出更像哺乳類的毛髮，但後來牠還是沒有變成毛髮蔽體的恆溫動物，而只留下一行直立的、柔軟而沒有實質作用的鬣毛來標示牠那曾經於進退之間徘徊的過去。

我們可以說，斑尾毛蜥是進化競賽中的逃跑者。在眾多有機會發展爲不同的哺乳類動物的類哺乳類爬行類之中，斑尾毛蜥的先祖極有可能演化爲一種嶄新的動物，甚至有可能衍生成比進化自南方古猿的人類更有智慧和能力的物種。作爲一種可能性，這種說法是無可非議的，但斑尾毛蜥的先祖卻在進化的道路上停住了腳步，甚至往回走。她不單放棄了毛髮和乳房，也放棄了發達的大腦皮層、思維的能力、時間的感知、聲音的發聽、敘說的本領。她放棄了清醒的意識和間歇的夢境，讓自己完全浸沐於造夢般的意識狀態中，讓五光十色的世界在眼前流過而無須通過大腦分析，在沉默無聲的存在中遺忘世代的過去。不，不是遺忘，因爲牠從來不曾記起過，從來不曾知道先與後、生與死。

我和男人離開了小徑，開始進入沒有路途的密林，那一次的迷失，就是在這種密林之中。但這一天風和日麗，初夏的氣息誘動著蟲鳥的鳴唱，溫潤的春天所培養起來的能量彷彿要迫不及待地噴發出來。男人走在前面，以一種動物的敏銳觸覺辨別出可走的路途。我跟在後面，拿著地圖想辨認我們的方位，但後來還是索性把地圖塞進小背囊裡。也許我們的腦袋裡存在著比地圖和儀器更精確的東西，至少，對於男人來說是這樣。我們各拿一根棍杖，一路上撥開枝葉間的蜘蛛網，看著可憐的蜘蛛張皇地逃竄到樹上。男人的腰上插著那柄斧頭，在我的眼前徐徐搖擺。我的袋中藏著磨碎了的馬纓丹粉片，也不知是爲什麼，只是覺得有一天總會派上用場。除了那斧頭，男人似乎什麼也沒有帶，身上只穿著染了泥漬的深藍色短袖汗衫和破舊不堪的深綠色軍褲，在走過的地方隱然留下一陣汗臭。我穿著白色短袖汗衫和牛仔褲，脖子上掛著的沉重自動照相機碰撞著我的乳房，背囊內還藏有微距鏡頭和三百毫米鏡頭。走了不多久，我的脖子和肩膊便開始痠痛起來。

有時候男人會忽然停下來，讓四周回復一片沉寂，然後小心翼翼地伸手指著某個方向。我沿著他的指尖望去，往往要隔好一會才看到他要指出的是什麼。在一條小溪流旁，我們看見棕樹蛙。只有六、七厘米的小小樹蛙，正吸附在一塊巨葉下的樹榦上。在日間看見樹蛙是很難得的機會，我想把牠拍攝下來，但待裝上鏡頭，牠已經不知所終了。

我實在沒法理解，爲什麼男人能看見這些細小而隱蔽的動物。也許他看到更多，只是沒有一一指出，我忽然感到四周也潛伏著各種生命，隱藏著各種危機。另一方面，我又變得滿懷希望了，有了男人，我一定可以找到安卓珍尼。

我們在一條大石澗停下來，我掏水壺喝了點水，男人卻爬到石澗旁舀水喝。我拿著老人家的筆記本細細地研究著，他與斑尾毛蜥相遇的地點大概是在這條石澗的某處。我揚手叫男人上來，向他展示筆記本上的草圖。他只瞥了一眼，像是有點怯羞，又像是有點驕傲。你見過這種斑尾毛蜥嗎？我問他。他沒有答話，只是逕自蹲著，瞇著眼睛注視著對岸的某處。我並沒有生氣，彷彿不答話是他最自然的表達。我甚至以一種觀賞的態度望著他蹲著的姿勢。蹲著似乎是男人最自然的姿勢，有一種休養、收藏，但又蓄勢待發的意味。我裝作漫不經意地踱到遠處，然後偷偷回過頭來用長距離鏡頭拍下男人蹲著的樣子。通過鏡頭，男人就在觸手可及的地方，他臉上粗糙的紋理竟然前所未有地清晰起來，我忽然驚覺，男人雖然強壯，但他已經不再年輕。

當然我並沒有期望第一次探索便能夠找到安卓珍尼，這倒使我的心情輕鬆開朗。我們沿著石澗走向下游，石澗的水量也漸漸充沛起來。根據地圖顯示，石澗的上游河床在冬天乾涸，到春天以後才復又匯聚成流。也許到雨季來臨，石澗周圍會更加生機蓬勃。愈往下游走去，我知道找到安卓珍尼的機會便愈低，但這一天我對此並不太介意。往後的日子多著啊！也許我會一生一世住在這裡吧！我們蹲在溪水旁，彎身看石塊下面粘著的蛙類卵子。我沒法辨出卵子是屬於哪一種蛙類，於是便問男人，男人如常的一臉茫然，也許他從來也不知道他所熟悉的東西的名字。他以形象來區分，而不是用語言。

在陽光曬暖了的石塊上，我們坐下來吃東西。我掏出麵包、罐頭豆和在後園種的番茄，把三分之二的份量分給他，但他還是比我更快的吃完了，我想他的食量比我至少大四倍。吃罷，男人又跑到溪旁喝水，然後沿著岸邊的樹叢找可以吃的果子。我跟男人說：可以給我拍張照片嗎？他看來有點猶疑，看看我胸前的照相機，又看看我的臉。很簡單的啊！只要按這個鍵便行！我拿下相機，遞給他。他不願意地接過了，站到十步以外，笨拙地把相機舉到臉前，似乎覺得有點問題，又起來後退幾步，再蹲下。他連準備也沒有叫，便按了快門。

如果這張照片拍得成的話，照片中的我必定亮著燦爛的笑容，就像那一次康教授給我在葛量洪茶旁邊拍的照片一樣。我想，當時康教授一定有一點點喜歡我。我跟他四處遠足，請教他各種關於動植物的問題，在他的耳中，我的說話必然顯得猶如戀人的絮語。在知識的追求中，在論辯的談話裡，他驚覺著一種心靈的相通，但他已經到了沒有勇氣的年齡，這使他更變本加厲地學術化、理論化，致令雙方在思緒的交接中筋疲力竭，終至僵硬而死。我就是常常這樣想，無論事實是否如此。

當我寫下關於男人的種種的時候，我的心內焚燒著探索他的歷史的好奇。在百無聊賴的時候，我不斷編造著關於男人的故事。我想像他曾經是個軍人，也許還參加過多年前對越南的戰爭，然後他偷渡來到這個地方，躲藏在山林中度過他漫長的餘生。當然，當後來我在他房子中的一堆用橡皮圈綑著的紙片中看見他的香港身分證，我的確有過一陣子的失望。我想像他曾經有一個妻子，但那女人離他而去。她可能是個城市的女人，文明的女人，她沒法忍受他粗野的外表、他缺乏花巧的性格和他那蹲踞的姿勢。也許男人有時候在盛怒之下還會毆打女人，但這只會使女人加強了離棄他的決心。男人也不知自己錯在哪裡，他只知道在快樂和憤怒的時候做出相應的行動，在悲哀的時候則流淚。那不是最自然不過嗎？但女人終於還是走了。男人對女人這種動物徹底地失望，他藏身深山，用了十年時間忘卻女人的存在，但這時候，卻又闖進了另一個女人，一個單獨而且危險的女人。因爲單獨，所以更加危險。自從女人來了，男人的心日夜也惴惴不安。

我的食物開始充裕起來了，男人總是能夠從山中弄來可以吃的東西。就像野莧，我在山裡經常看見，也知道可以吃，但一直不敢試。那一次他採來了一大籃子，我才放膽煮了來就飯。有時候男人從山下回來，也會帶來各種蔬果和肉類。因爲沒有冰箱，肉類的份量通常很少，當天晚上便得弄來吃了。對於男人送來的食物，我感到十分不好意思，但又無法拒絕。我想過付錢，但又恐怕這對他來說是一種侮辱，所以只有負責弄菜，然後邀他一起吃。但大家一起吃飲這種親密行爲，也不過是偶一爲之。我們在心底裡也害怕對方，儘管大家的原因可能不盡相同。

我之所以變得喜歡取笑男人，也許正因爲我害怕他。一方面我需要他的幫助，另一方面我又害怕他。爲了顯示我不害怕和說服自己不要害怕，我便採取取笑的手段。我開始變得有點聒噪了，絮絮不休地跟男人說話，我不停地問他各種千奇百怪的問題，但又並不期望他會提供答案。有些問題，簡直是在他的想像能力以外。我會在吃東西的時候突如其來地發起關於政治的討論，什麼政制啊主權啊民主啊這些連我自己也似懂非懂的東西，但在這荒山裡我卻前所未有地雄辯滔滔，就像老師在無知的學生面前說錯了話也不會被揭穿一樣的暢快。看著男人手足無措的樣子，我便覺得好笑，也覺得自己的膽子壯大。我發現自己能夠以談話和笑來鎮壓他，令他顯得軟弱無能。但在相同的話題重複了幾十遍之後，我才漸漸察覺到自己話題的貧乏；而且，事實上我已經和外面的世界脫了節。也許世界已經變了另一個模樣，而山林間的豪言壯語聽在走獸蟲鳥的耳中也不過是沒有意義的噪音吧！

笑隨著初夏過去而流逝，在大汗淋漓的日子中沉默又自體內滲出來。我已經習慣了男人的沉默，也暗暗地期望他永遠保持沉默，藉沉默把任何危險的想望壓抑下去。在我的戲語和他的沉默的對壘間，最終顯然是他的沉默獲勝了。這段漫長而單調的戰爭使我力倦筋疲，就像圍著在城堡中固守不出的敵軍猛攻一樣，徒然自招耗損，而敵人便趁著這個時機開城突圍。

有一天，男人終於說出了他的第一句話，也是他唯一的一句話。那時候我們正攀過一個雜草叢生的山坡，爬到一半，男人忽然停了下來，抬頭望著上面。我從他的肩上望上去，清楚地看見上面砂石稍平的地方橫著一根粗管子似的物體，前後兩端卻藏在雜草中。那根管子開始慢慢蠕動，然後一端自草叢中探冒出來。我在心中明白，口裡卻吐不出半點聲音。若是身處平地，我們大可以快跑逃走，但不幸的是我們正爬在陡坡上，行動笨拙，一不小心，還會摔下山崖，粉身碎骨。這時候，男人屏息靜氣，慢慢地從腰間拔出斧頭，匍匐在山坡上。他扭轉頭來，低沉而清晰地向我說了一聲：快走！我服從地轉身，踩著突出的石塊慢慢下山。我不敢太迫急，怕弄出聲音會令蟒蛇向他進襲，但我的手腳也在劇烈地顫抖著，隨時也會教我滾下山去。我多次停下來，在陡斜的山坡上不能動彈，感到蟒蛇隨時也會自身旁的草叢中撲出來張口把我吞噬。

來到平地的時候，我回頭，看見男人還在原先的地方，匍匐著，手中握著斧頭。過了一會，他回頭，看見了我，他把一隻手伸到背後，示意教我離去。我待著，沒有照他的意思走開，我不能丟下他自己逃跑。他又回頭，看見我還在那裡，立刻露出很憤怒的樣子。這時候我忽然明白了。我抖了抖軟痳的雙腿，搖搖擺擺地沿著來路回去。雖然漸漸遠離危險，但我卻走得很痛苦，內心充滿恐懼。我彷彿看見了蟒蛇把男人吞食的情景，男人留在那裡的作用，彷彿不是抵擋蟒蛇，而是讓蟒蛇吃掉他而放過我。一陣恐怖使我頹倒在地上，蜷作一團，抱著自己的身體不住打顫。我不知道自己在那裡躺了多久，後來忽然感到有東西碰我的肩膀，我驚呼起來，本能地滾到別處，爬起來，看見男人蹲在那裡，斧頭放在腳旁。我的眼眶已經溢出了淚水。

但是，無論男人是多麼的單純，多麼的勇於保護我，我也不能夠排除他會忽然侵犯我的可能。他愈是單純，便愈有這個可能性，因爲他最值得信賴和最不值得信賴的地方，是他的本能反應。而尋找安卓珍尼的事情，還是沒有半點進展。在大石澗多天的上溯下尋，給我的結論是安卓珍尼應該藏身於更隱祕的地方。夏天是個極端的季節，這一天還是紅日當頭，過兩天卻又雷電交加。在高海拔的地方，忽然出現了多處冬天杳無蹤影的山澗、瀑布和水潭。我們開始慢慢地進入了山中的更幽祕處。

下大雨的日子，溪澗會有山洪暴發，十分危險，所以我便只有留在房子中，著手寫點東西。躲在房子中寫東西，這對我來說似乎有點宿命的意味。我總想擺脫這種感覺，想到外面四處走走，但在沒有辦法的時候，也唯有寫東西這種事情可做了。男人沒有來，他大概也會有一些自己的事情要幹吧！總不能每天把時間花在我身上。我想整理一下房子內的東西，但卻發現沒有什麼好整理。僅有的幾件衣服已經有點破舊，褲子因爲經常攀爬摩擦而穿洞了。翻檢著衣服的時候，我又想起照鏡子。外面下著聒噪的雨，天色陰暗，我亮了燈，走到窗前，在玻璃窗上看著自己的倒影。我用手指梳理著自己的頭髮，讓它披在肩上，又把它束在腦後，然後我摸摸自己的脖子，覺得形態比從前柔弱的樣子好多了。我開始脫衣服，沒有意義地，只是覺得這是一個脫衣服的時刻，便脫了。玻璃窗上映出我的裸體，我挪過小木凳，站在上面，爲了把自己的整體看得更清楚。玻璃後面是密密麻麻的雨點和迷離的山色，雨彷彿穿透了我的身體，我的身體又彷彿融進了山巒。我的身體成了山巒，山巒成了我的身體。我忽然覺得體內冒起一股衝動，快樂而且激烈。

我跳下來，跑到外面去，張開雙臂，讓雨水打遍我的身軀。我在泥濘和草地上翻滾，讓雨水打我的背項，我的胸腹；我高聲呼叫，發出含糊而沒有意義的音調。我甚至不能說這是一種快樂，也不能說這是任何一種感受。這是一個任何在場的人類也會認爲是瘋狂、污穢、可怕而且不道德的情景，但我已經摒棄了想法，摒棄了感受。我不能形容發生了什麼事情，因爲我根本不知道，但我卻幹了。

這個晚上，我蜷縮在床上，聽著壁虎的叫聲，發著高熱。我夢見安卓珍尼，她在山中的某個地方等待著我。

男人來了，他在後園拔了野葛根，和了其他的草藥煮給我吃。我覺得自己在造夢，命運總不讓我自生自滅。我躺在床上，虛弱不堪，不明白人怎會從高峰迅速滑落。之前一天我還是那樣的碩健豐盈，今天卻連拿著碗吃藥的力氣也沒有。餵我吃藥的時候，男人握著碗的手指觸碰著我的臉頰，他粗糙的指頭把我嫩滑的皮膚刮得微微發痛。吃完藥，我刻意地說：你的指甲很髒啊！他拿著碗走到廚房去，我看不見他的反應。我知道自己正處於危險而無助的狀態，我柔弱的軀體必定教男人的心底暗暗抽動。男人出來的時候，我又說：你曾經有過女人嗎？他彷彿沒有聽見，蹲坐在小木凳上。我吃力地嚥了一口唾液，繼續說：在你一生中，你一定曾經有過女人吧！你覺得女人怎樣？是不是又疼又恨？你有沒有打你的女人？可以告訴我嗎？當你的女人不合你意的時候，你通常怎樣做？你這樣強壯，哪個女人不怕你的拳頭？我艱難地笑了一下，再說下去：不過我的丈夫不會這樣，他不會打他的女人，他會說你病了，你要看看醫生，吃點藥、做點治療和多點休息，什麼也不用想。他會詳細向你解釋各種事情，教你怎樣調養身體，怎樣看待自己。他就好像一個什麼都懂得的人，對任何事情都說得頭頭是道。謝謝你給我煮了藥啊！如果我的丈夫在這裡，他一定會很妒忌你了，因爲我從來也不吃他給我的藥，但他是個聰明絕頂的人，他會把藥偷偷地和在牛奶或者果汁裡，不過他是出於好意的，他只是爲了我的病設想。他其實是一個好丈夫，一個丈夫應該做的事情，他也做到了，而且又是個成功的人、能幹的人。我是眞心地仰慕他的，眞的。他總是費盡心神地照顧我、指導我啊！和他一起，我可以說是一無所缺。但是，不知爲什麼，我也好像是一無所有。

我停下來，轉身望望男人。他不讓我看他，立刻站起身來，從桌子上拾起斧頭插在腰間，回身走了出去。房子忽然靜了許多，空洞了許多，這使我加倍地孤獨。

那一天，我們遇見了四線石龍子，牠在溪澗旁的草叢中穿插，亮著藍光的尾巴撩動著我心深處。我認定這是一個好兆頭。

自從蟒蛇的事情之後，我對蛇的恐懼加深了，但普通的恐懼教人退縮，極端的恐懼卻令人反撲，賦予人做出任何事情的勇氣和力量。同樣，對男人的恐懼令我更有效地壓制著他。我有點不相信自己有這樣的能力。當我在砂土坡旁看見一條白環蛇正在吞食一條石龍子的時候，我從男人腰間拔出斧頭，上前一斧把蛇砍成兩半，但吐出來的石龍子已經奄奄一息。我回來把斧頭還給男人，刀鋒上還淌著蛇血。男人瞪著眼，呆在當兒；這是他罕有地露出表情的時刻。我不很理解自己幹了什麼，交還了斧頭便逕自走了，走了一會才打起冷顫，噁心起來，蹲在草叢間胡亂吐著。

那一天，我終於看見了她。

我們穿過叢林，來到水潭的時候，濕透的汗衫貼在背上，汗水刺痛著雙眼。放下背囊，我們迫不及待地蹲下舀水喝，又把清涼的潭水潑到臉上和手臂上。這是個可以把人完全消耗掉的夏日，我只是想在這裡躺一躺，睡一個午覺，甚至游泳。男人脫掉汗衫跳進水裡去，潭水深及他的胸部。他慢慢地漂行著，肌肉堅韌的雙臂在水面輕輕划動。我坐在石上，忽然有點惱他。我常常也會無故地惱他，沒有道理地惱他。他泅水的神態是那麼的輕鬆自若，甚至還流露出一點點的童真。如果男人不在這裡，我大可以脫掉衣服游泳，讓潭水給我驅趕體內鬱結的暑熱。我惱男人的單純，也妒忌他可以游泳，可以脫衣服，可以不理會怎樣才活得像一個人，妒忌他的沉默。我常常刻意說些話來折磨他，告訴他我自己和我丈夫的事情來傷害他，令他覺得自己粗鄙俗陋，但他堅持沉默著，使沉默像堅硬的牆一樣反彈我的聲音，結果被折磨的、受傷害的卻是我自己。而在沉默之下，他的五內翻騰著，有一天他終會反噬。

我拿透明塑料袋包好照相機，也踏到水中，沿著潭畔向上游慢慢步去，水底濕滑的石子令人搖搖欲墜。水漸漸淹到我的腰部，浸透了我的牛仔褲，雙腿冰涼又沉重。有小魚自我的腿旁游過，水底的石塊清澈可見。我彎下身去想給魚兒拍照，不知不覺水又浸上胸部。我漸漸愈沉愈深了，而水的冰涼感卻又異常地誘惑。我索性把相機放在旁邊的石上，讓整個人浸到水裡去。實在太棒了！太暢快了！冒出水面來，把頭髮撥到腦後，陽光又迫不及待地貼上臉龐。溫熱的世界和冰涼的世界如此貼近而又截然劃分，實在美妙絕倫。我在這兩個世界間穿插進出，慢慢地把混雜的感官洗濯乾淨；我開始沒有惱、沒有恨、沒有妒忌，也沒有快樂、沒有幸福，只有現在一刻的純粹存在。

男人從後面上來抱住了我，我知道這遲早會發生。他吻我的脖子，他的鬍子刮痛了我的肌膚，他的雙手拉起了我的汗衫，貪婪地攫著我的乳房。我知道事情遲早會這樣發生，我知道的比我所知道的還多。他的慾望、他的舉動完全在我的掌握之內，而我卻無須思索，因爲我早就知道了。他野蠻地摟抱著我，彷彿巨蟒般的要將我勒死，也許我眞的會死去。在男人致命的懷抱中，我們沉到水底，又浮上來，嗆著了水，喘息著、咆哮著，無意義的聲音此起彼落，和著水聲和水花的濺射。我的手碰到他腰間的硬物，緊抓著，拚命抽出來，高舉到頭上。這時候，我看見了我的安卓珍尼，她就在潭畔樹蔭下的石塊上，寧定地注視著這場掙扎。

我垂下手，斧頭掉到水中，男人放開了我，扭轉著身子接受安卓珍尼的凝視。

說斑尾毛蜥於六千多萬年前停止了進化，事實上並非完全準確無誤。另一個懸疑未決的問題是：究竟斑尾毛蜥於什麼時候演變成爲一個全雌性的單性生殖物種？對於這個問題，學者提出了兩套不同的理論，亦即是原始單一論和雄性滅絕論。

提出原始單一論的生物學家史提芬・費文(Stephen Felman)認爲斑尾毛蜥以及另外一些單性生殖的物種自始至終也是單一性別的，如把這單一性別定爲雌性，則在此物種的進化史中從來也沒有出現過雄性。費文的所謂「原始」並非指二十億年前沒有性別的原生物互相交配衍生的年代，因爲費文相信沒有經過減數分裂和兩性交配的過程，原生物是沒有可能以單性的方式演進出後來的斑尾毛蜥爬行類始祖的。所以，費文的理論中的「原始起點」，在於某二種異種生物經過雜交而產育出來的第一個變異性單性品種。當然這種推測只能於理論的範疇內成立，因爲實際上單性斑尾毛蜥在幾千萬年前的生父和生母已經無從稽考。費文採取了主流生物學關於單性生殖缺乏遺傳變異和不利於進化演變的說法，認爲斑尾毛蜥以及其他極少數的單性生殖爬行類在進化史上處於停頓狀態，屬於次等生物，並將會一一在進化的巨輪下遭遇淘汰和絕滅的命運。

費文的理論獲得大多數學者的肯定，但亦有持相反意見者提出了截然不同的說法。法國女生物學家芳舒華絲·莫娃(Françoise Moi)在《雌性已經夠了》一書中針對費文的原始單一論中關於單性物種乃不正常和次等的雜交種的說法，提出了相反的雄性滅絕論。她認爲單一雌性物種的出現並非一場完全偶然和不幸的意外，而是一種進化處境所促成的結果。她反對單性斑尾毛蜥爲雜交種的臆測，提出了雄性斑尾毛蜥是在進化的過程中漸次滅絕的可能性。莫娃舉出了斑尾毛蜥異性交媾時代殘留下來的形態作爲證據，認爲斑尾毛蜥背上的鬣毛和尾部的鮮豔藍色環紋乃是異性時代互相吸引的遺物，即並非有利於「自然選擇」，而是有助於「性選擇」的身體特徵。

此外，莫娃又指出雌性斑尾毛蜥間仍然有假性交配的行爲，她們的其中一方會咬著另一方的脖子，騎在她的身上，用後腳抓著對方的後肢，然後把雙方的泄液腔道貼近。在雙方的假性交配達到高潮的時候，雌性斑尾毛蜥體內的單倍體卵子會加快與另一種類似雄性精子的單倍體結合，成爲新生的雙倍體，亦即是一顆卵胎。斑尾毛蜥的單性生殖模式與雙性生殖模式的分別只在於沒有雄性自雌性的體外殖入精子的過程，而雌性自身生產的類似精子的單倍體只會產生雌性的後代。除此之外，斑尾毛蜥基本上仍然在進行著減數分裂而非一般單性生殖物種般的有絲分裂。

莫娃的理論旨在打擊費文所秉持的關於異性生殖優於單性生殖的觀念。首先，她說明了斑尾毛蜥的單性生殖並非無性生殖，亦即並非以有絲分裂複製原有細胞DNA的生殖方法。事實上斑尾毛蜥的單性生殖是「有性」的；不單具有性的「行爲」，而且具有性的「實質」，即是兩個以減數分裂產生的單倍體的結合。問題只不過是，現在性的「行爲」繼續發生於雌性斑尾毛蜥之間，而性的「實質」則發生在個別雌性的體內而已。莫娃堅持斑尾毛蜥的單性生殖方式依然具有修補DNA中的不足和損壞、以及促進適應生存環境的遺傳變異的能力，所以此種單性物種在生存競爭方面絕不會遜於異性生殖者。相反，自我生產的生殖方式確保了後代的延續，比異性追尋配偶的方式更爲優勝。

事實上，莫娃的斑尾毛蜥具有雌性之貌和雌雄同體之實，而她之所以達至這種不假外求的特性乃是物種進化的使然，如是者費文那關於「斑尾毛蜥乃是在進化史上陷於停頓和終會遭到淘汰的品種」的說法自然不攻自破。莫娃把斑尾毛蜥的單性生殖模式（兼具性行爲和性實質）視爲雌性動物在進化史上的重大突破，但她沒有解釋雄性斑尾毛蜥是在何種情況下遭到滅絕的命運，也不能追溯雌性斑尾毛蜥如何發展出同時自行生產出成對的單倍體的能力；她當然亦沒法闡明究竟是因爲雄性的滅絕而促使雌性不得不產生單性生殖的能力，還是因爲雌性先自行演化出自我衍生的能力而導致了已然無用的雄性的滅亡。

莫娃的理論推出後，費文曾經撰文反駁，並獲得學術界中廣泛的支持。在一個公開場合，費文怒斥莫娃爲「極端女權主義者」、「以狹隘的文化偏見侵犯科學精神的客觀性和純粹性」，並譏其爲「瘋婦」。

在月圓的日子，我黃昏開始出發，一手提著氣體燈，一手抓著棍杖，穿著禦寒衣物，臉和手塗滿了防蚊油，辨認著通往水潭的路途。來到潭邊，天空已經一片深藍，夏日大三角在樹顛升上來。我打開背囊，先吃點東西，然後關掉燈，只拿一支手電筒。自從那一次的衝突，已經好幾天沒有見男人了。我日間睡覺，晚上來到水潭找尋安卓珍尼。晚間的水潭是個異常熱鬧的世界，蛙叫聲此起彼落，各種爬蟲類也出來活動，互相侵襲吞食，爲求生存。牠們也是細小的動物，但想到自己孤身一人，而牠們則數目眾多，心中不由得有點毛骨悚然。我在黑暗中屏息靜氣，以聽覺辨別牠們的方向，然後才忽然亮著手電筒，偶爾也會給我發現牠們的蹤跡。但大部分時間，我也只是在盲目中摸索。牠們必定也看見了我，防範著我，牠們的目光銳利，感應靈敏，而且信息可以不經大腦思考分析，迅速作出本能性的反應。在牠們跟前，我笨拙而無所遁形。我手中拿著網，儼然一名捕獵者，但我比牠們更害怕，一有風吹草動，我也幾乎要驚呼起來。

在漫長的夜裡，我多次覺得這不是我應該身處的地方。這是一種怪異的錯置感，彷彿我的身體和我的思想存在於兩個不同的地方，不同的世界。城市的世界就在這些山巒後面不出五、六公里的地方，可謂近在咫尺，但它現在卻又是如此的不可觸及，彷若並不存在。在這一刻，這個境地，頭上有星星，腳下有泥土，鼻間有濕潤的植物氣息，耳朵傾聽著蟲蛙的叫鳴，我自身彷彿成了這一切的混合體，非因自己而存在，而因山林而存在。我的腦海中閃著各種記憶，但它們也像夢幻般缺乏眞實，彷彿只不過是我自己的想像。究竟是山野的我在想像著那不曾存在的城市生活，還是城市的我在想像著那從未經過的山野傳奇？

丈夫說我有病，要在家中休養，暫時不適宜出外工作。我的確很內疚，我曾經嘗試幫助他處理他的業務，但我一看見賬目便精神緊張，在酬酢的場合我心不在焉，說不應該說的話，應該說些什麼時又啞默無語。看見丈夫朋友們的美麗太太，她們是那麼的雍容華貴，我總是心生羨慕，自慚形穢，有一種錯置般的暈眩。這就是病徵啊！丈夫說。是精神緊張吧！我丈夫不是醫生，但他說話的時候總像一個醫生一樣，能夠分析你的病因、判斷你的病況，然後給你設定療程。他不單是一個醫生，而且是一個好醫生，他把一切解釋得那麼清楚、透切和詳盡，教人沒法質疑他的權威。我要在房中休養、吃藥，丈夫在外面推動世界，和美麗而雍容華貴的女人見面。他愈推動，世界便離我愈遠。我坐在書桌前，托著頭眺望下面海港的繁華夜景。書桌前有書本、有地圖、有安文祖父的遠足日記。丈夫又回來了，他又在外面敲門，他身上可能還帶著某種香水味。一會兒他便會走進來，他會變出無窮無盡的鑰匙，他會撫著我的頭髮，說：又在寫東西啊！這麼晚了，是時候睡覺吧！我會向他微笑，然後在床上躺下來，讓他把他的遺傳因子和我的遺傳因子結合，繁衍他家族的後代。但自從我病了，丈夫便沒有再跟我睡覺，他只是常常跟我說話。

但我眞的有病嗎？我在玻璃的倒影中鑑照自己的身體，它是多麼的豐盈，那麼的富有彈性和力量，我大概可以懷十個孩子，我的乳汁可以令他們矯健強壯如同男人、聰穎機警如同丈夫。但我不要誕下男人或丈夫，我不要。我實在很疲倦了，創造生命實在令人力竭精枯。我蜷縮在潭畔的石塊上，夜露沾濕我的髮膚和衣衫。手電筒躺在身旁，在石塊上劃出一道光痕，越過黑洞般的潭面，射進對岸樹影的深處。這已經是第六晚了，還是第七晚？生活的時距斷裂覆疊，節奏變得雜亂無章，在這種狀態中，兩個世界在我的體內戰爭。我爬起來，擦擦惺忪的睡眼，拾起手電筒，匍匐在石塊上沿草叢慢慢前進。然後，她又出現了，終於出現了。在叢林的邊沿，她探頭出來，監視著四周的動靜。她一定把我清清楚楚看在眼裡，她一定本能地知道我是誰，對她有什麼企圖，跟她有著怎樣的關係。我沒有亮著手電筒，在白茫茫的月色下，我勉強還是可以看見她。我們凝定在很接近的距離，沒有動作，呼吸也差不多停止了，只有眼睛在警覺地滾動。在任何的一刻，雙方也可能作出攻擊和反噬。然後，我不知道是誰先發作起來，只知道捕獵網的杆子在石塊上敲出響亮的回聲，而她已經不知所終了。

安文來了，她近來的傳眞有增無減，房子內堆滿了長長的紙卷，有的拉開來可以由房子的一端拉到另一端。她帶來了三卷新的傳眞機紙張和一個丈夫給我的信封。我奇怪這麼久以來我也沒有向她問及丈夫的情形。安文一直給我守祕密，丈夫以爲我在安文朋友的家裡，他天天給安文打電話，問我的近況，安文總是胡謅一些事實搪塞著。他託安文傳話，但安文卻沒有告訴我隻字片語。傳眞的內容，只關乎我和安文之間兩個人的世界。但她今天還是帶來了信，也概括地談了一遍他的現狀。丈夫在信中說如果我想跟他離婚，那也該跟他見見面坦白而仔細地商談，並且遵循法律上的途徑去把事情處理妥當，像我現在這樣無了期地躲藏是於事無補的。但是，他是萬分的不願意的，他補充說。

丈夫的信封中還有一張照片和一把鑰匙。照片中有我、丈夫和安文。這是我們第一張照片，那一次丈夫到美國探妹妹安文，順道參加她的畢業典禮，就在那時候跟我認識了。我們駕車四處遊玩，在加州的海灘上拍了這幀照片。後來安文先回香港，我把多出來的房間鑰匙偷偷交給她哥哥，晚上，他便來了，自行打開門，來到我的床前。那是我第一次實驗男女間稱爲做愛、亦即生物學中稱爲交配的行爲，實驗過程痛苦但又教人欲罷不能。我滿腦子教科書上的解釋和描述，竭力將我所知道的和我所感到的結合爲一，但結果只得來強烈的挫敗感。我爲著未能捕捉當中的精髓而沮喪不堪，於是我要求反覆的試驗，再三的求證。男人以爲這是熱情的傾瀉、性愛的飢渴，他有點驚訝了，但也深深爲我而著迷。男人實在有點受寵若驚，他覺得應該給我一點什麼回報，但首先，他認爲應該先給我一顆藥丸。他是個小心謹慎的人。我知道過兩天月經便要來了，但我還是乖乖地把藥丸吞了。後來我回到香港，他在誠懇的目光中問我：你願意爲我生孩子嗎？他是個家庭觀念很重的人，我立刻知道他的意思是：你願意嫁給我嗎？

也許當我忘記我所知道的，我便會知道性是什麼一回事。

丈夫的信是非常具有說服力的傑作，他解釋了離婚的程序和對我們雙方的利弊，也分析了我們之間的感情問題的癥結所在，但他沒有指出，他只不過是在寫信的過程中把問題重新表演了一遍。也許他並不知道。

男人來了，他帶來了安卓珍尼。我正在打點行裝，準備出發到水潭，門忽然打開了，男人踏進來，橫在門檻上，他一隻手握著斧頭，另一隻手提著網。我的背囊掉在地上，裡面的物件摔了一地。我想的沒錯，男人的確幫我抓著她了。男人把網綁在桌子的腳上，把斧頭砍進桌面，那「速」的一聲，既剛勁又輕易。男人轉向我，咧嘴笑了。這是我第一次看見男人笑，我不知道他笑的時候原來是這麼的難看，但無論是好看還是難看，這也是勝利的笑。我頓時熱淚盈眶，無法思想。第二天清早，男人從桌上拔出斧頭，拉開門，徐徐踏步而去。

安文坐了很久，她有很多話要跟我說。她坐在床沿，拉著我的手，我呼痛，我的手腕上帶有傷痕。我說是爬山的時候摔傷的。安文輕輕撫著我的傷處，說我不應該再留在這種地方，也別再說找那什麼蜥蜴了。我說：我已經找到了她。我站起來，打開櫥櫃，安卓珍尼自裡面探首出來。安文哇一聲尖叫，奪門而去。我追出去，在門外大叫：安文！回來啊！安文！不用怕！安卓珍尼不會傷害你的！相信我！

我甚至和山野也斷絕了，我終日留在房子內，竭力想理解一點關於安卓珍尼的什麼。我想，山上大概已經開著野百合和山奈了吧！松果的帶翅種子像蝴蝶般在空中飛翔。但我不能踏出房子半步，整天只是和安卓珍尼四目交投。男人捉來各種昆蟲，而安卓珍尼也欣然地吃了。我讓她在房子內自由活動，而她總是那樣安靜地爬行，從沒有顯示出逃走或是襲擊的意圖。我忽然想，也許，我們之所以可以捕捉到她，是因爲她願意這樣。若她不願意，沒有人能捉到她。至於她爲什麼會願意，我不知道，我永遠也不知道，甚至連她自己也不知道。有一種沒法解釋的東西，把她引領來這裡，正如有一種沒法解釋的東西把我引領來這裡一樣。我和她也遵照著一種無形的觸覺，走到這條相同的道路上，而這是一條沒有出口也沒有目的地的道路。我們被捕獵，被困在房子內，但我們並非死路一樣，我們還活著，我們的後代也許可以進化出新的條件，突破環境的限制，克服天然的敵人。不過，也許我們會滅絕，自世界上銷聲匿跡。在安卓珍尼身上，我看到了自己的命運。

康教授說我喜歡花，是因爲花是兩性同體的，尤其是可以自傳花粉的花，更令我深深著迷。他說我這樣叫做概念先行，即思想決定感受。他說我沒法直接感受花的美，而只能藉著觀念去構造我自身心中的花的美。他說我應該嘗試聆聽我的直覺，遵循它的指示。我問他直覺是什麼，他說直覺是那不可理喻的、令你盡一切力量謀求存活下去的東西。但這和喜歡花有什麼關係呢？我又問。他思索了半晌才說：這是因爲人類存活中有對美感的需求。然後我說：那你呢？你的直覺告訴你什麼？譬如說，在現在這一刻，我們兩個人在談話，你的直覺有什麼反應？他望望我，眼神中有一種酸苦之意，說：如果我知道，那便不是直覺了。我在剎那間感到，他說這句話的時候，是我和他的心靈最接近的一刻。在那裡，我們彷彿差點兒相碰，但始終卻錯過了，我們又漸漸離對方愈來愈遠。雖然我有千百個理由去證明他把喜歡花和直覺關聯在一起的說法牽強，但他最後的一句話卻還是那麼的震撼著我，教我無言以對。

坐在俯臨海港的窗前，我實在有點絕望了，我憑著這些書本、地圖和筆記可以做些什麼？它們可以把我帶到哪裡？當我在一個世界感到窒息，我可以逃到另一個世界去嗎？而在這另一個世界裡，我肯定我便能夠得到解放嗎？還是，那裡有著另一種暴力，另一種壓抑？我從桌子前起來，站在窗前眺望夏末乾燥的群山。男人不在的時候，我不是和安卓珍尼相對，便是寫東西。我要儘快地寫了，我感到我沒有很多時間。寫東西和安卓珍尼是那麼的格格不入，我好像分裂爲兩個人，一個活在文字的思維中，一個活在感應的世界內，兩個世界在我的體內交戰，使我痛苦異常。我眞的希望其中任何一方可以獲勝，那我便可以安心了，我會服從命運的安排，但命運卻不替我作決定，它要我自相矛盾，自相鬥爭，不容許我有一刻喘息的機會。我要趕緊收藏好我的稿子了，男人沒法忍受看見我寫東西，而他隨時也會出現。他不單晚上來，日間也會來，來的時候帶同食物，但也必定有所索求。我已經沒有能力反抗他，我的任何手段只會激起他更極端的武力，但我還是忍不住要刺痛他，也令自己因此而吃更多的苦。

不過，男人是沒有惡意的，我不能把他看成一個罪犯。同樣，我丈夫也是沒有惡意的，他全心全意地遵循著一個丈夫應該做的事情。也許是我身上出了什麼岔子，破壞了文明和野蠻的規律，搗亂了城市和山野的秩序。我是一株插植在錯誤的泥土的花，四周的生態容不下我，但我也拒絕被天擇淘汰。男人來的時候，我便故意的談論我的丈夫，我說丈夫比男人英俊和溫柔，我說他有才幹，而且有權力，在他的權力之下，男人只是形同螻蟻。我愈說，男人便愈是粗暴地對待我，但他的粗暴總有一個限度，因爲他要保存我的身體，他想他的種子在我的身上開花結果。這實在比他的拳頭，甚至他的斧頭更恐怖。但我沒法逃走，我給一種無形的東西困在這裡，無須鎖鏈、無須繩子，我已經動彈不得，日夜在房子內等待男人來進行那絕望的掙扎。這些毫無人道的場面，安卓珍尼一一看在眼裡，她經歷過比這更殘酷的自然競爭，但她卻依然生存下來了。我們體內的某處，必定存在著生存下來的契機。

我開始聽見安文祖父的靈魂在我的耳邊喋喋不休。他說他對我太失望了，說我是個空想者，不配做個研究家、生物學家。他說我現在陷身於這種不能自拔的境地，完全是因爲我在思想上的錯誤所致。他說我根本便一直在誘惑男人，刻意讓自己受辱。而且，他怪責我背棄了他，背棄了他的孫兒、我的丈夫。他唾棄我，爲我而感到羞愧。我想爲自己辯護，但我找不到適當的語句，我感到無限的委屈，心痛得淚流不止。男人看見我哭，他變得煩躁了，他愈煩躁便愈亢奮起來。我受著精神和肉體兩方面的夾擊，老人家和男人分頭把我折磨得遍體鱗傷，而我唯一的反抗方法是，不給他們孩子。

安文來的傳眞統統給男人撕掉，後來在一場掙扎的中段，傳眞機響起來，他暴怒地爬起來，扯斷了電話線，把傳眞機在地上砸得粉碎。我眼巴巴看著這與外間的唯一聯繫斷絕了，安文給中斷了的文字教我心如刀割。他回來的時候，我開始拚命地說話。他一邊蹂躪我的身體，我一邊絮絮不休地折磨他的精神。只要我說話，他便害怕，他害怕超越他能力範圍的東西。很奇妙地，我變成了話語和聲音，近乎忘卻了肉體的感覺；當他把精液灌進我的體內，我便把說話灌進他的耳朵。我冷酷地剖析他的行爲，強行爲他編造各種歷史，給他扣上有違人倫的帽子，說出一百種他不如我丈夫的地方；我把他的恐懼抽絲剝繭，將他的弱點暴露無遺。他最大的弱點，是他不是一頭眞正的野獸；他雖然拒絕說話，但他沒法拒絕聽話，也沒法把他聽得懂的話的意義抹去。話語是製造嫉妒的最有效媒介，也是攻擊心靈的最鋒利武器。他沒法忍受了，拿毛巾塞著我的口，但他總有放開我的時候，總之一有空隙我便反擊，以理性語言的噪音令他精神錯亂、委靡不振。我知道自己卑鄙不堪，在丈夫那裡抗拒的東西，卻拿來對付男人，但無論對丈夫抑或對男人，這從來便只是一場文明與原始、思維與本能的衝突，只不過在不同的處境，我被迫落入了不同的位置。

但我知道，眞正的戰爭，正在我的陰道內進行著，勝負取決於男人的精子是否能夠游到我的子宮，穿破我的卵子的壁壘，把我生命的最深處完全佔據。我一直在想，生物進化在哪一種情況下能使女性的卵子產生抵抗男性精子的能力？或是使陰道分泌能夠殲滅精子的物質？又在哪一種情況下能使女性自身生產出另一個單倍體以和卵子結合，自行創造新的生命？是在哪一種情況下使斑尾毛蜥和別的一些蜥類演變成完全雌性的單性生殖動物？我想，變化一定源於雌性的體內，源於雌性自生和自保的慾望，這使她的身體產生變化，漸漸能獨立於雄性而生存，並且傳宗接代，而雄性在沒法自行轉生的劣境下漸漸趨於滅絕。若不是我，那麼我的女兒，或是我女兒的女兒，也許有一天能夠擺脫加在她們身上的枷鎖。

終於，安卓珍尼跑掉了。我不知道她是怎樣離開的，但我知道這遲早會發生。她給捕捉，是因爲她願意；她逃走，亦是因爲她覺得必定要這樣做。我很傷心，但也覺得事在必然。

安卓珍尼的離去，正如她的到臨一樣，彷彿預示著一點什麼。

過了七天，月經也沒有按預計的日子來臨，我撫著自己的肚腹，淚水直流到乳房上。

已經到了炎熱而乾燥的季節，男人在流汗之後會喝很多水。我把馬纓丹的粉末倒在水杯中，把開水沖進去攪和了。

桌上躺著男人的照片、我的照片、我和丈夫和安文的照片。這個男人是誰啊？安文把沖曬好的照片帶回來時問我。

我是一個有病的女人，我曾經流產，也許我不會再有孩子。

安卓珍尼沒有跑掉，我便是安卓珍尼。

安文來了，她在男人出去之後來了，她的神色慌張，來到床前，跟我說：那個男人是誰？他對你做了什麼？

我在堆滿了書本、地圖和筆記的房間內，丈夫說：當你常常覺得自己在另一個地方，這便是一種病態。

馬纓丹，又名如意草。

男人扯掉塞在我口中的毛巾，我活動了一下下顎，然後說：我丈夫今天會來，他大概已經在途上，差不多是時候了。男人蹲在床沿，有點半信半疑。我丈夫的妹妹來過，她發現了你，你是逃不了的，我丈夫大概已經來了，你要是害怕的話，還是快點逃好了。在丈夫面前，你只是一隻螻蟻。男人動怒了，他拾起斧頭，握在手中，神情就像那一天在山上遇見蟒蛇的時候一樣，是一種拚命的姿勢。他回頭瞪了我一眼，然後大踏步向著來路走去。

水杯還在桌上，男人沒有喝水。

安文說：哥哥說要來見見你，他說會尊重你想分手的意願，但一切須循正途解決。

在照片中男人蹲在石上，向潭水投以茫然的目光。

在照片焦點的中央，潭水清晰明亮，波紋纖毫畢現。照片左下角有我模糊的影像，在焦距以外的地方展示著燦爛的笑容。

我把我這些日子以來寫的關於安卓珍尼的文稿丟進火爐中統統燒掉了，我已經找到了安卓珍尼的語言，亦即是她的沉默。我在孤寂的房子中靜靜地等待著安文的出現。

我拿起水杯，把水一飲而盡，馬纓丹有一種令人不舒服的味道。

男人和丈夫將會在某個地方相遇。

照片中有我、安文和我丈夫，還有燦爛的陽光。

我完成了文稿的最後一句，放下筆來，感覺筋疲力盡。窗外的海港如常的繽紛明媚，彷彿永遠不會疲倦，甚至連夜裡也不疏於展示自己的繁華。丈夫已經不再請來醫生，他請來了他的律師朋友，然後他搬到別處去了。面對著我沒法掌握的事情，我只有埋首於書寫，無論這種書寫是多麼的偏頗，多麼的不可理喻，多麼的缺乏實質效用。文字還欠一個題目，我翻到第一頁，寫上：「安卓珍尼——一個不存在的物種的進化史」。

我牽著安文的手，和她一起走出房子。門外的宮粉羊蹄甲的夾果已經熟透，隨時也會剝爆開來，撒出新的種子。天空萬里無雲，乾燥的風中隱然有點秋意。安文，可以陪我去一個地方嗎？那是一個我屬於的地方，那裡有我可以生存下去的環境。在那裡我們不用再寫關於什麼的什麼了，在那裡我可以把女兒生下來；她是我的女兒，如果你願意的話，她也是你的女兒。但在到達那裡之前，我們要穿過一條長滿了馬纓丹的小徑。

在六千萬年前，斑尾毛蜥從進化成哺乳類動物的道路上退下來，看著和她生自同一先祖類哺乳類爬行類的同伴變成了虎、豹、牛、羊、猿、猴、人類。但她並沒有停滯不前，她只是走了一條不同的路。經過了六千萬年的進化，雌性斑尾毛蜥擺脫了受雄性支配的生育模式，撇下她的雄性同伴，通過自己的女兒和女兒的女兒穿越時光的迢迢長路，忍受了大大小小的冰河時期，在陸地最後一次沉到海底之前沿著東南亞的東岸來到中國南部。她終於定居於一個半島上的一座海拔九百米高的山上，靜靜地在懸谷中的密林區的溪澗旁等待著這一天的來臨。

她並不知道自己正在等待這一天的來臨，她不知道等待是什麼的一回事，因爲在她的意識中並沒有時間這種東西；沒有這種觀念，也沒有這種感應。她彷彿沒有死過，也沒有生過；她彷彿就是那樣一直存活了下來，自六千萬年前，甚至更久。她的母親以及母親的母親存活於她的意識中，她存活於她的女兒和女兒的女兒的意識中；她就是母親，也就是女兒。

她已經忘記在她悠長的生命中，曾經有過雄性的存在，曾經有過一個他騎在她的身上，緊緊攫住她的頸項，把她壓在地上，在她的雙腿中間插入一支令她痛癢難當的物體，然後她產下了卵子，他卻不顧而去了。她已經忘記了他，但她還重複著他的動作，她和她的姊妹們貼上了彼此的身體，但再沒有那種刺痛的感覺，沒有那種扭打和撕咬。她們的下體產生劇烈的抽搐，嘴巴張開，發出無聲的噺噓。然後她知道她的女兒要出生了，她並不眞的知道，但她的確知道了。她誕下女兒，和不誕下女兒，事實上又有什麼分別？她的女兒不是早就存在於她內，正如她早就存在於她母親內嗎？她不是老早便活在六千萬年前，正如她老早便死在六千萬年後嗎？當她凝定地爬在水潭旁的石塊上滾動著眼珠的時候，她看到了樹木在水面的倒影，看到了藍天、白雲、水中的瀑蛙和枝椏上的後稜蛇，但她的眼中沒有今天，也沒有昨天和明天。如果她眞的在等待什麼，她的等待就是永恆，她所等待的就是現在。

在現在裡面，她遇見了她，她跟她說話，她想找尋她的語言，她想說她的故事、敘述她的歷史。她滾動的眼珠子中有她的影子，但她沒有眞的看見她，她只是感到她的存在。但這已經足夠了，她無須看見她，因爲她從來也沒有看見過什麼。她的形象淸晰而精確地投映於她的眼膜上，她的眼膜神經告訴她不用逃跑。她不用逃跑，因爲她不過是看見自己，看見自己在水面上的倒影，在輕風吹過的時候，她融化於自己的目光之中。她開始覺得，爲她撰寫一個故事是多麼可笑的行爲，這並不因爲故事本身純屬幻想，而是因爲故事正是她不需要的東西，正是她逃避的東西，她拒絕的東西。她知道她不能在故事中理解她，她知道她永遠逸遁於聲音與言辭之外，她知道如果要追上她、理解她，她只有跟隨著她逃出故事之外，到那沉默永恆而充滿幻彩的夢境世界中。她知道，要理解她，到了最終，便是沒有什麼可以理解；要跟她說話，便是沒有什麼話可以說。到了最終，這是唯一的理解，唯一的說話。她，和她。

——一九九四年十一月・選自聯合文學版《安卓珍尼》

黃錦樹作品

黃錦樹

祖籍福建南安，1967年生於馬來西亞。1986年赴台灣深造，台灣大學中文系畢業，清華大學文學博士，現為暨南國際大學中文系副教授。著有《夢與豬與黎明》、《烏暗暝》、《馬華文學與中國性》、《由島至島》、《謊言或真理的技藝：當代中文小說論集》等。曾獲中國時報文學獎小說首獎、洪醒夫小說獎。

魚骸

光緒二十有五年，歲在己亥，實為洹陽出龜之年。

——羅振玉《殷墟書契前編·自序》

甲骨文字清光緒戊戌、己亥間始出於彰德府西北五里之小屯。

——王國維《觀堂集林》

此地埋藏龜骨前三十年已發現，不自今日始也。謂某年某姓犁田忽有數片隨土翻起，視之，上有刻劃，且有作殷色者。……土人因目之為龍骨，故藥舖購之，一斤才得數錢。……購者或不取刻文，則削之而售，其小塊或字多不易去者，悉以塡枯井。

——羅振常《洹陽訪古記》

古者庖犧氏之王天下者，仰則觀象於天，俯則觀法於地。……而神龜負文，河出圖，洛出書，聖人則之。依天地之法象，以畫易之卦。依類象形，初造書契。

——董楷《童溪易傳》

龜生於草野深澤。

——褚少孫（補）《史記·龜策列傳》

烈陽曝照的正午，四野靜悄悄的，正是工人回家休息、蚊蚋稍歇的時刻。沼澤深處有鳥鳴蛙叫，大爬蟲的腹部悉悉索索的摩擦著草莖，猴群次第躍過稀疏的樹。水面勉強浮著給草葉切割成零亂碎片的日光。緩慢的步伐一路踩斷枯枝，他來到草澤畔。穿著長統靴，長褲，長衣，連脖子、額頭也纏著濕巾；戴著白色手套拎著棍子的手徐緩的撥開迎面橫著的草。大部分的草葉和莖都銳利如刃，要不則長滿尖刺。一不慎便觸膚生疼，馬上留下淡淡的血痕。風也可以助長它們的態勢，密密麻麻的刃葉胡亂打來。一舉步即陷落，踩著了軟泥，隔著靴子仍覺得異樣的冰涼。被吸著的腳艱難的連靴子一道拔起，跨出下一步。水愈來愈深，淹過了靴，濕了褲子，及腰。他乾脆俯身於水中，雙手輪替抓著水涘的草莖，半爬半游的深入。因他的來到而自水涯「逢」聲落水的或者是青蛙田雞，大大小小的四腳蛇，要不就是常見的草龜。許多回，他看見牠們自水中警覺的露出頭來，眼一轉便快速沉入水中。

沿著自然的水道無目的的往深處去，漸漸腳已踩不著軟泥，腐質飽滿的黑水見不著底。他以自己習得的狗爬、龜潛、蛙蹬……等等混雜的姿態緊靠著岸邊前行，也不知道繞了多少個彎，見過水獺外貌凌亂的巢和牠們遙遙的警戒，大若鱷魚的四腳蛇冷冷的凝視，草叢頂端蓬亂的鳥巢，……在一處令人眩惑的所在他看到了難以置信的景象：堆積如山的巴掌大的龜殼像棄置的古樸陶碗，彷彿是龜之墓場。竟還有三五隻那有他身軀的一半大、原始森林才有的大陸龜遲滯爬行……。

弟弟寄來的信：「……大哥的骸骨找到了，由於長期泡在水裡而長滿綠色的水苔。母親十分傷心，好像大哥剛故去似的。……」

母親八十二歲了，屬狗。大哥一九三五年出生，一九五二年失蹤，一九九二年證實他死於失蹤之年。

逐漸昏沉下來的日色，流金璀璨，空有光芒，並無一點熱力。金色餘光斜照在藍色信箋上，傾斜無力的字跡卻好似鬆開了久經壓縮的歲月，令他陷落在某段在記憶裡埋沒的時間裡。鎮壓信箋的是一塊骨節似褐黃的小器物，承接著沒日餘光。冬日裡難得的一個大好晴天轉瞬將逝。天氣預報說，又一波寒流將至，渾身關節打午後開始就無聲息的幽幽瘦疼起來。歲月啊歲月，遲來的綠色的白骨，竟是母親數十年等待的報償？那曾經支撐她活下去的信念被現實摧毀之後，她是否承受得了這一波憂傷的襲擊？

「……這些日子以來，母親對你的惦念日深，也許是對長子的哀思衍生為對久在異鄉的次子的思念罷。……哪時候有空，可以回鄉一聚呢？」

到底也有許多年沒回去了。一個地方住久了，不免對它產生嚴重的依賴。生活方式、生活圈子、生活步調甚至連生計都幾乎被決定了，並沒有比一棵庭院之樹自由多少，只是較不易自覺罷了。

隔著研究室的窗子，斜躺在油褐亮的藤椅上，中庭的花樹不論櫻桃杏李，無不枯禿；待春日來時，花朵的繁盛總是先於枝芽，繁花的驀然綻放總是令來自熱帶的他驚豔不已——如這異國冬季刺骨的寒涼——雖然多少年那樣過去了。常綠的大榕樹佔據了中庭近半的天空，不論嚴寒還是酷暑，一逕威赫赫的，在地底下恐怕更全是它的版圖；有一天，甚至當他在老舊破蔽的圖書館裡翻查舊籍時，竟也發現它的鬚根悄悄的穿行於腐朽的磚石與石灰之間，不知何時它們微小尖銳黃嫩的細部已如觸角那般探向即將自行瓦解的老書籍。圖書館年久失修的壁面與天花板均已有多處受潮剝落，數十年來不論白日黑夜如幽靈一般畏縮著身子遊走出入終年陰涼的其間，卻始終未曾察覺牆內緩慢延伸的生命。日末之景，斜光裡，研究室中浮塵流轉，彷若大霧飄茫。牆上掛著幅臺靜農先生的行書，是臺先生晚年一寫再寫的向秀的〈思舊賦〉，沉鬱憂結，老榕盤根。

研究室內一櫃櫃一櫥櫥的書，泰半是舊籍，廿五史，十三經注疏，百子叢書，甲骨文字集釋，金文編，貞松堂全集，觀堂集林，郭鼎堂文集，說文解字詁林，金文詁林，董作賓全集，……矮几上、角落裡也全都是書或文件，一架電腦、一台印表機、熱水壺、茶具……。書櫥玻璃後是幾個似眞似贋的古中國石器時代的古董，神話造型，蠻荒異獸。幾幅比巴掌略大的相框，泛黃的少年及枯瘦的老夫婦黑白肖像，彩色的全家福……。六、七尺長的辦公桌上，黑色的撥碼電話，一幅完整龜殼，巴掌大，背甲和腹甲由甲橋相連著，背甲灰褐色，腹甲黃褐，兩面都銘刻著裂紋般的字跡，背甲無字。他無意識的把玩著，在掌心，像盤弄古玉那般的盤著，掀開，合上，復掀開。背甲內側白色的脊骨浮凸，因年深日久而微黃，龜背九宮八卦，隱契河圖。而殘陽鍍以一抹遠古的輝煌。廊外的方向，那口紀念老校長的銅鐘又噹噹噹噹的連串響起。撥個電話回去，說今晚不回去吃飯了，「要熬夜趕篇論文，趕在截稿之前。」

日光初照的晨曦，樹林裡殘餘的夜霧加速稀釋，氤氳呑吐，宛如是大地的調息。醒來時睡外側的長兄不知何時已離去，只是床板仍然溫溫的。推開窗，潮濕的霧氣驀然迎面撲來，兄長瘦長的身影在霧中若隱若現，在無表情的樹幹間漸漸遠去，朝向日昇的方向。他那麼早起來幹甚麼？之前一直以爲他是到林中幫割膠的父母的忙，有一天竟聽見他不客氣的回絕父母關於幫忙的請求，他語氣強硬的說：「我有更重要的事要做。」繼而是父親夾雜著威脅與驚恐的厲喝：「啥咪代誌『更加重要』？你唔驚抓去死？」及往後日子裡母親在任何可能時機與兄長的竊竊懇談：「……你是大的，給你讀書，要做小弟小妹的榜樣啊。……厝內大小，將來攏得靠你，莫走錯一步。」而長兄若非悶聲不響，就是以青春期慣常的憤懣，用發音刻意標準、彷彿學自某方廣播的北京話回敬：「要是每個父母都像你們那樣想，國家民族哪會有甚麼希望？」因而在父母憂愁擔心的臉上直覺的意識到他是在祕密的做著甚麼父母反對的危險事情，也誘發了他的好奇心。

有一回他惺忪醒來，朦朧中只見大哥在燈影裡整理一些紙張，姿態十分莊敬專注。霧氣從板縫中被燈火吮進，在他再度閉上眼時，聽到輕輕的關門聲。又一回，他想偷偷跟去，卻被預先攔下，大哥說：「你還太小，等你再大些再說。」

那一天他終於捺不住好奇心，克制住深濃的睡意，遠遠的尾隨而去。只見初日從地表浮起，先是偌大的一顆鹹蛋黃，一吋吋的往上浮昇，大霧衝湧，大哥他最終消失在那一片廣大綿延數十畝，覆被著各種熱帶植物的沼澤的水邊，消失在一片煙水茫茫之中。稍頃，四下流竄的霧盤桓、隱遁於日光所未及的暗角，驀然朝陽變顏，朝紅退卻，萬道白芒迸射。在霧欲散未散之際，在他寒意的睡眼中，突然瞧見幢幢身影忽昇忽落，一串串爆竹似的巨響，混雜著沉重的踏水聲，清亮高亢的慘叫聲，彷彿就發生在水邊，或沼澤的深處。他感覺某件可怕的事情正在發生，而且很可能就發生在夜夜和他同寢的大哥身上。睜大了驚恐的眼，肩背使命的貼著樹，除此之外他不知道還能做甚麼事。自霧中走出十幾位紅頭綠衣的士兵，在水邊踩下重重疊疊的腳印，鐵打似的臉上盡是殺氣，肩挎著長鎗。有幾位士兵兩人一組的倒拖著獵物的腳，一共拖出五具兀自冒著鮮血的屍體。他不敢趨前，只是一逕的瞪大了眼睛，看：也不知道是希望還是極不希望從中辨識出不久前走進霧裡的那人。士兵發現了他，其中一位惡狠狠地朝他跨來，卻被另一位帶頭模樣的喝止。那人用他不懂的話問了幾句，他不點頭也不搖頭，一逕的貼著樹，緩緩坐下。

沒多久，視野更爲開闊之後，附近一些住戶及正在附近工作的人都趕來了，目瞪口呆的往水邊的屍首及滿地的鮮血張望。父母親率先趕到，搶到屍首前，一一重複的掀翻，而緊繃的臉方稍見放鬆。及至發現瑟縮在樹頭上數十處遭紅螞蟻嚙咬兀自不覺的他，臉色又轉為慘白。

「你安怎會在這？」

「……」

「是不是你大哥？……」

而母親含著淚水飛快且用力的以頭巾拍去他身上的螞蟻，父親低著頭支支吾吾的向士兵們詢問。後來經過家人的譯述，才知道其中一人在亂鎗中逃走。軍警之後廣泛的佈線搜查，依舊一無所獲。其中的幾具屍首，證實是他大哥的同學，均為當地共黨青年團幹部。沼澤中發現的一間簡陋的高腳屋，事後被付之一炬，一艘小舢舨，也被沒收。

那年他剛要進小學，而大哥高二升高三。

長兄再也沒有回來，也沒聽說有人見到他。屍體也一直沒有找到，所以他在警方的紀錄裡只記載著「失蹤」，沒法辦理死亡證明，並且一直在通緝中。很長的一段時間裡，幾乎每年都有便衣來向父母追問他的下落。

落籍於斯三十載，最小的兒子年歲也比印象中的大哥大上一截。然而做為那個時代的兒子的大哥，雖然來不及長大而容顏青嫩，卻也來不及腐敗而志氣飽滿。那種信心滿滿而嘴角緊抿，目光迫人的少年神情，他此生再也不曾見到。解嚴以來從頭開始學步的學運，校園中懸掛的白布條，校門口前持擴音器叫囂演說的大學生，不知怎的都予他一種幼稚之感。也許，要不是長兄的緣故，他幾乎也可以算是那個時代的兒子吧。

小學六年，校內平靜，校外風起雲湧。幾乎每天都可以見到被擊斃而陳屍示眾於大街上的青年，幾乎都是華裔。午後陣雨式的示威，墨跡未乾的白布條，揮舞著的小紅書，軍警的哨聲，街頭的逃竄。他已習慣於審視那些青年的臉孔——不論是生者還是死者——許多年後他才知道，在他自己也並未了然的無意識裡，是期盼和那猝然的失蹤者不期而遇的。許多年裡經常作著同樣的夢，床的外側觸手生溫，少年在燈下寫字，門開了，一條遙遠的黑暗之路，霧茫茫，藍色螢光浮沉，一曳而過。少年跨出門檻，他想喊，口中無聲；欲起床，卻宛如被釘著，動彈不得。

那是一個熱火焚身的年代，曾經自詡日不落的大英帝國行將日落之際，東方古老巨龍始經退皮換血，所有生長於南方的華族子弟都深受鼓舞，紛紛自許為革命的兒女。是的，他們把自己的鮮血當時代的燃料。自命為異鄉千里的幼龍，以為人生不過鮮血與白骨，如此而已。那是一個燃燒的年代，衝突的年代。長兄先發的事故致使家人嚴密的守護著他的成長，叮嚀再叮嚀，告誡復告誡，甚至後來不惜舉債把他遠遠的送到另一個異鄉——台灣——以讓他沉穩於時代的狂飆之外。

而小學三年級那年，政府把他膠林中的家劃入黑區，和許許多多膠林中的住戶一樣，被迫遷往小鎮邊緣政府劃定的「新村」內，原有的木屋被一把火燒了，以杜絕馬共的後勤物資及免於成為他們現成的藏匿之地。每天凌晨，每一位工人在離開鐵絲網、鐵蒺藜圍成的「新村」的關卡往林中工作時，都得經軍警嚴密的檢查是否夾帶違禁品（彈藥、傳單等）或過量的食糧，返回時亦然，搜出任何帶有文字的紙都會令他們惹上大麻煩。中文字，在那個時代，像符咒一樣充滿神祕的魔力。

在長兄失蹤的前一年，已斷斷續續的教會他認識一些方塊字，自家的姓，自己的名字，父母兄妹的名字，報章上斗大的「南洋」及「星洲」等等，也經常指著報章上寸許大血紅的頭版標題字中的「中國」要他牢記，肅穆的告訴他一個遙遠、古老大陸的故事，要他長大後無論如何要以身為「中國人」為傲，而他的志願，和其他那個年代的兒女一樣，也無非是有朝一日回到那古老大地的長城、長江、黃河、大草原去遨遊，「把自己的名字刻在祖國的石頭上」，他說。因而有許多年，他一直以為大哥他潛逃回他的中國去了。他天真的以為，那片不知底蘊的沼澤也許裡頭就有通向長江黃河的祕密通道，長兄像一條幼龍那樣游回去了。儘管如此，大哥夢想中的神州，他是一次也沒去過，也從來沒想過要去。在解嚴之後，妻子兒女岳丈岳母及同事們全去了不止一次，他還是默默無動於衷。雖然他對老中國的古董有極大的興趣，也以老中國文化符碼的研究為畢生的志業，對岸各大學術機構或同行以私人名義寄來的邀請函（邀請出席研討會、演講或其他各項合作）均一概不予理會，半公開管道流進來的大陸專業書籍，倒是買了不少。最遠他只去到香港。開會，買書，買些古玩，而獨獨鍾情於號稱是石器時代或夏商朝玉製或石製的古樸刮削器。這一切並非源於政治考量，而是基於更深層的情緒。

中國啊中國，它是致兄長及多少時代兒女於死的詛咒呵！

沉浸在黑暗裡他默默叨念。多年以來許多事情他都懶得去想，日復一日，許多日子都一再重複。每日大部分的時間都花在「溫故知新」——重讀古籍——仔細的比對異代的注疏或版本，尤致力於先秦；再則是一再瀏覽考釋臨摹未識的上古文字。讀論文，國內外及圖書館中對岸的學報，記劄記、摘要心得，偶爾參加論文發表或講評，給大學生與研究生上上課。學生來來去去，一屆畢業了，下一屆新生又來，如此循環不息，常一晃四年就過去了。也常碰見來自大馬的僑生，他們也幾乎都知道他的「同鄉」身分，然而他對他們的態度既不特別熱情也不特別冷淡；不會像某些心態有問題的老師專挑僑生來當，也不像某些特別熱情的老師逢年過節必請僑生到家裡聚餐，他對同鄉的冷淡，連妻子都看不過去，抱怨了許多回，「也不想想以前你的老師是怎麼對待你的！」她說。而他一貫的一言不發，若有所思。久了，也不再有人想去勉強他，而他也毫無改變的意思。有時遇到特別用功的學生，也曾令他想破例以待，然而長久的習慣所形成的心繭令他那第一步總是跨不出去。稍一遲疑，他們又畢業了，眼睜睜看著他們回鄉去，也不可能再和他聯絡。不止一次他被那些小同鄉質問：「為甚麼不回去？為甚麼不為更需要你的地方多貢獻一點心力？」他的反應都是一樣的低調，沉思良久，沙沙的回答：「回不去了。還回得去嗎？」不管對方再說甚麼，他都一逕的搖頭，最多再加上一句：「龜雖產於南洋，龜版卻治於中原。殺龜得版，哪還能還原？」這些話，在一屆屆的小同鄉畢業回去傳播之後，早已流傳甚廣，許多新同學之所以向他發問，不過是爲了證實傳聞是否半句不差，後來他也漸漸知道了這回事，學會了默不作聲。旅台大馬同學會邀請他演講座談或參加他們的文學評審，他一次也沒答應；母校、董教總、大馬全國華團聯合會、留台聯總等機構邀他出席「馬華文學的未來」、「中華文化與大馬華社」、「廿一世紀的大馬華人文化」之類的演講研討不下數十遭，他連回絕的信也懶得寫。甚至老家也很少回去，數十年來還回不到十趟。每一次回去，越到後來，與父母弟妹猶如枯木相向，只能聊幾句最簡單的家常，此外便是默默相對。

「身體好嗎？」

「好。」

「錢夠用嗎？」

「夠。」

所有關於他生活的細節，都靠著妻子的轉述，而老家的種種，也都從她口中探出。

長久謀食於異地，謹慎的求自保已成爲他無需思索的求生守則。那是一個雖然封閉但至少「安全」的世界；他沒有野心，不討好人也不得罪人，沉默寡言，以寡慾木訥的方式選擇性的拒絕這一個圈子內數不完的酒會、餐會；宴會中可以拒絕的，不論是黨國的、圈內大老的、師長、同行、同學、還是學生的……。爲了合理化他的退縮，長久以來，認識他的人都曉得他對酒精過敏，連啤酒都不能沾脣；怕老婆怕到近乎可恥的地步，即使老婆說地球是方的他也不敢說是扁的；對政治極端敏感及冷感，任何在他職業所規定之外的簽名要求他都敬而遠之，不論是環保還是挽救某位學習激進的學生使免於退學。他知道存活於人世沒有人可以免於多餘的批評，況且是安身立命於這樣一個窄小封閉的世界，與書爲伴，與文字爲伍。每個人的背上都鐫滿他人的尖刻譏評。書呆子，老蠹魚，書櫃，南洋龜——等等，手握龜殼已是他個人的形象標籤，兼之長久的畏縮造成的微微駝背、長期凝視染塵多寄生蟲的古籍而嚴重近視，眼袋隆腫及粗糙如沙、低沉卻又細小的催眠嗓音，令他也不禁覺得自己是隻未老先衰的烏龜。彷彿未曾年輕過，是天生的蒼老、憂愁，苟求性命於亂世。他似乎早已屬於這前台北帝大、前日本帝國仿歐陳舊建築暗影的一部分，就像這古老建築暗處所有的寄生者。

漆黑的夜裡，傅鐘再度敲響。老校長的幽靈又出來走動了。多少個隨國民政府撤退來台的文史學者在這座幽黯的大樓裡度其餘生。他們在大亂之中來到這裡時差不多就是他現在這個年齡，他們屬於那個大格局的時代，或多或少的都沾上一些那個時代的氣勢。舊學的底子，彷彿是他們先天的優勢，剛剛進入這個世界聽他們的課時簡直有點目瞪口呆。這不全然是由於他們南腔北調的嗓音，而是那幾乎沒有邊際的記憶——從晚清、他們成長的民國，穿越明、元、宋、唐以迄魏晉南北朝、兩漢先秦周商，所有的知識都化爲掌故，且如說故事者那般的感情投入，說古人如見其人，言古事如親臨在場。他們都是通靈人，上課猶如簡化了的祭典和演出。源於他的南洋身分，老先生們也對他照顧有加，常談起那個時代的種種情事。除了與其他同學一樣常和老師一道喝茶喫飯、到老師家上課、聽他們談史論文之外，老師們也常對他噓寒問暖，甚至補充他知識上的先天不足。於是在他的記憶裡便充滿著他們的聲音與身影，家長般的溫暖；這一切，在他們一一物故之後，也都化成了幽靈的身影，夜夜飄浮在這座衰頹的建築。每天夜裡，他幾乎都是最後一個離開的人，十點以後聽到校工使勁「砰……砰……砰……」的次第關上每一扇門窗，在所有的人都回去的午夜，剩下的就只有他一個人獨自守在這座修道院，與幽靈爲伍，傾聽他自己的腳步聲回響在空洞的長廊，回音追逐著回音，嬉戲於無人的夜；老榕的根鬚絲絲的向所有可能的存在間隙探路。

確實，那是他的祕密之一。有好幾回，祖籍湖南的外省籍老校工意味深長的向他探話，問他半夜裡在煮些甚麼好吃的，怎麼味道那麼怪，是在烤甚麼還是蒸些甚麼；偶爾晚歸的院內同事也曾向學校抱怨午夜的學院裡有怪味，令他不敢太頻繁的進行他的實驗。

許多個冬日的早晨或黃昏，只要大致不會引起太大的注意，守候在醉月湖邊觀察那些爭相疊在同伴背上曬太陽的烏龜的他就會以非常快速的手法網起一隻他的獵物，藏於研究室，在夜深人靜之時悄悄的做起「實驗」。

「實驗」並不複雜，首先是燃起一根香菸，菸頭往龜尾一燙，在龜頭伸出的一瞬間手起刀落。先斷其頭，再斷其四肢和尾部，切開上下甲之間的肌肉。有時只需剜去牠的肚腸（以免殘留的龜糞礙事），即可置於烤箱內烤食，十分鐘內即可以聽到清脆的「卜」的一聲龜語；或於電鍋內清蒸，啜其清湯。他的目的不僅是吃，同時也是爲了取得龜甲。後者在吃完後，可以把龜甲留下，洗淨，陰乾，置上數日。之後，刮去背甲表皮的膠質鱗片，刮平鱗片交疊處的紋路，並把高低不平處削平，將它鋸開成兩片，再用不同號數的砂紙把它磨平磨滑，晶亮晶亮如玉石。接著，用鑽子在龜貝上同樣的部位鑽孔，以便穿繩成冊；用鑿子在上頭鑿出淺孔，以便卜灼之用。往往在深更人靜之時，他就可以如嗜毒者那般獨自享用私密的樂趣，食龜，靜聆龜語，暗自爲熟識者卜，以驗證這一門神祕的方術。刻畫甲骨文，追上古之體驗……。

寒風惻惻，窗外竟飄起雨來。

被圈在新村數年，住著和膠林中類似的鐵皮木屋，竟然也在小鎮邊緣落了戶。小學畢業那年，國家在一個民族的歡呼與另一個民族的愁雲慘霧中獨立，中國在一夜之間變爲外國。所有移民的第一代在驚恐中度日，青年在沸騰。擔心下一代可能沒有機會學華文的父母毅然的把他送進華文中學，雖然那裡頭紅雲翻滾。

在高年級學生臉上，他再次看到他大哥那種亢奮，感受到他／她們體內不斷升高的溫度。他們長於演說，擅長發言，往往集體行動，即使是選一個班代表、參加一場籃球賽，也看到強大的組織運作。頻繁的讀書會屢次向他招手，他都藉故避開。初中二年級那年，同班一位喚做「長白山」的男生主動向他伸出關懷之手，不止在功課上幫他解決了不少問題，也頗關注他經濟甚爲困難的家境，動用他的團體資源，爲他爭取校內僅有的工讀機會。自然，他邀他去參加他們的讀書會——有時設計爲郊遊、營火會、遠足、慶生、端午或中秋晚宴，或任何可能想得出來的名目。礙於情面，他只參加了與中華文化或文學有關的，唯一的目的也無非是希望至少能借得幾本書來讀讀——他可是一本藏書也沒有，空蕩蕩的圖書館裡也沒有多少本藏書。

他們不知道打哪兒弄來的出版品，魯迅、胡風、巴金、茅盾、郭沫若……等人的小說、散文、詩及雜文，他胡亂的讀著。藉著這些讀物，「長白山」很有耐心的向他解釋了農民起義、階級鬥爭的道理，令他動容的敘述了鴉片戰爭以來苦難的中國人民的歷史；指著各種畫報封面的彩色照片，教他認識當今中國政局的領航人，一張張黃土一般赭厚的臉孔；瑰麗如千年龍骸由高角度拍攝的古長城，日落金光閃閃的黃河，三峽天險的長江，領唱高亢如軍歌的「民謠」，一首首刺激腎上腺素分泌，模倣某人的語氣和姿態吟誦：

「中國人民站起來了！」

長征，美帝，豬仔，革命青年。「長白山」陸續的給他上一課近代史，企圖賦予他的存在一種使命，一種抽象的理念中的位置，及一種歷史的厚度。他靜默、存疑，卻也漸漸的留意每天報上的新聞，聽他們對李光耀和陳禎祿的各種批評，卻彷彿有點自閉式的一直跟不上他們要求的反應速度。從來無法加入爭辯，無法參與討論，面對問題時總是先來一段長長的無意義的沉默。一日，「長白山」嘆口氣說：「看來你沒法做時代的兒女。」許多年後他才明白，他的意思是說，他注定是一個時代的落伍者。然而當時他卻感覺到，組織準備放棄爭取他，也讓他鬆了一口氣。

組織性的熱情冷卻了，在私底下，「長白山」卻沒有因而冷淡他，只是不勉強要求他做他不可能去做的事，而是順著他的性向，給予看書的便利。然而在任何可以利用的機會，他都不忘灌輸民族大義，以及抽象的歷史唯物論。在另一個偶然的場合，同樣的在「長白山」（也許是因爲見他看書過於專注）嘆了口氣說出「也許你注定不是這個大時代的兒女」的下半句：「你大哥卻是個不折不扣的革命志士！」而令他突然失去慣常的冷靜，逆轉一貫的慢半拍，而變顏，顫抖，扯著對方的上衣，一個字一個字的咬出：

「你，認，識，我，大，哥？」

「長白山」卻搖搖頭，「冷靜點，」他說。「他的事我們都知道。」

「他，現在，在哪裡？」

再度搖搖頭。「我們花了許多時間去找，全無線索。事發後他也沒有和組織聯絡。」

鬆開手後的他說了聲對不起，頹然坐下，沉默良久。

他清楚的記得那時他們是在一片山坡地的高處，一間華文小學校園內，一棵高大的相思樹下。細碎的黃葉，蜷曲的豆莢，血紅的相思珠子晶亮晶亮的灑了一地。開闊的視野，可以俯瞰近四分之一的小鎮。黃昏裡新村家家戶戶鐵皮鍍上金黃，平靜的街，久久才有一輛車子緩慢的駛過。屋前細小的人影，水溝，椰子樹，像一張昏沉的舊照。

「我大哥他是不是早就死了？」

他聽到自己的喉間發出冰冷的聲音。那聲音彷彿不屬於他自己，而是屬於標誌青春期性徵的喉結本身。沒有人回答，聲音流失在空蕩蕩的時代的間隙中。

「長白山」在中學畢業前夕因某件案子和一群和他一樣年少的同志被警方逮捕，驅逐出境，自願被遣送到中國去，從此再無音訊。遠赴異鄉，成年以後的他不曾向任何人提起這諸多的往事（即使是結婚多年的老妻），在那麼樣的一個沒有安全感的時代，封閉記憶的殼可以免去許多的是非。

即使是老家的事，在她親臨造訪之前，妻子所知也十分有限。她一度以爲他是家中的老大，一直到有一天不小心瞥見家書中的「二哥」才曉得事有蹊蹺。他的解釋十分簡單直接：「高中三年級時死於意外。」她只知道他的「老家」就只有「新村」中那棟矮房，至於他成長期間的左派氣氛，可是隻字未提，諱莫如深。

在心裡，他一直把「長白山」視爲是他大哥的延伸與替代，對他的一生有著舉足輕重的影響。

高中生涯的某一天，他從「長白山」那裡獲得一本殘缺的書——說是「一本」其實不過數頁——在那被白螞蟻啃蝕的殘餘，他第一次讀到關於殷商龜甲的記載。關於它出土的片段描述、特徵、數量等等。「長白山」適時的旁白：「甲骨文、敦煌遺書、恐龍的骸骨的大規模發現，都在祖國最爲風雨飄搖的危機時刻，也都大多爲帝國主義所掠奪。」不管時局如何，這些記載總令他著迷不已。

殘頁中有一段談到一九二九年秋季，中央研究院在小屯村北方大連坑南段長方坑中挖到四塊大龜版，後來被董作賓先生命名爲「大龜四版」，據學者參考 GRAY 氏大英博物館龜類誌，證明它們和現今產於馬來半島的大型陸龜是同種，而不見產於中國本土。換言之，它很可能是來自遙遠的熱帶南方的進貢。然而那是在三、四千年前啊！

這一發現令他興奮莫名，雖然自己也說不上是因何興奮。也因爲這段機緣吧，幾年以後他在台大中文系第五研究室面對黑色的甲骨拓片、殷褐色的甲骨碎片時，竟有一股難以壓抑的狂喜。龜甲出土經風，兼之戰亂運轉的震盪，罕能保持完整，盡皆散爲古老拼圖不規則的局部，有的碎片上仍可以清楚的看見微細而有意義的刻紋，殘缺或完整、已識或未識的象形文字。

在黑暗中以大拇指輕輕的撫摸龜腹甲上他親手刻上的字，彷如摸牌的老賭徒，對符號的質感有一種親切的體會，常令他想起那極不願去回想的、年少時每當神經緊張就會重複作的一個令他甚爲不安的夢。

夢的原型是一樁眞實的事件。高中的某一天，某戶遷返膠林中的住戶在凌晨時刻受到武裝攻擊，一位他熟識的、年齡和他差不多的少年當場被格斃，鮮血淋漓的死在床板上。聽到消息後他趕到現場，屍體仍留在原來的位置。狙擊者撬開死者的窗子，隔著蚊帳開了十幾槍，受害者當場斃命。依當時慣常的殺人手法來看，是遁入林中的馬共分子幹的，死者被視爲是反叛分子、告密者。而在一般人眼中，死者卻是個不折不扣的激進分子。這令所有的人都十分困惑。

是夜，他夢見性亢奮的自己，和一位細皮嫩肉的對象廝纏於凌晨的床。靠近森林的木床霧濕，他緊張的褪去對方的衣物，在青色的月光下對方的身軀蒼白如裸魚，泛出微細的綠色毫芒。他伸手往那神祕的胯下摸去，指掌冰涼的觸感卻令他大驚失色：摸到的是一對睪丸。於是他凝視對方的臉，那人眼睛望向黑暗的別處。他有點像白日的死者，也有幾分像失蹤多時的長兄。醒來，從衣櫥裡掏出他收藏的龜殼，無意識的套在他裸身上兀自勃起的陽具上，竟而達致前所未有的亢奮，脹紅的龜頭吐出白濁的汁液。

而後，夢和夢醒之際的亢奮成爲他難以自抑的慾望。雖然有時候在夢中手的觸感是一股稀爛溫熱，腦中浮現的意象是：母雞剛生下的蛋周遭伴隨的一坨雞屎。

「……沒想到大哥他一直泡在沼澤內。據專家判斷，他大概死於四十年前那場突擊之後不久，他並不是唯一的生還者，更不是唯一逃脫的人。也許就在受突擊的當天就因失血過多而死——由於年深日久，很難準確的查出死亡的時間——也或許遭槍擊之後還活上好些天？只是在那種地方，有傷口沒治療，不給蚊子叮死也會給螞蟻扛走。況且，他吃些甚麼呢？爲甚麼不出來求救？知道必死無疑？爲甚麼軍隊找不到他——即使在事後派上幾十個兵士大肆搜索？這回要不是縣政府要把那一片地塡平了蓋房子，大哥的屍骨也不知道還要在水裡浸泡多少年。

爸爸和媽媽都十分難過。他們一直希望大哥老早就逃到中國去，娶妻生子，說不定還當上個小官，遲早有一天突然回鄉看望兩老。兩人有好幾天都吃不下飯，也不說話。但我想他們心裡大概比誰都清楚，死在沼澤的深處的可能性還是大些，要是他逃走了，為甚麼那麼多年來都不聯絡？媽在許多年前對我說，他是不想連累家人啊……。

……從大哥骨頭散落的情況來看，他的屍體大概曾遭野獸光顧、昆蟲與水族分享。有的曾被水獺叼去做窩，有的長年埋在爛泥裡，有的部分散亂不全（尤其是雙手雙腳的指掌），大部分都殘碎了。最奇怪的是，他的骨頭和不知哪來的一大堆烏龜殼混在一塊，沒聽過烏龜會退殼，看起來也不是很老的烏龜留下的殼，為什麼會聚攏在一起呢？好像是某種動物的收藏品似的。背脊骨和胸骨十分稀奇還連在一塊，髖骨和脛骨卻分家了。倒置在水中的脊胸骨，乍看之下還真像是副大魚的骨刺呢，雖然有點彎曲的弧度。

……媽媽雖然眼睛不太好，還堅持參與洗刷骨頭的工作。她十分認真的細細刷上一整天，還吩咐我們別太用力，也不准用太粗的刷子。年深日久，雨打日曬，骨頭早已十分脆弱。埋在土裡的深褐，泡在水裡的泛綠，怎麼洗也是枉然。……

警方的鑑定報告早就出來了，寥寥數行而已。」

閉上眼，耳際盡是瀟瀟的風雨肅殺之聲。夜已深了，樓下響著老校工的關門聲，砰然空洞的迴響。傳鐘噹噹噹噹的敲響自己，老校長又從他的墓園裡爬出來，背著手巡視校園暗角中偷偷親熱的男女學生及各研究室內忙不知時的教授和研究生。只有風聲雨聲依舊。

右手拇指和食指扣著那塊鎮著信紙的器物。它和那龜殼同爲他不離身的珍寶；除了妻子家人同事之外，數十年來也常會有好奇的人向他問起那是甚麼，他總是淡淡的回答說：「一塊魚的骨頭。」若再追問下去，他並不諱言那是攜自南洋的紀念品，「一種大型的熱帶魚的脊骨。雨林開發之後，就很少有那麼大尾的了。」有時還會略微感傷的說：「……母親送給我的護身符。」這樁事，他對所有的人都撒了謊。

長兄失蹤之後，潛入那片沼澤深處一探究竟是他成長期間揮之不去的慾望。他一直在等待時機，等待家裡放鬆對他的管束，等待黑區被清理爲白區，等待世人的遺忘，等待自己肉體的成長。漫長的等待，他像深謀遠慮的智者那樣沉住氣，一晃，八年過去了。全無知識的準備便進入青春期，骨節在抽長，肉身中有一股無言的暴躁，青髭轉黑，喉結外突，嗓音漸粗，身體某個部位像甦醒的異獸。一探究竟的衝動和體內的躁動呼應著。

幾年內，他做過許多次隻身潛入的嘗試。有幾回差點被溺斃，也因而勉強學會在深水爛泥中浮沉；有幾回因準備不足而險被識破——被草葉割得手、腳、臉上都是傷痕，只好謊稱參加童軍團的野外活動；衣服上都是爛泥，只得在野外搓乾淨，曝晒乾了才敢回去。只是一次比一次刺激，不斷的刺激他心理和生理上的亢奮，彷彿是趕赴一場和神祕對象交媾的激情探險。後來他學乖了，懂得另行準備一套舊衣服、臉罩、長靴等，雖然無法像長兄那樣備有一葉浮舟，壯著膽子，也足以深入其境。

他一次比一次深入，也一次比一次大膽。耗在裡頭的時間也越來越久。到後來，當進入那一片冰涼無人的黑水後，他總是恣意的褪盡衣物，裸游於那一片水域，良久良久，亢奮遺精。

比任何一次都特殊的那一次，他比以往潛入得更深，因爲追蹤一頭大陸龜的緣故，而闖入一片之前從未探索過，爲叢草所隔離的水域。那兒多竹、多彎道、多陽光。當他撥開蔽日的長草，暴亮的白光短暫的失去視覺。隨後在黑水白芒與融化的翠綠中央，他清楚的瞧見一副仰臥的白骨，胸骨朝上。再看清楚些，確實是人的屍骨，顱骨和脊椎幾乎全埋在腐土中，嘴牙咧張，牙齒整齊而完整；枯黃的草穿過肋骨間的空隙，雙腳沒入黑水中。他游近，跪在骸骨邊，輕輕的撫摸著。骨骸淺埋於土，可是卻因草根經年累月的糾纏而被牢牢固著於斯，無法移動。他有一股莫名的悸動，而難以自抑的抽搐著，放鬆十指愛撫他的每一截骨骸，而烈陽鍍照著他的背，汗水津津灑下。而又哭又笑，不斷的叨唸著：「原來你在這裏。」難以控制的強烈衝動，想要把整副骸骨給帶回去的慾望令他下意識的將手指插進軟泥裡，探索著它被掩埋的部分。炙痛的背部和臉上淋漓的汗稍稍緩和了他的情緒，他把自己投入水中，浸泡著，思索該如何處理這一趟意味深長的偶然。初步的結論是：決不能整副帶回去，否則會引起他無法收拾的震盪，他也難以解釋他何以會出現在這裡。那至少，整條背脊帶回去吧，它有著完美的形式，然而卻不易收藏；要不就是顱骨，也十分完美，難處卻似乎更大，易於引起可怕的後果。最後的考慮是摘取細小而完整的局部。手指或掌骨？腳趾或掌骨？還是……？最後決定截取與喉結相對的那一節頸椎，考量的是它位置的特殊性。代價是，它必須身首分離。當他用石頭與樹枝敲下那一節骨骸時，他有點驚訝的發現自己是全然沒有絲毫悲傷或激動的感覺，反倒是異樣的興奮。他也知道自己再也不會回到這地方。

離去之際，在離枯骨不遠的草叢中發現一堆手掌大小的龜殼，有的明顯有燒炙的痕跡；草堆中也有一些殘餘的枯枝和炭，他順手撿了副完整的龜甲，回頭，遺精骸骨之上，離去。

寒涼的夜裡，骨節似乎也曾泛出毫末微細的磷光。帶著這兩樣紀念品和他心底深處的慾望離開家鄉，心裡一直有一種逃犯的感覺，彷彿他的有效追訴期一直沒滿。猶如不久前他翻閱《亞洲週刊》時看到當地政府對殖民時代的一樁案件所發表的評論：「追訴期沒有時效，永遠有效。」

雨更大了，氣溫驟降。電話響起。仍不想回家，但他的腳步聲已先於他的行動迴響於長廊梯腳間，傳鐘敲響，門在他身後砰然關上。

——一九八五年十月．選自九歌版《烏暗暝》

王文華作品

王文華

安徽合肥人，1967 年生。台灣大學外文系畢業、美國史丹佛大學企業管理碩士。著有小說集《寂寞芳心俱樂部》、《天使寶貝》、《舊金山下雨了》、《蛋白質女孩》、《61 × 57》等及電影劇本《如何變成美國人》、《天使》。曾獲聯合文學小說新人獎短篇小說首獎、新聞局優良電影劇本獎。

校園連環炮

一　這就是格調

他想，事情來得太突然了，他一點思考的時間都沒有。那天中午，太陽特別毒，吊在天上像一個烤焦的飛碟。他約了林美珠在文學院門口見面。眾所周知，林美珠是X大學一九九〇年度的校花，商學院女孩，長髮、大眼睛、麵糰一樣的扁鼻子。她的招牌是一個後現代的微笑，笑時五官由中心向四方散開，兩條細眉像中暑般跌倒，喉間間歇發出類似通樂沖過阻塞水管的咯咯聲。她綁馬尾、白襯衫、韻律褲加耐吉球鞋，以一種法國中尉女人的氣質回眸一笑的背影，不知勾起了多少X大男學生和男教授寂寞的少年往事。因此，她在校方堅決不予承認的情況下，仍高票當選X大創校七十九年校花。當慈祥的老修女在校園電台的攝影機前爲她戴上后冠時，她意興風發地用英文說：「This is style!」（中文字幕：這就是格調！）

那晚他打電話約林美珠時，緊張地連續撥錯兩次電話，其中一次還接到某位政府官員的家裡，他在電話中還聽到那位官員被太太數落的聲音。終於接通後，林美珠甜美的hello讓他腦袋突然一片空白，滿肚子擬好的甜言蜜語一下子變成八點檔愛情劇不文不白的台詞。所幸林美珠善體人意，爽快地說：「好啊！其實我也蠻想認識你的，聽說你是文武雙全的奇才嘢！上次大專盃你擊出全壘打的比賽我還是啦啦隊呢！」他腦中又複習了一遍他在X大的豐功偉蹟，心裡暗爽嘴巴卻對著話筒說哪裡哪裡。

他想，一定是太陽的關係，除此之外不可能有其他原因。約會那天是五月六號，十二點七分，林美珠突然出現在文學院左側標號「女一舍—六〇三」的腳踏車旁，依約拿著一本《會計原則》作爲暗號。他摘下墨鏡，看見她穿著白上衣、粉紅色短裙、淺色絲襪和白得令人緊張的高跟鞋。他深呼吸一口氣，緩緩舉起右手德希達的*Of Grammatology*，寒暄問好時並注意她臉上是否露出了後現代的微笑。

「我們去哪裡？」林美珠大方地問，兩顆黑眼珠隔著鼻樑跳探戈。他心想：「校花不是蓋的，連眼珠的運動都有豐富的暗示性。」他突然很能同情那些爲她痛苦卻又不得其門而入的男生。（聽說一個醫學院的每天早上六點半開賓士到她內湖的住處徘徊；兩個工學院的常戴著猶太人的帽子結伴到她家對面吃小籠包；更誇張的是有個農學院的碩士爲她剃度當和尙，半年後宣布將以世界和平的政見投入下屆立委選戰。）

「我們去『貝魯特盆地』跳舞！」他隨和地點點頭，雖然壓根不知道「貝魯特盆地」是什麼玩意兒。

他們走在校園的大道，太陽興奮地緊跟著。奇怪的是，他突然心跳加快、脖子冒冷汗，而且不自覺地用右手碰觸林的左手。「你知道嗎，我們商學院的女生都在談你嘢！他們都說你當右外野手時高飛球接得好帥喔！……還有還有，有人看過你那篇有關外星人的小說，他們雖然看不懂卻都說很好；還有你曾經當過什麼主席是吧？眞厲害……」他支吾地笑著，心裡卻嘀咕：「太陽太毒了，這是不祥的預兆——」他一直用手帕擦汗，腳趾在皮鞋裡不停旋轉，他感覺舌頭像是被坦克車輾過一般乾燥，手裡的德希達像一把燃燒的手槍，一觸即發。

「我們到圖書館坐一坐，好不好？」他喘息著說。

接下來的事他無法敘述或解釋，以下是一位目擊者事後雜亂的回憶：在男廁旁邊，林美珠的尖叫聲、白上衣的鈕扣叮咚地滾向走廊、撕裂的裙子被風緊貼在窗口、蕾絲褲襪因拉扯而有綻線痕跡、血？有血嗎？我不記得了！

他只記得自己光著上身，穿著四角內褲，提著林美珠白色的高跟鞋拚命向外跑，憤怒的群眾在身後追趕。他跑到那個象徵大學精神的象牙塔前，立刻就被咆哮的群眾包圍。情急下，他像猴子一樣爬上象牙塔，五秒後，他從十公尺的塔頂往下看，群眾正義而怨恨的眼光令他不敢動彈。他漸漸地群眾越聚越多，有人手上拿冰棒有人拿木棒，有人迅速地在頭上綁起各種顏色的布條。他在人群看到他的好友、一直賞識他的系主任、昨天才共進晚餐的諸位長官，長官的腳旁躺著那本被風翻起的德希達。他想往上爬卻發現沒有路了，咆哮的人潮像在爭睹上帝降臨的風采。他向上帝求救，隨即銳利地往下看。多奇妙啊！他第一次——發現——自己的內褲是ＢＶＤ的。

二 她是美得過火了，不過不是因為這個……

「看看你幹的好事！」教官的斥責像一隻公牛在盛怒中突然打了個噴嚏。他像個囚犯般坐在教官面前，無精打采地瞄了眼摔到他臉上的報紙：

「學院之恥!!!」（看看那三個興奮的驚嘆號，好像要跳起黏巴達似的。）

教官又把許多份報紙扔到他面前，他用腳一一翻弄，發現兩黨的報紙呈現了前所未有的合作，一致將砲口朝向他：

「X大驚傳強暴事件　校花慘遭凌辱」

「台北訊　一向平靜的X大校園昨日發生了強暴案。一位品學兼優、文武雙全的學生陳××在光天化日下凌辱其學妹林×珠，隨後竟裸奔至X大精神堡壘前，並爬上塔頂，意圖自殺未遂……」

「……這種『約會強暴』在國內尚屬少有，據目擊者指出，五月六日中午十二點十七分左右……」

「陳姓學生平日多才多藝，形象良好，是學生界活躍的領袖人物，甚得師長及校方看重。發生此事，眾人皆大感意外。然而他的暴力傾向並非沒有蛛絲馬跡，據與他同在棒球校隊的張姓學生表示，自四月底以來，陳生每次打擊都使盡全力，全壘打率也驟然提高……」

「……至於是否開除該生，X大校方表示將嚴肅考慮後再作決定。總教官說：『我們會給社會大眾一個交代！』而教育部表示絕對尊重該校的決定……」

「林女身為立法委員的父親對此暴力事件尚未發表評論，不過據消息靈通人士表示……」

「……一位不願透露姓名的第三黨人士表示：這是典型的政治謀殺！」

他將那疊張牙舞爪的大怪獸輕輕移開。

「我不相信，殺死我我都不相信。」總教官解開領帶，繞著辦公桌來回踱步。「你各方面表現都完美無缺，學校又這麼看重你，讓你當這個代表、當那個代表，校長前天還跟我稱讚你，說要提名你領青年獎章，前途一片大好——結果你突然捅個這麼大的樓子。現在好了，鬧上了頭條，學校不處理都不行了。」

「處理」這兩個字讓他神經微微彈了一下，他望著牆上懸掛的「傳統」、「責任」、「榮譽」、「成就」等四幅墨寶，輕嘆一口氣：「讓你們失望，我很抱歉——」

「抱歉有個屁用！」總教官繞到他身後，用力壓著他椅背。「你看看你現在這德性（卡其褲、白汗衫、沾了油汙的眼鏡和45度沈重的頭），我搞不懂，眞他媽的搞不懂……」

他緩緩站起來，拉一拉下垂的褲子，又軟綿綿地坐下。

「看看你那豆腐臉，唉，那個林美珠眞的美得過火了，讓你——」

「她是美得過火，但不是因爲這個。」他輕聲說。

「那是因爲什麼？你認錯人了？不小心撕碎人家的衣服，又不小心脫了自己的衣服？」

「她是美得過火了，」他的嘴角露出憂鬱的微笑，但不是因爲這個……還有其他的解釋……」

「沒什麼好解釋的了！」教官敲著桌上的報紙，然後瞇著眼，擠出一個詭異的笑容，「除非你承認自己是同性戀。」

三 這個我們要研究研究

「林美珠的母親出現在記者會會場時，不小心跌了一跤，她故作鎮定地爬起來，大家才看到她打扮得像個參加丈夫喪禮的寡婦。墨鏡、黑洋裝、暗色絲襪，和不適合她年齡的超級高跟鞋。最肅殺的，是嘴上光亮鋒利的唇膏，其厚度像個小型口罩。林母擔任養蘭俱樂部和新女性大同盟的主席多年，參加婚喪喜慶都是這身打扮，令人搞不清她眞正的情緒。但這一次她顯然有備而來，這一點可以從她胸前插了一朵多刺的玫瑰得到證明。

林母在講台上坐定，鎂光燈閃個不停，如記者們所預期，林美珠本人沒有出現。

『林主席您好，我是女性主義雜誌的總主筆，』一個滿臉橫肉的彪形大漢擠到麥克風前，『您女兒是這件台灣有史以來最恐怖的校園性暴力的受害者，請問您是否考慮訴諸法律行動？』

『咳咳──』，林母以一種戈巴契夫的方式清喉嚨，然後發出尖銳刺耳、母雞下蛋時的聲音，『這件事我要和我先生研究研究。』

台下一陣竊笑。誰不知道林美珠的爸爸除了是被執政黨視爲鬼見愁的反對黨大將外，還以怕太太聞名。

『您先生是反對黨的第一把交椅，』一名背著綠色臂章的記者問道，『而據我們調查，強暴您女兒的陳××是個○○黨員，而且頗受上級器重。您認爲這是不是有預謀的、間接的、自殺性的政治迫害？』此話一出，坐在會場中央一群穿藍西裝、戴咖啡色粗框眼鏡的記者突然過敏起來，有的咳嗽、有的流鼻涕、有的猛抓癢。

林母的嘴角漾出了滿意又富挑逗性的微笑。『這個我們會仔細研究。』

『林主席，這件震驚全國的校園性暴力是否會對搖搖欲墜的股市予以致命的一擊？』

『林美珠今天爲什麼沒來？』

『是不是懷孕了？』

『打算墮胎嗎？』

『孩子生下來後您是否仍堅持新女性主義者的立場要他從母姓？』

只看到林母慢條斯理地說：『這個我們要仔細研究研究。』

然後看到她露出告別的微笑，把胸前的玫瑰取下，輕輕地，一瓣一瓣地撕碎……

以上是台視記者冒著生命危險在現場爲您報導。」

四　臨表涕泣，不知所云

「研究研究」的記者會結束了，但對一個眞正熱心追求眞理的記者，戰鬥才正要開始。從強暴案爆發之後，各大報的記者紛紛理了小平頭，拎著長方形的皮包，每天在林家門口東張西望。

(他們還僞裝成各種不同的身分刺探消息，有的在巷子裡遛遛鳥，有的打扮成郵差，有的查瓦斯表。）某大報影劇記者甚至在林家對面十五樓架起一架高倍望遠鏡（它甚至能清晰地看到林母卸妝後日益變大的毛孔），但除了觀察到林家樓上的「意識型態與上帝之死」茶藝館暗地從事色情交易外，並沒有發現受害者林美珠。記者們甚至暫時割捨獨家的野心，通力合作追蹤林美珠的下落，仍然徒勞無功。小道消息十分囂張，於是在事情發生後第四天（五月十日），傳出了林美珠早因流血過多而死亡，其父母把她的屍體打扮得漂漂亮亮，藏在後陽台的洗衣機裡。而他們隱瞞眞相的原因，是爲了炒熱這條新聞，藉機造勢表態，爲下屆立委選舉累積受害者形象的政治籌碼。

就在鑽石周刊公布了一卷其特派記者某日深夜在林家陽台上錄到的錄音帶（在雜音中可以聽到一個類似林美珠的聲音淒涼地說著：我死得好冤枉啊！我死得好冤枉啊！）時，五六強暴案以其懸疑的後續情節盤據各報頭條達五天之久。此時翻開報紙，讀者的注意力一定集中在頭條新聞神怪故事性的描述或倩女幽魂式的照片，沒有人看到第十版角落有則刻意被淡化的新聞。

「本報訊，對X大學生陳××六四性醜聞一事，校方懲戒會已決議如下：念陳生素行良好、深具悔意，特從寬處置，記大過兩次，留校察看。」而這從寬處置的條件，即是陳××必須在各大報刊登他的悔過書，必要時接受電視訪問，表達其悔恨之意。「總之，」在X大的教官室，總教官以慈父的語調對他說：「你必須告訴社會大眾當初你是多麼多麼殘暴，現在是多麼多麼後悔，將來要如何如何補償。」「可是，」陳××從椅子上站起來。「沒什麼可是的，你要搞清楚，這是救你、救林美珠、救學校的唯一方法。草稿在這兒，你看著辦吧！」

陳××的悔過書立刻見報。這篇圖文並茂，詳細描述醜聞經過及罪犯悔過心境的文字，馬上就因爲高度的商業賣點和娛樂效果而轉移了林家門外眾記者的窺伺狂。五月十三號，在被害者失蹤七天後，罪犯變成了媒體寵兒。

「對於校長、訓導長、總教官以及愛護我的師長們，我感到十二萬分慚愧，你們如此看重我、栽培我，我卻做出這樣喪盡天良禽獸不如的醜事，我將終身悔恨；對於我的朋友，我感到十二萬分罪惡，你們如此崇拜我、擁護我，我卻做出這樣泯滅人性、人神共憤的惡行，我將終身不安；對於林美珠同學，我感到十二萬分抱歉，你如此信任我、尊重我，我卻做出如此淫蕩不堪，耽於肉慾的勾當，我將終身自責。因爲我的邪惡，我辜負了所有的人，承蒙學校給我自新機會，感激涕零之時，我要致上最深的悔恨之意，請你們原諒我！原諒我！原諒我吧，同胞們！

臨表涕泣，不知所云。」

五 你們要以暴制暴嗎？

醜聞並沒有因陳××的悔過書而平息，觀眾希望好戲繼續，舞台上就必須推陳出新。五月十八日，X大象牙塔前集結了近千名學生，包括婦女解放社、佛學社（後佛洛伊德學社的簡稱）、中國文化道德復興學會等五十多個平常從來沒聽過的社團（有些還是因醜聞而成立的）。小傳單在人群中散發，上面寫著「大學敗類滾出去」幾個大字，旁邊還畫著一把沾滿鮮血的藍波刀。穿著標語服的學生在塔前站成一排，形成了「○○黨包庇校園色狼」幾個大字。各式各樣五顏六色的標語氣球也升了起來，「立刻開除變態的僞君子」、「受壓迫的女性覺醒吧！」、「強暴校花乃是童年時期性壓抑及戀母弒父情結的反彈」等標語衝上雲霄，像是去打擾上帝的午覺。在人群最右邊，一個瘦弱、蒼白、營養不良的學生扮成孔子的樣子，一邊嚼口香糖一邊揮舞著小旗子，上面用毛筆寫著：「復興傳統道德文化，此其時也！」

「陳××是我最好的朋友，」後佛洛伊德學社的社長在台上聲嘶力竭地叫喊，「但是我現在要徹底批判他！」群眾間爆出了嘉年華會的亢奮和喘息。

「過去他的表現讓我們每一個人都敬佩，但這個事件證明了那一切都是假的！這隻狼心狗肺的吸血鬼終於暴露了眞面目！他利用林美珠同學的純潔無知，不但玷汙了她神聖的肉體，也摧殘了她無瑕的靈魂。他邪惡的雙手謀殺了這世界上最後一個完美的靈魂——」。

群眾的掌聲淹沒了如詩般的講詞，演講者舉起雙手，緊握著拳頭，「可是，各位同學，最可怕的不是這個，最可怕的是，校方竟然沒有開除這個混帳東西，同學們，這證明了什麼？各位想想看，這證明了什麼？」演講者眼中充滿威脅性的詢問。

「這證明了○○黨與他狼狽爲奸，迫害我們的女同胞！」

演講者面部肌肉因憤怒而扭曲，群眾的鼓譟如一場搖滾音樂會，他們手牽著手，淚水與憤怒結合成同仇敵愾的決心。

「所以，」演講者舉起右手宣誓，「我在這裡鄭重宣布：從今起，我和陳××斷絕一切關係，並且——」

無數的小旗子揮舞著，一具陳××的紙偶相在人群中燃燒起來，歡娛的群眾沈醉在復仇的高潮中。

「各位同學，各位同學請聽我說——」演講者這回舉起雙手，他的左手拿著一把小刀，刀鋒閃爍著刺眼的光芒，然後在歇斯底里的群眾面前，他俐落地用小刀劃過右臂，驚訝的群眾突然安靜下來。

「我在這裡代表各位立下血誓，從今以後，誰在學校看到那混蛋，一定打得他滿地找牙！」

在群眾們高唱軍歌、揮舞拳頭、呼喊口號，彷彿是替天行道的使者時，誰也沒空注意到他們的目標就站在人群的最後方，陳××靜靜看著這爲他舉行的慶典，嘴角露出一絲詭異的笑容。

密殺令就這樣發出了。第二天清晨，X大校園貼滿了「通緝陳××」的布告，陳××同系的同學都受到電話或土製炸彈的騷擾。另一方面，出事的象牙塔前聳立起白色的自由女神（依受害者林美珠的形象塑成），以紀念她的犧牲。

六　謙卑的人有福了

那些發出密殺令的激進分子大概永遠也想不通這項暴力號召竟使他們的仇敵變成媒體的金童，並且在某種意義上，由犯罪者變成受害者。一夜之間，這位台灣有史以來最兇殘的強暴犯竟變成民眾津津樂道的話題，而他的成長背景，自然就成為靈敏的新聞界和電影界的焦點。某電台〈一百分鐘〉節目製作了專輯報導這個強暴犯的成長過程。製作小組千辛萬苦搜集他的資料，並重金請到兩位祕密證人談及他們對陳××的看法。據悉，此兩人分別是他國中及高中時代的女友。

「大家都知道，」畫面上是一個短髮女子的背影，主持人身體微向前傾，臉上露出同情又諒解的表情。「驢子——哦，我是這麼叫他的，驢子從托兒所起就表現得很傑出，聽說他在三歲時，就會說華盛頓砍櫻桃樹的故事，大家都認為他是神童。到了國中更不得了，不論師長、同學、母姊會主席，甚至來訪的督學和外賓，沒有不拍拍他的頭稱讚一番的，大家都預測他是明日之星，」女證人咳咳嗽，攝影機始終在她頭頂和背面取景。「但是，只有我感覺到，對，當時只有我，只有我發覺驢子在完美的外觀下有些不對，譬如說，他時常跟自己說話，走路時常走五步退一步，跟我接吻時常露出疲倦不堪或甚至厭惡的表情，當時我就懷疑，驢子有不可告人的祕密。」

畫面在廣告後立刻接到另一個背影，只聽她得意洋洋，以女先知的語調重複著：「我早料到有這麼一天！」

「請問您是否曾和陳××先生發生性關係？」

「……」

「A小姐，請問您在高中時期是否曾和陳××發生——」

「老實說，」攝影機慢慢推近，背影吐出一口菸，「他是個性無能。」

這專輯創下台灣電視史上最高的收視率，而強暴犯可能是性無能的祕辛使得股市大振，奇蹟似地竄回萬點高峰。在媒體強勢推銷下（製作小組甚至製作了專輯的主題曲：我無能，但是我很溫柔。）這樁曲折離奇的性醜聞已將陳××捧成全國最受歡迎的電視明星，民意調查顯示，全國知道陳××的是一百％，喜歡他的占七五％，同情他的占八一％強，而認爲應對他提起公訴的只有七％弱，一個新推出的〈台北法網〉影集甚至公開支持陳××無罪。而更令女性主義者嘔吐的是，全國十七歲到三十二歲的女性中，八九％承認他們幻想跟陳××約會。陳××受歡迎的程度使腦筋靈活的商人開始打他的主意。印有陳××照片的T恤和他的娃娃大發利市。某小說月刊希望他能將這次事件寫成一篇「雅痞式的都市冒險」故事，衛生局計畫請陳××拍一支推廣保險套的短片，而某大導演正式邀請陳××出任電影《七匹色狼》第三集的男主角。

在一個三台聯播的陳××專訪中，臉蛋漂亮的女記者問到：「對於祕密證人說你是性無能，你覺得如何？」

「……」（新聞局指示作消音處理，螢幕上只看到陳××舉起右手，搖動手腕，突然握拳，再將左手置於其上，連拍兩下，然後放下兩手。旁邊的女記者緋紅了臉，掩住想笑又不敢笑的表情，連麥克風都掉到地上——本段以下全部剪掉。）

畫面突然回到一名男記者嚴肅地問：「對於X大同學恨你入骨而電視觀眾爲你瘋狂的現象，你的解釋是——」

「時代考驗青年，青年創造時代。」

七 我終於失去了你

「胡鬧，簡直是胡鬧！」電視台老闆用力將一捆抗議信件摔在桌上，製作人嚇得跳起來。

「老闆，我們創造了台灣電視史上的奇蹟吔！」

「見你的大頭鬼！」老闆的口水像破裂的消防栓。「你看看這些信，我能這樣向上面解釋嗎？」

包括中央黨部等二十多個曾經頒獎表揚陳××的公私機構，異口同聲地抗議：「如果他眞如節目報導的，是個虛僞好色壓抑殘暴性無能的登徒子，那麼過去對他的獎勵，豈不變成一大諷刺？」所以，某單位這樣寫著：「務必查明陳××犯罪的眞正原因，如果查不到，記住，歷史是可以更改的，必要的時候……」

製作人壓根兒沒把那些言近旨遠的信件放在眼裡。第二天，他懷著「堅持藝術、永不妥協」的熱情向製作小組暢談他創造第二波高收視率的策略。

「使觀眾永保亢奮的方法是——」他的瞳孔變大。

「讓他們也介入劇情發展中！」

於是有獎徵答的明信片從四面八方湧向電台，全國觀眾在思考陳××強暴林美珠的原因上，發揮了驚人的想像力和前衛的道德觀。第一周排行榜很快就統計出來了，電視台並挪出半小時公共電視時間，請趨勢分析學者爲觀眾講解排行榜的走勢。

本周排名順序：

1. 林女刻意勾引陳，爲破壞其政治前途。
2. 陳與林父分屬不同黨派，陳藉此給林父「一點顏色」看看。
3. 陳之前任女友爲林之同性戀伴侶，陳爲復仇，遂下毒手……

排行榜在三周後達到高潮，不但觀眾寄來的明信片每天廿四小時由郵政總局專車送達，當月發售的明信片也創下偉人肖像產品的銷售紀錄。更緊張的是，各地組頭紛紛推出專門預測排行榜的六合彩，其風靡程度，已與股票並列爲台灣居民之兩大休閒娛樂。然而就在各種包含了政治、色情、金錢、暴力等強暴原因在榜上較勁時，來自黑白兩道的反彈使製作單位承受極大的壓力。一位重量級人物說：「排行榜混淆了所有的立場、攪亂了一切的價值、洩露了太多黑幕、挑起不少猜忌，它的存廢值得『考慮考慮』了！」不久後，兩黨將聯合打壓排行榜的謠言使全省六合彩賣壓沈重，股市也連續一周以長黑收盤。當有內線消息的大戶抽出資金後，停辦排行榜的消息由電台發言人在一百多位國會記者面前證實。隔天，股市崩盤，十萬名股市和六合彩投資人在總統府廣場開舞會以表示抗議。第三天，敏感又持綠卡的官員紛紛訂機票、變賣家產。而當天深夜，排行榜製作人被人發現在他情婦的廁所裡「舉槍自盡」，屍體旁有一張黑傑克撲克牌，牌的反面是艾爾帕西諾的照片，屍體臉上帶著「我欲乘風歸去，又恐瓊樓玉宇，高處不勝寒」的表情。

八 掏出你的手帕

當總統在廣場前以堅定、自信又親切的口吻及一句「心中有強暴原因，手中無排行榜」的名言勸退十萬名示威者後，好戲才正要登場。首先是事件主角陳××在校園中被一個自稱爲「X大後佛洛伊德突擊隊」的地下組織綁架，並鎖在X大兩百多間女廁的某一間。其後另一主角林美珠的父親召開記者會，表達他對排行榜中「林女刻意勾引陳」一項久居第一的嚴重抗議。

「每個人都想從這個事件得到一點利益，而唯一的受害者是林美珠——我親愛的女兒。」林父一反在國會中的激動，改以溫柔感性爲訴求。

「美珠是我唯一的女兒，她美麗、乖巧、純潔、愛乾淨，爲什麼你們都想利用她？爲什麼她在受身體的強暴後，還要受社會精神的強暴？」林母仍是面容肅殺地坐在旁邊，墨鏡、厚粉底、鋒利的口紅，不過似乎爲了要提醒人們林美珠是純潔的，她今天特別穿了一身白，活像個要走進結婚禮堂的老修女。

「說美珠引誘陳××那些小信的人啊，你們的心肝在哪裡？你們眞的迷失了嗎？」林父停頓了一下，以聖潔又深情的眼光打量那些被感動的記者——就像耶穌看著祂的羊。

「所以，」林父恢復了堅決的語氣，「我以父親和國會議員的雙重身份，要求檢察官立刻發出搜索票，讓我徹底搜查陳××住處，找出他預謀強暴我女兒的證據！」

林父以教父般斬釘截鐵的口氣贏得尊敬的掌聲，可是當記者問到「爲什麼林美珠至今仍未露面」時，林父立刻掏出手帕摀住嘴，並自動低下頭去，隨即牽著他太太，在數名保鑣的護衛下迅速離開會場，匆忙中不小心踢倒了養蘭俱樂部連帶展示的名貴劍蘭，引起林母粗俗的咒罵聲。

九　雙喜臨門

六月六日，強暴案發生滿一個月，整個台北市進入警戒狀態。台灣北部的憲警和情治人員全體動員，分成兩師，一師由持搜索狀的林大委員率領，直搗陳××住處作梳頭髮式的搜查；另一師由女警隊指揮官領軍，逐間搜索X大的女廁，援救被綁架的陳××。爲了配合此項命名爲「雙喜臨門」的行動，大台北地區宣布戒嚴，各娛樂場所休市一天，各機構學校降半旗以示肅穆。

第一現場：當霹靂小組破門而入，林父高舉搜索狀模仿聯邦探員高叫「Freeze!」（中文翻譯：不許動！）時，出他意料之外，整個房子整潔、安靜、一絲聲響也沒有。

第二現場：爲了避免搜索女廁所帶來的不便和尷尬，X大校方宣布所有女生停課一天。此項不平等政策立刻引起X大所有男生和少部分女性主義者的不滿。他們聚集在校門口示威，並以集體變性要脅校方。特警隊只好從後門進入X大，由東向西搜索。整個上午一無所獲，唯一的貢獻是替X大清掉許多馬桶中的殘留物。

第一：陽光從百葉窗靜靜地流進來，灰塵和游絲緩緩上升。林父小心翼翼地向前走，只聽見後門紗窗外沙啞的蟬叫聲。

第二：下午的搜救行動有驚無險：一對熱戀中的情侶躲在女廁裡，當女警踢開門，按照慣例高叫「統統不許動」時，受驚的男子差點一屁股跌進馬桶裡。

第一：林父和尾隨持槍的霹靂幹探慢慢推開陳××房間的門，一切整齊得令人不寒而慄，床鋪、書架、書桌，和軍中榮譽班長的擺設一般規矩，像是不久前才刻意整理過，等著長官來視察。

第二：為了拍攝搜查廁所的獨家畫面，電視台紛紛派出直升機在空中支援，結果兩「友台」的直升機尾部擦撞。

這個意外使得地面一無所獲的記者大打出手，新仇宿怨都趁機解決。

第一：林父翻閱了所有的書籍和信件，並無可疑之處。唯一奇怪的是書桌上擺了一分講義夾，像是早就為他準備好的簡報。當林父戴上手套，小心又野心地打開時——

第二：十七點二十七分，女警隊在獸醫系二樓的女廁牆上看到一張字條。上面用雞血寫著：你們永遠也別想找到，因為我們要替天行道，於明晨零時零分處決他。

第一：裡面是陳××二十一年來所有的獎狀、證書、成就紀錄、光榮的照片、及各個機構的證件，林父對這些玩意兒一點也不在意，令他心喜若狂的是：證件下面，壓著一本有鎖的日記，而鑰匙就在旁邊。

第二：X大恐怖分子將處決陳××的消息經晚間新聞播出後立刻震驚全國，當晚七點四十九分台北地區發生輕微地震、基隆河水位高漲了兩公尺，木柵動物園也傳出猴子突然集體暴斃的消息。行政院長在接受訪問時認爲此舉是對他整頓治安計畫的挑戰，他發表強硬的三不政策，聲明絕不與恐怖分子接觸、談判、妥協。警政署長也在當晚發表辭職聲明，原因是公權力不彰，他有很強的「無力感」。而全國上下千萬崇拜陳××及少數譴責他的觀眾現在都一致同情他，他們守在電視機旁看搜索隊打開一扇扇女廁的門，期望看到陳××血流滿地卻毫無畏懼的臉。

第一：林父遣走了隨身的霹靂幹探，鎖起門，打開日記本。所有的憲警和情治人員奉命在門口待命。上萬的警察擠滿了整個東區，他們抽菸、打屁、玩十點半，數千輛警車七橫八豎地停放，頭頂上的旋轉燈到入夜後更加興奮，像在慶祝某某革命某某周年的團結自強晚會。

第二：二十三點三十九分，特警隊進行第二遍的搜索，X大附近居民已衝破警方布下的拒馬，進入校內觀賞動人心弦的實況。一輛救護車已尾隨著搜索隊待命。警方基於人道因素，呼籲恐怖分子出面談判，同時卻急忙地對社會大眾聲明此舉與院長所談的三不政策並無衝突，台北市警察局長立刻發表了〈擁抱正義竟是如此痛苦〉一文。空中警察開始在X大上空空飄傳單並實施心戰喊話，直升機盤旋著，像一支搖搖欲墜的風扇。

第一：林父進入那房間已經三個多小時了，卻一點動靜也沒有。霹靂小組荷槍實彈擠在門口，銳利地注視書房的門。

第二：二十三點五十三分，贖金提高到五百萬，加上中東七日遊的來回機票。「後佛洛伊德突擊隊」仍未出面。

第一：屋裡靜得聽得到空氣流動的聲音。層峰指示：必要時衝入房間解救林委員。

第二：二十三點五十八分，贖金提高至一千五百萬現鈔，X大校方並同意將恐怖組織中所有學生的成績提高至九十五分。

第一：像一間鬼屋，有著堅硬、黏稠、冷冽的空氣……

第二：二十三點五十九分，警方放棄陳××，只希望恐怖組織讓陳××在死前說出林美珠的下落。

第一：四名終極警探打開烏茲衝鋒槍的保險，準備第二次破門而入……

第二：五十九分四十一秒……（輕鬆一下嘛！）

第一：五十一秒，陳××，你爲什麼要強暴她？你有成功的過去和美好的將來，爲什麼要——

七月五日零時零分，當霹靂小組第二次衝進陳××的客廳時，他們聽到書房傳來一聲淒厲、痛苦、絕望的慘叫，那慘叫不像是廿世紀成人所發出來的，恐怖地讓四位訓練有素的警察棄槍而逃。當然，呼應這聲慘叫的是台北另一角落的槍聲，清脆、簡潔、帶著左派慣有的準確。

十 校園連環炮

當陳××和他僞裝成「後佛洛伊德突擊隊」的朋友握手道別時，他們把另一個備用的大龍砲還給了他。他走進家門，屋內零亂、空曠，帶著歡宴後的寂寞和流行死去的淒涼。他走進書房，發現桌上的講義夾已不知去向。他坐在地上，撫摸著月光給他的影子，他偷偷地——笑了。他拿起電話：

「美珠，明天你可以回家去了！」

「終於可以回去了，怎樣的，這次我表演得很棒吧？」

「太完美了！你幫了我大忙。」

他掛下電話，四周的陰影和寧靜形成了一個墳場。他忽然想起出版社要替他出一本《雅痞的都市冒險》小說。他扭開燈，攤開稿紙，開始寫下這次事件的眞相。此時，我們看到他疲憊的臉上露出黑暗、詭異而寂寞的笑容。

——原載一九九〇年十一月《聯合文學》

賴香吟作品

小說卷

賴香吟

台南人，1969年生。台灣大學經濟系學士、日本東京大學區域文化研究碩士。曾任職書店、出版業。著有《散步到他方》、《霧中風景》、《島》。曾獲聯合文學新人獎中篇小說首獎、台灣文學獎小說首獎。

翻譯者

午後暖風吹過春天的新綠，陽光灑在窗簾上發出旋舞般的聲響。

我聽見聲音，是的，我總是聽見許許多多的聲音。雲彩游在天空裡有幻想的聲音，鳥群打從窗沿飛過也有幸福的聲音。……

「關於A地的前途，我並非持反對看法，我也明白歷史的重建在此時此刻具有現實的政治意義；然而，我不能同意我們在急切的意念中偏離事實，這將使一切都染上傳奇的色彩……」

我按下停止鍵，突來的靜寂使人瞬時虛脫下來。我終於寫完它了。好幾個小時以來，我一直反覆聽著這捲錄音帶，然後一字一字把它整理出來。多麼煩躁的工作。我伸伸腰，決定出去吸口新鮮空氣，天色全暗之前，說不定我還來得及把資料送到L先生家。

生命結束前的那十年，W從來沒有想過，自己會在毫無預期之中，對眼前所見的畫面產生一種莫名其妙的興趣；說是興趣，更像是一種情熱，W感覺到自己被一些畫面狂亂地捲動，像是忽然之間就完完全全地進入了眼前的畫像之中，那種衝動幾乎要連她自己都感到躁熱。

她一直以爲自己是個不懂繪畫的人，因爲，她從來就不曾主動想去接觸任何繪畫，而她自幼年開始的所有美術課程也都是不愉快的。再說，很長一段時期，她對繪畫毫無感覺也是一個實在的證據。她眞不明白自己爲什麼突然理解了畫面裡的世界，她也不能了解爲什麼那些色彩那些線條都忽然活動起來了。她有點兒苦惱，因爲，那種理解不僅僅只是滿足了一種所謂高尙的趣味，而更霸道地威脅到她心靈的平靜……

一陣尖銳的煞車聲打斷我的思緒，片刻間，W像精靈一樣地消散了……

來到B地之後，由季節景物變幻出來的色彩始終令我神迷，他們漫無目標地將我腦中的塵埃吹散，顯露出浮光掠影的往事，可是，當我想要把心裡所感受到的內容說出來的時候，那些色彩，也永遠跑的比我的語言還快啊，不，也不只是色彩吧，還有任何與我同時存在的光景，就像這個午後，騎著腳踏車我淋過一片片樹叢裡落下來的光影，伴隨著氣味、腳步聲、鳥啼聲——僅僅只是眼見的世界就如此遠遠超出我的所有，可怕，永遠的追跑，是不可能休止的罷……。

我停下來，把車子牽進轉角放好，轉過頭來我看見G隔著麵包店的玻璃窗對我揮手。

我走進店裡拿了起司捲，然後要一杯咖啡。G一如往常地給了我兩個奶油球：「怎麼今天看起來有點疲倦的樣子？」他說。

我笑了笑，表示還好。但是，等我坐下來的時候，一下子還眞覺得累；我想大約有兩、三天我都沒能好好睡一覺了。前幾天，爲了跟學校裡的教授談話，我忙了一整夜的書面資料。談完之後，教授還算滿意，但我自己卻像洩了氣的皮球般空虛不已。在學校附近的公園裡坐了幾個鐘點，我走路回家，然後，百無聊賴地把錄影機打開看了一部怪片子：「*An Angel at My Table*」。

電影有個無趣的開頭，讓人幾乎不想再看下去，漸漸地它更變成了一個沈悶而可怕的故事，一個毫無情節的人生回憶錄。多荒唐啊，我想，人居然只因爲渴望一點點愛而無法抗拒被送進精神病院；只要一滴露水就能治癒的事，我們卻花掉幾百次電療幾千個藥丸還覺得束手無策。

更荒唐的是我居然因這片子而癱在床上睡不著了，如岸上魚掙扎到天色發白，我索性爬起床把L先生交代的工作一口氣給做完，直到這個午後，——這樣已經過了幾個小時？再這樣下去，我眞會把身體弄壞——，我拍拍腦袋，一陣沈重，怎麼我還停不下來地陷入W的世界，無所根據地揣測她的語言……

「嗨！」G總算找到空檔走過來和我說話，他說他這個週末要和幾個朋友去海灘，問我要不要跟他們一起去。

我搖搖頭。

「爲什麼呢？」他不高興地撇撇嘴說：「每次找妳去哪裡妳都說不要。」

（不完全是這樣子的；我去了只是破壞氣氛。）他不接受地搖頭。我看沒辦法了，用桌上的水滴又畫了幾個字：（最近很忙。）

他一手抹掉我的字，才要開口，門前進來幾個客人，他重新回到櫃檯。我一口把剩下的咖啡喝完，趁他進廚房去取麵包的時候離開了。

電車呼呼地跑離小站，遠遠地我還能看見麵包店黃綠相間的招牌；從廚房轉出來的G現在不知怎樣地懊惱呢？我想，或許我該試著以和善的方式來表達，而不能每次都說不出所以然。G前陣子對我說：「怎麼妳讓我想起鋼琴裡的女人？」

The Piano。又是那個導演。我笑了笑，那是一部圍繞語言的電影。然而，我告訴G，如果要說那片子一定讓我想起什麼的話，我倒是只想到我媽媽。

「爲什麼？」他問。

我又笑，然而什麼都不再回答。

G一直對我很好。幾個月之前，他跑來這家兼做咖啡生意的麵包店打工。比起從前的那幾個小姐，他的善意幾乎讓我覺得過多了。他向來把我當成B地人來招呼，直到有一次付帳的時候，我把證件夾掉在櫃檯，他才訝異地說：「原來妳也是A地人啊？」

也算是他鄉遇故人，那一天，他高興地和我說了許多話，好像在這之前對我的善意都沒白費，都是有因緣似地。「妳來這裡做什麼呢？」他窘促地摸摸頭說：「我的意思是說，妳一個人在這裡不是很不方便嗎？」

我聳聳肩表示還好。我跟他解釋我來這裡只是幫人做一些翻譯的工作。

「翻譯？」他幾乎尖叫起來：「妳不能說話怎麼翻譯？」

（只是一些書面工作。）我繼續在紙上寫。

「可是，妳是怎麼聽懂B地語的呢？」

我說我從小就聽慣父母講B地語，而且，家裡也經常有來自B地的客人。

「原來如此原來如此。」G又摸摸頭：「可是，翻譯哪裡不好做，何必跑這麼遠一趟路來這裡呢？」

（是啊，還眞遠的一趟路。）車子靠站，我下車又走了好一段路，繞進巷子時差不多是黃昏了。L先生說他讀完了我前天所寫的摘要，「但是，我想妳沒把最重要的部分寫出來。」

我啞然不知該說什麼，只把帶來的書面紀錄交了他。他低頭翻了翻就走進書房，把我獨自留在客廳的藤木椅上。

畫滿魚群的壁鐘，滴滴答答地游，游啊游，黃昏五點十五分。

我看看手裡他退回來的摘要稿，覺得非常沮喪，因爲反覆地改過幾次，我以爲那差不多是我理解的極限了……。可是，換一面說，這又有什麼好沮喪的呢？我眞不明白自己爲什麼老堪不住L先生的重話（不，那幾乎算不上什麼重話，只是我自己繃得太緊了罷），再說，我實在沒有理由必須對他如此畏懼。第一次見到我的時候，他就像個熟識的長輩般握住我的手說：「我有多少年沒見過妳了？怎麼樣，還習慣B地的生活嗎？」

我很快地把手抽回來，好多年來，我實在不怎麼適應這種親切；那個片刻，我覺得他再多握住我的手一秒鐘，我的眼淚也許就要不聽使喚地掉下來了，而那將會暴露我全部的心意。我坐下來，對，就是坐在這藤木椅上，壓穩了音調說：「還好。」

那時候，我來到B地已經有一段時光了，獨自找到了房子，摸清楚了交通，辦好了各種手續，也就是一切就緒之後，我才來見他；因爲我不要讓他以爲我是要來麻煩他的，我也拒絕他幫我申請獎學金的好意；父親去世之後的這八、九年來，我已經習慣自力更生。而且，（我來見他不是爲了這些。）我對自己說。

直到後來他說他需要人幫忙。他說這幾年他的眼睛不好，右眼幾乎什麼也看不見，更別說讀任何書籍或是文件。所以，他問我願不願意抽空來幫他處理一些來自A地的資料或是書信：「如果妳願意來，嗯，就說是來幫我工作吧，這樣也許會好些。」

我很吃驚，這和我印象中的L先生完完全全不同。幾個星期之後，我開始定期來到這屋子裡，打開書本幫他念那些細細麻麻的文字，或是幫他翻寫回函或報告。

「怎麼妳變得不太愛說話了；」他好幾次停下來對我說：「從前，妳倒是個嘰嘰喳喳問個沒完的小傢伙呢。」

（眞的嗎？）嘰嘰喳喳？這眞令人訝異。有關童年的記憶，我大多記不得了，但是，這幾年我的確對開口說話這件事感到疲倦，或挫折。（或許是感染到母親的沈默；）我通常這樣自我解釋：（要不就是我自己發生了什麼問題。）總之，不記得什麼時候開始，我很少說話，對陌生人我更是完全不願意張開嘴巴。

然後，也記不清楚是哪一天了，一念之間，走在街上我完全不願開口說話；反正我說話的機會本來就很少，像我一直只需要跟G指指價目表上的熱咖啡，然後跟他點頭說謝謝；有什麼理由我不能省略那些少之又少的購物問路閒聊等等語言呢？

結果也眞沒什麼麻煩發生，所以，我就繼，續，下，去。對於這種僞裝（好吧，就用這個詞），我並不覺得有什麼不應該，我也並非故意欺騙G，因爲他認得我的時候，我就已經處在不說話的狀態中了，我不可能只是因爲他來問我是不是A地人，就忽然張開嘴巴跟他說話吧。（而且，我要從哪裡說明起呢？我爲什麼不說話？）我不得不繼續沈默下去了。他愈是追問細節，我就不得不模擬出更多答案。如此謊言愈散愈成一張大網，一個啞人的謊言……。

六點零七分。料理家務的婆婆在廚房弄得劈哩啪啦響，L先生終於走出來。

「妳怎麼還在這裡；」他訝異地說：「我以爲妳回去了。」

他問我要不要留下來跟他共進晚餐，像什麼也沒發生過似地，他又變成了一個和藹的老人。（他永遠對自己說過的言語不以爲意嗎？）阻止著心中的委屈，我點了頭，我想我不能總是因爲L先生的言語而起起落落，他不過是說了一些別人根本不以爲意的話。

晚餐很簡單，只是一片薄牛肉和碎沙拉，還有暖和的海貝湯。婆婆回去之後，剩下我和L先生兩個人，他像是習慣了我的沈默，除了偶爾閒聊幾句世事之外，他並不期待我嘰嘰喳喳跟他談論什麼。只是，如同過去幾次的經驗，他仍然試圖知道父母過世後的這幾年，我是怎麼生活的。

「妳看起來沒什麼活力。」L先生問：「這些年妳都在做些什麼？」

我沒說什麼。事實也差不多如此。大學時代，除了語言之外，我並沒學到什麼專業；除了成爲一隻鸚鵡之外，我也沒做過什麼說得出名目的事。唯一能說明得比較具體的不過是吃飯的問題，我說爸爸銀行存款的利息剛好抵我的學費，舊房子的租金收入再加上一些打工，也差不多夠支出了，物質的生活其實沒有想像中那麼困難。

他若有所思地點點頭。他說他曾經打聽過我的下落，知道我上了大學，他想那麼應該是沒什麼大問題了。「沒消息就是好消息，我也沒多少理由跟妳聯絡。」他說：「我想搞不好妳也記不得我了；那時妳不過是個孩子呢。後來幾年，我也幾乎跟你們家失去聯絡了。」

我站起來整理碗筷，想結束這個話題。L先生跟過來堅持要自己洗碗，他說他已經習慣了。我退回客廳看他彎得辛苦的背影，忍不住想今天的L先生或許是個寂寞的老人。他的生活固定，每天婆婆會來幫他整理家務，做午餐，然後，黃昏把晚餐準備好擱在廚房，走的時候再順便把門口的燈給點亮。沒有人敢問他為何選擇這樣的獨居，而且，他好像也一直不曾再婚的樣子……。從冰箱裡切了一些水果，幫他沖好茶，時間已晚，我說我該走了。

他點點頭，起身走進書房拿了幾本論文，我只是接過來說聲晚安就離開了，附近的夜巷睡得早，只有蟲鳴還喧鬧著，我想自己是不是也對L先生說著謊呢？以沈穩的言行，以對未來充滿期待的姿態，來證明過去的歷史一點也沒有在我身上留下痕跡。剛才他問我明年是否要參加學校的升級考，我點了頭。可是，事實上，我並沒有這個打算。「如果妳覺得負擔過重了，就直接告訴我。」他對我這麼說，他也叫我隨時去拿我所需要的任何書。（多好的L先生……）浮世中哪裡飄來暗香，浮浮蕩蕩地走過好幾群朦朧的燈火，我看見自己又像個孩子一樣站在昔日的橋頭。

很多年以來，我試著要用一個人物W的觀點來寫一種像回憶錄的東西。我不知道爲什麼我會有這種奇怪的念頭，回憶錄？這實在有點奇怪，我對自己生命都還搞不清楚的時候，怎麼會滿腦子回憶錄的口吻？「妳還年輕，還有好長一段路要走；」父親也去世的時候，親人們對我說：「要往前看。」

奇怪的是，經過這九年，怎麼我卻覺得自己像是站上了人生的另一端，看過去的我，看現在的我，也看到未來的我；像水晶球一樣地倒影在我的眼前。而過去的日子，是一種失憶狀態呢？還是過於忙碌？想起來都沒什麼實在的感覺了，我的確很少往後看，很少去想過去到底發生過什麼事。

要來B地之前的那一年，因爲賣房子的事，我和監護的二叔二嬸鬧翻了。他們認爲我完全不懂行情，且一意孤行。事實也可能如此，我想那間房屋代理的確吃了我不少錢。二叔不能諒解我有什麼理由非賣掉房子不可，他追問我爲什麼需要那麼一大筆錢。我沒有回答他，因爲我也說不上來，我想我只是不希望那間屋子老是被租房子的人搞得亂七八糟，然而，現實上，我卻又仰仗那種租金生活著……狠心賣掉房子後，我當然爲失去我與父母的屋子而難過，但是，我也眞是鬆了一口氣，從那種忍受記憶變形失落的痛苦裡鬆了一口氣。

（什麼叫做財產，什麼又是記憶呢？）就是從那時候開始，我才正經想起過去的事，開始出現回憶錄這種奇怪的口吻罷。

我的人物W是個翻譯者。她坐在房間裡翻譯各種瑣碎的知識，她最常翻一些名人札記、藝術小語或是生活指南之類的東西；因爲這些書籍似乎總是可以安慰人們的心靈，出版商們也喜歡交給她這一類的計劃。此外，有幾年的時間，因爲她丈夫工作上的需要，她也斷斷續續幫他們翻譯過一些史料。剩下來的時間裡，她就翻譯散文或小說，可是，總是得不償失。

總地說來，她差不多是生活在一種很好的環境裡。可是，是不是也因此而缺少挫折呢，還是天性使然，她的性格裡始終留有一種孩童般的天眞或執著，就像她所留下來的畫冊，她重重地在那裡塗上了線：「在自己的內在世界中保持一種對外在世界『初戀』般的感覺。」

這種精神的質素曾經使她度過耽於幻想的少年，也曾經使她在昂揚的運動中屢受懷疑。直到如今，一切都好多了，過去激情同志的人生漸漸都駛進了穩定航行的海域，沒有人再有閒暇來質疑她這些精神的質素了。可是，怎麼她一個人還在挽留著這精神的質素，或是，想要趕也趕不走呵，那種未經處理也未沈澱的精神質素漸漸成爲她的「苦惱」，雖然她說不出來它們是什麼，——就像她想說出她在畫面中所經歷到的悸動經驗，但她永遠不知道怎樣去形容它；它們總是像精靈般盤旋她的腦海，一旦她捕抓它們，它們就狡猾地乘著她嘴裡的謊話溜走。

她希望親近的人們能夠體會到她所感受的，那麼，席捲她心頭的莫名狂潮便不至於那樣令人感到恐懼。可是，跑組織、編雜誌，還有隨時隨地擺脫不掉的打敵人、拜碼頭，大家都忙得沒有時間談這種「個人」的事。她無奈地打開電視看畫廊介紹，或是去翻讀各式各樣的畫評，可是，那些東西只讓她進入繪畫的歷史與背景，那種使她不安的、突如其來的理解仍然不被說明地折磨著她；像是畫面裡隱藏什麼秘密，像是良善性格裡有些什麼激擾的東西在催促著，她不明白那是什麼。

門是開著的。我走進去，但是L先生不在。K從靠背椅裡探出頭來，嚇了我一大跳。我問他爲什麼一個人在這裡，L先生不在嗎？

「在，不過，剛才L先生的女兒來；」K撇撇嘴說：「L先生和她去河堤散步去了。」（L先生的女兒？）我幾乎忘了L先生還有個女兒。我翻遍腦子裡所有相關的記憶，想起來爸爸好像告訴過我L先生有個女兒。但除此之外，似乎再想不起來什麼新的回憶了。L先生離開我們家之後，爸爸就很少再提及L先生的事。我只記得他說L先生離婚之後，女兒跟了母親，L先生雖然疼愛她但也是從此疏遠了等等。

我沒再繼續問下去，逕自走進書房做未完成的工作。不一會，K跟了進來，在房裡閒踱了一會，不經意地問：「L先生最近都在忙些什麼？」

我說就是整理一些發表過的論文，要趕在六月底結集出版。

K在學校裡當助教，每星期來見L先生一次，和他報告一些研究會的動態。L先生對K很好，雖然K總是盛氣凌人。K很用功，也有企圖心。L先生就說過K這個人亮眼的地方就在他那積極的野心；「某些角度來說，這對年輕人是好的。」L先生說。

相對於K，我知道別人很疑惑L先生怎麼會找我這樣不起眼的人來當翻譯助理，就像K好幾次試探我是怎麼認識L先生的，但我總是隨便說說，不想告訴他眞正的實情。

「妳注意到他的嘴角總是習慣性地下垂嗎？」Ｋ曾經提醒我：「這是因爲他太少使用它的緣故；他很少笑，過去他是個非常嚴厲的老師。」他諷刺地對我說：「不知道妳領教到了沒？還是這幾年他脾氣忽然變好了。」

我沒有回答他。儘管我畏懼Ｌ先生，但我並不覺得他總是嚴肅的，記憶裡的Ｌ先生甚至是個過份溫和的人。我想他之所以看起來有些架子，可能只是因爲他不善於開話題，那是一種矜持，甚至是生性的內向所致。私人場合的Ｌ先生其實是個和藹的老人，有時他也像個孩子似地問東問西。

此外，Ｋ最沒有注意到的是Ｌ先生的情感，許多時候，我覺得Ｌ先生比我還知道如何去關心別人。Ｋ一直很羨慕Ｌ先生擁有許多Ａ地的資料來源，因爲那經常是第一手資料，但是，這一切與其說是苦心蒐集，倒不如說是因爲別人總是把Ｌ先生當成朋友來對待的緣故。就像我爸爸，生平他就把Ｌ先生當成知心來對待，除了把一生經歷全都告訴他之外，我爸爸在任何場合裡都沒忘記過Ｌ先生，更別說什麼資料了。

（Ｌ先生是我父親最好的朋友。）

然而，那是好久以前的事了。十幾年來，我已經長成一個讓Ｌ先生認不出來的人，他那個和我差不多年紀的女兒大概也出落得亭亭玉立了吧。

Ｌ先生遲遲沒有回來。Ｋ等了一下子就走了，他說他最近忙得要死。婆婆問我說是否要準備兩個人的晚餐，我想想也好，或許Ｌ先生更願意和她的女兒共進晚餐。我不久就離開了。回到車站的時候，正好碰見G交班要走。他跑過來跟我打招呼，問我吃晚飯沒，我搖搖頭。他問我要不要跟他去參加同學會的活動，他說過兩天就是盛夏的節日了，同學會準備了許多家鄉的食品讓大家過節。「走吧走吧。」他拉了我往月台跑：「同鄉來的比較好溝通。」

電車跑得我昏昏欲睡，會場卻是燈火輝煌，讓人以爲做夢了。

G原來有這麼多的朋友，男男女女，一個有一個的名字，一個有一個的專攻，G一一介紹說：他是學財政理論的，她是遺傳生化，他是流體力學；」桌上擺滿餐點，角落還有表演台，我聽見走來走去的人都在說A地語，或是不停地夾雜B地單字。（他是植物病理的，還有農政學，血液學……）

我不停地點頭，這些未來將要擔負A地前途的技術者都很同情我，或許是因爲他們的生活圈裡少有我這樣的人吧，他們說話的速度變得像蝸牛一樣慢，慢慢地跟我介紹自己，慢慢地問我一大堆生活的事。「不用這樣子，不用這樣子。」G笑著跟他們說：「她只是不會說話，聽倒是一點問題都沒有。」

我擠出一個微笑，大家就跟著笑了。

吃得差不多的時候，燈光暗了，誰走過去拿住麥克風喂喂地問起來：「開始了開始！」有人喊。我退了一步，我不知道什麼將要開始，直到音樂呼地歡唱，才知道原來還有餘興節目。幫不上一點忙地擠在騷動的氣氛裡，我又胡亂想起什麼故事或歷史，我想起來我根本不知道W什麼時候開始當一名翻譯者。

（無聊的小說。無聊的回憶錄。）

大家開始唱歌，唱那些民謠或是翻譯歌曲，有幾個片刻，彷彿被那些歌聲打動了，我忍不住就要開口吟唱起來，但是——，我立即把嘴閉上了。我無聊地繼續想著小時候媽媽送我去參加合唱團的事。加入，加入，不管喜不喜歡就是要去唱唱看啊；好像大家都是這麼想。雖然有時候的確唱走了音，可是，沒有人要退出合唱團，因爲那是一個多大的恥辱啊……。大家穿著一式的蘇格蘭紅短裙，嚴厲的女老師坐在華美鋼琴前彈出溫柔的聲響：

黃昏遠海天邊，薄霧茫茫如煙
微星疏疏幾點，忽隱又忽現
海浪蕩漾迴旋，入夜靜靜欲眠
何處歌聲悠遠，聲聲逐風轉
夜已昏，欲何待，快回到船上來，
散塔露其亞……

塗了口紅的女孩的嘴，像金魚般浮上水面吐氣再吐氣：（散塔露其亞，散塔露其亞……）

來吧來吧。歌聲如此美麗，喝醉的病理學男孩跳過來拉住我：「我們一起到台前去唱歌吧。」

「不要鬧了。」幾個女孩好心地拉開他：「你搞錯人了啦。」我默默地站著，不能說一句言語，拉扯之間任那男子吐了我一身啤酒加糯米。G從洗手間回來大發脾氣，我擺擺手說沒關係，然而，（我可以回家了嗎？）

G很溫柔地點了頭。車廂裡我們坐在角落看一張張疲倦的臉孔，一雙雙半歪的腿，還有窗外射進來五彩的光影夜景，交織成奇異的構圖，我在腦海裡想著W說：（唯有相同地以筆觸以色彩去表達，才得以挑戰那種理解。）可是，這豈不是使她更加困擾嗎？我盯著這夜晚的車廂，想著僅僅只是一個物體的輪廓，她都沒辦法描繪出來。她該從何畫起？又怎麼來得及？

「陪妳坐到妳家的車站吧。」G握住我的手。

我搖搖頭：（我可以一個人回家的。）

當然，W也不是沒試過，在人生這種階段，鼓起勇氣從頭去學畫畫。可是，不對勁，還是不對勁，那個過程裡，她的焦躁不安仍然沒有被撫平……。W被一種表達的慾望深深地佔據，以至於她開始懷疑起自己一向的表達究竟是什麼，她看著架子上一本本自己所翻譯出來的書，她不能相信自己竟會被語言所擾。

直到她看見L先生：一個和她一樣，被不能明確翻譯之物所苦擾的形象。

「L先生呢？」K打斷我的思維：「怎麼我每次來妳都在這裡？」

我回過神來繼續整理我的資料。L先生在午睡。

（一個被不能明確翻譯之物所苦擾的形象？）我怎麼會吐出這個句子來呢？一旦涉及到L先生，我幾乎是完全失去把握了。

「妳為什麼來到B地？」見我沒反應，K換了個話題，繼續在房裡兜來兜去，並把我整理的資料逐一翻過一次。

「妳為什麼來到B地？」他又問：「妳想繼續待在這兒嗎？我知道你們有很多人一離開A地就不打算回去了。」

我沒回答。他又問一次。這次我只是抬頭看看他，代表我已經聽到了。

「妳沒在聽嗎？」他提高了嗓子：「老天，我已經說兩次了。」

我停下來瞪著他表示我的辯解，可是，他理也不理我地繼續說著：「妳知道嗎？妳常常不怎麼專心聽別人說話，或許這就是妳B地語之所以還說不標準的原因，因為妳沒有留神聽別人聲音的習慣。」

「是嗎？」我開口說：「聽別人說話跟語言好不好有什麼關係？」

「怎麼沒關係？」K說：「不留神聽別人說話，就很難抓清楚正確的發音，也會錯失一些書上學不到的字彙。——這樣好了！」他高興地拍了拍手掌：「妳要不要試試和我一星期排幾個小時來語言交換看看？」

我不置可否。後來，K老挑我來工作的日子出現，當L先生想休息的時候，我們就在起居室裡聊天。坦白說，對話一直非常勉強，兩種語言想要無中生有，多半就是談論表面的文化差異，要不就把兩地的生活拿來比較。有時我們也試著用政治新聞起頭，因為這方面的語彙往往比較冷僻，論理上也比較有文法的挑戰性。不過，一些明顯的話題談過之後就很難翻新，而K的語言也實在有限，加上長時間的談話讓人疲累不堪。所以，過了一陣子之後，我們還是陷在僵局裡。

我想K是個精明的人，他可以自己衡量利弊得失，再說，這件事情是他提議的，進行狀況不理想，他自己得想辦法。我漠然任局面流失，結果是我們又回來談L先生，談他們的研究。雜談間，我漸漸拼湊出一些我以前所不知曉的L先生的人生：苦讀而不得志，過於漫長的助教生涯；晚婚卻又留下年輕的妻女遠走他鄉，再度孤獨的中年以嚴師出名；然後，在校內的派系鬥爭中被孤立，等等，等等，等等。K似乎忘記他要學A地語的初衷，習慣地用B地語長篇大論起來。

「老實說，妳這個人實在有些乏味。」K說：「我想妳不只因為天性沈默，嚴格地說，我認為妳根本不具想像力。」

我疑問地看著他。

「嗯……想像力……」K斟酌了一會才說：「比如說一些願望或是幻想，像是什麼時刻發生什麼事是什麼樣子？或是，什麼感覺的想像力。」

「譬如說，現在發生大地震該怎麼辦之類的？」我說。

「不不不，不是這種恐慌性的，是願望性的。」他眨眨眼：「比如說，妳從來沒有想過和一個男人約會是什麼滋味嗎？妳不會因為這些想像而感到生活有些波浪，或是心頭有些變化嗎？」

（那不需要想像吧？）我懶得回話：（還不就是那麼一回事。）

「妳看妳看，這就是我說妳不具想像力的意思。」他很有自信地對我搖頭：「不要以爲我不知道妳現在心裡怎麼想，我告訴妳，妳就是不懂得捕捉感覺；妳要像撒網一樣地把它們網住，撈上來，然後一個一個抓出來再討論，這樣才算數，嗯，妳明白我的意思嗎？妳總是讓想像力停留在很淺的層次。除了工作內容之外，我眞沒辦法和妳進行抽象的談話。」

我還是沒有回話。當K這樣充滿自信說個沒完的時候，我從來就沒有辦法挑戰他。沈默了一會，我轉個話題問回L先生的女兒。我老覺得在哪兒見過L先生的女兒。

「大概是電視吧，她在電視台有個節目。」K抬頭看看牆上的鐘：「咦，不就是現在嗎？妳要不要看？」

我們扭開電視。她果眞從畫面裡跳出來。「觀察者」。K告訴我她就是這個節目的主持人之一。鏡頭換了，一個叫做「中年生命線」的諮詢專線負責人開始說話：（打電話到本專線來的人以四十代的女性最多，她們經常以寂寞作爲第一個問題的開場白……）

鏡頭一跳，輪到L先生的女兒拿出一幅畫著女性生命模型的紙板，主控節目進行的男主持人跟著以點棒解釋：（……平均在二十四點七歲生下長男，二十六點四歲二子出世……三十五點五歲長男小學畢業……四十二歲第二個孩子念高中，長男也差不多要進入大學就讀……所以，四十代的女性經常會感到責任的完了，對於其後的人生產生難以抗拒的空虛……）

鏡頭裡，L先生的女兒有張稍稍失去曲線的小圓臉，眼神裡有幾絲新人的生澀。她的台詞不多，只有適時的微笑，或是背誦一成串背景資料。（……本節目今天就要爲觀眾介紹幾個值得參考的例子，她們以結交朋友或是活用趣味來使生活不再空虛，我們待會就帶各位去拜訪她們的世界。）她擺了個誇張的手勢：（「四十代空虛解消術」，廣告之後立刻繼續！）

我們關掉頻道。K說她畢業於此地最好的女子外語學院，去年以新聞播報員的身分考進電視台，不過因爲太年輕，可能還得在其他雜務裡磨鍊一陣子。「這就是B地的原則。」K站起來做個結論，說他要走了。

我和K揮了揮手，獨自想起書房裡她和L先生談話的側影。我不知道她爲何來找L先生，K說她出現在這屋子不過是這幾年的事。也許是思慕父親，可是，爲何她表現出來的，卻一直是那麼冷淡，疏遠，甚或抗拒？與其說是來探訪父親，不如說她總是想激怒L先生吧。我好幾次看到L先生皺緊了眉頭坐在那裡莫所適從，好像他只能對這種凌遲保持沈默不語的姿勢，才足以證明父親的愛仍然存在。我也老覺得她不喜歡我，幾次碰面，她都不願跟我打招呼，與其說是無意，更像是故意忽略我的存在。她常常會跟K聊上幾句，但是，就是不對我說話，頂多也只是禮貌性的微笑。這是因爲我的外國人身分，還是，她知道我是L先生多年前的朋友？（算了算了，她只是不想造成我的苦惱罷了！）我這樣跟自己說。

當L來到A地的時候，他還是一個無名的研究者。他住在車站前一間破舊的旅館，正在爲接下來的住宿發愁。W的丈夫叫了一輛計程車把他接回家。（如果你不嫌棄住到這樣遠的地方，）他打開房門對L說：（你就住下來吧。）

W一點也不明白，僅僅見過幾次面的交情，為什麼她丈夫願意對L這個人付出這麼大的信任。她自己可不相信他，她想這個叫做L的人或許又是一個以他文化來自我滿足的外國人。她從來就可憐他們，甚至對他們視若無睹。

每天，L和她的丈夫一塊出門去，他們都具有那種獵人的性格，從演說辦雜誌到選舉，各種場合他們都去。L用不太流利的A地語說他這次可能要停留一年到兩年的時間，但是，（與其說是出國研究，倒不如說是想把自己流放到一個外地吧。）忽然之間，L換回B地語嘲諷了自己一下。W的丈夫並沒有來得及聽懂，倒是W，她有些訝異，住在她家裡的這個外國人，似乎不再像前幾回在公共場合所見那樣開朗多話了。L繼續說著這幾年，他的研究生涯始終沒有順暢過，畢竟，所謂A地研究仍然是太冷門了。但是，在B地，每個人都早早就隸屬於一個機關，每個人都需要一種可說明的身分，當初既然選定，如今他實在也付不起更改的籌碼了。

（不會一直這樣悲觀的；）W的丈夫像兄弟般拍了拍L的肩膀：（時代總會轉過來。）L只是悲慘地回笑。坐在一旁的W恰恰抬頭看見了他的眼神，W初次感覺到，除了操心研究之外，L好像還在煩惱什麼，或許是異鄉的不適，也或許是他生命裡還殘留什麼說不出口的故事。

她沒有問，她從來就不善於問任何問題。

不過，她不再對L懷抱強烈敵意，她慢慢觀察到這個叫做L的外國人，非但不能享受那種殖民祖先的趣味，他還深深地被那段歷史所牽制著。W漸漸明白原來L身上那種拘謹不只來自他的文化背景，也來自於他那種補償般的人道情懷。他和她的丈夫一樣，對任何歷史痕跡都懷有過多的抒情，只是，她的丈夫有明白的政治意識，L的意圖卻說不清楚。

某一段時光中，她也幫L讀解新聞或是論文，幫他應付一些應酬場合的翻譯。瑣瑣碎碎的相處中，她完整地看見了他的模樣；他經常考慮很久，或是提出懷疑，有時他也獨自問她一些個人的疑惑。W驚訝地覺察到L周遭的那種自然的「苦惱」——；她看見那種苦惱就像畫像旁的光影一般，不能分離地附著在L的舉止思維裡。她覺得多麼好奇，每天晚上，她從窗口看見L在巷口的橋頭散步，他似乎從不留意自己的影像在他人眼裡看來是否過於孤獨。（是來自確定的國度才有餘裕保有這種思索的自由嗎？）她把茶送進丈夫的房間，但他已經累得趴在桌上睡去了。W默默地退出房間，獨自坐在搖椅上想：那是一種人性表現的思索，一種與志業不衝突，也無須掩飾的苦惱吧。

是在L的身上，W才相信了所謂思索與苦惱不是生活至毒之物。她看著L在運動狂潮中守住一種沈穩的質素，在刻薄的生活裡保有他自己原來的姿勢。

多麼奇妙，像是逆流上行，L竟不須抵擋自己。

L先生告訴我說他已經不適宜飛機旅行，但是，這次他無論如何還是要來，因爲這也許是最後一次了。

我們顯然來早了，會議會場，幾個打工的學生才正要開始沖咖啡。L先生熟絡地和朋友招呼起來，我識趣走到近處找個不顯眼的位子坐下。晨曦斜射的校園漫著濛濛塵埃，學生三三兩兩走過，校警吹響了笛音，一輛交通車在大樓前停住，送下來更多參加會議的人。我俯看他們走路的姿態備覺熟悉，是的，即使只是一舉一動，A地人就是有那麼一種共通的姿態。

會議開始，場地分成左右兩廳同時進行，人到得很多，我見到爸爸從前的朋友Y。他很意外。「妳怎麼會出現在這裡？呵呵，妳要來繼承妳老爹的衣缽嗎？」

我說我只是替別人翻譯，爲工作而來的。

「將來回來的時候，有任何困難就來找我呵。」他爽快地說：「妳長大了。」點頭跟他說過謝謝，我想起他也是那天和爸爸一塊喝酒的人。這時候L先生走過來要我下樓去幫他拿幾分資料。我幫他們做了介紹。Y驚訝地說：「原來妳就是回去幫L教授工作啊，好多年不見了啊，L教授。」

他們繼續聊了一會兒，後來因爲Y要宣讀論文而結束。這次，L教授並沒有發表論文，他只是擔任了幾個主持及評論。不過，來會場推銷相關書籍的書商倒是靈精地擺了幾本L先生的書。午後，輪到K上場，他很謹慎地在台上一個字一個字念他的論文摘要；那是上星期我幫他翻譯的草稿。見情況順利，我溜出議場，想喝一杯咖啡提提神，正巧看到L先生獨自坐在休息室裡。

他對我招了招手，我走到他身邊坐下。他自己開話題說也許眞是年紀大了，才一夜沒睡好就覺得累。「裡頭的會進行得還好吧？」他說：「時代眞轉了，從前實在不可能召開這樣大型的學術會議。」

我沒搭腔。

「妳爸爸如果還在的話，」他忽然感嘆起來：「搞不好會得志一些吧。」（誰知道呢？）爸爸去世之後，我少有機會再接觸這個圈子（是的，那個時代裡，他們仍然只是個圈子吧），上大學的年代中，偶爾我看見校園海報裡貼著他們的名字，總在夜晚的空教室，或在一片雜亂的社辦，他們就跟從前在我家一樣地慷慨激昂。然而，我常常只是偷看一眼就離開了；那時的我一碰觸自己的過去就痛苦不堪。

「妳父親後來好像直接去搞運動了，弄得頭破血流。」見我沈默不語，L先生問：「談妳父親的事把妳弄得不愉快了嗎？」

我搖搖頭：「只是很久沒有想起從前的事，我也不怎麼了解他；他太忙了。」

「有時妳父親就是太匆忙了。」像是沈浸在自己的回憶中似地，L先生微笑搖頭說：「他幾乎是個浪漫的英雄主義者。」

後來幾年，我開始在報上讀到L先生的文章及報導，坊間也翻譯了他的著作。我走進書店匆匆地取下書就走，那時我已經記不起來L先生是怎樣的人，然而，每有事件，我看著「L先生」作爲一個難得的外國學者，在宣傳中不斷地被塗上了理想或傳奇的色彩，或許是因爲他的專注，也或許是實質運動需要他這樣的人物來爲理論作保吧。我默默地走過喧囂的校舍，揀起街頭報紙上L先生的相片，過去的歲月究竟該如何回想呢？我不知道，我還不知道。

「妳來找我的時候，我以爲妳已經長到妳父親所希望的年齡了；可是，妳看起來卻又不像妳父親……，怎麼說呢？也許妳有妳自己的想法吧？」L先生沈吟了一會，換個口氣說：「每一代有每一代的想法吧，我看這次會議年輕人多了不少，倒是個好現象。」

我點頭笑了笑，我和Ｌ先生幾乎是第一次這樣聊著天，微風如浪吹進窗口，Ｌ先生說過去的人總怕傳奇，如今你們這一代我倒怕天眞啊。（是啊，天眞。）我低低地想著，天眞。似乎是下課的時分了，我們停了下來。學生成群走過，一片笑語叮噹，校園永遠是這般美麗的罷……。幾個學生拿著書走近來央求Ｌ先生簽名，他困難地挪了挪眼鏡，在書扉爬了幾行字。

會場裡Ｋ的發表也像是結束了，疲倦的人群漸次走出，談話已經不能再繼續。我離開Ｌ先生，進到會場看Ｋ在台前和別人說話。Ｋ做事向來有他的計劃和野心，而他的苦學也累積了許多談話的資本；這次他一直像隻蝴蝶般周旋在諸多學者之間，只是——。他又踮起腳尖喊我，看樣子他的語言又不足招架了；這次會議，比起Ｌ先生，我倒更像是Ｋ的翻譯者。

沒一會，會議再度開始。最後的壓軸戲安排了耆老的時代證言，機會難得，主辦單位自豪得很，還事先聯絡了傳播媒體。時間一到，許多爸爸生前念念不忘的幾個名字，果眞活生生地來到會議現場，只是，他們要不是被攙扶著走上台，就是坐在輪椅裡被推進場。鎂光燈焦急地閃落，氣氛像是一下子熱騰起來了。Ｌ先生也進場來坐在我與Ｋ的旁邊。然而，座談才進行沒多久，因爲回憶態度的不同，前輩之間竟然引發了預期外的爭執。局面變得尷尬不堪，混亂間也雜入了各種方言，幾個翻譯者坐在上頭不知如何是好。「怎麼回事？怎麼回事？」Ｋ焦躁地問我：「告訴我他們說什麼？」

我一下子不知從何說起，看看Ｌ先生倒是氣定神閒，他擺擺手跟Ｋ說稍安勿躁，我沈默下來，直到大會統一翻出了大要，我才照著把內容譯給了K。

可是K仍然不滿意，「有時我懷疑妳是否忠實地翻譯了？」他不客氣對我說：「他們說的那樣多，而妳翻譯的卻只是這麼一點點。」

晚上用完餐，大家做興再喝一場，我對L先生說我極爲疲倦，想回去休息。他會意地和K一塊走了。回到旅館，草草沖了個澡，我拉緊窗簾把自己丟到床上準備睡覺。可是翻了幾翻還是睡不著，只好再爬起來翻幾頁書，沒多久，房間外頭走廊上又有醉客喧譁起來。我扭開電視，讓聲音像空氣般流來流去，再把自己丟回床上，仰頭盯著米白色的天花板，一圈又一圈疊過來疊過去的浮雕小花，疊過來疊過去……

（答對了！圖左下方的公車號碼被更改過了。恭喜天生贏家隊！接下來，再給各組一個機會，來，請注意！最後一個錯誤在哪裡！）

（什麼錯誤？）爲什麼我聽懂了這些聲音的內容？（我一點也沒有在聽啊。）我跳起來瞧了瞧電視螢幕，色彩繽紛的廣告像爆米花炸進我的腦袋，我想起這是A地，對啦，A地的一個旅館，當然流著我完全不須專心傾聽也要明白的母語。

我又繼續看了一下電視，直到各式猜謎漸漸停歇，意識終於清楚了一些。我回想起幾個星期前，L先生問我要不要跟他一起回來參加這個會議，我搖頭，但是他問我爲什麼不呢？我就又點頭了。我也想起來程的飛機後座有個嬰兒不停地哭鬧，哭到幾乎讓人胸口喘不過氣來，好不容易飛機落地，嬰兒安靜了，但機場外頭卻在下雨，霧濛濛的高速公路什麼景色也看不見，我把玻璃擦了又擦，擦了又擦，疾駛而過的故鄉面貌卻仍然看不清楚。

我站起來，拉開窗簾，夜色裡車流不見停歇，我想L先生一群此刻正在往哪兒去的路上吧，A地的夜一直是熱鬧的，不安眠的，是一座海市蜃樓，浮盪在海面上的不夜之島。

我記起我的人物W。我彷彿又看到她在書房裡來來回回地走了又走，走了又走。

她也像是生活在一座島上。

她在等待L先生回來。

她與L之間永遠用不著翻譯。不是因爲W使用他的語言，也不是因爲L聽得懂她的語言，而是，他們幾乎沒有多少時間可以談話；屬於他們之間私密的語言根本就沒有表達的機會。L和她一樣架在定制的軌道之上，任何具體可觸摸的軌外的幸福，對他們來說，似乎都不可能也幾乎是一種奢求。她已經無法回憶起是怎樣的場景與表情使得他們互相意會，但是，她的確明白這個叫做L的人無意間回答了她私密的困惑；即使L自己渾然不覺於這個祕密。

她看見自己漂浮在生活裡一片薄薄的、喬裝的人影，人影裡的她在無數畫面中奔跑，在種種變相的構圖中清清楚楚地看到L，然而，一切無從敘說，無理可循，像是找不到合理的文法，她根本就沒辦法把內心的意願對著外頭的倫常翻譯出來；她訝異於所有依據過的文本居然不足以支援自己。

像是覺悟到了自己翻譯者的身分，她想原來她生活著只是依恃翻譯的方法，翻譯別人的語言，翻譯自己的語言，翻譯自己的姿態啊，她蹲下來緊緊地抱住我說：（妳知道嗎，我們就是這樣停不下來地翻譯再翻譯……）

那時的我一點也聽不懂，我只察覺到她把我的臉頰給弄濕了，我動也不動地任她抱著：（它不過是一種技術啊，然而我們一生都在學這個技術，這個需要客觀需要文法需要倫理的技術……）她爲什麼忽然間這樣多話且悲傷呢？我摸了摸她的頭髮，天眞地問：（妳在爲什麼而悲傷呢？）她站起來離開我，一時間又像完全不認識我了，恢復停不下來的走來走去：（這悲傷要怎樣說呢？就是這樣悲傷，竟連悲傷都說不出來……）

叩叩叩——

誰在門板上敲著撞著？我驚跳起來：（也許是爸爸回來了。）

「妳睡了嗎？」

是L先生的聲音。我清醒過來，開門讓他進來。

「回到自己國家的感覺好嗎？」他顯然是喝醉了，搖搖擺擺地跌進沙發：「哪一天我們去拜訪妳的父母吧？」他嘟噥地說。

等不及我的回答，他很快地癱在沙發裡睡去了，姿態老得不能再老。我站了一會兒，給他蓋上毛毯。我不知道如果父親還活到今天，是否也會這樣爛醉回來。夜色如此黑暗。

深夜的車站空空蕩蕩，窗口只剩下一個打瞌睡的賣票員。我坐在候車椅上等候，等候最後一班南開的夜行車。

天濛濛亮的時候我抵達那個城市，蹲在地上擲骰子的計程車司機餓狼似圍過來問我到哪兒去。我搖搖頭，一句話也沒說繞過車站前的圓環。寂寞的早點攤子前，有個像是計程車司機的男人坐在凳子上喝鹹稀飯，我坐下來也跟著要了一碗，直到他站起身來要走的時候，我寫給他紙條問他能不能載我到那個地方。他狐疑地瞧我幾眼，點了頭。

車子在未醒的城市裡奔跑，像是要沖消車內的沈悶，司機把收音機給開了。節目主持人不停地問早，然後插播一大堆昨天發生在這城裡的趣聞軼事。（這是一座蜘蛛網般的城市。）我想我的人物W從來沒有離開這座城市，她在那些網絡裡走來走去，她不得不察覺到原來自己處在一片溼密的叢林裡，原來任何道理任何說辭都是耳耳相傳，語語互譯。

爬過橋頭，車子在一間長方形的屋前停下，一段生命的歷史彷彿又要揭開簾幕，我堅持著不肯靠近，退回橋頭遠遠看望那間屋子。那段苦惱的歲月啊，如今變成一間洗衣店，將過去洗得乾乾淨淨。頭戴小黃帽的男孩從屋裡背著書包跑來，一會兒，像是媽媽的女人又從身後追出，遞給他一個便當盒。我並不認識他們；我根本不知道這間屋子最終流轉到誰的手上，這樣一所他人居住的故家該如何懷念呢？

我只想起住在那屋子裡的媽媽，她有好多年都不肯說話，原本很疼我的她，那幾年也老是毫無因由地將我推開，我不知道她究竟碰到了什麼難題；生命的最後幾年，她只是待在書房裡翻譯一本又一本的書。

她變得很少外出，也不再熱絡招呼客人，家裡的客人因此就識趣地少來了。爸爸顯得很寂寞，他開始怪媽媽不對勁，他說這樣怪裡怪氣地不出去走動走動，鄰居全給疏遠光了。（那是你自己造成的。）媽媽冷冷地說：（這年頭誰不怕事？）（好了，如果妳知道這是個怎樣的年頭，）爸爸說：（妳怎麼還這樣動也不動？）

媽媽沒再說下去，總是這樣，爸爸不得不麻痹了，家裡就像地窖一樣的安靜，只是爸爸還常對我說：妳媽媽就是喜歡沈溺在自己的世界裡。好多個晚上，我也聽見爸爸在房裡和媽媽吵架，滿屋子都是丟雜誌丟報紙的聲音：（看，妳看！）爸爸喊：（這是一個怎樣的社會？）

那時的媽媽已經完全沒有聲音，記憶裡不知道過了幾百年，爸爸沮喪地走回客廳來：（想得再清楚又怎麼樣呢？除非我們都把心給閹了才算數。）

我不解地看著他，他坐下來問我說：難道，我眞的無法與妳媽媽共同生活嗎？他懊惱地捶著頭：（怎麼一堆搞藝術的人全都成了逃避主義者！）他抓住我的肩膀：（可是，又有誰眞心想做他媽的政治人物呢？只是，女兒，我們已經沒有別的選擇了。）他瞪著我：（妳明白嗎？明白嗎？）他不停地問。我驚恐地喊媽媽，他捂住我的嘴：（妳知道嗎？我們已經別無選擇了。）

記憶中，媽媽終於跑出來拉開我，然而，爸爸更大聲地對她喊：（孩子像妳那樣還是沒路走的，而且，這個時代再也沒有妳期望的孩子了！）他把我從媽媽懷裡死拉出來：（說！妳說！）他問了又問：（妳要像我還是像妳媽媽？）

L先生沒有問我那天究竟去了哪裡，或許也是因爲醒在我房裡的尷尬，我們兩人都想把那一天的歷史隱藏掉。若無其事回到B地，日子尋常過著，只有K快手快腳地把他宣讀的論文放上專業期刊：「差別即平等——論殖民政策與支配原理」。

好大的題目。我大致看了一回，幾乎就是L先生的觀點。只不過，L先生的觀點快速地被K消化成另一種語言，一種屬於K格調的直截犀利的文字。我試探過L先生對這篇論文的看法，但他沒說什麼直接的答案，只有一次K來的時候，我聽到他稱讚K資料用得很詳盡，不過，「要留意資料的解釋。」。

K沒討論什麼就走了，那一陣子，他的心情很糟，因爲他的老家在西城。西城在晚冬裡發生了大地震，災情惶然，每天死亡人數成百成千地在增加，即使是連繁華東城都已休憩的夜晚，西城仍在島嶼另一端無可抑止地燃燒，燃燒到天明，燃燒在每天剛出爐的新聞紙上。

看著這一切，L先生很沈默，當所有知識分子都在罵政府決策過慢的時刻，他卻毫無評論。我撿起門口的報紙，快十二點了，他還坐在餐桌上怔忪地喝牛奶。把報紙遞給他，我打開電視聽最新動態，沒想到L先生的女兒唰地就跳出來；她好一陣子沒來了，作爲緊急報導的支援人才，她最近正以幾個震災的深度報導開始受到注意。

（如今只有無線電話可以聯絡，請大家把線路讓出來，儘可能不要撥電話往災區，也請大家不要急著進入災區探視親友，因爲更重要的消防車和救援物資的車輛都被困在路上了，而這是唯一一條可以通行的道路……）站在焦黑的現場，她不自覺提高了音調：（因爲缺水，母親沒法沖奶給嬰兒喝，老人們也希望可以和別居在他城的子女聯絡。如今寵物四處流落，醫院已經塌毀，傷患處在生死邊緣。）

L先生用遙控器切掉了畫面，我佯裝若無其事繼續看報紙。一會兒，他把沒吃完的早餐擱在碗槽裡，進書房去了。從A地回來之後，L先生一直沒什麼胃口，我想待會他一定還會告訴我他不用吃午餐了；他幾乎是在逃避用餐的次數。此外，他的健康狀況好像也愈來愈不好，最近他經常拖延整個星期的進度。他說他需要休息，他也要我幫他取消一些無謂的行事。他的眼睛愈來愈差，常常只是看一會書，就不停地流眼淚或揉眼睛。

「我來幫你讀吧？」我走進書房問他。

他無奈地把書遞給我。「妳知道我們這種依靠文字的人，一旦看不見的話，就差不多是一種死病了；」他的視線停在窗外的風景：「就跟音樂家聾了耳朵一樣地苦。」

我沒回話，我實在不忍心想像人若什麼再也不能看見將是怎麼一回事。我接著他的段落繼續讀下去，是一些有關戰爭文宣的史料：「三十二個沙袋上繫上十五公斤的炮彈，二個燃燒彈，再裝上高度維持裝置及自動落下裝置，利用海上的高空氣流，約可飛越一萬公里的距離……」

不知道L先生最近怎麼又發展出這樣的觸角來，他常常在讀一些看起來不怎麼直接相關的知識，也常常花時間在想一些很微細的問題。我繼續念：「每一個氣球約需要三千九百張手抄紙，用芋頭製成的漿糊九十公斤。一九四四年到一九四五年間總共施放了九千三百個氣球……」

我想L先生的身上似乎有著那種對學者來說，不怎麼需要也不怎麼適宜的抑鬱與才情，也是這些特質才使他常常因爲完美主義而失去控制（不，不是對論文的秩序失去控制，是對某些觀點的創造與尋求失去控制），很多人因此而抱怨他的文字太複雜，可是，我好奇的倒是爲什麼他能夠把那種抑鬱或才情如此準確地控制在一定的範圍內，就像飽滿的水滴懸在杯緣，爲什麼他就是不會溢出軌道之外呢？作爲左翼學潮的中生代，L先生說他也曾經對刮掉鬍子穿起西裝的生活有些抗拒，但是，那畢竟是很久以前的事了吧？如今我所見到的L先生，似乎完全不受自身的矛盾所苦惱，我不知道要什麼經驗才能再度喚醒他心裡那種過往的情愫，我也不知道人究竟要活到多老，才能如此穩定而無動於衷……

「撒在同盟軍區的傳單海報，多半以留在故鄉白人的女體來誘動疲憊的戰士……」戰爭靠近尾聲，所有的能量都在動員；「固然是可憐的手段，但是，這些將訊息曖昧化，卻也實在影射出讀者潛意識的作法何嘗不是現代廣告系統的先驅呢……」

然後，某年某月某一天，戰爭結束。念完了。我闔上書本，歷史的劃分竟然如此輕易。

震災復興作業進入軌道之後，大眾及媒體的熱度很快地倒退，新聞版面顯得寂寞不堪。L先生的女兒再度坐回「觀察者」的現場，有一天，她也久違地出現在這屋子裡。

我聽到L先生稱許她，但是她的音調，和以前一樣，還是不怎麼高興。「這樣你就安心了是嗎？我有成就又怎麼樣呢……」她似乎爲了什麼重要的事而來，我不知道，我只是在院子裡聽見她尖銳的聲音：「對，那屋子是全塌光了，可是，這關你什麼事呢？你不是只想逃避你的責任嗎……」

我聽得緊張不已，也像個不該在場的人，尷尬地想我是不是該把耳朵捂住……

「這一切都與你無關！」她摔門出來，經過院子匆忙間狠狠地撞了我一肩，然而，她不僅連聲道歉都沒有，還回過頭來看了我一眼——恨意的一眼吧，可怕的恨意——，腦裡像是掀起什麼記憶的狂潮要將我捲走，我告訴自己一定要挺住，再挺住……。

我終於開口叫住她：「可以和妳談談嗎？」

她笑也不笑地站在那裡。

我像獨白似地說我和L先生沒有任何關連，我只是L先生的翻譯者。我說L先生待在A地的那兩年的確是住在我家，但是，什麼事也沒有發生，而我再來找L先生也只是因爲我需要金錢的支援，及一點點昔日情誼。除此之外，再也沒有了。

「沒有人能奪去妳父親對妳的愛；只要妳願意相信他。」我說我也有父母親，而且他們都以更任性的方式離開我，但是我並不埋怨他們對我不負責任；「父母親也有自己的人生。」我注視著她，鼓起勇氣說了一些自覺很重的話：「如果妳的人生仍然渴望父親，爲什麼要以他的人生來傷害他呢？」

她一句話也沒說地走了。

在擁擾的群眾裡看到爸爸。

錯亂的燈光，揮舞的木棍，高響的笛音，敗壞的舞台。我很興奮地對著書房喊：（媽媽，媽媽，快來看，爸爸在電視裡。）

喊了好幾聲，媽媽還是沒出來。我獨自把電視看完，靠近書房想跟她說爸爸和他的朋友們都出名了。可是，媽媽坐在椅子裡，動也不動地睡著，我習慣了，乖乖地回到房間去做我該做的事。

直到爸爸從螢幕中回到家裡。他像隻狼一樣地跳過來掐住我的脖子：（說！快說啊！）一頭亂髮，滿臉憔悴的爸爸，不停地問：（說，妳回到家裡的時候是幾點？妳什麼時候回家的？）我哭也沒哭，大家都以爲我被嚇壞了，但事實上，我什麼也不知道，眞的，我早就習慣了母親的沈默，而且並沒有人眞正來告訴我倒底出了什麼事，我什麼也不知道，哭什麼哭？

直到很多年後，我才知道那是一場大逮捕，而我的母親，她死了。我喊她的時候，她就不在了。

我不知道父親的朋友們爲何都喜歡談論我母親的死，不，我是知道的罷（不，是直到如今我才知道），那是因爲她死在一個過於美麗壯烈的時點，以至於大家不得不傳說這些情節：她成了一個悲劇人物，我所親眼目睹的寂寞場景，竟然成了一樁反抗不公不義的自殺事件；似乎連我的父親也認同這些說法。

可是，眞相是什麼呢？我不知道，我一直都不知道。

我只知道媽媽去世之後，打掃做飯洗衣照顧爸爸是我的新作業；爸爸的生活永遠一片凌亂，來看他的朋友們也一樣凌亂。（兵敗如山倒。）他對我這樣說，有幾年他也問我要不要一個新媽媽，我說隨便，結果，還沒幫我找到新媽媽，他自己就喝酒開車死了。跟他對撞的貨車司機跟我發誓說這絕對不是他的錯：小姑娘妳可千萬不要詛咒我，這可是你爸爸自己喝得一塌糊塗，而且，他的車子像瘋狗一樣在街上衝，誰來閃都閃不及的……。

G來的時候，我正在看錄影帶，還是那部天使的片子。

他在房裡走來走去，看看螢幕說：「這主角眞醜。」

我笑一笑。紅髮女孩已經長大了，她剛離開天殺的精神病院，隻身去到隨便稱爲ABCD……寫不完的外國，不過，紅髮的她的人生卻始終沒有改變，只有那精神病院所留下的遺毒愈來愈不可治癒。

「妳還要看多久？」G忽然嚴肅起來：「我有話要跟妳說。」

我把錄影機關掉。

「我要回A地去了。」G說他已經找到一家跨國銀行的工作，在這兒受完兩個月訓練，他就要回A地的分行去了。他問我願不願意去參加他的送別會，就差不多是上次聚會的那些人。

我搖搖頭。

「好吧。」他僅僅只是這樣答了一句，就沒再說服我了。

後來他送我一台小電子琴當臨別禮物，還留了A地的住址，叫我回國一定要去找他。我沒告訴他我最討厭分離的儀式，而且，分離的那一刻，我從不期待再相逢的可能。

我花了一些時間才完全搞懂那台電子琴。不到六十公分長度小小一台琴，號碼選來選去居然可以發出一百種聲音，每個琴鍵也都配有不同的伴奏及音調，一按就三拍四拍地響個沒完。（是不是也該回A地去呢？）電子琴再也不唱的時候，我走進街上商店一語不發地買了新電池。

我在大學的進修期差不多快結束了，而這下半年來，我幾乎也沒熱心去過幾趟學校，去了也多半不說話。有一次老師就很生氣地對我拍桌子說：「你們這些留學生怎麼都像啞巴一樣。」我咬咬嘴，什麼也沒反駁地答聲抱歉走了。

「你們這種人的失敗都導因於你們的不積極，缺乏野心。」我記起K曾經這樣嘲笑過我：「你們只想找到一個安穩的洞穴把自己放進去。」

或許眞是如此吧。我想我的確不曾汲汲營營、熱心積極地爲自己的人生打算過什麼，好吧，這要不是天性使然，就是像親友所說的因爲缺乏雙親叮嚀所致。可是，洞穴又是什麼呢？一間屋子？一張餐桌？一個溫暖的懷抱？我邊走邊想，走到兩腿發痠，百無聊賴地停在自動販賣機前喝易開罐，任紛忙人群不休止地流過我的眼前，任冰冷冷的液體滑過我的喉頭，任那些沒什麼一致信念，沒什麼浪漫夢想，也沒什麼整體故事的日子，來告訴我過去發生了什麼事吧……。

我久違地想起父親去世之後的歲月，想起那一堆像天書塡也塡不完的表格，想起那些死亡、戶籍、遺產、財產、稅金辦也辦不完的手續，眞是搞得一團亂啊……，等到我從兵荒馬亂裡爬出來，死亡這件事也眞正令我感到恐怖的時候，竟然已經是一、兩年後的事了。大家都忘記死亡的時候，一種身無所繫的恐怖感才像鬼一樣地來襲擊我。我冷靜地看到生命中毫無人影，那是一種奇怪的感覺，在人生觸角尚未伸出的年代裡失去生育的父母，腳下是完全踩空了，街頭是無可回顧的，如果我還妄想什麼家庭的餐桌，那我差不多就是愚蠢罷，要不人生就得去懷恨了，懷恨什麼呢？懷恨生命的迷局，懷恨無謂的淚水罷。

所謂人生要力爭上游，所謂自己站起來，也許賭著氣我曾經摘下那些竿頭，但是，關於人生的階段與主題，是不是我也因此而跟別人搞反了？應該出外做個捕獵者的這個階段裡，我居然才備足了氣力要看自己的身世，即使是簡簡單單的人間關聯，我也如今才要開始織網。愈是渴望關連，愈是畏懼別人問及我的身世。走上城市的天橋，對街螢幕一閃一閃亮著：「二十一世紀倒數二千零二十七天。」末世的洪水戰亂什麼時候來呢？我眞不知道自己是否還要這樣繼續前往C地或是D地、E地、F地？還是我該鼓起勇氣回到我的故鄉A地，然後找到A1，A2，A3生活下去？

（然而，離開B地，是不是也意味我即將退出L先生的生活呢？）

我不經心地告訴L先生我想離開學校，離開B地。他沒說什麼，只有在後來的日子裡，他才感嘆他實在沒有精神再去適應一個新的翻譯助理：「但是，我能給妳的這分工作，怎麼說總是沒有法律效力的。」他的意思是說他不能幫我爭取到居留資格；如果我不願再隸屬任何一個機構的話。

後來，我們誰也不再提這事了，秋天默默地度著，黃昏我和他一起去河堤散步，好風好水無一不充滿美好人生的暗示，想起寒冷冬天一來就不再能這樣恬靜地散步，而明年春天我或將離開此地……。

我只是L先生的翻譯者罷，當我離開這兒，L先生這個人也該自我生命中完全消失；像父親，像母親那樣永遠不再顯現……。

不知爲何，想及這一點仍然令我神傷。

我忍不住想開口說：L先生，讓我還可以幫你看見一些別的。

（也讓我自己看見一些別的罷。）

可是，我有什麼資格開口呢？我從來就不是一個檯面上的人物，在L先生的工作領域裡，我也欠缺像K那樣的專業技術。而且——，或許L先生已經看完他所要看的東西了。因爲之於A地，他畢竟只是個研究者，他只需要那些具極端性，具分析性，且具表達性的材料，再說，過往這段經驗中，他所教給我的歷史，也確確實實使我明白了過去年代裡曾經有過怎樣的動盪，怎樣的事件，怎樣的評斷。

（這不就夠了嗎？在這之上我還妄想什麼？）

L先生只是一名外國學者，他有理由也容易在情感上拉開距離，並跳過死結，關於A地的困難，這樣的主題，或許只是構成了他研究工作上一個意味深長的挑戰。即使A地相關的人事，曾經改變，或是豐富了他生命的歷史，但他畢竟不需要被屬於A地特有的，那種永遠的迷惘，難以拋卻的苦惱所攫住，即使是多年前在A地的生活，那也不過是他人生經驗中一段旅程的回憶，當箱子關上之後，就不須再打開了。

所以，離開L先生，只不過是結束一個工作，我應該這樣覺悟。雖然，我來到他面前是爲了追索另一種歷史另一種語言，但是，我始終沒有開口，我們的語言一直停留在工作上，在他面前，爲了某些緣故，我何嘗不是僞裝一個啞人（可是，如果我可以感覺到他也和我一樣在僞裝，那麼，我也許還好過一些……），而最後的事實也可能是他已經遺忘了那些語言，或是，那段生活在他生命中已經不再能夠顯影出來；那片回憶的實體已經被毫不在乎地洗落了。

那麼，我究竟來B地做些什麼？看一間他人的屋子？找一些往事的主角？寫一段沒有把握的歷史？這眞令人感到難堪。

（死亡永遠都是一個秘密。）W對自己說。

再過幾天，他們就要站上檯面。也許他們終會接受到夢想中群眾的歡呼，是的，他們永遠相信土地深層的確埋有那樣的種子。

相對而言，W已經完完全全成了一個隱匿者，一個逃避主義者。

在W心中掀起浪潮的不明之物，看來似乎完全無關他們的前途，客觀上來說，W的確是掉在一種個人的陷阱，也落在一種因襲的女性的弱點裡。

W接受所有說辭而不願解釋，當然她也無意抹滅丈夫及朋友們的扶持，是的，他們之間的確存有同志愛的倫理，他們曾經彼此看顧，從組織到家庭，從黎明到夜晚，然而，如果這是一場有關於L的風浪？她能夠表明它嗎？不能的，她太了解L是他們必需的朋友，他代表一種最難得的支援，是一種非關黨派，非關地域的平等正義。

W知道她的丈夫或許明白，但是，他不要面對，似乎是第一次，W看到了他在理想之外的怯懦。他面無表情地聽著W的表白，然後，他問：（妳到底在說些什麼呢？）他對她說：（如果妳只是生了病，那麼，我們一起想辦法來解決。）她不得不知道原來他是連聽都不要聽啊。（對於自己的內在，他竟如此怯懦。）然而，她也不怪他，因爲她知道他那些激擾的情熱，都已經拋擲在高昂的夢想與行動中，汰盡之後，具體的他的愛就只能是如此寬容再寬容的形式。

W獨自困在困境裡，撞來撞去都不知如何是好，她學習過丈夫或同伴們那種熱情的姿態，她也試過像鴕鳥一樣把頭埋在沙裡，她試這個試那個；（我一直從事著將B地語翻成A地語的工作，我總是在聽他人說話，我也只說他人希望我傳達的，至於我自己，我沒有語言；自我成了一名翻譯者之後，我更有理由緘默，行走於人世道理間，我想我就是學會了翻譯的竅門，它像個盛大的合唱團啊，像張美麗的蜘蛛網，它叫音階，它叫倫理。）

她終於變成了一個漠然不堪的人。

長期僞裝啞人，使我的語言不易讓人明白，當我想要說出自己想法的時候，我老是用錯字，要不就是用錯標點符號，我的文法奇怪，因爲我的句子總是太長，總是把不相稱的詞類放在一起。別人認爲這是我多年不常使用A地語的結果，但是，我想實情更是我依舊無法表達自己，我就是無法對他人翻譯自己；即使是同一種語言，即使我已回到A地。

我也依舊難以發明朋友。記得K說：「妳不會捕捉感覺。」不，我想我只是不要表達；我無法一會兒東又一會兒西地表達自己，我也不了解用那樣的法則怎麼可能使人與人的情誼一天深過一天？到底講一次電話可以多走多遠，吃一次飯又該增加幾公分的深度呢？我一點都掌握不住，如何使一個名字變成一個朋友，我一竅不通。

租了一間市郊的屋子，開釣具行的房東夫婦就住在隔壁，附近除了釣魚同好偶爾招呼之外，並沒有太多聲音。我又舊習難改地閉上了嘴，不過，倒是從釣魚人的招呼裡學了不少東西，像是最近釣些什麼魚，什麼魚又該放什麼餌，或是關於各地釣場的消息等等。每天晚上，屋後內山湖水閃滿一片晶亮的時候，我就知道又是此地的鯉魚釣季了，他們之間有好些人常常窩在湖邊釣上一整夜，我打開窗子望出去，暗夜中浮標游游盪盪，像滿山螢火蟲飛進夢裡。

我很想念B地的時光，尤其是待在L先生那屋子裡的時光。L先生曾經問我回來之後有什麼打算，可是我一直沒有具體回答他，事實上，我也猶豫了好一陣子，不知道該不該像父執輩Y所建議的那樣去幫他們編雜誌，直到出版社找我譯稿子，一個字六毛錢，我想了一想，就把他們交給我的原文本抱回家了。

先翻了一本咖啡的書，教人如何喝咖啡，如何辨別咖啡的香味，如何沖咖啡，還有怎樣用咖啡來搭配其他食品。後來，又譯了一系列有關上班族禮儀的書，指導人們如何平滑辦公室裡的人際關係。

然而，一個字六毛錢無論如何不能保證我的生活，我試過翻譯稿酬稍高的小說，可是，選了幾本，眞正開筆譯起來的時候，就再也不想翻了。

爲什麼呢？因爲我得苦苦找尋最適當的字彙來表達小說的感覺；即使只是一個細微的副詞。這實在花費許多心力，而且，即使如此，我還是覺得怎麼讀都不對勁（我終於知道媽媽怎麼會花那麼多時間待在屋子裡）。到底要怎麼樣才能翻譯出小說的精神？要怎麼樣才能用另一種語言去表達出那些最使我感動的部分？令我苦惱的與其說是單字的準確度，不如說是閱讀的感覺無論如何難以還原；或是，這兩者要如何取捨？筋疲力盡的時候，我幾乎想把小說丟在一旁，重頭另寫一篇算了。

（另寫一篇算了……）忽然之間，很久不曾出現的我的人物W蹦地刷過我的腦海，我驚覺到我也許抓到了一點線索，抓到了一些關於W的去路。

（就是這樣。）我很興奮地跳起來，抓出箱子裡的筆記本對她說：（唯有相同地以筆觸以色彩去表達才得以挑戰那種理解，妳看，這是妳自己說過的句子。）

可是，她只是看了我一眼，什麼也沒說地走遠了。

我再度失去了W的形影。

我只好一籌莫展地去銀行動用房子的存款。我把寫好的表格和紙條放在台上，但那小姐像是沒碰過啞吧似地不知如何是好，她反反覆覆問了幾次我的意思，還是沒有信心。有點慌亂的關節眼上，G從辦公室裡跑出來叫了我一聲。

眞沒想到人生竟有再相逢。

與L先生的再相逢也等著我，只是，回到B地的時候，L先生已經不需要我幫他工作了，他需要的是醫生和護士。

坐在病床床沿，點滴一滴滴地落下來，我包包裡只有一張明信片，一張L先生自己從醫院裡寫來的明信片：（不知道妳回到A地是否一切如意……，如今我在一家醫院靜養，這個午後突然很想念有妳代我讀報紙的日子……）

我要來看他的那一天，G在機場生氣地攔住我：「妳打算就這樣逃跑嗎？」

我開口說不是的：「我只是要去看他；他是我最後的親人了。」

是的，謊言結束，一切都重新開始，我對G開口說話。

因爲釣具行的老闆跟他說不會吧，那女人來跟我租房子的時候不是講了話嗎？少開玩笑了。「這到底怎麼回事？」他很大聲地喊：「不要跟我開玩笑。」

我徒然站在那兒，不知從哪兒開始說起。

「妳說話啊，妳說話啊！」他抓住我的肩膀猛搖：「讓我聽妳的聲音啊！」

深吸了一口氣，我終於開口擠出了一個對字，然後，我竟然還接著說下去了：「對，我可以說話，我的確是裝出來的。」

Ｇ緊捂著耳朵跑出去了。

後來，我在湖邊找到他，幾個熟識的釣魚人轉頭來看了我幾眼。

Ｇ像說故事般地說他曾經想要對我表示心意，但是，我不能說話這一點叫他怎麼樣也跟家裡開不了口。「妳知道我是下了多大的決心才把妳獨自留在Ｂ地嗎？」他旁若無人地大喊大叫：「而現在妳說這一切只是妳裝出來的！老天，這麼大的玩笑！」

（不是謊言就是玩笑。）我在最後一分鐘跑進機艙，天色暗下來的時候，飛機緩緩滑進Ｂ地的機場，冰冷的電扶梯把我一層層地往上送。（從哪裡來的？）混混雜雜如洪水般的異國語言再度淹來。

我在醫院附近找了一家旅館住下來，每天醒來梳洗吃過午餐之後我就往醫院去，順道在轉角口買一份報紙。寒冷的一月天。Ｌ先生見到我很高興（應該是這樣子吧），他坐起來和我聊了許久，問我在Ａ地過的是否如意。他又告誡我說妳已經不年輕了，應該定下來替自己打算打算。

並沒有太多人來看Ｌ先生。有時，從前幫他做飯的婆婆會給他送來一些他喜歡的小點心，有幾次我也碰見他的女兒；她仍然不願意和我多說話。深夜的電視裡我看見她主持的新節目：「情報最前線」，介紹國外各地的電影新作音樂訊息。她似乎已經能夠獨當一面，言詞間也活潑多了。

至於Ｋ，升格成了副教授，三十四歲，算是少年得志。一天下午，他來看過Ｌ先生之後邀我喝杯咖啡，我點了卡布其諾，杯子看起來很不對勁。

Ｋ說他要結婚了，問我想不想參加他的婚禮。他又問我是否打算繼續停留Ｂ地，如果是的話，他問我願不願意幫他工作。「妳為L先生工作了那麼久，應該有不少心得。」他說：「在語言上，妳也可以幫我許多忙。」

我搖搖頭，我說再一陣子我就要回去，而且，除了L先生之外，我再不想替別人從事翻譯的工作了。

「為什麼呢？」他很敏銳地盯著我。

醒覺到自己或許說得太多了，我聳肩不語。

K把菸給捻熄，再度開口說：「工作就是工作，最好不要把太多的感覺或想像放進去攪亂了工作；是不是這樣呢？」

K會如此心平氣和地跟我說話，而且還加了疑問句。這眞令人驚訝。「也許吧。」我反問他說：「可是，你不也說過我欠缺想像力嗎？」

「是啊，妳是缺乏想像力；妳只有空想而沒有想像力。」

「你以前沒說過空想這一節。」

「我後來才感覺到的。」

「空想和想像力又有什麼差別？」

「想像力沒有投射體就是只是空想。」

「喔？」我有些不高興：「說得眞有自信。」

「因為我相信事實就是那樣子。」他再度挑釁起來：「如果不是，妳可以反駁我啊。」

我還是沒有開口，咖啡已經冷了，我就是沒辦法反駁自信滿滿的人。

「對自然的崇拜與傾心不會只混成一種狂亂的激情，對神秘的興奮也只能透過對靜穆氣氛的渲染來滿足。」多麼難解的字句。W闔上書本，怎樣想她也只組合出這樣的字句而已，或許要去翻譯一本關於畫作的評介，她所擁有的文字還是太少了。

遺留下所有的作品，她離開了家。

她並不知道自己的目的地是哪裡。她從來就沒有能力踏出一步。她希望有勇氣或是幻想，足以讓她就這樣離開這間屋子，這座島嶼。一間人生的屋子，一座生來相連的島嶼。

可是，她沒有。一開始就沒有。她逃不開這個關係的。

她的丈夫將不會注意到她的出走，他們正在檯面上演說。

她不知道他們是否眞的能夠引發炙熱的火種，那些似乎要將身體撕裂的嚴酷現實也仍然横擺在她的眼前。她怎麼可能無感，她只是不能簡單地去相信，相信了又能在哪一點上打出通路？像一個又一個（不，沒有那麼多，零零星星的他們全都被打成逃避主義者了……）在激情與抑制間尋找平衡的畫家啊；她不知道遠離所有的權力，只是一個人的我們自己到底能夠做些什麼？

答案還沒有來臨，丈夫卻再三問她到底想做什麼想愛什麼？L已經離開，她失去唯一可以溝通的苦惱的心靈——不，離開A地，L就再也不須回來了，關於A地，她的苦惱是她的苦惱。局勢將要開始。

槍響夾在熱門音樂裡當伴奏，子彈穿過螢幕笑成眼睛，W在旅館關上一個叫做BANANA的王國，一部充滿笑點的政治電影。日常歷史，群眾永遠需要被領導，誰能夠保證這不會是一場笑破肚腹的成人遊戲；W憶起曾有過多少朋友在房子裡瘋掉，她看著他們像沙漠掘水般，在論理在信仰在任何行動經驗中，迷宮似地找尋再找尋，誰也無法阻擋。

最後，沒瘋的人逃出了屋子，警車從眼前衝來，如救護車號出裂破耳膜嗚嗚嗚的響聲，群眾開始流走，剩下來的人開始丟石子，丟雞蛋；同志的女人說沒有人感到幸福，也沒有人知道這是不是爲了幸福。可是，除了丟石子，W妳告訴我還有沒有能夠使我們幸福的方法！

L先生問我說妳在A地的生活有趣嗎？「如果妳不急著回去，」他說：「我倒很高興這樣和妳聊聊天。」

他的頭髮總是睡得亂七八糟，我給他帶來一把小梳子，梳著梳著他問我說A地是不是愈來愈亂了？我想了一會，不得不點頭稱是；他擔心過的天眞的確有待考驗。L先生沈吟片刻，舒緩而諒解說道：「一切將會好轉，畢竟路是不能往回走的。」我回給他一個微笑，繼續和他閒聊我在郊區的屋子，我說後窗看出去的盆地山脈就跟他給我看過的歷史圖片相同，眞令人感到驚奇啊，那些山和湖水竟然已經活了那麼久。我也說了一些釣魚人們的故事；冬天裡他們似乎不常來了。我說其實這幾年來我一直在想一個故事，一個關於翻譯者的故事。

「喔，」L先生抬起頭來：「是怎樣的一個故事呢？」

我說我也說不清楚，好久以來我一直找不到故事的輪廓。

「那麼妳原本想寫些什麼呢？」

「寫我們全都生活在一個翻譯的過程裡，不只是語言，連行為連價值連理想，我們全都說不出來自己的心意。」

「嗯，聽起來有點接近臆想。」

「這不是臆想，這是實在發生的。」

「什麼意思？」

我掙扎了很久才說：「你從來不曾想起我母親嗎？」

他愣了一下，反問我說：「妳記得許多關於妳母親的事嗎？」

我搖搖頭。

「所以是臆想。」L先生說：「所以找不到故事的輪廓。」

我沒有反駁。

「也許妳該多想想自己的事，妳自己不也是一名翻譯者嗎？」他拍拍我的手說年輕人嘛人生有的還是機會，我不應當再陷於過去的臆想，應該多看看未來。「如果妳有任何困惑，就把它們說出來吧，我很願意聽的；」他還在笑著：「而且，我現在有的是時間，不是嗎？只是，妳這孩子老是不說話，妳什麼時候開始變成這樣子的？」

我不知道（我就是不要再說一句話了）。我說了它，應該明白的L先生卻只是更敏捷地跳過我的心意，多令人傷心啊，甚至我心裡止不住地懷恨起來，我說我根本就拒絕說話，除了關於他的場合之外，我就要不言不語。

「爲什麼？」他非常吃驚：「爲什麼妳寧可陷於過去的臆想而不願說話呢？」

「沒有什麼非說不可的……」我停了一會兒，沒再說下去。

後來的閒聊裡，我只告訴他G的故事。我說G是一個良善的人，如果A地未來的孩子都還能像他那樣善良就好了。我說G來對我說話，我並不拒絕傾聽，因爲他語言裡的經驗仍然充滿良善的質素。但是，G不該要我說話的，因爲我只說出不愛他的言語，我也說出不對勁甚或反駁的言語，即使只是沈默，那仍然是一種不厭煩的表示。我說回到A地的G，不久之後就要訂婚了；如果我沒再遇見他的話，不，是我如果一直沒有開口說話的話，那麼，一切都會按照計劃進行。

一切都會按照計劃進行。爲什麼一定要我開口說無效的言語呢？L先生。再說，該明白的都會明白，都將明白，媽媽好多年間不曾說過什麼話，但如今我都揣測到了她的意思。相愛的人不須語言就會了解的。「不是嗎？」我問。

「也許是這樣子沒錯；」L先生回答我說：「但是，妳總不能期望每個人都來了解妳。」

「不需要每個人，只要相愛的人。」

「妳眞是的，某些點上，妳眞像妳母親。」

我的人物W總在晚餐時分回到旅館，大街上擠滿相互等候的約會者，可是沒有人來她的旅館用餐，因爲它太不起眼了。她跟櫃檯要過鑰匙，再繞去餐廳買三明治和水果，關上房門。夜色慢慢靠攏，沒有人知道她住在這個旅館裡；異地的小旅館。

她坐下來試著寫些紀錄，記錄一些過去和L先生的談話，或是一些沒有說出口的。她掀開昨夜的筆記繼續寫道：「我們之間，有人逃不過逮捕，有人逃不過鬥爭，更多的人只是逃不過自己。我不知道我們之間有誰將會存活下來，而存活下來的眞的又能夠解消那些浸透在心中體內的魔障嗎？無名的島嶼，多少無名的魂魄飄然遠去。傳奇已經說破，英雄失去形影，孩子總是沒有父親……」

（孩子總是沒有父親……）

（我在寫些什麼呢？）

我的人物W竟能開始書寫了……。

「明天，都是父親的他們將要站上檯面。讓塵土的歸塵土。」

不再只是爲他人傳達，而是以文字翻譯內心的語言給她自己。

（讓塵土的歸塵土。至於我自己，如果我一直只是要當個翻譯者……）她應當繼續這樣寫：

（那麼，我永遠不可能去喜愛我自己的人生。）

（喜愛。喜愛。原來只要喜愛。L先生。）

（音階之外，倫理之上，更要喜愛。）

L先生離開原來的醫院，換到另一家看護中心。看護婦遲疑地問我說妳是他女兒嗎？

我搖搖頭。我說我只是他的學生，我曾經爲他工作過一段不短的時間。

「喔？」看護婦說：「那妳眞是念舊，療養院裡的人就是希望有這樣的人願意來看看他們。」

到療養院的時候，L先生總是還在午睡。午後一直是安靜的，這個療養院的房間更是寧靜，我坐在這兒，一個小時或是兩個小時，看看L先生或是看看書，我並不感覺無聊。

雲彩游在天空裡有幻想的聲音。鳥群打從窗沿飛過也有幸福的聲音。

有一天，我又遇見K，他面露沮喪地說他的婚禮要延期了，因爲女方父母給他出難題。「不過，妳怎麼還在這裡？」他搖搖頭說：「你們這些人都不需要工作嗎？」

我告訴他我有工作，我只是想在這兒多陪陪L先生。

他無法反駁地點點頭走了。

不過，我還是得回A地去辦新簽證。我告訴L先生說我的簽證到期了，而且我得回去交房租，簽一些新的稿約，我想利用這段時間再翻點什麼東西。（我還會再回來的。）遲疑了一會，我還是把這句話吞下去了。

「妳是不是該回到學校去呢？還是就繼續現在的工作？」L先生問我。

「大概繼續工作吧。」我說：「我已經習慣了。」

「那麼，對自己的工作或人生，妳也應當有些什麼遠景性的看法才好。」

（遠景性的看法？）

「因爲我看妳總是沈溺於過去。」L先生又說：「要談未來，妳一定得學會看遠景。」

「妳要知道，我們的生命總是很短暫，等到妳抬頭看見它的時候，生命就只是那麼短了。」L先生自言自語地說：「沒有人能代替另一個人。」

我一直沈默著，因爲我不知道自己是否完全明白他的意思。過去這幾年，我總以爲生涯迢迢熬不到盡頭，生命永遠太長怎麼可能太短？

「妳母親到底怎麼死的？」L先生忽然開口說。

（多麼意外的轉折。）我抗拒地搖搖頭：「我記不得了。」

「告訴我吧。那時妳已經不是孩子了。」

猶豫了非常久，我說：「我不知道，我醒來就沒再看見她了。」

L先生垂下了眼，沒再問了。

我不是沒想過停止這些故事，停止這些回憶；也許眞如L先生所說，我不應該想去描繪母親的歷史，十歲的我也不足以看見母親的故事。

我也常常想起K所嘲笑的：「只有空想沒有想像力。」空想，難道全是空想？曾經我無比沮喪，究竟是誰佯裝W的姿態來到我的心中？有關母親的意象如此錯亂。然而，在符號愈來愈錯亂的同時，我似乎開始體會到了一些什麼，一些可以相呼應的投射體……（會的，我一定會反駁你的。）W低頭在紙上這樣書寫：（我的想像力一定會找到相呼應的投射體；唯有那時，我才要說出我的想像力是什麼。）

不管是ＡＢＣＤ……，Ｌ或是Ｗ，都已經不再那麼重要了。

如果，此去我的人生仍然渴望母親的形象，我只能這樣結束Ｗ或是我的母親：我只能明白到母親所留下的愛與親情或許只在一些意義的暗示，也是因爲那些暗示才誘引我想去爲她書寫故事，而且，倘若我在那過程中因而抓住了什麼線索或主題——，我彷彿聽見了我那沈默母親的聲音：（那麼，就應該那樣相信地活下去。）

離開Ｂ地的前一天，我醒得特別早，惶惶然憶起生命中許多分離的時刻。

到療養院的時候，Ｌ先生坐在戶外的椅子上，收音機裡的主持人正滔滔不絕地介紹新出爐的諾貝爾文學獎得主，他略帶誇張地轉述那位小說家的談話：「我得志得很早，結婚的時候，文壇也認爲這是才子佳人，幾乎沒有任何讚美不屬於我。這樣的我卻產下一個智障的後代。這是怎麼回事？我幾乎以爲這就是我的人生即將終滅的暗示……」

「生命總是需要什麼經驗。」Ｌ先生切掉了收音機，轉頭招呼我說：「妳今天來早了。這樣也好，妳願意和我共進午餐嗎？」

蓮藕燉雞湯，一片烤魚，還有拌了芝麻的菠菜。Ｌ先生吃得很少；他幾乎只吃掉那片魚。看護婦走過來收碗的時候也提醒我Ｌ先生最近胃口很差：「就連早餐都只喝湯呢。」

我看看Ｌ先生，他彷彿什麼也沒聽到似地望著窗外。然而誰知道他還能看到多少景色，（而我又如何能幫你讀出它們呢？L先生。）那些畫面是唯有以視覺傳給心靈才可能被理解的。多年來，L先生是唯一與我共餐的人，但是，此刻除了多請費心之外，對看護婦，我竟說不出任何像樣的言語。我注視L先生的眼睛，我想我們之間實在存在太多無關且不可追涉的歷史，可是，爲何我還是深深地被捲入其中……；「過去」這個東西多麼讓我無能爲力。

（歲月忽已晚……）

我猛然憶起童年時代母親教給我的詩句，片刻之間，我也恍然明白了L先生爲何說人生總是太短。是的，相對於過去，生命太短；此刻我終於明白，當我們能夠不慌不忙摸索到生命自在的時候，所謂「活著」就只是剩下一小截了。

相對於過程的漫長，我們所能表達的餘地實在留下太少。L先生。

我不能自止地悲傷起來，但他只是對我說：「要永遠想念妳的父母親，不管曾經發生過什麼事。」

我什麼話也說不出來。面對L先生，無論是親情或愛情，任何愛的形式都已經從我的掌心逸失而去了。

「妳要相信他們眞是對善良且有抱負的人。」他握住我的手說：「還有，再不要不說話，他們會感到惋惜的。」

逸失而去。逸失而去。我不得不開口說我要走了，L先生堅持送我到門外，熟識的看護婦也陪著一塊出來。白色的帽子。藍色的裙子。皺皺扁扁的軟皮鞋。坐在輪椅上的L先生揉揉眼睛說：「眞希望我可以把妳看得清楚一些，偏偏我的眼睛再也看不見什麼了……。」

我轉頭走離了療養院。看護婦的藍裙子呼呼地飄起來。

再見。

再見。

（思君令人老。歲月忽已晚。）

那個黃昏，我多少意識到L先生或許也將離我而去，但是，我不知道又是那麼快。（保重啊，我親愛的孩子……。）我生命中的人總是走得太快。

即使已經找到如此鮮明的位置，人物L先生畢竟還是離開了我。

在那之後，我再沒見過L先生。

療養院的人說他完全拒絕進食。十天之後死於衰弱。

只留下一個走失了主角的翻譯者的故事。

——一九九五年五月．選自聯合文學版《散步到他方》

林明謙作品

林明謙

高雄人，1970年生，台灣大學哲學系畢業，藝術學院戲劇所碩士。曾任電視台企畫、記者、雜誌編輯、大學講師。著有《左撇子眼睛》、《掛鐘小羊與父親》、《墜落之前，溼落之後》等。曾獲聯合文學小說新人推薦獎、聯合報文學獎。

掛鐘、小羊與父親

一

小羊，妳聽得見我麼？

一切都必須從這裡開始，我親愛的小羊。讓我更準確一點，先把顫抖的手停下來，從這句話開始，我知道這裡是起點。除了這裡，其他什麼都不是。

小羊，妳聽得見我麼？

該死的手仍然抖個不停，我幾乎要疑心是我眼花了。站在街角，稍微探出頭就可以看見我們的家。透過窗台的欄杆，垂著一株半死不活的植物，葉面腐黑的有點噁心，我從來沒認真仔細地看過它任何一眼。

遑論要知道這株植物的名字了。是的，我不知道。很多事都還來不及知道。穿過紗窗透過十字紋的玻璃，橙黃色的燈泡光溫暖的亮著。那是召喚我回去的魔咒。但是我跑出來了，經過隔壁門口的時候還被盆栽絆了一跤。必定是太急了。胸口像快報廢的鼓風爐一般，發出驚人的噪聲，我大口地喘著氣。

「朋友，來支菸？」

街角的小鋼珠店門口蹲著一個穿花襯衫的男人，手舉得老高。突如其來的聲音把我嚇了一跳。退了兩步定下神來看，他的指間夾著一支香菸。我接過來，怎麼也湊不上打火機。他拿過去點著後，塞在我嘴裡。

「被狗追麼？還是被人砍？」

一個砍擊的手勢。

我調勻了呼吸，回頭又望了望我們的家。彷彿看到小羊妳的臉貼在窗子上，我告訴我自己，不應該看得見的、隔了這麼遠，這不合理。可是我好像看見了。那是妳的臉。小羊，妳的臉。我唯一不會錯認的事。

下定了決心，我對花襯衫的男人說：

「沒事，我該回家了。謝謝你的菸。」

再度拔足狂奔，往遠離我們的家的方向奔去。忘了看清楚給我菸的男人的臉，像我每回都忘了看那株腐黑的植物一樣。

小羊，再見了。雖然我知道妳因爲發著高燒正需要人照顧，冰箱裡只賸下一包過期的鍋燒麵、半盒方糖、兩大罐鮮乳。水壺裡沒有水了（難道我們已經生飲了好幾天的自來水？），衣服兩個星期沒洗（房東不讓我們用洗衣機、烘乾機），明天輪我倒垃圾……再見了。

考慮了很久，摩托車還是決定留給妳用，鑰匙掛在門板的鉤子上。我站在門口猶豫了一會，看看妳在床上白淨的臉，走過去把桌面收拾乾淨、藥包擺在更顯眼的位置。皮夾裡還有兩千多塊，我揣了一把零錢在褲袋裡，其餘統統掏出來和藥擺在一起，像是要讓妳搭配著全部吞服下去。

「妳聽得見我麼？小羊。」

再低低地喚了一聲，幻想著也許妳會像以前那樣，突然、像夢拋錨了一般就驚醒過來，只因我可能短暫的離開了床。喝口水或是上廁所之類的。妳一醒過來，發覺我沒有躺在身旁，立刻就會驚慌地問：

「阿非，你怎麼不見了？」

「我在廁所。」

可能正坐在馬桶上看著幾天前的報紙，政治與國際要聞版。剛買回來的我們只看體育、影劇和休閒版。總統從美國回來了，什麼時候去的了呢？妳聽見我的聲音、確定了我還在這個房間裡之後，一定又會接著一句我們都熟悉的、甜蜜的召喚，然後才又矇矓地睡去。

「快點回來哦。」

但是現在妳聽不見我了。醫生說，吃了藥會很睏很有睡意，自己騎車或開車都要小心。妳如果說不上幾句話便開始語意含混，大概會睡到明天早上，而我現在就要走了。小心翼翼、放輕手腳地打開又關上房間的門。打開大門和鐵柵門，深呼吸了一口氣之後，關上。足足跑了老遠喘不過氣了才停下來。一切就這麼發生，小羊，沒有預謀，只是我必須走。

撥了通電話給阿早，他很夠意思的說半小時後來接我。還沒有十二點，幾個菲律賓人或泰國人在偷回收車裡的舊衣服。我走過去咳嗽了一聲，他們瞬間四散逃開，然後停在對街會合流連著不走。我猜他們正在商量著我大概會馬上走開，於是索性爬上回收車頂上，躺著等阿早來。我不知道爲什麼要阻止這些人偷衣服，也許他們是偷，也許他們需要，誰知道呢？我不知道，但是我不愛看有人當著我的面偷東西。

終於是逃走了。

這是我這個月第二次從某個地方逃走。上個星期日，我一個人搭火車去療養院看爺爺。他耳朵很背，而且事實上已經不認得我了，用塑膠湯匙邊餵他吃麥片粥、邊向他大聲地解釋我的近況。幾乎都是用吼的，他若有似無的點點頭，接著神情驚惶地左右張望，然後極細聲地告訴我：

「我兒子昨天來看我。」

「爺爺，他沒有來，不可能的事。」

他用力地扯我的手，看起來很乾燥脆弱的手原來還可以發出這麼大的力量。

「他帶兩把刀來看我，一把藏在袖子裡面，另把藏在襪子裡面，用褲管蓋著，以爲我看不見……

我們坐在外面的椅子上講話，我一直盯著他讓他沒有機會下手，他很生氣，就一直罵我……後來，他忍不住了，趁別人沒注意的時候拔出刀子刺我，被我假裝彎腰躲過去，他愈來愈生氣，抓起剛好散步過去的一條黑狗，割斷牠的喉嚨，讓血到處亂噴。」

「你看錯了。」

「我兒子要來殺我。」

接著便抽抽噎噎地流下眼淚，用衣服胡亂地擦著。

「救命啊，好心的年輕人。我兒子要來殺我。」

「爺爺！我是阿非啊！你不認識我了麼！我是你孫子啊！」

他顯然一句也沒聽進去，還是逕自掉眼淚。氣不過他整天幻想這些無聊事，我又在他的耳朵旁邊吼道：

「沒有人要殺你！爺爺！下禮拜再來看你！早點休息！」

說完就頭也沒回地跑出了療養院。

阿早來了。摩托車的聲音把我嚇了一跳。

「跟妞吵架了麼？」

不敢告訴他我把病懨懨的小羊丟著跑出來的事，訕訕的笑了笑。

「走，我陪你去洗三溫暖。」

掛鐘極簡史

在計時工具的發明史上，有兩個相當重要的關鍵點。首先是大約在十三世紀末至十四世紀初、機械式時鐘的發明。當時因為對齒輪擒縱器(verge & foliot escapement)的運作原理有了決定性的改良，時鐘製造人開始設計機械時鐘，形形色色的日晷儀、沙漏開始隱身入收藏品的行列。

其次則是鐘擺原理的發現。著名的義大利繪畫、雕塑、建築家達文西(Leonardo da Vinci's)的這個大發現，啓發了荷蘭數學家Christian Huygens和當時相當顯赫聞名的時鐘製造人Salomon Coster。他們兩人於一六五七年聯手將此一原理運用至實際的時鐘製造技術上，獲得非凡的成功。而這個成果也於十七世紀中葉迅速地散播至歐洲各地，其中以英國所受的影響最為深遠。

早期的直立式長木箱掛鐘(Longcase Clock)便是源自英國。木箱的概念是為了保護和隱藏鐘擺而誕生。初始的時候木箱表面絕大多數是素面、黑色的設計，主要的原因大約是基於清教徒主義特有的壓抑式美學。後來，隨著時代演進，從鐘面的彩紋圖飾、木箱造型的立體雕刻、哥德式的裝飾風等等，掛鐘的外貌有了極鮮活的演化。

在這篇小說中，我所謂的掛鐘其實應該是一種被稱為「維也納風格」的壁式掛鐘。因為這個名詞相當容易引起讀者的誤解，所以也有必要先解釋清楚。

所謂的維也納風格，大抵上可以標幟著一股將掛鐘之木製外箱正面覆以玻璃，使之對隱藏在內的黃銅製鐘擺錘能夠一目了然的設計風潮。因此並非所有的此類掛鐘都集中於維也納製造。

——Derek Roberts, *A Collector's Guide to Clocks*

二

到一個沒有熟識任何人的城市念書，原因是爲了恨父親。

即使又過了這麼多年，父親和他那只碩大的掛鐘，仍然執拗地盤踞在我的記憶之中。彷彿是注定了要一輩子如影隨形地追逐著我的兩個幽魂。大得近乎礙眼的掛鐘不但在父親的小閣樓裡經年累月地佇立下去，也在我僅有兩個拳頭大，塞滿了情慾、好奇心和莫明所以的叛逆的大腦中硬是佔據了一個顯眼的位置。

父親在五十歲那年，沒有跟任何人商議，在毫無預示的情形下便向老爹口頭表示要退休。老爹是母親的一個遠房親戚，就轉告了母親。雖然說，母親是全功能馬桶與進口洗潔劑的直銷商，而且業績相當可觀，家裡並不仰仗著他那份少得可憐的薪水過日子。但是這種舉動仍舊讓其實已經不怎麼關心他的家人感到憤怒。他第二天就沒去上班了，收拾了一些穿慣的衣物，要求我幫他將一張舊床和掛鐘搬挪到閣樓上，就等於正式地和家人宣告他將和母親分房而居。

從此，父親便鮮少出門，用餐時間也極不固定。通常是母親準備了，不管是幾點鐘，餐盤端到閣樓上，擺在門口後敲敲他房門。等腳步聲遠離後他便會端進去吃。

一頭被豢養的獸。

我彷彿可以聽見左鄰右舍的長舌女人正在這麼批評著我的父親，也許根本不用聽見，從她們遮遮掩掩的神情就傳達出來這種清楚的訊息。

我們在不滿意中漸漸習慣這種古怪的狀態。沒有任何一個朋友的家庭像我們這樣。父親確實就像被母親豢養在閣樓上的、一頭很溫馴的獸。從不挑剔食物的好壞，安安靜靜的活著。

被豢養著。小羊，後來我遇見妳，我才明白，我也開始被妳豢養。比較不同的是，母親豢養著父親，而我們豢養著彼此。

當時我高中二年級、弟弟只有國二，即使一切的情況都顯示著母親其實並不在乎（這大約說明了也許他們早就分床而居許多日子了），但是我們其實還不太能接受這些事；或者說，還找不到一個可以說服自己的答案。找了一個星期六，一起到小鐘錶店找老爹。

老爹是個六十歲左右的老人。平時戴著一副玳瑁框的老花眼鏡，就著小檯燈下用鑷子從幾十盒零件中揀合適的。修錶的時候就用放大鏡。他的放大鏡像十個疊高起來五元硬幣的圓筒狀大小。他說，父親在他的店裡工作了十二年，但是他沒有辦法給退休金。就算是母親也不會向他開口。

「老爹，我們不是來要退休金的。沒有人要退休金。」

「噢。那你們要什麼？」

我說明了來意。老爹手頭上的工作並沒有停下來的意思，偶爾將臉轉過來對著我們，他的右半臉因爲長期將放大鏡塞在眼框裡、再用肌肉去夾緊，因此皺紋足足比左半臉多出好幾倍。他說，父親之所以到他這裡來上班，是母親來拜託他的。那一年，她要父親把工廠收起來，不要再做生意了。

「這我知道，雖然那時候我還很小。他虧了很多錢。」我點點頭。

「不完全是這樣。聽說是你老爸在外頭有女人，開銷很大。公司景氣好的時候無所謂、也查不出來。可是一旦賠錢，這筆支出就很明顯了。你媽聽了一些風聲，帶著警察去捉姦。結果當場逮住。聽說他們破門而入的時候，你老爸的老二還直挺挺地插在那女人裡面。他很鎮定地拔出來，從從容容的到浴室裡洗得乾乾淨淨。走出來的時候也還是光溜溜的，渾身上下香噴噴的沐浴乳的香味。然後當著他們面前，有條不紊地穿上內褲、長褲、襪子、襯衫……打好領帶，才跟那些警察一起回分局。」

「從頭到尾沒正眼瞧過你媽一眼。」老爹有點諷刺地補充著。

弟弟問，那女人呢？

「這就不清楚了。有人說你媽後來沒有提告訴，放了她一馬。她也很識相的就沒有再出現了。」

回家的路上，我們兄弟倆都沒有說話，默默走了一路。不知道當時弟弟的腦子裡究竟轉著什麼念頭，但我暗暗的下定決心，一定不要讀本地的大學、不再住家裡，要跟這一段不名譽的歷史劃清界線。

所以，小羊，妳聽不見我的。我不會告訴妳這些事。

我們不是沒有想過可以存一點錢，然後到某些偷情專用的旅館、Motel之類的地方去享受。享受一下豪華的浴室、柔軟的床墊、和有空調的房間。可以不必每次都在我們的沙發床上大汗淋漓地做愛。可是我不敢，我害怕如果有警察來臨檢的時候，我也會很鎮定地拔出老二，然後神色漠然地到浴室裡去洗澡。就像被從記憶體中叫出來的遊戲程式一樣，做著分毫不差的動作。

莫非這就是遺傳密碼？呵呵，也許是，但我不願意試。

家裡的那個掛鐘已經很老舊了，聽說那是爺爺從日本人手上買過來的寶貝。每天要上一次發條，拿著一個像耳朵般的工具，中間突出長長的一根圓管正好可以插進鐘面的一個小孔，然後使勁地轉個十來圈。喀拉——嘎——喀拉——嘎——地發出刺耳的聲音，又可以神氣十足地走上一整天。

整點的時候，它會按著鐘面上的數字，敲足了數才肯罷手。其實，它有一個很古怪的脾氣，就是在粗嘎的噹噹聲開始之前，會先很人性地、預告性地發出一個類似清喉嚨的聲音。

還有一個特點就是，這個老掛鐘平時的腳步聲非常清楚。不知道是否因爲我們家裡的所有成員自小就充分地意識到它的存在，它就掛在客廳最顯眼的位置。所以即使後來父親將掛鐘搬到閣樓上去了，只要稍微當心仍然可以聽見它滴滴答答窸窸窣窣的行走聲。

或許是因爲掛鐘的緣故，我從小就非常渴望擁有自己的錶，對時間也非常的在意。但是我卻遇見小羊妳，一個不愛戴錶的女孩。

躲進時間體內

從小我就負責每天替掛鐘上發條，就像弟弟負責餵魚缸裡的魚們一樣。父親說，你要把它當成一個活生生的東西、當成家裡的一分子。如果你一天忘了上發條，那麼掛鐘就死掉一天。

每回當我打開掛鐘的門，它就像突然裸體地出現在我面前。通常打開的那一瞬間鼻子都會聞到一股說不上來的味道，混合著木料的香氣和樟腦丸之類的感覺。接下來氣味就消失了。

有時候我會摸摸那些指針、用手指去阻止秒針的行走。這麼做讓我獲得很大的滿足感，因為秒針在我的食指腹下蠢蠢欲動，那種觸覺和我壓住巴西龜或蠶幾乎沒有什麼差別。幾乎可以感覺到生命。

一直有一個揮之不去的模糊記憶。就是我在還沒上學校的時候，有一回犯了很巨大的過失（大概也只是摔破碗盤、或是不小心髒話說溜了口），想也沒想就直接打開掛鐘的門，把鐘擺推到一邊，整個人躲進那個狹小的空間裡面。

不知為什麼就躲得很安心，覺得沒有人會找得到我，竟然就睡著了。醒來之後才發現呼吸有點困難，而且透過玻璃往外看，全家的人竟然都笑呵呵地看著電視，沒有人注意到躲在掛鐘裡面的我。我使勁敲玻璃，用力地推門，但是掛鐘的門就好像上了鎖，怎麼都是徒勞。一急之下忍不住就嚎啕大哭起來，感覺到或許永遠都出不去了的恐懼，哭累了迷迷糊糊的又睡過去，醒來就已經在平日睡慣的床上了。

現在回想起來，當時自認為躲得很好的安全感，也許就是來自那個掛鐘的大小。如同我先前提過的，它根本只是一個壁式掛鐘，充其量稍大一些。連一個剛出生的嬰兒都塞不進去。

三

終於如我所願，我考上北部的大學，可以光明正大的離開家。

念完大二那一年的暑假，我假借著暑修學分的名義沒有回家，在ＫＴＶ打工認識了小羊。沒多久我們就陷入瘋狂的熱戀，每天下班後一起逛街兜風廝混。暑假雖然兩個人都整整工作了兩個月，但是錢也花得兇，開學的日子逼近過來，我們手邊都沒賸什麼錢了。

開學前一週，我和小羊討論著未來的日子，感到一股深深的絕望。首先是如果又要打工應付我們兩個的開銷，勢必得改上大夜班。不但學校的課會受影響，連相處的時間也變得極少。還有我們對於老是拜託同事把風、在客人比較疏少的時段找空包廂做愛的日子也已經厭煩，很想租個房子，嘗嘗相依爲命的感覺。經過了徹夜的考慮，我們決定豁出去。

我偷偷溜回家一趟，到兵役課去辦緩徵，接著和小羊都到各自的學校辦休學。我們把家裡給的註冊的錢湊起來，在外頭租了一個小房間，預付了兩個月的房租，房東只附了小桌子、衣櫃和一個爛冰箱。我們自己買了一張沙發床和幾個組合式櫃子，還讓阿早偷他老爸的身分證、印章，冒充保證人分期付款買了一部大電視。

創造了一個屬於我們兩個人的親密空間，我和小羊都滿意極了。我們下班回來就窩著不出門，除了聽音樂、看電視、做愛之外什麼都不幹。頂多穿上衣服到附近的小酒館喝兩杯啤酒、逛逛夜市射飛鏢，或是把阿早拖出來閒扯幾個小時、扯到筋疲力盡為止。

說到阿早，原來是我的小學同學。畢業後一直都沒再聯絡過，直到我考上大學。發現原來我對素來憎惡的父親仍有那麼一些揮不去的情感，也是在遇見阿早以後。那個深夜我搭夜車回台北，中途在休息站廁所撇尿的時候，縱然我的睡眼再矇矓，也可以感覺到身旁的人不斷地打量著我。

「你是阿非？」

我回過頭，實在認不得這一號人物。高我一個頭，臉長的像匹馬。

「阿非？你不認識我了？我是阿早。」

他的動作愈來愈大，從他那隔得極遠、幾乎長在臉頰兩邊的眼睛，我才依稀看出阿早的影子。

回到車上後，他半強迫地和我身旁的中年人換了位置，拎著包包就擠進位子和我坐一起。我們一邊喝著熱騰騰的貢丸湯，一邊談著彼此間空白的這幾年。原來阿早高職沒念完，一個人就到台北來闖。換了幾次工作之後，現在專門跑業務，賣電話、大哥大、Call機這些玩意兒。他絮絮地說著這幾年斷斷續續又開過幾次同學會的事情，但是我沒有一次出席。大家都謠傳著我跟我爸移民去了。

「現在在念書麼?」

「嗯。」

「怎麼都不跟我們聯絡呢?功課很忙麼?」

「還好。我也不知道我到底在忙什麼。」

我望著阿早，這個曾經是我推心置腹的死黨，至於爲什麼會忽然失去聯絡，我其實心裡有數。那當然和父親有關，只是我一直逃避去釐清楚。

下了車之後，阿早的大手用力地握痛我的手，然後才把名片給我。我騙他說最近正好在搬家，電話號碼會改動，等確定了再聯絡他。風很大，我縮了縮脖子，不太敢看他，只好盯著對街的電影大看板。

「一定要Call我喔。」

阿早不太放心地又叮嚀了一次，然後才上計程車。我點了菸，把名片從皮夾裡掏出來塞進垃圾筒。

後來到便利商店喝了一杯熱可可之後，我整理了一下思緒。最後，又折回剛才的垃圾筒，把阿早的名片找了出來。攤平之後，很仔細地夾在記事本裡。一個星期之後，我就撥了個電話給他，慢慢恢復我們以前的感情。

回到小羊。

小羊有一種很漂浮的個性、很容易受朋友影響的個性。我記得帶著小羊第一次和阿早聊了一個很長的天之後，過了幾天阿早告訴我一些他的看法。對小羊。

「還好她先碰上你。不然難保不會變成同性戀。」

「不會吧。」

「難說。不過先恭喜你了，她的奶子實在夠嗆人的。」

我狠狠揍了阿早一拳。有點回到小學時代的相處方式的感覺。

「操！脖子以下的部分不准看！」

我不願意多想這一方面的事，畢竟從我赫然發現小羊不愛戴錶之後，我就彷彿懂了一點什麼。小羊沒有自己的時間感。當然可以說她不喜歡被時間的細繩纏住手腕、足踝，但是從另外一個觀點來說，她必須倚賴別人不斷的提示時間感。處於一種很不自主的狀態當中。

小羊有幾個很瘋狂的朋友，其中一個很肉感的、好像叫咪咪的，據說就是一個蕾絲邊。她們曾經一起到便利商店去「玩」，咪咪故意穿得很暴露，而且假裝在櫃檯附近暈倒，把那個流口水的工讀生都嚇呆了。圍過來幾個看熱鬧的人之後，小羊一邊指揮工讀生叫救護車，順手把事先裝好的一堆吃的喝的用的提好，趁混亂就開溜了。走之前還不忘踢一下咪咪的大腿當暗號。咪咪自然在幾秒鐘之後就悠悠轉醒，親了一下工讀生的額頭，大搖大擺地就晃出去了。兩個人在公園裡笑到肚子疼，然後才把那些東西全部吃光。

我初初聽到這件事的時候簡直是不敢相信。以前就知道咪咪不但愛用按摩棒（這麼看來又不一定是個蕾絲邊），而且還喜歡將心得分享給她所有的密友們。沒想到竟然還拖小羊去玩這種把戲。從小羊談起那個工讀生的興奮神情，我忍不住要擔心起來。

還好現在住在一起了。抱著小羊睡覺，我有一種很熾熱的感覺。至於明年該怎麼辦呢？當兵的問題呢？只好等到明年再想好了。

阿非與阿飛

《阿飛正傳》並沒有傳統戲劇性的情節。影片的結構方法主要是依靠，比方說，通過母題(Motif)、主題的發展，多重敘述者的旁白，母題的重複，色調光線和氣氛的統一。不過最明顯的應該說是時間的母題。

由第一場張國榮逗張曼玉說話開始，鐘與時間的意象便頻頻出現……由時間的母題緊扣的還有時鐘滴答的響聲……貫穿了整場電影。

——摘自《電影檔案之中國電影一・王家衛》

在這篇小說中，主人翁阿非和《阿飛正傳》有著聲音上的相似性。而家裡客廳中的掛鐘和時鐘的意象有著形態與性質上的關聯性，都是用來指涉「時間」，那麼這種情形究竟該下什麼樣的結論呢？

小說才進行了一半左右，請耐心閱讀。

四

一切還是必須從那些比較私密性的記憶進入。我親愛的父親，如果你並不同意這個方式的話，原諒我仍然打算繼續這個故事。約莫國小二年級的時候，當時大概是九歲左右，原先向來是班上前三名的我開始半強迫式地、不由自主地染上偷癖。從教室的粉筆盒、同學忘了拿回家的毛筆硯台，到雜貨店的口香糖、腳踏車的小零件等。一切的罪行都沒有破綻，沒有人會懷疑在班上品學兼優的那一群好傢伙。特別是在那個時代，人生中沒有一個階段像小學一樣，成熟和品行可以有這麼肆無忌憚的高相關係數。

直到我們去你朋友潦草叔叔家的那一天爲止。

潦草叔叔有上百個打火機，並不算整齊地堆放在一個櫃子裡。我特別鍾情的是有皮套、比一般打火機略大的那一只。造型相當扁平、湊近了鼻子就會有淡淡的菸草味。想像著我可以用三隻手指揑著它，很麻利地在牛仔褲上一劃，一叢暖洋洋的火就這麼冒出來。

打火機安靜的滑進了我的口袋，像松鼠一溜煙地回到黝暗的樹洞裡。

要是我忍得住不拿出來向弟弟炫耀，後來的事必定完全不會發生。至少當時的我這麼認爲。正巧開門進來的父親看見了我手上的戰利品，慢慢地走了過來。我的神情像剛在舞台上摔過跤的芭蕾舞舞者，佯裝著什麼事都沒發生。

「哪裡來的？」

我正在心裡頭急速轉著念頭，打算編一個以九歲兒童的角度看來是毫無破綻的故事，父親很簡單的說了一句話。

「說實話永遠比較容易。你覺得呢？」

像汽車撞上路邊的消防栓一樣，水嘩啦啦地噴出來，突然我的實話也爭先恐後地流洩出來。說完以後，父親沒有責備我，我也沒有再偷過任何東西。

這是父親給我留下的少數幾個美好記憶。也是當小羊談起她們那些個坑矇拐騙的朋友時，我忍不住會回憶起來的片段。事實上，我並不是因爲他教育方式的成功而很難忘記那個生命中的轉角處；反而是因爲當時他有足夠的「勇氣」和自信來接納我犯下的任何錯誤，那種不懼的態度讓我心服。

但是那個父親已經死去了。現在閣樓上住的完全是另外一個人。莫非這就是我痛恨他的原因？

和小羊在一起以後，我或許因爲遠離了自怨自艾而比較能夠看清楚這些舊時的心結，但同時我似乎也更加不願意花腦筋在這些事上頭。我們兩個不知不覺的就採用一種很末世的心態、花相當多的時間來相處，好像我和小羊的生命情調就只能用這種方式來譜寫、編奏。在這種格局下，我投注了幾乎所有我能投注的心神在彼此之間，實在沒有餘力再去調養舊的創口。

更何況麻煩摩肩擦掌接踵而至，並沒有因爲我們的相愛而退縮。以前就曾經發生過好幾次客人硬要小羊在包廂裡面陪唱的事。因爲小羊的個性比較活潑外向，跟陌生人也可以在幾分鐘內就變得很熟稔，所以常有客人酒後就開始自作多情糾纏不清，勞動店長或經理來排解也不是第一次了。

由於同在一個地方工作，這些事我多半也都看在眼裡，只是礙於上面的壓力與房租、生活費的拮据，只好一直隱忍不發。後來竟然有幾個新來的外場搞不清楚狀況，也想把小羊，幾次還趁工作之便吃她豆腐，我也都忍下來了。直到有一次在客人的慫恿下，有個混帳硬是摟著小羊唱情歌，兩隻手還不規矩。我聽到消息衝進包廂，正好撞個正著。

「他媽的你再摸你今天兩隻手就別想帶回家！」

經理跟著也進來排解，當晚就很委婉地勸我明天別來上班了，在家消消火氣。至於那個混帳待會兒就會讓他滾蛋。我怒氣不息地拖著小羊的手，一路直出店門。回家後商量了一下，便決定辭職不幹了。

爺爺去世了，我竟然過了好幾天才知道。連忙趕回家以後才發覺場面雖然很熱鬧，但是爺爺的兩個兒子都沒有出席。前來弔唁的幾乎全都是母親現在直銷事業的夥伴。

父親唯一的一個弟弟我倒是從來沒見過，據說是個勢利鬼。以前爺爺還住在我們家裡的時候，生病身體不適從來都是不聞不問。後來送到療養院，所有的費用也都是母親完全負擔。現在爺爺去世了，母親當天晚上打電話通知他，他竟然第一個反應就是先問遺產還賸下多少，如果沒有寫遺囑他要請律師先來凍結，以免被大哥一個人獨吞。

最可笑的是，爺爺反倒很疼這個二兒子。以前老是一天到晚責備父母親故意不讓他們父子倆有見面的機會，說二兒子天天晚上都在掛念著他，他可以完全感受到，不像父母親成天詛咒他早點死。還偶爾會自己把從前的相簿翻出來，看著看著眼淚就汩汩地流個不停。

後來年紀愈來愈大，加上疾病纏身腦子也越來越糊塗，更是常常不由分說就說母親在飯菜裡放砒霜（天知道這種東西要到哪裡買）、在他的睡衣裡塗上劇毒、在床上放圖釘要刺死他、地板打蠟要讓他滑倒腦震盪等等……，還當著母親的面、正大光明的跟每一位來家裡的客人老淚縱橫地哭訴，讓母親簡直一張臉都不曉得要往哪邊擱。

但是爺爺的葬禮父親卻不出席，免不了讓來賓說閒話。有人說，人死都死了，一死百了，莫非兒子還記老子的恨？也有人說，再怎麼不好也還是自己的父親，算了吧。母親在父親的閣樓房門口說了好幾次，甚至我回來後也上去擂了好幾次門，都是一點反應也沒有。我在房門口站了半响，正當無計可施時，忽然發現一件事，那就是以往只要靜下心來就可以聽見的掛鐘行走聲，現在什麼也聽不到了，整個閣樓靜得令人發毛。我有點慌、怕他出了意外，高聲喊道：

「父親！我不想煩你了！你只要敲門敲幾聲，讓我知道你還好好的就可以了！要不要下去送爺爺隨便你！」

我等了一陣子，裡面仍舊是一點聲響動靜全無。正當我轉著念頭，看看究竟該怎麼破門而入時，一聲、兩聲、連續好幾聲篤篤篤、很空洞的敲門聲才接二連三的響了起來。我放下七上八下的心、一級級走下樓梯，敲門聲還是持續著。像配合我步伐的節拍、也像有很多滿腹的不平、一點也沒有停止的意思，彷彿要敲到這個房子的每個角落都清楚的可以聽聞、都崩塌陷壞掉爲止。

就這麼篤、篤、篤、篤，敲了一整夜。

鐘的疾病

對待一只故障的鐘，其實要把心態調整成如同對待一個病人。

查明故障的確實部位是很重要的。如果鐘的功能並沒有完全停擺，那麼當然並不代表問題可以忽視。這和診斷病人的要領幾乎一致，必須要透過各種方式嘗試去確定病因、防止惡化。

一只行走不順暢的鐘，首先要檢查的是撥針機構與上弦機構（又稱開發條機械構造）。偵察時還必須特意注意其他相互影響的部分。若是完全停擺，則初步檢查錶盤部分，觀察是否有鬆動、錶玻璃內面不平整、指針摩擦、彎曲等現象。若是仍無改善，則繼續打開錶殼蓋、取出錶體以細毛刷清理。若是仍無反應，則需進入細部檢查。

根據我從父親書架上取來的《鐘錶學：原理與修復》一書，細部檢查共分述了二十九節，每一節均條列有五至十五項不等的檢查步驟。整個動作看來是一個相當嚴謹的過程，簡直可以媲美外科手術學。

鐘錶的內部構造精密度遠超出我們的想像，大大小小叫得出名字的零件就有八十五種以上。其中彼此之間相互牽引、傳動的巧妙設計，可以說是一座微型城市的縮影也不為過。況且這座城市還包括了發電廠（即動能發源部分，全發條系統），以及維護安全規律性的治安機構（即擒縱機械構造，控制調節等時性）。難怪許多鐘錶癡以及鐘錶蒐集狂都嗜好舊式使用全發條系統的鐘錶，而排斥使用液晶電池的新發明。或許最深層的原因就是根源於他們對完美城市的鄉愁。

最後，鐘錶學的作者下了一個多愁善感的結論。那就是：鐘錶學必須重新受到禮遇，恭敬地被迎入藝術的殿堂。

五

葬禮過後，我在家中有些待不住，因爲掛記著小羊。

這些天，母親說了很多父親和爺爺之間的往事。那是我那從未謀面的奶奶告訴她的。奶奶在他們結婚後的第二年就去世了，據說是一個很溫順的傳統女人。她說，爺爺管教小孩非常嚴厲、嚴厲到近乎不合理的地步，而且經常動不動就一個巴掌招呼過去，所以父親小時候對爺爺深有懼意。爺爺愛喝酒，每天都要小酌一番。有時候興致一來就把父親叫到跟前，命令他立正站好，然後把教過給他的日本歌一首首唱出來，萬一唱不好或是忘詞，中指就狠狠地敲在父親的腦門上。

「難怪父親從來都不愛唱歌，也沒聽過他唱歌。」

我有點恍然大悟的感覺。奶奶說父親怕爺爺到什麼程度呢，有一件事很可以說明。有一回她閒來無事到市場走走，忽然看見父親遠遠地騎著他的小腳踏車經過，在一家賣蚵仔麵線的小攤販前面停下來。看起來是剛放學肚子有點餓了，雖然爺爺規定了放學後二十分鐘內要回到家，還是開小差出來吃東西。

奶奶一邊這麼想著，一邊也就很自然地往小攤販的方向走過去。她心想恰好自己也有點嘴饞，不如就順便一塊兒吃一碗蚵仔麵線再一起回家。沒想到她一到父親面前，剛開口喊他的名字，父親像遭了雷擊一樣迅速的彈蹦起來。臉色瞬間變得慘綠、簡直像棵植物一般，還把桌上的麵線都打翻了。奶奶連忙過去安慰父親，保證絕對不會跟爺爺說這件事，但是父親還是神色驚惶地匆匆忙忙推了腳踏車就回家了。

「我從來沒有看過任何一個人的臉色會綠得這麼難看，而這個人竟然就是我的兒子。」

另外還有更重要的一件事，那就是小學四年級的時候，爺爺買了一只錶送給父親，並且親手幫他戴上。爺爺那一天的心情顯然很好，試了幾次之後說：

「好，就戴這個洞、第四格，不鬆不緊剛剛好！」

一直到升上國中一年級，有一回奶奶不經意發現，父親的手錶把他的手腕箍得太緊，幫他取下來之後發覺手腕上有一圈很深的瘀血。奶奶有點心疼自己的兒子：

「怎麼不會放鬆一點，你這個傻瓜！」

「爸爸說要扣在第四格。」

當我聽到這兩件事，當場忍不住捧腹大笑。笑完以後才猛然發覺，故事裡的那個像兔子般戰戰兢兢的活著的小孩，不是別人，原來是我的父親。這實在很難想像。

以前的父親，如果我和弟弟不小心打棒球砸壞了人家的玻璃，他會先問清楚價錢，然後把錢很快地雙倍賠給人家，可是就是不准別人斥罵我們。

「我自己的兒子我自己會教！」

總是客客氣氣地說完這句話，接著就帶著我們揚長回家。這麼有擔當的父親實在不應該有這麼悲慘的童年啊。

只是後來變了。工廠收起來以後，他開始在小鐘錶店上班。突然就像縮回殼裡的烏龜一樣，變成怕事、怯懦、沒什麼個性的傢伙。對這個轉變，弟弟比我更看不順眼，他開始公然的挑釁父親，而父親也只是默默地承受下來，對所有弟弟惡意傳達出來的無禮與譏嘲視若罔見、聽若罔聞。

讓我回到很多年前，大表哥結婚當天晚上。喝醉酒的弟弟堅持一個人騎機車回家，約莫是一小時左右的路程，所有人都反對，但是他的眼睛直鉤鉤地、具有挑戰意味地盯著父親。當時他還沒有駕照，當所有人都注意著父親會有什麼樣的反應時，他只是令人失望透頂地縮回駕駛座上。整個行動就是一個屈服的暗示。

當天深夜，父親的車就畏畏縮縮地跟在弟弟的機車後面。弟弟火起來，把機車停在路邊開口就大罵幹他媽的操你娘的三字經，父親還是一言不發地跟在他後面。我實在對這種不痛快作風看不過去，打開車門，硬是把母親拖下車，招了計程車就先回家了。

和小羊一起辭去工作以後，我們晃蕩消磨了一個多月。嘴裡說著要去找工作，卻一點動作都沒有。後來，決定兩個人一起去送快遞，這樣還能整天都膩在一起。興匆匆地又拖阿早故技重施當保人，分期付款買了一部全新的摩托車。但是開工了沒幾天，領了一點薪水，大吃大喝一頓之後又怠工了。

之後就天天騎著新摩托車到處閒晃。有了車以後，兩個人的開銷更加沒有節制了，房租和分期付款開始付不出來。心裡面一有煩雜憂慮事，玩得是加倍的瘋。錢花完了就找同學借，我們也知道眼前將會是個遭透了的結局，但是或許是種疲癩的脾氣發作，不但沒有設法補救，反而因爲這種氣氛而浪蕩得更是痛快。

小羊似乎也感受到這種狀況，因此我們兩個相依爲命的淒美感覺只有與日俱增，做愛的次數愈來愈多，彷彿只有那短暫的片刻才能完全忘卻世俗煩惱。因爲這個緣故，我們也耽溺於這種短暫的快樂。一旦其中一個人的腦子開始思索未來的困境，我們就會很有默契、毫不考慮地扒光身子開始做愛。

可是小羊，我終究還是逃出來了。丟下了妳逃出來，把妳一個人丟在那盡頭的情境中。我不知道我們兩個之間到底誰出了問題，但是我在答案浮現出來之前就先逃了。我不願意答案是我、更不願意是妳。

兒歌：爺爺的舊時鐘

這是一首兒歌的歌詞，容我抄錄於下：

這個大時鐘是爺爺的時鐘
已經走動了一百年
這是爺爺最引以爲傲的一個鐘
(Solo)因爲它是爺爺誕生的當天早晨新買的時鐘
現在那個鐘已經不再走動了
一百年來不休止地 di — da 、 chiku — daku
與老爺爺一起 di — da 、 chiku — daku

現在那個鐘已經不再走動了
爺爺的鐘，在深夜發出敲響的聲音
提醒大家，離別的時刻即將來臨
(Solo)升上天堂的老爺爺就要與時鐘分開
現在那個鐘將不再走動了

歌唱完了。這到底是不是一首憂傷的歌呢？
也許時鐘陪著老爺爺一起進入天國，所以也不再走動了。
從這個角度看來，倒是一個相當完美的結局。

——櫻桃小丸子劇場版

六

我逃回家。打算跟母親告白所有的事，然後把爛攤子留給她。這是很沒種的一種做法、但是當我至少需要十五萬現金時，我似乎沒有其他選擇。

可是一回家，就聽到另一件更麻煩的事。弟弟失蹤了。

有一個陌生人到家裡來，說他的兒子只是和弟弟爭風吃醋，弟弟二話不說就帶人去把他打成重傷，現在左手臂可能會殘廢。如果眞的治療不好，他要我們至少賠五百萬。

母親起初不相信，後來我去打聽了一下，問了幾個弟弟的同學，似乎對方的家長並沒有說謊。弟弟打了通電話回來，聽到母親的聲音，只說了一句對不起就把電話掛了。

接下來的幾個晚上，我都可以聽見母親坐在小閣樓的門前，向父親斷斷續續地敘述著弟弟的事。我相信父親必定是聽見了，但是他始終不肯出來解決事情。母親只好一個人趴在門前的小地毯上哭哭睡睡到天亮。

有一晚我終於忍不住了，從工具箱裡抄出一把鐵鎚，一路衝上小閣樓就對著厚重的木門猛敲，我要把他揪出來看看父親究竟要縮到什麼時候。母親死命拖住我的腳求我住手，我完全不理會她，紅著眼睛就猛敲猛鎚。直到突然聽見敲穿了一個窟窿的聲音，我們都意識到再鎚幾下，父親就會被我硬生生的扯離他自己構築的安全世界。剎那間我和母親都猶豫了起來，手上的動作也停了下來。

隔了很長很長的一段時間之後，我們兩人都步履沉重、無限疲憊地踱下樓梯。我發現我根本不想再看到父親那個暮氣沉沉的表情，而現在把他拖出來，對目前的困境不但毫無助益，反倒還要再多上一些心煩。

我沒有問母親的感受與想法是否和我相同，我也很洩氣地沒有勇氣問。兩隻鴕鳥（不，再加上父親這隻超級大鴕鳥，應該是三隻）當晚各自回自己房間睡了三個很心虛的覺。

我夢見小羊。她也是拿著一把鐵鎚，正在砰砰砰敲著我房間的門。我站在她的身後喚她：

「小羊！妳聽得見我麼？我在這裡啊！」

但是小羊頭也不回，仍舊使勁地鎚著房門。我顧慮到她的力氣不夠大，正想上前去幫她一把，突然，門整個被鎚爛躺了下來，房間裡另外有一個我，手足無措地怔在原地。小羊並沒有打算進去，她啐了一口痰，很平靜的說：

「他媽的阿非，你是懦夫。」

我正想繞到她前面解釋，這一瞬間我瞥見了房間中的我自己，原來那麼的像我無助的父親。臉上的神情正好就是開著車跟蹤弟弟、被弟弟痛罵髒話當時一模一樣的神情，整個移轉到定格在我的臉上。

從夢中驚醒，胸口汗濕了一整片。我偷偷撥了個電話給小羊，心想一聽到她的聲音就掛斷。但是一直沒有人接聽。

我們的小窩現在也許只是座愛的死城。

隔天早上，母親找來公司的一個很有辦法的股東幫忙解決弟弟的事。那個男人了解了事情的全部之後，留下一句包在我身上、意味深長的看了母親一眼。沒想到那個眼神也被我攔截到了。

傍晚，男人打來一個電話，說對方願意接受五十萬的價碼，但是條件是弟弟回來後要親自上他們家道歉。

母親掛完電話之後，很興奮地同我說這些事。並要求我去打探弟弟的行蹤。我本想問母親關於那個男人的事，但是話到嘴邊終於還是只說了一半。

「母親，那個男人是……」

母親停頓了一下才會意過來。並沒有接觸我的眼睛，只是很微弱地點了點頭。

小羊，如果妳還在的話，我馬上就回來。

和母親坦白了所有的事，休學了一年的我又重新回到台北念書。償清了所有的債務之後，卻一直找不著小羊了。

我一直幻想著也許有一天，小羊又會突然出現在我面前。也許又在我的臉上啐一口痰，但是那沒關係。可是直到我念完大學，小羊都沒有再出現過。

大三那年，父親在閣樓裡，開了門、同時放了一把火，然後上吊自殺。等我回家的時候，小閣樓已經又被恢復成原狀，就像一切都沒有發生過一樣。

記得小學的時候，有一回四五個朋友相約去游泳，父親開車送我們幾個小毛頭去。市立游泳池的水髒透了、磁磚還有許多裂縫，但是我們都異口同聲地說謊。主要的原因是門票只要五塊錢，可以省下一點錢吃游泳池門口賣的甜不辣。另外，那裡的救生員常常忙著在休息室摸女生的奶子，沒有時間來管我們一次又一次、自殺特攻隊式的跳水遊戲。

那一次沖完涼出來，幾個人光著瘦弱的上身、身體也沒擦乾就蹲在門口的台階上吃甜不辣。頭髮還不斷地滴著水，阿早突然冒出了這麼一句話：

「幹！你老爸開車好慢！我還沒坐過這麼慢的！」

許多年以後，我敢拿人頭打賭阿早絕對忘了他曾經說過這樣的一句沒來由的話。像是在地上無故地吐口水一樣。但是我記得。覺得父親受了侮辱，在心裡決定與他斷交。

接下來，我沒有再和阿早說過任何一句話。

原來這樣。當我和母親坐在小閣樓上回憶著這些年發生過的事，我問了一句：

「父親他究竟想燒掉什麼？」

母親也不太明白。她說，他想燒的都燒掉了。

我查看著這個閣樓裡的一切，突然就看到那只積滿了灰塵的掛鐘。我走過去，使勁地扯開掛鐘門，就像以前我重複過上千次的動作一樣。可是這次從裡面迎面衝出來的氣息，除了木料香氣和樟腦丸的味道之外，還有很多很多的、關於父親這些年在這座小閣樓裡消耗掉的人生、腐敗的青春、驚人的時間，就趁著開門的這個動作，從此地一股腦兒逃逸出這棟房子、逃逸出我們哀愁的生活、再逃逸進入永恆的失落中。

——一九九五年十一月・選自皇冠版《左撇子眼睛》

陳雪作品

小說卷

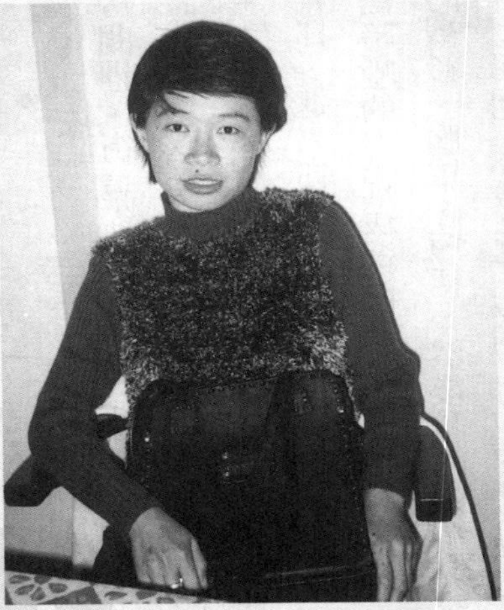

陳　雪

本名陳雅玲，台灣台中人，1970年生。中央大學中文系畢業。著有《惡女書》、《夢遊1994》、《愛上爵士樂女孩》、《惡魔的女兒》、《愛情酒店》、《鬼手》等。

尋找天使遺失的翅膀

當我第一眼看見阿蘇的時候，就確定，她和我是同一類的。

我們都是遺失了翅膀的天使，眼睛仰望著只有飛翔才能到達的高度，赤足走在炙熱堅硬的土地上，卻失去了人類該有的方向。

●

黑暗的房間裡，街燈從窗玻璃灑進些許光亮，阿蘇赤裸的身體微微發光，她將手臂搭在我肩上，低頭看著我，比我高出一個頭的地方有雙發亮的眼睛，燃燒著兩股跳躍不定的火光……

——草草，我對你有著無可救藥的慾望，你的身體裡到底隱藏著什麼樣的秘密？我想知道你，品嘗你，進入你……

阿蘇低沈喑啞的聲音緩緩傳進我的耳朵，我不自禁地暈眩起來……她開始一顆顆解開我的釦子，脫掉我的襯衫、胸罩、短裙，然後我的內褲像一面白色旗子，在她的手指尖端輕輕飄揚。

我赤裸著，與她非常接近，這一切，在我初見她的剎那已經注定。

她輕易就將我抱起，我的眼睛正對著她突起的乳頭，眞是一對美麗得令人慚愧的乳房，在她面前，我就像尙未發育的小女孩，這樣微不足道的我，有什麼秘密可言？

躺在阿蘇柔軟的大床上，她的雙手在我身上摸索、游移，像念咒一般喃喃自語。

——這是草草的乳房。

這是草草的鼻子。

……

從眼睛鼻子嘴巴頸子一路滑下，她的手指像仙女的魔棒，觸摸過的地方都會引發一陣歡愉的戰慄。

——草草的乳房。

手指停在乳頭上輕輕畫圈，微微的戰慄之後，一股溫潤的潮水襲來，是阿蘇的嘴唇，溫柔的吸吮著。

最後，她拂開我下體叢生的陰毛，一層層剝開我的陰部，一步步，接近我生命的核心。

——有眼淚的味道。

阿蘇吸吮我的陰部我的眼淚就掉下來，在眼淚的鹹濕中達到前所未有的高潮，彷彿高燒時的夢魘，在狂熱中昏迷，在昏迷中尖叫，在尖叫中漸漸粉碎。

我似乎感覺到，她正狂妄地進入我的體內，猛烈的撞擊我的生命，甚至想拆散我的每一根骨頭。是的，正是她，即使她是個女人，沒有會勃起會射精的陰莖，但她可以深深進入我的最內裡，達到任何陰莖都無法觸及的深度。

●

我總是夢見母親，在我完全逃離她之後。

那是豪華飯店裡的一間大套房，她那頭染成紅褐色的長髮又蓬又捲，描黑了眼線的眼睛野野亮亮的，幾個和她一樣冶豔的女人，化著濃妝，只穿胸罩內褲在房裡走來走去、吃東西、抽菸，扯著尖嗓子聊天。

我坐在柔軟的大圓床上，抱著枕頭，死命地啃指甲，眼睛只敢看著自己腳上的白短襪。一年多不見的母親，這究竟是怎麼回事？她原來是一頭濃密的黑色長髮，和一雙細長的單眼皮眼睛啊！鼻子還是那麼高挺，右眼旁米粒大的黑痣我還認得，但是，這個女人看來是如此陌生，她身上濃重的香水味和紅褐色的頭髮弄得我好想哭！

——草草乖，媽媽有事要忙，你自己到樓下餐廳吃牛排、看電影，玩一玩再上來找媽媽好不好？

她揉揉我頭髮幫我把辮子重新紮好，塞了五百塊給我。

我茫然地走出來，在電梯門口撞到一個男人。

——妹妹好可愛啊！走路要小心。

那是個很高大、穿著西裝的男人。我看見他打開母親的房門，碰一聲關上門，門內，響起她的笑聲。

我沒有去吃牛排看電影，坐在回家的火車上只是不停地掉眼淚，我緊緊握著手裡的鈔票，耳朵裡充滿了她的笑聲，我看著窗外往後飛逝的景物……就知道，我的童年已經結束了。

那年，我十二歲。

完全逃離她之後，我總是夢見她。一次又一次，在夢中，火車總是到不了站，我的眼淚從車窗向外飛濺，像一聲嘆息，天上的雲火紅滾燙，是她的紅頭髮。

●

——你的雙腿之間有一個神秘的谷地，極度敏感，容易戰慄，善於汩汩地湧出泉水，那兒，有我極欲探索的秘密。

親愛的草草，我想讓你快樂，我想知道女人是如何從這裡得到快樂的？

阿蘇把手伸進我的內褲裡搓揉著，手持著菸，瞇著眼睛朝著正在寫稿的我微笑。

我的筆幾乎握不穩了。

從前，我一直認爲母親是個邪惡又淫穢的女人，我恨她，恨她讓我在失去父親之後，竟又失去了對母親的敬愛，恨她在我最徬徨無依時翻臉變成一個陌生人。

恨她即使在我如此恨她時依然溫柔待我，一如往昔。

遇見阿蘇之後我才知道什麼叫做淫穢與邪惡，那竟是我想望已久的東西，而我母親從來都不是。

阿蘇就是我內心慾望的化身，是我的夢想，她所代表的世界是我生命中快樂和痛苦的根源，那是孕育我的子宮，脫離臍帶之後我曾唾棄它、詛咒它，然而死亡之後它卻是安葬我的墳墓。

●

——我寫作，因爲我想要愛。

我一直感覺到自己體內隱藏著一個封閉了的自我，是什麼力量使它封閉的？我不知道；它究竟是何種面目？我不知道；我所隱約察覺的是在重重封鎖下，它不安的騷動，以及在我扭曲變形的夢境裡，在我脆弱時的囈語中，在深夜裡不可抑制的痛哭下，呈現的那個孤寂而渴愛的自己。

我想要愛，但我知道在我找回自己之前我只是個愛無能的人。

於是我寫作，企圖透過寫作來挖掘潛藏的自我。我寫作，像手淫般寫作，像發狂般寫作，在寫完之後猶如射精般將它們一一撕毀，在毀滅中得到性交時不可能的高潮。

第一篇沒有被我撕毀的小說是〈尋找天使遺失的翅膀〉，阿蘇比我快一步搶下它，那時只寫了一半，我覺得無以爲繼，她卻連夜將它讀完，讀完後狂烈的與我做愛。

——草草，寫完它，並且給它一個活命的機會。

阿蘇將筆放進我的手裡，把赤裸著的我抱起，輕輕放在桌前的椅子上。

——不要害怕自己的天才，因爲這是你的命運。

我看見戴著魔鬼面具的天才，危危顫顫地自污穢的泥濘中爬起，努力伸長枯槁的雙臂，歪斜地朝向一格格文字的長梯，向前，又向前……。

●

曾經，我翻覆在無數個男人的懷抱中。

十七歲那年，我從一個大我十歲的男人身上懂得了性交，我毫不猶豫就讓他插入雙腿之間，雖然產生了難以形容的痛楚，但是，當我看見床單上的一片殷紅，剎那間心中萌生了強烈的快感，一種報復的痛快，對於母親所給予我種種矛盾的痛哭，我終於可以不再哭泣。

不是處女之後，我被釋放了，我翻覆在無數個男人的懷抱中以爲可以就此找到報復她的方法……

我身穿所有年輕女孩渴望的綠色高中制服，蓄著齊耳短髮，繼承自母親的美貌，雖不似她那樣高眺，我單薄瘦小的身材卻顯得更加動人。

旁人眼中的我是如此清新美好，喜愛我的男人總說我像個晶瑩剔透的天使，輕易的就攫獲了他們的心。

天使？天知道我是如何痛恨自己這個虛假不實的外貌，和所有酷似她的特徵。

我的同學們是那樣年輕單純，而我在十二歲那年就已經老了。

——天啊！你怎麼能夠這樣無動於衷？

那個教會我性交的男人在射精後這樣說。

他再一次粗魯的插入我，狠狠咬囓我小小的乳頭，發狂似的撞擊我，搖晃我。他大聲叫罵我或者哀求我，最後伏在我胸口哭泣起來，猶如一個手足無措的孩子。

——魔鬼啊！我竟會這樣愛你！

他親吻著我紅腫不堪的陰部，發誓他再也不會折磨我傷害我。

我知道其實是我在傷害他折磨他，後來他成了一個無能者，他說我的陰道裡有一把剪刀，剪斷了他的陰莖，埋葬了他的愛情。

剪刀？是的，我的陰道裡有一把剪刀，心裡也有，它剪斷了我與世上其他人的聯繫，任何人接近我，都會鮮血淋漓。

●

記不得第一次到那家酒吧是什麼時候的事了？總之，是在某個窮極無聊的夜晚，不分青紅皂白闖進一家酒吧，意外地發現他調的「血腥瑪麗」非常好喝，店裡老是播放年代久遠的爵士樂，客人總是零零星星的，而且誰也不理誰，自顧自的喝酒抽菸，沒有人會走過來問你：「小姐要不要跳支舞……」當然也是因爲這兒根本沒有舞池。

就這樣，白天我抱著書本出入在文學院，像個尋常的大學三年級女生，晚上則浸泡在酒吧裡，喝著他調的血腥瑪麗、抽菸、不停地寫著注定會被我撕毀的小說。他的名字叫ＦＫ，吧台的調酒師，長了一張看不出年紀的白淨長臉，手的形狀非常漂亮，愛撫人的時候像彈鋼琴一樣細膩靈活……

後來我偶爾會跟他回到那個像貓窩一樣乾淨的小公寓，喝著不用付錢的酒，聽他彈著會讓人骨頭都酥軟掉的鋼琴，然後躺在會吱吱亂叫的彈簧床上懶洋洋的和他做愛。他那雙好看的手在我身上彈不出音樂，但他仍然調好喝的血腥瑪麗給我喝，仍然像鐘點保母一樣，照顧我每個失眠發狂的夜晚。

——草草，你不是沒有熱情，你只是沒有愛我而已。

ＦＫ是少數沒有因此憤怒或失望的男人。

看見阿蘇那晚，我喝了六杯血腥瑪麗。

她一推開門進來，整個酒吧的空氣便四下竄動起來，連ＦＫ搖調酒器的節奏都亂了……我抬頭看她，只看見她背對著我，正在吧台和ＦＫ說話，突然回頭，目光朝我迎面撞來，紅褐色長髮抖動成一大片紅色浪花……

我身上就泛起一粒粒紅褐色的疙瘩。

我一杯又一杯的喝著血腥瑪麗，在血紅色酒液中看見她向我招手；我感覺她那雙描黑了眼線亮亮野野的眼睛正似笑非笑地瞅著我，我感覺她那低胸緊身黑色禮服裡包裹的身體幾乎要爆裂出來，我感覺她那低沈喑啞的聲音正在我耳畔呢喃著淫穢色情的話語……恍惚中，我發現自己的內褲都濡濕了。點燃我熾烈情慾的，竟是一個女人。

她是如此酷似我記憶中不可觸碰的部分，在她目光的凝視下，我彷彿回到了子宮，那樣潮濕、溫暖，並且聽見血脈僨張的聲音。

我一頭撞進酒杯裡，企圖親吻她的嘴唇。

在暈眩昏迷中，我聞到血腥瑪麗自胃部反嘔到嘴裡的氣味，看見她一步一步朝我走近……一股腥羶的體味襲來，有個高大豐滿多肉的身體包裹著我、淹沒了我……

●

睜開眼睛首先聞到的就是一股腥羶的體味，這是我所聞過最色情的味道。

頭痛欲裂。我努力睜開酸澀不堪的眼睛，發現自己躺在一張大得離譜的圓床上，陽光自落地窗灑進屋裡，明亮溫暖。我勉強坐起身，四下巡視，這是間十多坪的大房間，紅黑白三色交錯的家具擺飾，簡單而醒目，只有我一個人置身其中，像一個色彩奇詭瑰麗的夢。

我清楚的知道這是她的住處，一定是！我身上的衣服還是昨晚的穿著，但，除了頭痛，我不記得自己如何來到這裡？

突然，漆成紅色的房門打開了，我終於看見她向我走來，臉上脂粉未施，穿著T恤牛仔褲，比我想像中更加美麗。

——我叫阿蘇。

——我叫草草。

來了！

●

當我第一次聞到精液的味道我就知道，這一生，我將永遠無法從男人身上得到快感。我剛搬去和母親同住時，經常，我看見陌生男人走進她房裡，又走出來。一次，男人走後，我推開她的房間，看見床上凌亂的被褥，聽見浴室傳來嘩嘩的水聲，是她在洗澡，我走近床邊那個塞滿衛生紙的垃圾筒，一陣腥羶的氣味傳來……那是精液混合了體液的味道，我知道！

我跑回房間，狂吐不止。

爲什麼我仍要推開她的房門？我不懂自己想證明什麼早已知道的事？我彷彿只是刻意的、拚命的要記住，記住母親與男人之間的曖昧，以便在生命中與它長期對抗。

那時我十三歲，月經剛來，卻已懂得太多年輕女孩不該懂的，除了國中健教課上的性知識以外，屬於罪惡和仇恨的事。

對於過去的一切，我總是無法編年記述，我的回憶零碎而片段，事實在幻想與夢境中扭曲變形，在羞恥和恨意中模糊空白，即使我努力追溯，仍拼湊不出完整的情節……

所有混亂的源頭是在十歲那年，我記得。十歲，就像一道斬釘截鐵的界線，線的右端，我是個平凡家庭中平凡的孩子，線的左端，我讓自己成了恐懼和仇恨的奴隸。

那年，年輕的父親在下班回家的途中出了車禍，司機逃之夭夭而父親倒在血泊中昏迷不知多久。母親東奔西走不惜一切發誓要醫好他，半個月過去，他仍在母親及爺爺的痛哭聲中撒手而逝。

一個月後，母親便失蹤了。

我住在鄉下的爺爺家，變成一個無法說話的孩子，面對老邁的爺爺，面對他臉上縱橫的涕淚，我無法言語，也不會哭泣。

我好害怕，害怕一開口這個噩夢就會成眞，我情願忍受各種痛苦只求睜開眼睛便發現一切不過是場可怕的夢，天一亮，所有悲痛都會隨著黑夜消逝。

我沒有說話，日復一日天明，而一切還是眞的，早上醒來陽光依舊耀眼，但我面前只有逐漸衰老的爺爺，黑白遺照上的父親，和在村人口中謠傳紛紜、下落不明的母親。

——阿蘇，爲什麼我無法單純的只是愛她或恨她？爲什麼我不給她活下去的機會？

我吸吮著阿蘇的乳房，想念著自己曾經擁有的嬰兒時期，想念著我那從不曾年老的母親身上同樣美麗的乳房，想著我一落地就夭折的愛情……不自覺痛哭起來……

●

一開始我就知道，阿蘇是靠著男人對她的慾望營生的。她周遊在男人貪婪的目光中滋養她的美麗與驕傲，誰也無法掌握她。

那晚她從酒吧把醉得一塌糊塗的我撿回去，她說我又哭又笑還吐了她一身。醒來後我在床上呆坐許久，而後她推開門走進來。

——我叫阿蘇，你以後就住在這兒吧！

我一眼就看出你是個沒有家的幽靈。

是的阿蘇我沒有家，母親為我買下的公寓是個空洞的巢穴；房租昂貴，學校旁邊三坪大的地下室裡住的只是我的書本和軀殼；像ＦＫ這樣的男人，他們各式各樣的房子不過是我的港口，我帶著天使般的容顏在世上飄來盪去恍如一隻孤魂，我尋求的其實是一個墳墓，用以安放我墮落虛空的靈魂。

而阿蘇那個經常穿梭著不同男人的大房子卻讓我想到了家，那兒到處充滿了阿蘇腥羶的體味讓我覺得好安全。

我就這樣走進了她奇詭瑰麗的世界。白天搭她的積架去上課；晚上陪她參加一個個富商豪紳的酒會；夜裡醒來發現報上知名的建築師赤裸地仰臥在我與阿蘇之間，萎縮的陰莖猶如猥瑣的糟老頭……和她比起來，我母親算得上什麼淫穢與邪惡呢？

阿蘇所擁有的武器，除了美貌、聰明冷酷的手腕之外，最重要的是她的敗德與無情，對男人絕對的無信無情，使她在所有的逐獵之中永遠是個贏家。

而我可憐的母親所擁有的，只是一張凌亂的床鋪，和一顆哀傷絕望的心。

那些口袋塞滿鈔票的男人渴望獵取阿蘇的肉體，阿蘇渴望喚醒我已死寂的愛情。我所渴望的呢？

是死亡，在母親死後心甘情願做她的陪葬。

●

我坐在酒吧的吧台上寫稿，ＦＫ今天調的血腥瑪麗酸得像胃液一樣，簡直難以下嚥。和阿蘇在一起之後，我第一次回到這裡。

——ＦＫ，你很反常喔！血腥瑪麗調得像馬尿一樣。

抬起頭一看，才發現ＦＫ變得如此虛弱蒼老。

——認識阿蘇兩年多，沒見過她用那種眼神看人。

草草，她愛上你了。

ＦＫ在我身邊坐下，一口喝掉半杯伏特加。

——起初我只是想要她的身體，那也不容易，花了很多心思很多錢，等她那天高興了才可以上床，當然比我更慘的人也有，大把鈔票丟進去，咚一聲就沒有了，連手指頭都別想摸一下。

做過愛之後我躺在她身邊好想擁抱她，她推開我的手站起來，低下頭看我，微微笑著，然後唸起波特萊爾的詩……

草草，那時我就知道自己完蛋了，我想要的不只是射精在她體內而已，我居然，居然愛上她了。

她說：別浪費錢了，沒有用的。

是的，沒有用的！我一直以爲她是個冷血動物，現在我才知道，原來她愛的是女人！

我永遠也沒有希望了……

看見FK臉上流露出我不曾見過的哀傷，阿蘇愛上我了？我知道，但是，又怎樣呢？又怎樣呢？想起我們三個人之間微妙的關聯，一切顯得如此荒謬，FK那雙好看的手在阿蘇身上彈得出音樂嗎？

阿蘇，你愛的是女人，那麼，你愛你的母親嗎？你會因對她不明確的愛與恨而痛苦不已嗎？

●

上國中之後母親要求接我同住，我因此上了一所明星國中。無論搬到哪兒，飯店、賓館、廉價公寓，或者豪華別墅，我總有屬於自己的房間，和用不完的零用錢。我沒有朋友，只有滿屋子的書籍唱片，和沈默寡言的自己。

我們很少交談，她和幾個多年要好的姊妹，經常夜裡喝得醉醺醺回來，一群漂亮時髦的女人手裡拎著高跟鞋在馬路上又哭又笑。

夜裡驚醒過來，發現她坐在床尾流淚，我趕緊繼續裝睡，卻再也無法入睡……早上在學校裡瞌睡一整天，回來看見她還是冷眼相向。

我對她的心在十二歲那年就死了，無論如何努力，也只是使我們更加痛苦而已。我一方面要對抗聯考的壓力，一方面還要抗拒她的關愛，正值青春期的我，被剛萌生的情慾折磨得不成人形……

終於，我考上第一志願的高中，可以理所當然的搬離她的生活圈。她看著我的入學通知，露出了難得的燦爛微笑，隔天，她買了一整套志文出版的翻譯小說給我，一本本深藍色封面像海水一樣翻滾在我眼前……

——別老是躺在床上看書，眼睛會弄壞。

她把書本一一擺上書架，說話的時候並沒有看我，我也拿起書，卻遲遲無法放進其實並不高的架子裡……

許久以來，我第一次落淚，在她的背後，無聲的，淚水一滴滴落在書頁上……是卡繆的，異鄉人。

我搬到學校附近專門租給學生的公寓，開始了我與男人之間的種種遊戲，像一株染了病的花，開到最盛最璀璨時，花心已經腐爛了。

●

——草草我愛你，雖然我知道你需要的其實不是我的愛，然而我愛你。如果不能愛你，我的生命就無法完整。

我頹然倒臥在散落一地的稿紙上，因自己虛弱的敘述能力而哀嚎著，阿蘇伸手托起我的下巴，散亂劉海下的眼神好空洞，像個巨大的黑洞要將我吞噬讓我好驚惶，她愛人時的表情就是這樣嗎？

我將她擁入懷中，不停地吻她，愛撫她。

阿蘇我不懂，我不懂自己有什麼値得人愛的地方，我不懂你愛我的方式，我更不懂爲什麼愛我的女人總是把自己浪擲在男人的慾望中，面對我時卻一點一點逐漸空洞蒼老？如果我們誰也不愛誰，只是使勁的做愛，日子會不會快樂一點？

我不懂愛情，我只知道我那在男人懷抱裡冰冷麻木的身體，在阿蘇的愛撫中就復活了，火熱地燃燒起來，變得那樣敏感、狂野，彷彿全身的毛孔都張開大口呼吸，任何細微的觸動都可以令我戰慄狂呼。

——阿蘇，我要你，雖然我還不能愛人，但是我要你，你是我生命中等待已久的那個女人，透過你，我才重逢了自己。

●

我眞的記不清了，關於母親的種種。

高中的時候，我奔波在學校與男人之間，功課始終保持在頂尖的狀態，男朋友一個換過一個，普通高中生困擾的東西我都能輕易克服，但我眞正想要的東西卻一件也得不到。靠著母親送我的小說支撐我度過崩潰的邊緣，在輾轉不能成眠的夜晚，我甚至邊讀卡夫卡一邊手淫。

每個月沒有月亮的晚上和母親吃晚餐，在燈光柔和放著輕音樂的餐廳，面對面，各自抽著菸，沈默著，或者說一些不相干的無聊話……

不知是牛排的黑胡椒太多，或是煙霧的刺激？我看見她的眼睛濡濕著，眼眶下面微微發青，濃妝之下的皮膚爬滿細碎的皺紋，笑起來，像摔倒在滿是泥濘的地面上，一身狼狽尷尬……

夜裡電話偶爾響起，電話那頭的她哽咽著，酒精的氣味自話筒傳出，熏得我頭好痛。

我知道，我們的生命都已走到盡頭，雖然只要伸出手，就可以挽救彼此於絕望的邊緣，然而，我們終究沒有伸手相援，或者，我們都已經使盡全力伸長手臂，最後，還是錯失了彼此的方向？

我一直都無法回頭。

直到，遇見了阿蘇。

她是如此酷似我的母親，以致我每每與她做愛之後，夢中就會出現我已經拋卻或遺忘的往事，一樁一件，清晰地在我的記憶中重組，我沈醉在阿蘇淫蕩的笑聲中無意間發現自己對母親的誤解。

一步一步，逐漸逼近母親赤裸的心靈，才知道自己一向是如此殘酷不公地對待她。是我，是我的自私和懦弱將我們雙雙逼進了痛苦的深淵……

我想起來了。母親，我漸漸想起你卸妝後的面容，哭泣後腫脹的眼皮瞇成細縫，和我童年時依戀的你，完全一樣！

考上大學那個暑假，我在一家西餐廳打工，開始留長頭髮，學會開車。

九月中旬，有天晚上下班，發現母親坐在餐廳前的一輛迷你奧斯汀裡，高䠷的身材和矮小的車身顯得那樣格格不入。我坐上車，看見她脂粉未施，一身素白，專注地開著車，不知在黑暗中要奔向何處？

我們來到父親的墓地。第一次，父親下葬後我第一次與她來到這裡。

夜晚的墓地是如此安詳寧靜，高大的芒草中穿梭著點點螢火，銀白的月光下，白衫白裙的她悠悠穿過芒草，彷彿一個美麗的女鬼，離地飄浮。

——這是草草，我們的孩子，很美吧！像你一樣聰明。

她沒有辜負你，考上了大學，我們終於等她長大了。

而我是這樣想念你……

夜風習習，她的聲音清清亮亮，輕快的，像小學生放學回家一路上哼唱的歌聲。

我看見墓碑上刻著父親的名字，土堆上長滿的雜草猶如他雜亂的頭髮，我已經遺忘的父親忽然來到我眼前，騎著老舊的腳踏車，戴著黑框眼鏡，離家門老遠就大聲喊著：

——草草，爸爸回來了！

他還是那樣年輕。

我轉頭看著母親，發現她剪短了頭髮，笑意盈盈的臉蛋變得好孩子氣，蹲在地上，雙手輕輕撫摸著石碑猶如愛撫著她心愛男人的胸膛，臉上洋溢著幸福的表情……

那一刻我突然好想緊緊抱著她，大聲告訴她我愛她，其實我一直都愛她，無論她做過什麼都不會改變我對她的愛。

然而我並沒有，雖然我的心沸騰著，但我全身卻像石塊一般僵硬，動彈不得……一切，都太遲了……

我不知道如果當時我能勇敢地擁抱她，讓她知道我心裡眞正的感受，會不會改變她的決定？我想不會，事情不會在那時候改變，那時的我不過是一時激動，其實我還沒有眞正原諒她，也沒有原諒自己。

她於三天後自殺。赤裸的身體飄浮在放滿水的浴缸，自她的右手腕上汩汩湧出一道血紅的溪流。

我失去了她，得到一筆數目不小的存款，一層三十多坪的公寓，以及那輛迷你奧斯汀。

上大學後我成爲一個沒有過去的人，成天在酒精中載浮載沈，並且開始瘋狂地寫作。

●

阿蘇一直是個謎。我們的相處就像一場夢，不是隨著她穿梭在各種光怪陸離的場合，便是在她的房子裡不停地喝酒、抽菸、隨處翻滾做愛、談笑，或是呢喃著片段的詞語，阿蘇不在的時候我不是拚命寫作，就是沈湎在拼湊回憶的白日夢裡。沒有任何正常、具體的細節足以組織我們生活的面貌，我們從不干涉或詢問對方的隱私，以致我們對彼此的全名、背景和過去都一無所知。

——最愚蠢的事莫過於要別人完全而徹底的坦白。

阿蘇的座右銘。

她一直是個謎，至於謎底是什麼並不重要，我從不曾費力去探索別人的秘密，我在乎的是其中代表的涵義。

我隱約覺察到有某個東西在某處等待著我，等我向它走近，然後，我就會明白。許多年來我一直苦苦找尋，卻始終徒勞無功，直到阿蘇出現，她的出現是指引我的指標。我究竟在尋找什麼？會明白什麼呢？我不知道。

——我們需要的是一雙翅膀，只要找到它就可以重新自由地飛翔。

開始的時候，阿蘇曾經這樣說。於是我著手寫了一篇名叫〈尋找天使遺失的翅膀〉的小說，如今，小說已接近尾聲，阿蘇，我們的翅膀呢？

——草草，只要你不停的寫作，你就會在稿紙中看見我，看見自己。

我所做的一切都是為了向你揭示這件事，寫作，永不停止的寫下去，除此之外別無選擇，這是你的命運。當我初見你的剎那，就看見你臉上有著寫作者那種狂熱的表情。是那種狂熱將我帶進你的生命中。

——寫作，阿蘇我知道我必須寫作，但，關於我們已經遺失的翅膀呢？

那天夜裡，我們最後一次的交談。

——在某個地方。

她緊握住我的手，手心微微冒汗，微微顫抖。

我作了關於阿蘇的夢。

夢中，我們在空中飄浮，周圍被一層像冰塊般的透明物件包裹著，四處游移，我們身上著了火，就著熊熊烈火盡情翻滾，恣意做愛。生命對我們而言是如此輕盈，在旁人眼中我們不過是一陣煙塵，誰也不會在意。

突然，阿蘇鬆開我的手，飛了出去，我眼睜睜看著她翩翩飛起，愈飛愈高遠，我卻無法掙脫束縛，反而感覺到周遭的壓力更加沈重……

——阿蘇！救我！

我大叫著醒來，只記得阿蘇從空中拋出一句話。

——草草，一切都得靠你自己了。

●

醒來後發現自己置身於從前住的地下室裡。

書桌上散亂著寫滿字的稿紙，標題是「尋找天使遺失的翅膀」，最後一張寫著大大的兩個字：

THE END。

小說已經寫完了！阿蘇，你看，小說已經寫完了，我大叫著，阿蘇呢？爲什麼我回到原來的地方，阿蘇卻不見人影？小說裡明明白白寫著的，阿蘇究竟去了那裡？

我收拾好稿子，決定去找她。

走出門外，外頭陽光亮得好刺眼，我呆立在十字路口，車子一輛輛自我面前飛逝，紅燈亮完綠燈亮，綠燈亮完黃燈亮，我注意著眼前來來往往的人群，眼淚突然滑落。

想不起來，我竟然完全想不起阿蘇住在什麼地方？一點線索都沒有，什麼路，幾號、幾樓，完全不知道！我努力搜尋小說裡每一個細節，沒有，都沒有！連她究竟叫什麼都不知道！

這是怎麼回事？

我想起ＦＫ，他一定知道阿蘇在那裡！

——阿蘇？誰是阿蘇啊！漂亮的女人我一定不會忘記，可是沒有一個叫阿蘇的啊！

ＦＫ的頭像波浪鼓似的搖晃著。

——沒有沒有，沒有什麼阿蘇，草草你是不是喝醉了？

我失去她了！我緊抱著稿子，茫然地在街道上晃蕩，我身上還殘餘著阿蘇腥羶的體味，那樣色情的味道，我怎麼會弄錯了呢？

入夜後我回到自己的住處，癱瘓在床上，思索著關於阿蘇的一切。

——我叫阿蘇。

我仍清楚地記得阿蘇說話的聲音。低低啞啞的聲音，笑起來狂妄而響亮，我們走在路上時，所有的男人都在看她，而她的眼睛只注視著我，從頭到腳反覆打量我，彷彿用目光將我的衣服一件一件剝光，看得我臉紅心跳，手足無措。

——草草，你怎麼能夠這麼美？我看見你內褲就濕透了。

她低頭附在我耳邊低聲地說，還輕輕咬了我的耳垂。

我仍記得阿蘇喜歡伏在我的小腹上，手指撫弄著我的陰部，邊愛撫我邊唱歌。

——小羊兒乖乖，把門兒開開，

快點兒開開，我要進來。

我強忍著呻吟，顫抖著把歌接下去。

——不開不開不能開，

你是大野狼，不讓你進來。

我們就大笑著在床上翻滾，滾到地板上，發狂似的做愛直到筋疲力竭爲止。

我記得，阿蘇第一次看我的小說，看完之後捧起我的臉，端詳了許久許久，深長地嘆了口氣。

——唉！

草草，你眞是令人瘋狂。

我不是什麼都記得嗎？阿蘇，我的小說是爲你而寫的，但你到哪兒去了？

不知過了多少天？白天我總在街道上漫遊，在每一個人身上尋找阿蘇的影子，夜裡則在床上反覆地溫習阿蘇的氣息。

然而，漸漸地，我的記憶開始模糊，我幾乎無法確定她是眞正存在過，或者只是一場夢？

——在某個地方。

我想起阿蘇說的，在某個地方，答案一定在那兒。

在什麼地方呢？

我必須找到它。我跳上公車、我坐上火車，甚至，我可能搭上飛機。我不知道自己用了什麼方法，但我知道有個聲音在呼喚我，我正逐漸逼近它。

赫然我發現自己來到一座墳場。

墳墓？原來我尋找的是一個墳墓。

我父親的墳墓旁立著另一座墳，我走近它，矗立在地面上的大理石墓碑刻著幾個字：

「蘇青玉……」

蘇青玉，那是我母親的名字。

母親，我回來了，逃離你多年之後我終於回來了。

我倒臥在母親的墓前宛如蜷縮在她的子宮，我喃喃地敘述著不曾對她表露的情意，彷彿牙牙學語般艱澀吃力。在長期飄浮遊蕩之後，我第一次感到土地的堅實可靠，我終於可以清楚的分辨我對母親的感情。

——我愛你，千眞萬確。

依稀聽見阿蘇的笑聲自天際響起……抬起頭，我看見天上的雲朵漸漸攏聚成一個熟悉的形狀，左右搖擺，搖擺，搖擺著……

是一雙翅膀。

——一九九七年七月．選自皇冠版《惡女書》

洪凌作品

洪　凌

本名洪ㄌㄧㄥˊ泠，台灣台中人，1971年生。台灣大學外文系畢業，英國薩克斯大學英國文學碩士。著有短篇小說集《肢解異獸》、《異端吸血鬼列傳》、《在玻璃懸崖上走索》、《復返於世界的盡頭》；長篇小說《宇宙奧狄賽》、《末日玫瑰雨》、《不見天日的向日葵》等。曾獲全國學生文學獎、全球華人科幻小說獎第二名、國家文藝基金會的文學創作獎助金。

星光橫渡麗水街

一

就是這樣，請讓我做個簡報：到目前爲止，「血字謀殺事件」已經被肯定是同一兇手的連續性系列傑作。從去年的「聖誕夜十字架倒吊案」到前陣子的六月十三日星期五，發生於「亞熱帶妖姬狂宴」會場的「小雞雞凌遲案」，合計十二件精采絕倫、創意十足的男體姦殺案。最令有關人士惶恐或竊喜的特色是：獵物都是炙手可熱的中生代軍政界男性——從號稱「最後一位花花公子」的立法委員，到私下有凌虐男童惡習的警政署長。噯，特殊情報局的電腦主機倒是頗具自嘲的幽默感——在它連線到「紀涅非常資料處理所」的網路時，還特意爲這組紀錄取了相當貼切的小名：公豬血全套餐。

如果不怕被斥爲荒唐變態，你幾乎可以斷言，殺手犯案的目的簡直就是爲了那些死翹翹的沙豬的肉血！不蓋你，這也是案子會轉到「紀涅非常資料處理所」（簡稱「紀涅」）的理由之一。

沒有一個死者的屍體是完整的，泰半的殘骸已經到達超現實畫作的地步——例如，第七件「天使心」，發生於「維根斯坦男子漢邏輯俱樂部」（本城繼「華格納男性雄風管樂團」以後，最時髦生鮮的男體販售廠）就是向同名電影致敬的諧擬作品（嘻嘻！）——死者是現年四十八歲，有多起（未被起訴）虐妻惡行的市議員程甓盛。嘖嘖，他那管臘腸狀的老二活像一道乏人問津的剩菜，塞在唾液橫流的大嘴巴裡面；腥臭的糞汁從搗開的屁眼裡滲滲擠出。他的雙手擺成基督徒祈禱時的姿勢，只不過，合十的雙掌捧著的並非十字架或玫瑰念珠，而是他自己的一對豐腴睪丸！這些被支解開的性器官是死者唯一留下的血液所在，其餘的……你不妨想像公豬被宰割、放血之後的德行：脂肪與油滋滋的死肉，足足有一大團，超過兩百五十磅吧！

說了這麼多色羶腥的細節，恐怕你會以爲是我在誇大其詞、耍噱頭吧？哼哼，如果你敢這樣想，就眞是太遜了！有機會的話，該讓我們事務所的電腦母體「沙樂美」調教調教——隨便打個指令進去（例如 **Venus in Furs**，代表「被虐待感官享樂主義」），它就會吐出一大串活色生香的資料。讓那些自詡原創的台灣色情小說男作者集體自閹。再者，由我們的姊妹機構「娥魔拉全方位光碟出版公司」發行，集結本事務所最高段位資料洗刷師所整弄出的「電子性愛百科」，保管讓你大開眼界。當初我那個太過拘泥於「政治性正確度」的前任女朋友汪瓶——也是將這個案子轉過來的檢察官——就是因爲看百科得目眩神迷，才讓我有機可乘，一舉將她從正義的異性戀女性轉化爲「沙孚魔女團」的一員。

所以，當汪瓶將委託指令打進我的私人網路時，原本處於週期性職業倦怠症的我，居然不無雀躍地亢奮起來。畢竟，這是個棘手無比、超高難度，只有像我這種「特種異度空間少女」才能解決的懸案……

果然，真的是要命的挑戰呀！

【快點輸入待刷洗的資料渣滓，壞孩子！慢吞吞的，是不是昨晚玩得太瘋，沒留多少時間睡覺？】

二

這個喜愛貧嘴的電腦主機是我的專屬搭檔。進入「紀涅」以來，我和它之間的相處模式堪稱水乳交融。第十三代的微感神交「beast 六六六號」電腦主機體不見得辦事得力，但是對於我這種終日於無底洞的檔案宇宙輸出跳入、在異度空間蹦來蹦去的混洗資料整合員而言，對於共事搭檔的要求不只是無機的效率，更渴望它具備上道的幽默感，好增進共感時的樂趣。

（曙光女神，先別像個幼稚園保母那樣地督促我，今天我們要做更有趣的工作，那些渣滓先放一邊涼快去。我要輸入新進的委託案件。這是零度優先的 bloody 級，我是全權負責的解謎者——我們有得忙了。）

墨綠色的光點在它光潔的機體上狡黠躍動，我開始配戴電化神經的交感器。每次滑入這具外型酷似ＳＭ道具的頭罩，觸摸它涼爽的黑色皮革，嵌入視網膜的電磁波眼罩（像極了酷感十足的銀框墨鏡），我總覺得自己和曙光女神正在進行一場深入皮層、在內臟處狂舞的血色饗宴。再也沒有任何官能的感受比得上這等滋味！

在異度空間解體出走，感官機制合併超感應的資料解析程式，那會讓我的神經末梢如遭電擊，腦髓裡的快感中樞收縮又伸張，皮膚愉悅地抖動不休，兩腿間的黑洞更是汁液淋漓。每回洗完資料之後，總有幾天無法和貨眞價實的肉體接觸——汪瓶當時之所以不爽到和我分手，也是爲了這個。

【怎麼？要開始了嗎，非非？】

嗯，如果說生命是一場堆疊了數不清狗屎的流水席，讓嗜糞症的文化蒼蠅與鄙俗當高貴的政客隨時吃個夠，我就是清掃被雪崩壓擠的資料水道的清潔工。當假惺惺的媒體與故作自由主義狀的官僚機構前仆後繼，合力禁絕（或歧視）被媒體生吞活剝、視爲消費奇觀的叛逆分子，我——以及紀涅的其他特派員——會設法在資料與資料之間的中空地帶掀起更過火的煽動風潮，讓這個禮讚反常事物但又不懂得愛護它們的庸俗社會受點教訓，例如……吃得太撐而譁然嘔吐。

其實，乍看到那些資料時，我倒是不想嘔吐，只有暢快奸笑的慾望。記得某個被叫做「後現代恐怖分子」的「反」哲學家曾經沾沾自喜、不無挑釁地宣稱：這是個以往被任意欺侮的客體，反過來報復所謂主體的時代——澄澈如水晶、至尊如女王蜂的客體，大肆屠宰無想像力的主體的時代！

撇開那些嚕哩嚕囌的形上學、存在學不談，讓我們把話講白：那個寫了《水晶的復讎》的傢伙之所以高興得發抖的原因，理應和我現在轉的念頭差不多。試想看看，那些豬腦袋自以爲光是晃著男根與鬍鬚就可以上窮碧落下黃泉、滿足對一切上下其手的雄性腥臭慾望，這回眞是結結實實地栽了個大跟頭。即使我禮貌地不咧嘴歡呼，也不可能仁慈到對那些被幹掉的男體有絲毫憐憫。正好，最好媒體不斷抱怨社會現況乏味得像吃素社團一樣，現在剛好上幾道血淋淋的肉排，讓那些成天嬌嗔的記者解解饞。

可是，那個兇手……我不得不承認，我被它迷住了。老天，如此巧奪天工的冒瀆畫面，就連最前衛、異色的漫畫家或電影特效師也膽寒卻步，打死也畫不出來。再者，就是此連續案件被確認爲系列性作品的最有力確證——互異的場景、互異的切割設計，但是共同的印記仍然怵目——每個現場的牆壁上都以死屍的血跡沾寫著奇異的留言：一句句集調皮、狂野、黑色幽默於一體的最後手勢。到目前爲止，這是十二句鬼魅的警句、格言，或者……正如那個反哲學家 Jean Baudrillard 所言：那是「終極客體」在遂行報復時，連帶進行的致命誘惑情話？

（曙光女神，讓我們先進行最初步的資料巡禮。首先，第一宗案件……）

【沒問題，小非。】

三

【ENTER：「聖誕夜十字架倒吊案」的留言──

Wild Magic Tempest Eridicates Petty Intercourse……

中文詮釋：字面義「狂野、神奇的暴風，殲滅鄙瑣的交媾」。引申義：暴風的象徵與指涉可能語出莎士比亞的劇本。其中，暴風等同於精靈力量的象徵……

初步解析：殺手可能將暴風視為自己的符徵。暴風宰割尋常人類，尤其是以不義手段登台的中情局長賴則良……

轉向解析，試圖拼出關鍵語──version A，以每個字第一個字母加成：正向：WMTEPI，逆向：IPETMW。似乎無意義。

version B，以每個字的最後字母加成：正向：DCTSYE，逆向：EYSTCD。無義。

version C，以偶數字母與單數字母交錯拼合：正向：WTPMEI……

version X，WEMPTI──】

（暫停，定格住不要動。）

【看出什麼端倪了嗎？】

嘿嘿，如果我的印象沒錯，這就有趣了。那個字分明有問題，它是──

（曙光女神，你可以叫出東歐語系的字庫嗎？）

【應該可以。你要查什麼？】

對了！還需要一部吸血鬼百科全書。

賓果！太棒了，原來讓那些單細胞智能的警探們咬牙詛咒的謎底，竟是這麼一回事。原來，每一句話都指陳著一個關鍵字，而這個字經過亂數機率器的反覆拼貼、篩選，終於被我這雙裝載過多畸零符碼的眼睛逮住。

啊哈，眞的太妙了！WEMPTI，VAMPIRE的字根，原爲立陶宛的動詞「吸飲」之意。這枚暗藏陰邪魅力的動詞，經過無數世紀的語言混血交合，連同土耳其語的名詞「魔女」UBER，俄羅斯語系的UPYR，波蘭語的UPIOR……林林總總的奇異單字共同鋪陳「吸血鬼語彙」這塊肥沃的濕潤土地，爲日後的超自然傳奇支起不可搖撼的厚實基礎。這些字根的語意重點是，此類超越凡庸的美麗異生物必定會帶來無可言喻的恐怖，以及欲仙欲死的死亡，以及——

【這太妙了，非非。你的結論是說，這些案件是個吸血鬼幹的？】

（不，我不敢這麼快就妄下斷言。讓我們繼續整治其餘的資料，下一個案件的留言？）

【ENTER：>>Lazor Singer Annihilates Every Trembling Neck

初步譯解：剃刀歌手宰殺每一根顫抖的頸項。

亂數拼貼關鍵字的程序啓動——

最有可能的組合是 LESTAN：一個舊式的法文名字。

你的意見呢？】

LESTAN……LESTAN……LES……

離思坦，不就是離思特(Lestat)的別名？我明白！天殺的，這眞是不得了的益智遊戲呀。曙光女神難抑歡欣地在螢幕上扮鬼臉。顯然，它也猜出這個淘氣的迷宮 RPG 第二進階。

（抽調 Anne Rice 的《吸血鬼紀事》小說系列。解析這個名字的言外之意。RUN！）

四

夜以繼日，我蜷縮在敦化南路的「水瓶座大樓」16F——「紀涅」的豪華巢穴——躲在個人專屬的洗資料密室，讓數位化環繞音響反覆播送幾個重金屬樂團的尖利樂聲。Queensryche 的專輯「爆破體制」在我失神的下意識間隙來回重演，CD PLAYER 遙控器的重複鍵不斷被按下。曙光女神已經搞出十二星座般的十二個邪門關鍵字。我和它殫精竭智，揣想無數拼圖的整合樣式，又在瞬間後頹然地自動否決。

顯然，暫且不管殺手的可能「非人類」屬性，我可以確定對方是刻意放射這些訊息，期待懂得欣賞迷離血腥之美的陌生人拾起她所拋下的十二朵媚眼。這組訊息蘊藏著殺手的「眞相」，還有足以逼近她所在處的解碼過程。可是，我窮盡這些日夜、唯有電腦搭檔與音樂的陪伴，像個低能的後現代黑魔術師，將全副心神投注到字元與符號的境域，居然得不到和勞動程度相等的酬勞。

【休息一下吧，非非？】

SHIT！什麼鬼東西嘛！如果玩到頭來只是這些死結，我不禁開始懷疑起自己洗資料的能耐了。

這些關鍵字包括吸血鬼(wempti)、離思坦（Lestan，安・萊絲筆下的吸血搖滾樂歌手）、星光(starlit)、美麗的(beautiful)、小女孩(girl)、午夜(midnight)、街道(street)、華豔的(glamorous)、溼潤的(waterly)、虛無(nihil)、塔樓(tower)、絮語(gossip)——十二塊彼此看不順眼的畸形碎片在螢幕上胡亂飛動，試圖湊出一幅稍微像樣的交媾畫面。從曙光女神的解碼程式裡吐出一串串發燒譫語似的詮釋，活像一群又一群鑽研解構批評得走火入魔、闖不出意指與意符迷宮的小爬蟲，宿命地在歧路曲徑裡分泌排洩物。如果我也能像某些文學評論者在處理難度過高的文本時，趾高氣昂地甩下一句：「看不懂！」那才眞是甜蜜的報復哩！

可是，我想穿透這些美麗的迷津。我想刨出，也許從未存在的……「眞相」。在解析這些資料的這段時間，我已經淪陷到它的網羅，幻想著我的小殺手戴著黑亮的防毒面罩，躲在密室的角落，放射熊熊火光的眼睛燒穿我的額頭，將不由自主的遐思與慾念整個灌進體腔內。我想剝開那面罩，甚至挖入那雙調笑的非人眼睛，看看眼後的腦髓究竟是何等模樣——

【非非，優先指令電話進入。要接嗎？】

唉，眞的該休息一下了。

（誰的？）

【卡密拉。】

和我一樣，卡密拉的專擅任務也是處理特異資料。我的領域較偏向詭誕的情色愛慾，而她是惡魔學、超自然屬類的大行家。這時候和她談談，也許會有助益。

我的面頰抵著終端機涼滑的介面，有氣無力地和她搭著話。報告截至目前的進度。是呀，關鍵字都弄出來了，教那些軍政沙豬安分一點。不過，如果有人想自願成爲生態平衡的貢獻者，提供自己的肉身讓吸血鬼享用也無不可。畢竟，和龐大數量的沙豬比起來，吸血鬼可是罕見多了。

「怎樣，要不要休息一下，散散心？」

「你有什麼點子嗎？」

卡密拉興匆匆地說：「沒想到最近新開的一家pub，以魔性氣氛爲號召，每晚上演的樂團或小型表演團體都挺有趣的。」

「哦……」

我有點意興闌珊。不過，去喝一杯、鬆動一下這陣子的執迷，似乎也是不錯的主意。

「怎樣？今晚有個很棒的樂團。主唱聽說才十三歲，長相妖異得不得了，簡直像個漫畫筆下的小魔女。她那種殺性十足的超高音，只差沒會刺破我的耳膜。聽過的人不是瘋狂地愛上她，就是嚇壞了。」

咦，這聽起來怪有意思的。而且如果我猜的沒錯，或許可以在這樣的地方挖到一點有助於解謎的蛛絲馬跡，如果夠幸運的話。

「嘿，那個樂團是什麼來路？」

「我也不太清楚。一些叛逆小鬼組成的音樂游擊隊吧？」店老闆好像知道一些內情，但是卻對我神祕兮兮的，鳥得很！哼，我又不是官僚系統的同路人！」

這就是我們非常資料處理者的情結：悲憤的第三者。明明和反叛者站在同一邊，但卻不能得到同路人的認可，就連起碼的友善也很少見。對待體制的同流者也得小心翼翼，免得招惹太多敵手。有時還會同時被雙邊當作靶子或礙事者，可惡！

「可惡。」卡密拉說：「總之，這家店也很不得了，能夠收攬這些小怪胎。」

「那個樂團是——」

「超級一流的，集結歌德搖滾、噪音、甚至還有變調古典樂。玩得真是既變態又可愛，逗趣極了。」

「它叫什麼名字?」

「Glamorous Gossip。」

五

後來我一直昏亂無比地想著，所謂「致命的窄路相逢」，約莫就是這麼一回事吧。glamorous，字根是蘇格蘭語的 grammar，原義是「通曉惡魔文法（即拉丁文）的法師」之意；原初字根是拉丁文的 grammatica，陰性名詞。

這個絢美刺眼的字眼，用以形容不安定的華豔魔物，而 glamorous gossip 更是文義曖昧的雙關語。gossip 在這裡的意思既是「聒噪的絮語」，亦可以是「風華凌厲的黑道教主」。猜猜看，那時候我是怎麼解出這兩個關鍵字?因爲——我是少女漫畫的狂熱分子。

這兩句話分別是在第八椿的「陸軍中將絞肉案」、和到目前爲止最後一件的「法西斯財閥綑綁窒息案」的現場出現。我會將這兩個字連結在一起的原因，其實也是要命的巧合——某部非常酷的第四代日本少女漫畫就叫做《Glamorous Gossip》。其中，那位長著貓綠瞳孔的生化小孩讓我迷得停止呼吸，只覺得騷動的胃部裏面好像裝滿正在狂舞的金屬碎屑。精采冷峻的情節則涉及電腦、龐客、未來城市的森羅萬象、叛徒生活的背德與動亂，堪稱此類漫畫中呈現得最有邪門魅力的作品。

結果，我的小殺手和那個生化孩子一樣，都長著一雙玻璃質地的眼眸。只不過，散射在她視網膜表層的並非電子與晶片的冷芒，而是胎藏千古的深沉火燄。當我跨入那家叫「虛無樓閣」的pub時，全身上下不禁起遍雞皮疙瘩——原來當真有這種感覺，連鎖了「絕對的愛慕」與「絕對的震懾」。

不知道是否眞的有隱性預知力，當我和卡密拉鑽進麗水街那條纖細的巷子時，我的腦子在那瞬間就硬是自動跑出關鍵字列。原來，只要你找出那片並不存在的觸媒碎片，賸下百分之九十的拼圖塊體就會自動投奔歸位。麗水街，這可不就是「美麗、濕潤的街道」(the beautiful and waterly street)嗎？原來，這是一場ㄉ點的角色扮演遊戲(role playing game)，那我這個無意中碰撞到嚮導的幸運闖關者，將會得到怎樣的報償呢？等待我的是公主還是惡獸？或者……兩者皆是！

店面位於不甚入流的「北方狂亂」對面——自從發生過沙豬店員驅趕一對正在接吻的同性情侶之後，我們「紀涅」的成員暗地惡搞了一下，結果沒多久就出現它在網路公告欄BBS上公開致歉的啓事，眞是大快我心。唔，這家「虛無樓閣」的德性，怎麼看都是和「北方狂亂」（其實應該叫「南方守舊」來得表裏相符）打對台：黑色牆壁上畫著純眞的鮮紅色髑髏頭、以及雜交的變形軀體，電纜線胡亂延伸，倒插破爛的萬國旗、倒掛納粹標誌。最棒的是門上同時塗寫兩句對聯似的鬼話——「這眞是美好的生命」(it's a wonderful life)和「這是個死翹翹的好日子」(it's a good day to die)一右一左囂張並立，親愛地對立著。

一進去，我從駐立在門口的磷白骷髏手中抄了張名片，在中文店名下赫然以「後棺柩」(post crypt)字體印著英文店名，「the tower of the nihil」。賓……果！不過，我這回也沒有過於狂喜，反而有種七上八下的不確定感。

還沒完哩，我冷靜地提醒自己：就算關鍵字都各自歸鄉，你還要經過這道不知名的門扉。跨越之後，天曉得你會看到什麼——

「星光！」

六

「星光！」

「starlit！」

順著圓形的舞臺，高反差的燈光與充滿渴望的聽眾自動圍成一圈緊張的行星光環。只是，站在環心的形影既不是尋常的行星、也不是巨大凡庸的恆星，名叫星光的她，好整以暇地站著，其餘的四個樂手就像啓示錄記載的四異獸，護法在她的東南西北。一襲長及膝蓋的皮外套裹住她絕非成年的鮮嫩身軀，可是那雙包藏禍端的紅眼睛……那雙恰似燃燒紅寶石的眼睛，卻比任何歷經歲月醃漬的事物都更加古老。那不是泛泛的老化，而是……是星球孤絕地自體演化，從質子星、中子星，變化到注定轟轟烈烈爆破宇宙的超新星，nova！鮮豔無倫的血光投射到死屍的千瘡萬孔，淬擊出鮮血流盡之後的灼烈迴光。

噢，就是她！她是我所尋找的最後一塊拼圖碎片，也是製造拼圖的玩家。我的對手，我的小殺手。她眼中的光芒比我頭頂上的人工閃電更銘心刻骨，是超越世代的祭司在獵殺信徒時發作的災厄，足以將每個被釘上聖壇的祭物凍結於瞬間。

凍結。在銀光與黑暗擦身而過的須臾，我和她看入彼此的眼底。她伸出粉紅色的嬌嫩舌尖，不動聲色地舔舔自己的墨綠色唇膏。在那一刻，反向衝撞的光與暗交集在她的五官，將那張童女的顏面分割成一體兩面的絕美與恐怖。她套著黑色天鵝絨手套的指尖伸向我，嘴角牽扯成一抹調情的謔笑。然後，彷彿電影的慢動作特寫鏡頭，一左一右，珍珠白的尖細獠牙優美地竄出嘴角，告訴我，這就是擇人而噬的——星光。

後來我是怎麼度過那個晚上，我自己也不敢肯定。我只記得，當她開始唱第一首歌時，我就被迫闖入她的意識漩渦，像個身不由己的偷窺者，我目睹她的超自然生命旅程，像個附在美味骨髓深處的一條蛆蟲，幾乎被寄主的磅礡靈魂壓倒。我已經分不清是聲音還是影像，只覺得她正躲在我的裏面，正如我擱淺在她的記憶裏，看著她，好久好久以前的她，一位純眞幸福的小公主，被一位強壯、妖美的女吸血鬼捕獲，成爲供給險惡慾望的羔羊。在遊走於崩潰邊緣的交歡舞蹈告終時，她的魔鬼情人以摯愛的手勢挖去她的眼睛，扔棄終會衰朽的人類雙眼，以母性的細緻手勢爲我的小殺手裝上一雙足以逼視永恆的血瞳。

如是，羔羊與惡星合而為一。在人類世界的各個邊緣，她與自己跳著魅惑眾生也娛樂自己的高難度芭蕾舞，直到世界末日……或者，直到她找到命運的對手。陷於她的痛楚與狂喜裏，我和她經由不存在的異度神經網絡，分享了即使是孿生子也難以共感的深沉經驗，一起沉浸在永無終結的感官海洋，直到——

「這是罪人的血液與屍肉，和我一起食用吧！」

我倏地睜開眼睛——不，我感到自己的五官七竅被推回這個雜遝壅塞的三度空間，而她正好唱出最後一首歌的最後一句歌詞，尾音犀利地劃過耳膜。唔，卡密拉形容得很精確，眞是養鬼吃人一般的超高音。不過……我想，她不會召喚地獄，因為她自己就是地獄。

七

我向曙光女神輸完最後一筆資料，正要退出聯線網路時，它突然叫住我。

【非非。】

（什麼事？）

我的聲音完全洩漏我的情緒——焦慮、渴望。欲蓋彌彰到這種地步，眞是夠丟臉了。

【你決定好了？】

我情不自禁地咧嘴笑起來。眞是鬼靈精的魔獸六六六號聯線伴侶呀！

（決定不只是我下的，我不知道……）

它的電源燈泡惡作劇地閃動著。

【怎麼，擔心愛的告白會被拒絕？】

這……眞是的！

【放心，你的惡運很強，不會這麼簡單就逃掉劫難。】

我眞的難以相信，它的系統裏會沒有配備算命的功能！

（謝謝你的詛咒，曙光女神。）

我在鍵盤上打下 exit，然後就迫不及待地溜出我持續了二十九年的「人類化」生體程式。

八

凌晨四點，神魔交界的禁忌時刻。我走入麗水街一九九巷，我的最後闖關地點。我瞪著「虛無樓閣」的門。一時間，我想起那些歌德文體所描繪的黑暗歲月，被我以「黑色溝渠」命名的檔案，收藏著每一具我所遭逢的愛慾肉身，以及每一部化爲電子字元的腥味文本。原本我以爲，這些資料會永遠只是資料，只是方便「紀涅非常資料處理所」的混洗檔案員丁小非處理事務的道具，將大千世界的光怪陸離收納爲一與〇的無限亂數排列，那裏知道……

我鼓起勇氣，豁出一切地推開門，走入黑暗中的那雙紅眼睛——令我不可自拔的淵藪，遊戲的終點。

「也是另一個起點。」

星光走向我，清脆地接續我未說出口的話語。

她捧著一疊照片，像是收藏集點卡好換取贈品的小鬼，機靈地將那堆東西送入我的手裡。天呀！那些噁心的男體，像是一攤攤腐爛的堆肥，橫陳在各個犯罪現場。我眼前的現行犯興致勃勃地拉著我的手，如數家珍地告訴我她所有的傑作，是經過那些用心創意與辛苦設計的心血結晶。

沒錯，眞是「血的結晶」。如果特殊情報局的電腦母體知道自己歪打誤撞，尖酸心態取的綽號居然正中犯罪動機，不知道會不會絕倒當機？

我哭笑不得，看著她笑聲如銀鈴地解說——這一系列的餐飲活動弄得她的胃口好差、食慾不振。原本就不喜歡飲用男體，爲了策略統一，還得硬著頭皮穿刺那些讓她惡心半天的最劣品，到頭來還不是爲了設計一樁讓我感興趣的超自然案件，所以，元凶就是我！

原來，那些沙豬屍骸的功用就是引我注意的誘餌。這又何苦呢？我的小殺手也眞是太費周章，其實我不是那麼難以尋覓呀！

「不要嘴硬。如果我直接找上門，你大概不會甩我吧？」

她的小手開始不安分地摸撫我的敏感地帶，從耳垂到頸部，她冰涼的舌尖撩繞再三。我逐漸激動起來的身體呼應著她，任由她引導我，撞撞跌跌地一路行至舞台。高度反差、黑白鮮明的燈光，宛如削尖的桃花心木樁，閃動在我們的周遭，恣意支解我和她的體膚。

她的私處膨脹成一枚濡溼的果實，緊緊抵住我的嬌嫩胸部驀然堅硬起來，好像憑空長出兩粒新鮮的黑櫻桃。她跨坐在我的身上，血光四濺的眼睛已經興奮得失去焦點，猙獰的黝黑獸爪自她細嫩的指甲縫裏長出來。攀住我簌簌發抖的腰身，她以專制的蠻橫姿勢撕開我的牛仔外套、黑色燈芯絨襯衫，毫不猶豫地扒開我的緊身牛仔褲。敏捷的唇齒同步運作，在我來不及想好如何回應時，那對精緻的犬齒早就不分由說地潛入我的體內。

「不要逞強了。你也想要我，不是嗎？再忍耐下去的話，有礙身心健康喔！」

她的訕笑情話化爲絲絲縷縷的魔音，浸透我的每一個細胞。唉，積習難改，尤其是根深柢固的性愛習慣。她說得沒錯，過去的二十九年我已經壓抑到極點，竭力忘記我的本性。其實每當我的嘴部接觸那粉嫩光潔的皮肉時，除了盡情地撫愛賞玩，我還想要——

「來吧，進入我。」

是的，除了接吻、交歡，我的嘴巴還有某個我試圖封印的功能，如今被她的魅力撩撥到極點。投降吧，再掙扎下去未免也太難看了。就這樣，我終於長嘆一聲，讓兩顆深埋於齒齦多年的長眠獠牙甦醒。如同雨後春筍，獠牙活潑地冒出牙肉的表層，迎接重生後的首度歡飲，飲下那顆不死的小星星。

「小星星，在天際，

一閃一閃亮晶晶……」

她的眼底是我的歸宿，就是我極力渴求又千方百計掩藏的「眞相」——關於一位無法認同自身的異端者，試圖與正常世界並存的惘然紀事。當沒有格調的人類多到超過生態系所需數量的現今，我應該正視自己的失敗——不，也許不是失敗。闖關者最後還是勝利了，她得到一個彼此等待許久的共犯，她更得到了自己的失落身分。

是的，她得到了永不滿足的獠牙，「我的」獠牙。

我將不斷抽長的利牙刺入她的體內。不用吸吮，我就感到另一個同位格的對手的魄力。她高叫一聲，流星雨般的聲音打入我的記憶礁岩。

「非戴拉。」

是的，是的，我就是非戴拉，那個畸零的神話叛徒，Phaedra。我再也無法思索，深淵將我納入，黑洞進入我的體腔。到最後，我和她互爲彼此的迷陣孔穴。終極的快感就是在深入對方的同時也被對方穿蝕，成爲互相吞噬的——

空洞。

九

嗨，讓我說了這麼久的故事，你也該撈夠本了吧？老兄，別再想什麼蹩腳的緩兵之計了。事實上，你應該感到慶幸。在你之前的十二隻可憐蟲，沒有誰是聽完情節發展的，更甭提死得好看一點了。

可是你放心，我們的結尾要寫得含蓄點。何況，編號第十三的獵物理應得到較舒適的待遇。我看……就這樣吧？

我的小星光，是個恐怖電影迷。在籌備前面提及的十二件裝置藝術，她眞是煞費苦心，把印象所及的恐怖片花招都搬出來演習一番，包括其實沒有什麼功用的肢體錯位術。記得嗎？那是個五短身材的姦童軍閥，將《幽靈人種》的手腳倒錯技法套在他身上，簡直是完全沒有效果——他的手腳長度幾乎差不多嘛！

所以……讓我爲你放血，好嗎？在中古世紀，這可是最流行的驅魔術喔。這一針插下去，你的血液將會連同你的排洩物、你的恐懼、你的抵抗，乖巧聽話地流出來，保證涓滴不賸。順著體液抽動的速率，你會慢慢地昏沉，逐漸失去現實與幻境的區分，有點像是第一次抽大麻煙的調調兒。你會不由自主地允許自己投降，讓你的殺手主導你的感官機制。認命點，將自己交出來吧，像個春情蕩漾的處子。經過這番洗禮，你的生命就會轉化爲我的營養補充液。你將會活在我的體內。

是的，就像那些哀感頑豔的羅曼史，征服惡龍的英雄俯身凝視即將氣絕的貞潔女主角，眞誠哀悼地說：「我永遠不會忘記你，因爲你就活在我的生命裏。」是的，恭喜你榮獲如此凜然的不朽，尤其你會「永遠地」活在我的體內。

然而，就像每一位爲愛犧牲的主人翁，你的死態得先接受大眾媒體的頂體膜拜，千萬讀者的哀悼上香。你的鮮血會灑在每一處你所掌門過的報刊雜誌上，就像經典恐怖片《大法師》的高潮。當那些惴惴不安的記者與驗屍官掀開你的裹屍布，將會看到你乾槁的身軀，還有旁邊井然有序、排列著一罐罐晶瑩無瑕的水晶瓶，盛載你的每一滴生命血液，宛如信徒們爭相啜飮的耶穌寶血。

這個工程需要相當的耐心與創意。在你我的儀式尚未完成時，讓我想想看該發的新聞稿該怎麼寫。喂，要不要提供一下意見？畢竟操控媒體向來是你的拿手好戲，局長先生。

總之，最後的血字簽名我已經想好了。很簡單，在這句話之後，有興趣的觀眾就該期待續集上演。有很多恐怖電影的告別飛吻總也拋不完，但是我能夠肯定的是，在這句話之後，我就要和星光一起漫遊地底世界，要等到下一回我們有興趣作弄人世，只怕會是很久以後——

所以，讓我寫下告別辭，而你也該瞑目了。

GOOD NIGHT, MY SWEET VICTIM.

IT IS THE END.

純真極邪的異類罪行

噯，不好了，要提這篇的話就要先很文不對題地講到一個地方：文中寫到的犯罪現場「虛無樓閣」的確是作者腦中的造物，但是用來當路標、位於麗水街 199 巷的「北方狂亂」（當然，這不是真名，但是你只要倒過來想就知道它是何方神聖了。）卻是激發我設定故事大綱的沙豬坐標。它的聲名頗爲奇特：不尊重男同性戀者，還有過男店員強暴女顧客的紀錄！相當不得了的一家店。

除此之外，和這篇小說有關的資料還有致命的小女孩吸血鬼 Claudia（卡洛蒂雅，出現於安・萊絲的《夜訪吸血鬼》）、卡利非雅的 SM 女同性戀小說、日本第四代少女漫畫家華不魅的作品《華美的絮語》、電腦龐客科幻（cyberpunk SF）、歌德搖滾音樂（Gothic Rock）、拉丁文字典等等。對這些有趣的資料有興趣的話，不妨找來品嘗一番，一邊欣賞本文，多少會增加閱讀的理解與樂趣。

——原載一九九五年九月《中外文學》

黎紫書作品

黎紫書

本名林寶玲，廣東大埔人，1971年生於馬來西亞霹靂州怡保。畢業於霹靂女子中學，目前為《星洲日報》專題作者。著有短篇小說集《天國之門》、《山瘟》；極短篇集《微型黎紫書》。曾獲聯合報文學獎短篇小說首獎、聯合報文學獎短篇小說大獎、花蹤文學獎馬華小說首獎、花蹤文學獎世界華文小說首獎、冰心文學獎佳作、馬來西亞優秀青年作家獎。

山瘟

山神。山神溫義。

英國人稱他瘟神。卷舌的拼音。說話的是一九三〇年至五五年間的英國軍官，唇上留著往上翹的小鬍子，頭戴硬殼帽，制服兩襟別了勳章；年紀不大，但都拎著一根精緻的手杖。

我祖上說起英國人，也還是歷史課本上的黑白印象。他後生時替英國人照過相，記得也有的穿筆挺的燕尾西裝，稀薄的頭髮中間分界，梳得油光滑亮。每次擺好了姿態，二十度斜角叉腰挺胸屏住呼吸，可聽得有人喊準備時，便自然的、不經意地昂起下巴。嘿，像萊佛斯初抵單馬錫，甲板上的高姿態，看蒼生如螻蟻。

「不信，不信改天你去問溫義。」我祖上說。

丁丑年十二月廿三日　戊辰木箕平

宜祭祀　忌作栽灶種

是日格言——貧賤生勤儉，勤儉生富貴，富貴生驕奢；驕奢生淫佚，淫佚復生貧賤。

我祖上一輩子貧困，臨終時家裡兩台算盤嘰哩嘎拉七除八扣，實在窮得騰不出一口薄棺。可他老人家八十高壽還拿了黃老仙廟最後一筆香油錢，黎明時騎鐵馬飛馳到夏枀成紙紮鋪買冥紙一疊香燭一把，再賒冥衣一套紙鞋一雙，騰雲駕霧到那東蓮淨寺拜祭昔日好兄弟溫公，義。

我隨祖上到過東蓮淨寺安靈塔。記得祖上的腳踏車如野馬脫韁奔馳一路顛簸，直到屁股疼痛就可見著東蓮後山焚化爐的煙囪。偶見冒煙時我祖上總想起溫義親手捲的土菸，他說那菸絲透著焦薰，與這燒屍的柴煙一樣夾了腐物和死亡，頹廢的味道。

溫義的往生牌位在安靈塔最高的地方，坐北向南，正對窗戶。祖上責怪看守的老不愛開窗，枉費了窗外青山疊巒虎踞龍蟠的絕妙風水。他喚我推開窗門，自己則擺了生果水酒向睽違已久的溫兄弟連敬三杯。其實說是拜把，他總隊長前隊長後的喊。之前眼中噙淚，喊時聲淚俱下，須得把壺痛飲，方能將哽隨喉結難以吞吐的心裡話，猛往肚腸灌。

祖上主持黃老仙壇時妙舌生花，像哄樹上小鳥似的騙得黃老仙師奔波人間天上。鎮上廟宇無數諸天神佛，就數黃老仙測字最準最靈驗。所以我祖上雖一輩子好賭敗家不積陰德，但靠一張嘴也就混得了黃老仙再混一眾信女善男。祖上在時我家終日被聲音籠罩，他連夜間作夢也喃喃有聲，吵得路經寶地的老鼠蟑螂也吊膽提心。可在安靈塔上，我祖上的沉靜卻堪比死人，只對著溫義的神主牌一味自斟自飲，屍白的臉上垂兩行尿黃的淚。

久遠的記憶了，祖上仙逝後我沉思終夜，記得他老人家飲泣時我伺候在側。有感安靈塔上眾魂皆寂，藉牆角蜘蛛樑下蝙蝠的眼，冷然凝視我和祖上的後腦勺與背脊。窗門打開後空氣不再擁擠，柴煙隨山風捲入，隱隱可聞焚化爐中劈哩啪啦的燒屍之聲。

當時年幼，舉頭三尺但見幽靈恍惚，只一隻懸樑蝙蝠朝我眏一眏眼。我便信若有輪迴，想必那就是溫義。我祖上每逢酒後述說溫氏平生，總不忘提他在莽林中魑魅般竄越的本事。開場必就在那一大片雨後的橡膠林中。祖上照例背著藥箱，蝸牛般隨疲軍蜿蜒穿越墨綠的暮色。話到這裡我例必從案上縱下，溫義來了溫義來了。是啊。我祖上打一個酒嗝。好個溫義昂藏七尺，從林中豆點燈火閃閃爍爍的深處走來。

就一個人？

對，溫隊長例必獨行。

不挑一盞燈？

要燈幹啥，他是妖，山精。有人說一入夜他瞳孔就燒起磷火，你沒見過山貓兩眼，就一個樣綠光慘慘。

嘿這就不對頭，祖上搬出童年時坐在橋頭上聽說書那一套。因為不懂節制，言辭動作流於浮誇，每把言之鑿鑿的歷史都說成虛張聲勢的神話。如此畫虎不成，一眾圍坐孩童反倒懷疑溫義此公的眞實性。好在有我祖上的大老婆爲證。眞的，我見過。說時她的瘦臉浸在煤油燈的光暈中，神秘又陰森，如泡在藥酒樽裡死不瞑目的蜥蜴。

一九四六年狙擊英國人一役，我祖上猛誇溫義神勇。他哼哼冷笑，說山林是溫義的地頭。要知道他飲豬籠草兜裡的露水長大，一生與鱷為伍與蛇同眠，盡收天地靈氣日月精華。呸。這回祖上的小老婆打岔，尖聲說他老王賣瓜。記得我轉頭來看見恨意在她的大餅臉上發脹，乜眼瞅著老朽的男人。他有這般神威，你今日就不必抱黃老仙大腿扒軟飯。

哼妳這婦道人家懂個屁。我祖上剝完一包萬里望花生，假牙上滿滿黏著花生碎。吐。他翻一翻眼入定，活像扶乩時滯留錯置的身分一樣的，深深陷進回憶的泥淖裡。那一年要不是溫義，今兒我早死在林中，妳倆要到老虎野豬肚裡撿我屍骨。祖上長嘆一聲，一口飲盡滿泡著花生米的紹興花彫。

遙想一九四三年與溫義相遇，剛經過一場廝殺的兄弟們獾沿山路走避日軍。路上遍見海市蜃樓，經過六日五夜眼前仍晃著痛的顏色血的聲音；耳窩還炸響打打打機鎗的頻率。我祖上見這路無窮無盡，幾疑就是黃泉。他連連追問這路還有多遠哪，可是眼前幢幢人影無人回顧，只有鴟梟唧田鼠振翅掠過，厲聲叫囂。總算在銀灰濛濛的膠林裡，一個魁梧的人影破霧而至。祖上記得那人寬肩韌腰形同鍾馗，只臉色黝黑中透一股風塵，以及飢餓似的青蒼。

「我是第三獨立隊隊長溫義，同志們辛苦了。」那人撮手額前，兩排牙齒白森森。

戊寅年三月十四日　丁亥土亢危

宜結網畋獵　求醫治病

日值受死大凶　不宜諸吉事

是日格言——性氣宜平，心思宜專。平則不偏，專則不雜。

不偏則事理得，不雜可免始勤終惰之弊。

關於我祖上的身世和經歷，他的大小老婆各擁一個版本。兩種流傳偶有部分吻合，卻有更多疑點彼此矛盾互相衝突。多年來兩個婦人互不信服，卻能齊聲認同一個結論，即我祖上這男人，怯懦失德無藥可救。兒孫們依循這線索追溯，知道祖上舊時頗有家底，可他不學無術積一身紈袴習氣，未到而立之年就以一副骨牌散盡家財。直至年老時我祖上仍這句口頭禪，「風吹雞蛋殼，財散人安樂」，說時縮頸聳肩，擺明要一輩子耍賴。

賣了祖厝家當後，我祖上在照相館裡給英國人拍照。雖他仍習性不改七日三工，但憑他舌頭三寸不爛，又八哥一樣極快學懂一套翹舌英語，不僅討得老闆顧客歡心，那年還乘照相之便，隨手討了個時髦女子當小妾，由是掀起我家族永無止境的醋海之爭。

我自懂人事便冷眼袖手，見證大小祖母大半輩子明爭暗鬥。雖不如祖上有通靈之能，卻也看見兩個婦人的謾罵廝打裡常有黑影倏而閃現。那人面目模糊、似假還眞，是故令兩位祖母煩躁莫名，常常夜半扎醒，狀似冤魂纏身。然這魂，就連黃老仙師也無從著手，唯有孽啊孽啊的嘆。如此長年累月，終於歇斯底里欲罷不能。

處在女人之間，我祖上睜一眼閉一眼做一日和尚敲一日鐘。他好翻黃曆，危日例不做法事，便攜孫兒一名老狗一條，到村後山頭獵捕野豬。路上免不了又提舊事，重述他與溫義如何獵殺一頭猛虎。四七年間第三隊受困林中又臨斷糧，英軍守在林外，猶如圍捕一頭掉入陷阱的獸。祖上說他耳尖，彷彿聽到英軍和馬來士兵的笑聲五音不純，蕩於林梢。

只溫義一個不動聲色，問我想不想去打山豬。

雖我祖上極力掩飾，但故事在重述之間難免出現無法契合的紕漏。從中我知悉年輕的祖上所以入伍，背後必有一籮筐不堪啓齒的荒唐事。按大祖母說，我祖上畢生絆在「浮」字上頭；小祖母則嘆他貪酒嗜賭，又饞一個「色」字。前者後者無不認定我祖上是在外頭招惹大禍，終至逼入深山。一如若干年後投靠洪興三寶仔，連我也懷疑祖上不過是臨危抱佛，求一道出入平安護身符。

且讓我勉力把經驗與印象湊合起來，去述說這段落。時值正午，陽光在林中千樹萬木撐開的傘穹上喧嘩騰攘。那天該我祖上輪值去搜糧，可他這樣人物只想走到受潮的雨林裡找一些野蕈交差了事。正當他刷洗鍋子後準備出發，隊長溫義卻拿一把萊福鎗挺立他跟前。

「你，跟我去打山豬。」我猜他實際上用手指挑一挑，這麼說。

我祖上生得瘦小白皙，像一條三天缺葷的土狗巴巴跟在隊長後頭。他也扛一支萊福，那鎗沉沉地教他踩碎一路黃葉枯枝。嘎勒作響的聲音讓我祖上聽著難受。記得前些天陳林被野豬撞斷兩支肋骨，隊友們抬他回來時已喘息乏力，只痛得抽搐、磨牙齒、傷處血漿紅得喧攘，嘎勒嘎勒響他一夜。

又聽說有人搜糧時錯把隊友當野豬，連開兩鎗驚散一林走獸飛禽。我祖上吶吶問隊長這傳聞是否屬實。溫義轉過頭來，從兩耳開始橫向擴充笑意。放心，你知道他們背後叫我山魈，這林裡我是主人。溫義說著揪我祖上領子，扳他臉向著泥濘上沓亂的足印。看看這裡，一窩野豬。

溫義拉我祖上藏身灌木叢裡，隔一簇魔爪猙獰的羊齒植物。隊長右手抓他後頸，耳語粗礪磨過他的聽覺。我教你，想不要先被野豬發現，就得化身這些草木。我祖上但覺脖子的手稍微一緊，看看，溫義黧黑的臉只剩一彎牙白陰森駭人。

我，要怎麼辦？

還不簡單。要騙野豬，先騙過這些草木。

從來我祖上就覺得溫義似人像獸，彷彿血肉身軀暗藏兩個靈魂。偶爾他在燈下讀馬克思，黧青色臉上燈火黃黃燎過，眼神既虔敬又脆弱。可作戰時他總枯鱷似的潛藏在密林暗處，只露一雙眼綠光磷磷，似乎打一個飽嗝也透血腥，或腐物的氣息。我祖上在隊中有名賴皮老么，可對這人他打從心裡嘆服，如敬畏神魔；如敬畏這深不可測的叢林，或一場延綿十數日的緊電密雷暴雨狂風。

我祖上回想當晚他和溫隊長扛一頭百斤野豬回到營裡，如何在轆轆飢海中引起騷動。兄弟們的采聲雷轟一樣，多少年磨的精鋼紀律險些崩潰，群情一度陷於瘋狂。我祖上被大夥兒抬起來，拋上半空。夜空星月飛散，令人目眩，我祖上兩腳著陸時眼前一片斗轉星移，幾乎便要撲地嘔吐。斜眼看見溫義笑著解開隨身皮袋，揪出一顆血色淋漓的頭顱。兄們們，這裡還有一只英國豬。

有一陣子我祖上說到這裡總嚼傷舌頭，似乎他自己也難以置信。那是英軍裡有名的「太哥」上校，之前好幾場硬戰都由他當前鋒。我祖上描述這人時眼皮猛跳，語音還微微顫抖。那人金毛綠眼滿腮虬髯，舉一把長鎗例無虛發。這人猶如英政府養的獵犬，生來專事剿共，捉了戰俘就拖到林外鎗斃。之後屍體掛在樹上陰乾，腥血腐肉孕著一窩蒼蠅的叫囂，蛆一樣在共軍的睡眠裡蠕動。

兄弟們暗地喊那人太歲，偏溫義要在他頭上動土。那些年來結結實實交過幾次手，只日治時期緩過一緩，光復後又廝殺起來，卻只堆積了一本黃曆般循環不盡的怨仇。倒沒想到那日陰差陽錯，一頭野豬滾葫蘆似的朝那簇張牙舞爪的羊齒綠葉橫衝過來，我祖上吶吶地趕緊上膛，溫義的鎗卻已連炸兩響，轟得那龐然之物彈到兩碼之外。野豬死不瞑目，咬著獠牙吐不出一聲哀嚎。我祖上撥開長葉縱身撲過去，差兩步時瞥見前方十碼外的矮青芭一陣動搖，才霍地記起隊長先前交代過的：野豬習慣結伴而行互相照應。祖上眼看舉鎗不及，不等一頭豬尋仇衝來，一聲慘叫便已脫口而出。

我祖上說時七情上臉，到這裡照例打住，嚥一口唾液。先誇溫義了得，不論手鎗鐮刀吹筒，每樣都使得出神入化。那子彈堪堪在耳邊擦過。我祖上說著翻他右耳背示人，果然染一斑薰黑。當時年輕的祖上呆立在一頭死豬之前，眼看前面的灌木叢掉下一支長鎗，一個穿英軍制服的紅毛兵斜斜倒下。

孩子你料不到，人稱金毛太歲太哥上校的傢伙，如此死在殺豬的鎗下。

印象裡祖上每次狩獵均無所獲，只舉著獵鎗一味喋喋不休。又說當年拍過照片留念，和溫義勾肩搭背，笑得可眞燦爛。可惜半生遷徙，顚沛流離間，早不知失落何處。

傍晚回到廟裡，祖上直喚大小老婆替他搥背鬆骨，解兩臂痠痛。大小祖母一邊搥一邊罵，對我祖上極盡數落之能。我捧著盛飯菜的碗公坐在門檻上，抬頭看見祖上背後有巨大的黑影鵠立土牆，那姿態宛如壇上的黃老仙師，慈悲又無爲地，睥睨眾生。

戊寅年五月廿五日　丁酉火婁平

宜沐浴掃舍　塗整手足甲

忌嫁娶理髮　作灶出行

是日格言——隔窗不窺視，隔室不竊聽，不呼喚。

自立自重，不可跟人腳跡，學人言語。

話說洪興三寶仔倒在檳城街頭那天，我祖上日間就得了神明啓示。黃老仙師蒞臨他午憩的夢裡，用那塵拂在他肩膊連拍六下。自幼無心向學的祖上不知哪來靈光一閃，醒來就喃喃唸著一句「本來無一物，何處惹塵埃」。這十字嚼破以後，流了滿腔酸苦。我祖上說他鎮日心傷，左眼皮又跳得厲害，想想不對頭，便裝病推了師父三寶仔的約。果然傍晚三寶仔偕兄弟四人到杜蕾絲電髮院刮臉修甲，被仇家的剃刀劃上脖子。聽說一刀一個乾淨俐落，末了還剃掉堂主三寶仔兩眉。

我祖上後來在靈堂瞻仰師父的遺容，見他仿那關聖帝君畫了粗粗兩筆，色澤蠟亮。我祖上怎地想起溫義，突覺五蘊皆空、頓悟人生無常。眼前只見黃老仙師的塵拂如水袖揚過，從此但覺了無生趣。祖上漏夜挾了妻小趕回銀州錫城，按黃老仙師訓示，挑個不大不小的華人新村落腳開壇，今生雖無望騰達高陞，可仗仙師之名總不愁荒了五臟廟。

沒了私會黨撐腰，我祖上一家只得活在黃老仙師膝上。祖上日子過得飄忽，因常將身子借予仙師，久之變得精神分裂雙重人格，常常控制不住兩個靈魂自行對話，從彼此檢視到相互埋怨，我祖上與仙師冤家也似的關係剪不斷理還亂。每日醒著時祖上總不得安寧，晚飯後必要到聚成酒鋪喫椰花酒，灌至爛醉就混著三幾印度膠工蜷在騎樓，在異族的狐臭汗酸中躲避往事的糾逐。

唉孩子你不知道，不醉嗎他就入夢來索魂。

很多年後我祖上體內的酒精才作祟，心肌梗塞症和胃腫瘤爆發，把他折磨得瀕臨癲瘋。此時黃老仙師終棄他而去，任他躺在壇前詛咒命運，累了就凝視自己攣縮成爪的指掌。夜裡我瞞著大小祖母餵祖上飲酒，看他貪婪地和著汗水喝下劣質的廉價酒，如飲觀音菩薩羊脂白玉瓶中的甘露。孩子你不懂。我祖上總作如是說：人生如朝露呵。

當年黃老仙師開壇不久，很快有求財的人笑逐顏開，一撮一撮前來還願。我祖上從香油錢箱裡掏一把鈔票，跳上腳車直奔十里遠眺的東蓮淨寺。據說他涕淚稀糊，從緘封的桃木小盒裡掏出一根枯萎乾癟、顫巍巍的手指。從此好兄弟溫公義有了安身立命之地，不必夜夜向我祖上托夢，驚他四十年冷汗狂飆、氣喘如牛。

祖上有一回與我齊到吉寧理髮鋪剃頭，在店裡的躺椅上又被那夢侵蝕。醒來他臉色青蒼，語音抖抖，彷佛衰老就是那麼一下子的事。他告之夢境但見林深如墨，舊魂新魄影影綽綽；昔日敵友錯身，盡流連其中。唉就那溫隊長始終不見。可祖上感知他的存在，如同在獨木舟上感知河中飢餓的巨鱷。這種無定向感知讓祖上自覺被窺伺，夢中他成了獵物，而隊長溫義不曉得化身那一簇草木，只待時機撲殺過來。

沒想得八十歲那年時辰方到。我祖上原在醫院的病榻上等待溫義，可丁丑年十二月某日他翻過黃曆，兀地迴光返照神智清明，凌晨時分自個拾包袱趿拖鞋逃離醫院。回到廟裡只見壇上祭果零落香火寂寂。其時大祖母已早一年駕鶴歸西，剩小祖母拎個臉盤出來，與祖上照面時嚇得盆子掉下，滾在地上匡啷匡啷驚醒全家。

就那天晌午我祖上最後一次祭溫義。半年病疾噬他筋骨，我祖上瘦得只餘三分之二。見我時他摳了眼垢目光茫茫，似乎不知人間何世。難得出發之前他低聲下氣，央小祖母替他揩身，還指定要廟後荒廢多時的老井水。我遵旨打水，見那水色黝黑鋥亮，映著流金的晨光。明知是髒了卻不忍拂逆，進房裡陪在一側，低頭伺候小祖母洗布勺水。

洗過老井水，祖上老朽之身透股仙氣，一一把兒孫認出來。團圓後他嚷著要理髮修剪指甲，眾人以情誼深淺衡量，除小祖母外便數我該得此大幸，於是妻兒媳孫競相退開，獨留我擔當大任。照例我祖上又提從前，很久很久以前啊他替溫義剪過頭髮。

隊長的頭髮好長結了一把，鬢上總桀驁地落下一兩綹，在耳畔晃蕩。隊裡規矩嚴格，其實很不人性化，偏生溫義不修邊幅儀容不整，憑他身手精幹聲名顯赫也保得了他當隊長。我祖上記得溫義說髮裡有他對仇恨的記憶。日本仔來了英國人走、日本仔走了英國人來，知道結繩記事嗎這髮已暗中記錄。祖上回憶溫義說時目光炯炯，一邊捲著土菸，鬢上髮落耳垂。剛勁的側臉線鑲了流光，距離近成大特寫，才看見這人的苦笑中甚麼時候牙已薰黃，且透一股焦臭。

原來這一出生入死，眨眼五年有餘。

隨那剪刀起落，斷髮灰白參差，一一掉在襟上。我祖上仔細撿起，如當年撿起柴火不讓英軍有跡可循。想當年所有林中討生的伎倆，都由溫義旁授。說過了這命啊不由隊長在太哥手上撿回來嗎。我祖上無以爲報，終等那一日溫義討了個原住民。當天黎明我祖上被尿意喚醒，便抓緊褲襠趕去解手。回來時瞥見溪邊有人，道是誰呢原來隊長趁著月光尚未退盡，浸在銀光燦燦的溪中搓洗那一把長髮。

不明白隊中多少女同志暗地傾心，溫義最終卻挑了個塌鼻樑的婆娘，還是個膚色不同的局外人。我祖上老早發現不妥，自從中央傳來要復員的風聲以後，隊長雖不動聲色，但菸抽狠了，連那顫抖的兩指也染了煙堿棕褐的病色。雖眾人裡他也混著笑談，可我祖上察覺這份熱鬧其薄如紙，不過大家都小心翼翼不忍撕破。且看溫義揩他配鎗的次數，和抽菸一樣與日俱增。

話說回頭，溫義髮梢滴水，遠裡又坐在岸上抽菸。我祖上走前去陪他蹲在煙霧中，那靜謐，彷彿黎明垂死吐出個氣泡，將兩人包裹，與世隔絕。我祖上連溪水潺潺之聲也不復聽見，只聽得髮梢水珠墜落，穿越他們的呼吸。

爾後溫義命我祖上給他理髮。剃個光頭也罷。他甩一甩頭，水珠濺在我祖上的眼鏡片上。我祖上回帳裡找了把剪刀，抓那濕髮時怔忡一陣，而水光中見溫義閉上眼，仍舊吐煙。

好兄弟，剪吧。剪了我們就能重新做人。

不知怎麼狠得下心腸哪我祖上果眞咔嚓咔嚓動了剪刀。看那髮絲一撮一撮落在水上，飄搖啊，蕩漾遠了。只剪了個平頭，溫義又用小刀醮水刮鬍子，留下鬚根像青苔一樣冷冷地燒他半張臉。其時晨光大亮，祖上但見溫義徹底換了一個頭樣，且扔掉菸蒂，摸一摸濯濯的下巴，笑得樸素。我祖上也陪隊長乾乾地笑，但莫明所以心裡漾起一陣酸酸的痛。

那麼乾淨的一張臉，像個出家人。

我祖上回想這一幕，溫義拎著馬靴赤足過溪，涉水走到對岸。因爲不再長髮飄然，後頸霉青一片，整個背影便像是別人的了。當時祖上想不透，又無法解說，只感到無奈又悽楚，像丟失人生中極重要的一部分。

三天後果然宣布復員，第三獨立隊在傍晚的儀式過後，挖一個大坑把鎗械武器埋入地下。同志們仍然嚴守紀律，排隊一個一個走到坑前，就像喪葬儀式中撒一把泥土樣的，扔下武器。我祖上這次走在前頭，很想把他背了幾年的鐵藥箱也給扔進去。好了好了，以後不必再挨餓。一個隊友扯一扯我祖上的衣袖，面目忘了就只記得臉浮菜色，語言如木薯羹黏糊糊地缺乏彈性。

第三隊一百三十一人走過去以後，祖上聽誰喊起來。隊長呢。大家面面相覷，溫義不是一直押在隊尾嗎。倒是我祖上無動於衷，目睹隊形拆散；受命尋人的隊友如螞蟻躲雨似的失措、驚惶、四處騰竄。後來又誰上來報告說溫隊長和他新婚的妻子都不在營裡了。方圓三里都沒見他們的形跡。也許走遠了。也許正匿身林中某處。也許已經走出了這深沉的莽林。

也許。我祖上負責剷土埋坑，不意瞥見兩條蜈蚣先後鑽入石隙。倏地記起溫義說過的，這徵兆一場風雨。

戊寅年六月十八日　戊子火虛定

宜祭祀嫁娶　出行移徙

忌開光問卜　受田開井

是日格言——美衣足食亂説閒話，終日昏昏，不如牛馬。

當愼，正在快意時遇快意人說快意事。

祖上不枉讀過幾年私塾，一輩子說話暢快流利擅用典故，成語諺語俚語粗言穢語夾纏著互輔互成。有一句常對廟中自來狗說的是「寧爲太平犬，莫做亂世人」。說時須得一手撫著狗額頭，語調偏沉一再重複，既像吟哦又如念咒。

每年仙師誕廟裡人潮滾滾，拈香的善信總被青煙蒸得淚落披紛。連放生池裡年歲最大的老龜也靜止水中探頭仰望，眼瞼處淚流成溝，並對人們扔下的蘿菜葉梗視若無睹。祖上說唯此得道老龜該得仙緣，一縷龜魂望空而去，做黃老仙師一日坐騎。善信們無不譁然，俱言：幸哉此龜。不知誰發起的許願之想，且率先擲了個五角硬幣，此後逢仙師誕則放生池內錢如雨下，驚得龜兒們躲入各自的防空洞，喃喃祈禱求黃老仙師搭救。

仙師誕後翌日，我必隨祖上下那池中撿拾錢幣，順便清除池中穢物。祖上說善信愚昧破壞風水，染得滿地銅臭，只有壞了龜兒的清修大事。我每撿一枚硬幣就放入祖上手挽的小藤籃裡，叮噹叮噹清脆的聲音宛似風鈴搖曳。祖上告之風鈴乃招魂之物，不祥。可壇前門楣吊了一盞，每次有人問卜它總識趣地響，如怨如訴；似有陰魂悠悠忽載，更添氣氛詭秘，又幾分眞實。

再見溫義，就在部隊重新召集舊員的前個星期，又這角度，我祖上正在井底挖掘淤泥。原來復員後我祖上在錫礦場求得一工，可他不勝曝曬之苦，中暑大病一場。痊癒後只有悻悻地留在舊厝內打點，種菜養雞顧孩子。大小祖母每日一逕恥笑著，徒步到礦場洗硫瑯。那日祖上想到荒井內掏點沃土種兩排芥蘭，時遠天烏雲湧動，井底也聽見簷下風鈴幽幽泣訴。我祖上哼著周璇名曲低頭幹活，忽然一襲暗影灌入井中，驚得我祖上鬆了鐵鏟，舉頭，但見背光中來人魁梧，一對眼珠綠光凜凜。

這麼個無法預設的重逢，耳際風鈴聲隱約飄來，讓我祖上懷疑來者是人是鬼。他也不怕，只悲從中來，顫聲喊了一句隊長。

放生池中我祖上一邊刷洗池壁一邊回想當年。我渾不在意，在一旁幫忙點算籃中的錢幣，唯有那只背負過黃老仙的、巨大又有靈性的老龜，在一側伸長脖子凝神聆聽。嘿不必再聽我也記得，那人正是溫義溫隊長，山裡迢迢而來，告訴我祖上中央與馬來人談不攏，隨時要回到山裡重新裝檢。

聽我說，要吃安樂茶飯，你就別再捲入政治的漩渦。不然你會死在山裡。

匆匆交代以後，溫義趕著要走。他委身伏在井口，把右手伸到井裡，奇怪的距離和角度，用力與我祖上緊緊握一握手。等我祖上攀繩爬出荒井，四周已然人跡杳杳。看見他沾滿泥污的手上猶且溫熱，井邊一叢甘蔗煞煞搖動；鐵皮屋頂上滴滴答答，便那雨落下。

晚上忍不住將這事告訴大老婆，她嫁入我家後一輩子都在夜裡爲新添的兒孫趕織毛衣和襪子，雙掌加十指變成一台編織的機器。她聽後抬起頭，雖目無表情，可手指仍翻花繩似的變換著花樣。哦那人我見過，幾天黎明洗衣時都看他躲在外頭的楊桃樹下，暗影中只一雙眼陰鷙地透光。我還以爲自己陽壽將盡，怎地活見鬼。

兩天後我祖上拖兒帶女，再攜老婆兩個，一家子佔用火車廂一格，吵吵鬧鬧北上英國人旗下的喬治市。火車上只見無盡長路隨鐵道向前方鋪展，如好長一條紅地氈。我祖上膝上坐著新生的孫兒，在靠窗的位子上看倒退的風景洪流般呼嘯而過，忽然感到日子如蒲公英一樣飄浮無根。這樣他既忐忑又哀傷，在假寐中完成漫長的逃亡路程，終於下車後再渡海來到聞名已久的檳榔之島。

爺爺仙逝那日夜裡，我把放生池中的老龜載到近打河放生。老龜碩大無匹，體重三十公斤有餘，先賴在河灘上抬頭與星空對望，惜別似的流了半夜眼淚，才慢慢潛入湍急的河流中。彷彿我看見老龜神話一樣終於成仙，回頭來深情看我一眼，對人間既無望又戀棧。跟隨我腳後的仙師廟太平犬則百無聊賴，始終窩在灘上夢回前生。

戊寅年十月初一　庚午土角危

眞滅沒日大凶　凡事少取

忌造舟橋　蓋屋經絡

是日格言——欲人無聞，莫若勿言；欲人勿知，莫若勿爲。富以苟，不如貧以譽；富以辱，不如死以榮。

自我祖上老病後離死不遠，小祖母不知入過多少廟堂哭過許多神佛，最後慘被鬼迷心竅，隨個紅毛牧師到海邊受洗。回來後她嚷著要把廟內神像一一摔破，可礙於眾兒孫的情面，終究應承等祖上登其極樂以後才動手。但黃老仙壇沒了我祖上便形同虛設，正如放生池少了百年老龜就等同廢井，此後初一十五前來進香的人潮再不復見。

祖上抱恙中仍爲舊事魂縈夢牽，每次昏睡中扎醒就交代死後要與溫隊長共埋。也不必多就舌頭一根，切下來煙薰後風乾，如山中打得離群野象，吃不完的肉片便如法炮製。切記須將之放入供有溫義手指的景德鎮青花瓷甕中，望能泯盡恩仇。

「且無舌可免我死後鉤舌根之苦。」祖上吶吶的說。

關於那手指，唯有等他老人家發燒攝氏四十度，昏懵中似是而非地發囈，方透了端倪。那年剛入洪興門下，便被黨裡人盯上。半夜裡一群人翻牆入來，鎗管戳他太陽穴，紅紅地印了兩圈。大小老婆瑟縮牆角，大的猛念南無阿彌陀佛救苦救難觀世音菩薩；小的齜牙咧齒咒人家祖宗十八代，終被結結實實摑了幾個耳光，掉一只門牙。唯我祖上開始時狀似視死如歸，卻在拿鎗的弟兄扣扳機時渾身索然，尿濕一褲子。

那年頭到處都喊拿漢奸，我祖上內心暗忖，憑他也配以漢奸這名號接受處決，這頂大帽子值得他風光大殮了。躊躇間弟兄們才說明來意。嘿解決你這賴皮就一根手指也嫌多了，犯不著勞師動眾。我們要拿的是山神、山神溫義。

說眞的這話讓我祖上如遭電擊，他抿著嘴唇斜眼瞅說話那人，下定決心以沉默來抗拒弟兄揶揄的目光和嘴角曖昧的笑。可又一管鎗指著他眉心。我祖上再一個寒顫，兩只眼珠被那鎗管牽引，瞳孔集中在鼻樑兩邊。除那鎗管以外，便眼前所有影像都失焦了。

我，我不知道；我怎麼知道。

你當然知道。誰不曉得你是他養的狗，哼哼。一條沒牙沒爪的狗。

我祖上奮力要抬頭，但那鎗吃得更緊，像要嵌入他的前額。他閉上眼，牙齒磨得似有碎片飛濺。不知怎麼那當兒腦袋一片空白，只充氣一樣鼓鼓脹痛，好久才破聲說了「不」一個字。據說拿鎗的人在扣扳機的一刻，不經意地昂起下巴，高視角，一如英國將領站在照相機之前；如執刑的日本軍人揚起軍刀。我大小祖母都清楚聽到扣扳機的聲音，她們前所未有地一起拉開嗓門，厲聲尖叫。

兩年後我祖上隨三寶仔到二奶巷收賬，重遇當日拿鎗戳他的舊同志。沒想他也從山裡逃出來，還捲走黨裡一些錢，日日躲入銷金窩。這回三寶仔把柴刀架上他的脖子，惡言逼他還債。我祖上開頭橫眉冷眼裝作不相識，可最終還是忍不住扯師父袖子說了些好話。走的時候那人追上來，把一只桃木盒子塞在我祖上的手裡。

我祖上打開盒子，見是一根醃肉似的枯黑手指，雖他見慣世面飽經風浪，也不免慄然心悸。抬頭見那昔日同志賠笑的臉，猛哈腰，說是前年那一戰腥風血雨，好不驚心。兄弟們在暗林中摸黑行事，死傷十來人方得成事。事後他好不容易才分得這一截，山裡當作護身符，果然邪魔迴避、妖獸難侵。如今送你做個紀念，嘿嘿。

就當日下午，黃老仙師入我祖上夢來，以塵拂拍他六下。我祖上痛徹心肺，忍不住在夢中放聲痛哭。

戊寅年十月初八　丁丑水斗滿

宜祭祀

忌祈福設醮

是日格言——人有不及，可以情恕。非理相干，可以理遣。

祖上人生中最後一次出門，黎明一架老鐵馬絕塵而去，直至深夜未歸，家裡人才開始著急。大夥兒認定祖上注定要死在酒精裡，故提議到聚成酒鋪找人。就小祖母伸手橫攔，大餅臉上水到渠成。她用手指挑了幾個平素與祖上親近的，著我們到東蓮淨寺走一趟。

走吧，你們去向溫隊長要人。沒人嗎屍也是要帶回來的。

打齋設醮那日，小祖母自恃宗教不同，避於房中。可她之前著意叮囑，這一場法事需連溫義一起超渡。我家三十餘口披麻戴孝，跟隨道師終夜圍那棺木兜圈子，夜半時小祖母半掀門簾，示意我等天明拿一張照片到鎮上合家歡照相店翻拍放大，好置於靈柩前像個舉殯的樣子。

那是一張微微泛著黃漬的黑白照，明信片尺碼，裡頭那青年軍人一手揪著個輪廓深深的頭顱，另一手挽著鐵箱，烈日下仍見面黃肌瘦、笑容疲憊。身後林蔭處有個失焦的模糊人影，依稀正叼著菸在揩長鎗，額前一兩綹長髮，仍然動影晃蕩。

•

自掌仙師廟後，我日日好整以暇、無所事事，終釀成流連放生池的怪癖。這年頭的龜兒老則老矣，可耽於寢食、好逸惡勞，除拉屎外無事可幹，更別指望得道昇天。祖上留下的黃曆被我翻得破破爛爛，卻總是佛經禪理一樣參不透。反正適宜祭祀的日子就到安靈塔上替祖上推開面山的窗門，任山風灌入，再收拾被蝙蝠與老鼠啜飲過的舊酒殘杯。

祖上與溫義的神主牌並排在同一格廂子裡，青花瓷甕被我拭得發亮。可不搭調的是小祖母教人裝在一旁的瓷片，白底黑漆雕寫了這麼一句：

神要擦去他們一切的眼淚，不再有死亡，也不再有悲哀、哭號、疼痛，因爲以前的事都過去了。

——二〇〇一年四月・選自麥田版《山瘟》

紀大偉作品

紀大偉

台灣台中人，1972 年生。台灣大學外文系學士、碩士，美國加州大學洛杉磯分校比較文學博士候選人。著有小說集《感官世界》、《膜》、《戀物癖》，並翻譯卡爾維諾小說數種。曾獲華航旅行文學獎、聯合報中篇小說獎、聯合報極短篇小說獎、中央日報散文獎、教育部文藝獎等。

蝕

一

想我親愛的冰箱們：

打開鉻鋼鏡面冰箱門，就有一股強勁冷氣鑽入鼻孔，鼓舞我的生命！記得那臺2019年份的冰箱裡，排滿了五爪蘋果、美國芹菜、德國火腿、北極雞蛋，以及卡路里絕不會太多的獨家配方美乃滋——可以調成一大盤蘋、果、沙、拉！擠上檸檬汁，那股清香，帶勁極了……

（每天面對這些玻璃帷幕大樓，我難免這麼幻想……）

在都市盆地沙漠上的大樓群落，彷彿巨無霸電冰箱一般莊嚴壯麗，以菱形、水滴狀、子宮形、圓柱體、海綿體的形狀展現。這一幢幢摩天大樓，陰森兮兮，外表看來跟冰箱表面一樣晶亮，裡頭也一樣呼呼吹著冷氣——沒辦法，在這麼燜燒的都市裡，人人需要大冰箱。我就在一座超大冰箱裡頭生活著。

我所在的這棟海綿體大樓，就是我生活的全部：從小我家就在這棟樓的最高層，小時候我常在第六十六層樓的樓中樓花園盪鞦韆，我進入的學校全部位於這棟全功能智慧大樓的不同樓層，錄用我的數據處理公司也正巧嵌在同棟樓的第十三層，而穩坐地下十八層的超級市場又供給我龐大多樣的美食。所以，我只要搭乘同一部電梯上上下下，一天就這樣呼嘯過去，我也心滿意足，沒有必要走出這棟鏡面大樓。反正，都市裡的其他大樓都和這一棟沒什麼差別，活像來自同一格底片的照片，同一個模子的商品。

現在家裡只剩下我一個人。爸爸媽媽弟弟都不在了，能陪我的就只有那幾座大冰箱。曾經是水手的爸爸發過橫財，便在早年新開發的市區狠心買下最高的這層房子。他說住在頂樓的感覺，就像漂浮在海面上跑船；一柱柱大樓群，就像港都密集聳立的一根根船桅。小時候，我跟弟弟常溜到屋頂上的水塔玩，想像自己爬上巨輪的駕駛臺，幻想乘風破浪的快感。記得沒過多久，換了新跨洲企業入閣執政，企業政府要求民眾全面改用新品牌的民生用品，所以都會供水系統大換；這個混凝土水塔因而作廢，樓頂更無人理會，頑皮的弟弟和我便合力搬開水塔蓋子，鑽到乾涸水塔中玩些不可告人的遊戲——當年青澀無知的我，就是躲在陰溼水塔內部，吞下弟弟射出的第一股精液，搞得滿口鹹澀。是弟弟命令我這麼幹的。多年之後的我，還是常常在下班時分登上水塔吹風，享受爸爸所謂的漂浮樂趣。偶爾也隨口背一兩首弟弟寫的——

「那麼我們走罷，你和我，／天空慢慢鋪展夜色／彷彿手術床上接受麻醉的病人」

不過，現在我不再背詩。

坐在水塔上，我喜歡凝視都會的落日，我喜歡看見一種代表自然規律的象徵在我眼前安安全全運行；我想確定這個宇宙的確是持續運轉的——除了落日，在馬鈴薯通心粉和電腦螢幕之間，我不能獲得安心的答覆。也因此，日前的日全蝕事件震動了我。雖然，在無聊的數據生活中出現日全蝕奇觀，當然是難得的樂趣，可是——目睹宇宙運行的證據暫時消失——難免讓人不安。

（日蝕那天，果真出了點小意外……）

回到水塔。長大的我，再也沒有回到水塔裡頭捉迷藏。

原因之一，是水塔開口實在太小，我再也擠不進去。原因之二是水塔裡頭有蟲子，而我絕不是那種熱愛蟲子的人。不過——水塔裡的蟲倒是我帶來的：因爲這是個昆蟲附魔的都市，食物裡常有貪吃小蟲寄生；喜歡端大餐上水塔看落日的我，難免揪住幾隻倒楣蟲，隨手掀開水塔蓋、扔進水塔裡。久而久之，竟成爲無心的收集。牠們困在廢土塔裡，飢渴難當，難免互相殘殺。我有時看牠們可憐，就扔進馬鈴薯皮，眼看牠們爭食，但也會惡意丟放我新揪住的甲蟲蟑螂蜻蜓蜘蛛進去，眼看牠們纏鬥。我並不喜歡昆蟲，看到牠們就想尖叫，可是我的水塔裡卻收集了越來越多的蟲子。

我殘忍地飼養蟲子，就只因爲我彷彿在牠們身上證實不可名狀的東西。由於這種古怪惡心的收集習慣，我經歷過一些傻事。記得吞下弟弟精液的一個月之後，我才在弟弟的幫助之下首次順利射精，射進晶瑩的可樂空瓶裡；弟弟用口香糖封住瓶口，把瓶子藏在水塔一角。一週之後再取出瓶子，只見那層原本半透明乳黃液體布滿寶藍色硬塊，液體表面冒著綠色膿泡。打開瓶口——但我不敢聞。弟弟倒是嘗了一口，把瓶子帶到學校，液體倒進教師辦公室的飲水桶裡。

如今我的孿生兄弟消失，留下我一個人，擔任駐守這座昆蟲之城的代表……

二

這的確是個昆蟲附魔的都市。

每回我難得一次走出這棟大樓大門，總看見陰暗巷弄間一列列行軍穿過馬路的紅甲蟲黑甲蟲，彷彿親眼目睹古代的納粹和法西斯。既然冰箱的重要功能之一是擋蟲，和冰箱一樣的高樓群落也是如此；人們要避開無處不爬的蟲子，乾脆就把人自己當作易壞食物一般，關在冰箱似的大樓裡，乾淨又方便。這樣似乎是消極的逃避——可是千百年來，也沒聽說過有人積極戰勝昆蟲呀！在二十一世紀急速增加的蟲隻，想來製造不少問題：譬如破壞生態均衡罷，但是這種事我不懂。至於大量損耗已經不夠充裕的溫室食糧這回事，倒是比較讓我焦慮，但我又能怎樣呢？只好準備再買一臺2020年份的冰箱，保衛可能短缺的雞蛋。然而更嚴重的問題可能不只如此。

其實我們後／後／現代人，向來不大會因為生態和糧食問題而恐慌過度，因為執政的企業總會好好照顧好民眾消費者；至少，他們會不斷安慰，說服我們。但是人類真的被昆蟲搞得精神緊張了——這種威脅倒不是直接切身的，而是心理層面上的：人們因爲昆蟲而恐慌失調，搞得男人失勤失勇、不信不忠，女人飆車縱火、穢聲穢影。因此執政企業出品的殺蟲劑粘蠅紙電蚊香蟑螂hotel大發利市，雖然這些道具殺不了多少冰雪聰明蟲隻，卻可以安撫人們心中蠕動的蛆。

我似乎也逃脫不了昆蟲的束縛——牠們的魅影在我的腦汁裡，若有若無地潛泳。

譬如，每天從辦公室窗口朝大樓樓底望去，那些都市底部躁動的芸芸眾生，從我眼中看來，總是像蟲蟻一般浮游——或許我心裡有鬼（不，有蟲）。有一回，經理又寫了一本自傳準備出版（這是高層人士奇怪的升官方式；聽說當年經理就是以一套自己的青年奮鬥史而被執政企業重用），全辦公室爲經理慶祝，合訂了黑森林大蛋糕，奶油海洋上爬滿黑色巧克力粉；我忍不住驚呼——這簡直是螞蟻汪洋一片呀——同事們立即反胃，老闆更嚇得嘔出綠色膿漿，蛋糕只好任我帶回家處置。我舔掉蛋糕的起司奶油，其餘丟進廢水塔，塔裡一陣窸窸窣窣進食聲不絕於耳。牠們餓了。一回有同事吃炸蝦便當，我一看蝦子的緻密腹部和婀娜腳肢，就聯想到那種翻臉赴死、乳汁四射不認人的蟑螂，又忍不住嘤嘤叫嚷起來——

關於以上二事，同事都沒有責怪我。他們當時也一定聯想到蟲子，只不過不像我這個心寬體胖的人一樣心直口快。

蟲子也滲透到工作裡來：我彷佛就是成天面對無數小蟲的人。打自電腦亂數把我分配在這家公司工作，幾年來我就這樣瞪著浮動無限數碼的電腦螢幕，工作內容就是在適當的數據段落之間，按下適當的按鍵，辟哩啪啦，清清脆脆，就像折斷金龜子翅膀的聲音。其實我一直不瞭解——

我爲什麼日復一日從事這個並不見得需要我的工作？電腦自動控制系統應該可以充分取代人工——我猜，國家總要爲人民找些活來幹罷，人閒著也是閒著，否則會出亂子，因爲人就像蟲子一樣。我也無從理解我所處理的那些螢光數字代表什麼意義，它們與我似乎毫無關係——只見它們從螢幕一角翻捲出來，爬行十秒鐘，然後又出現另一行爬行字元，蠕動，產卵，眞覺得——

電腦數字1，就像去腳的竹節蟲，2像是彎曲的黑毛蟲，3是虬結的蛇兒，4是虱子摺疊的鬚，5是螳螂大勾，6是蝴蝶口器，7是兩隻蚊子的長腳，8是拆掉翅膀的黃蜂，9是蠶蛾捲毛，0是萎縮的油黑蟑螂……

其實我還不算適應不良。有人比我慘烈多了。在這個辦公室裡，同事們都幹同樣的工作，面對宛如小蟲爬行的天文數字，結果就出了一個徹底崩潰的例子：

有一回聽同事們交頭接耳，談到一名年輕男職員的死：原來那名職員幻想自己是隻肥嫩的黑甲蟲，成天在自家臥房裡爬行又隨地大小便，後來誤食殺蟲劑而死，家人把他當作一頭死蟲子扔掉。在同事們半嚴肅半譏笑的聲音中，我不由得脊椎發冷——

那個看來瘦弱不禁風、耳殼尖翹的男人，我認得！這個瘋子眞的死了！

有一回，我在超級市場一面哼唸弟弟的詩，一面在百種上好雞蛋中挑出極品，因爲那時我必須全力以赴接受媽媽和我的君子之爭，也就是比賽做出最好吃的滷蛋。不意間，那個本來沒跟我打過交道的瘦弱男同事突然出現，掐住我的肩膀，對著我興奮嘶吼，彷彿一隻跳到我身上的臭甲蟲。他的菜籃裡盡是深色青菜，難怪他活像面有菜色的餓蟲。他伸出瘦弱如蟑螂觸鬚的手臂顫抖，他說竟然在超級市場聽見同事唸出古代的詩，原來他遇上一位文學同好！——他是說我唸出的那幾句：

「那麼我們走罷你和我天空慢慢鋪展夜色……」

我嚇壞了，因爲傳說全辦公室裡只有他這個瘋子才喜歡文學！請不要誣賴我！大家都只看實用的升官傳記，才不像他；聽說他甚至會以德文寫小說呢！瘦蟲先生說，我唸的詩是一個叫什麼艾略特的古人寫的，我更驚訝了，可是沒應聲，只靜靜啃咬嘴裡的吸管。彷彿他身置蝴蝶谷裡陶醉飛舞，他在我面前背完一整首詩，而詞句和弟弟寫下的幾乎一樣。

記得那天在超市我咬爛了吸管也沒有看中任何蛋。

我也記得，我在夜裡把弟弟的詩稿擱在廢棄水塔中，眼睜睜看著手稿上的每一個文字消失。是蟲子一口一口啃去的。

蟲子愛吃。蟲子啃咬一切。蟲子咬得人心發麻人心惶惶。

這年頭人們對昆蟲這麼敏感，還基於某種更難以解釋的原因。

我就聽弟弟這麼說過：有一種人，外表看起來不見得古怪，卻具有與眾不同的心靈。他們的身分、慾望，往往嚇壞不少凡夫俗子——有些人就把末世動盪歸罪到他們身上，以政治、法律、道德、宗教、家庭倫理等等手段對付這些人。面對這樣不友善的社會，這些人便找出一些因應之道：其中有些人便努力掩飾眞實身分、化裝成正常人，而只在特定場所裡，啃食屬於他們的異類圖書、吐出眞實的高昂語言、尋覓流離失所的同路人、在夜燈下貢獻秘密激情的血液。但其中也有一些人不願乖巧蜷縮在都會角落，便走出來大聲叫嚷、作怪搗蛋。這種人之中常常出現駭人的創作者，但他們也常讓人聯想起瘟疫與詛咒。在我們慣用的文字系統中，通常是以三個字稱呼他們。至於這三個字是那三個，在歷史上並無定論：在二十一世紀以前的某些時代裡，這三個字可以是「同性戀」，也可以是「猶太人」和「吸毒者」，或三個英文字母縮寫「ＩＲＡ」（北愛爾蘭共和軍）。

我剛聽到這番說法時，是有點吃驚——我爸我媽我弟和我都是「同性戀」，而我媽還具有「猶太人」和「北愛爾蘭人」的血統呢！還好我們不是生在古代，不然就完啦！我爸和我媽本來都是男人，他們是一對愛侶，而我和弟弟是他們領養的一對雙胞胎。由於媽媽喜歡穿女裝，揚言要變性，而爸爸覺得很煩躁，他說他只能喜歡有男子氣魄的大鬍子男人，於是就又上船當水手去了，再也沒有回家。媽媽氣壞了，只好獨力撫養我和弟弟長大，堅持我們兄弟要永遠叫他「媽媽」、當他是個「女人」，以便「在精神層面上」氣死流浪在外多年、卻只寄回一張旅行明信片的老爹。媽媽的變性手術也氣得不做了。他開始大嚼通心粉洩憤，以便忘掉沒良心的水手爸爸——結果，媽媽眞的不必接受變性手術啦：因爲他把自己餵得像小白象一樣膨大，乳房變成白胖大麵餅，他的陰莖陰囊孤苦伶仃收縮在腫肚褶皺的大腿間，從外表看來再也不像男人的下體。

在我年紀還小的時候，媽媽轉而愛上通心粉這回事，也啓示了我：我發現，麵包可以取代愛情，手術比不上食療，「猶太人」血統的確教人堅忍，「愛爾蘭」血統讓人敢做敢當，媽媽的通心粉情結不下於「吸毒者」的執迷狂熱，而「同性戀」的確很有創造力——看他「創造」出那一身肉塊！而我，也愛上通心粉了。

話說回來，這年頭引起社會緊張的族群，倒再也不是「猶太人」等等人了。大風吹，把那三個敏感的字吹到另外一種人身上——「食蟲族」。

我記得，有一位不願曝露身分的「食蟲族」人士（其實就是那位寫小說的尖耳朵同事啦，他竟然真的是那圈子的人呢！），曾經在他發狂致死之前，跟我秘密談過他的特殊興趣……

三

我問：你們在做那種行爲的時候，不會覺得惡心嗎？

他答：不。我們的慾望強烈極了，不可遏止。我們可以從中獲得無法與外人道的樂趣。

我：可以光憑外表看出你們的同路人嗎？

他：不一定。你看我，我的打扮就跟常人一樣。

我：這種性向是天生的，還是後天影響的？

他：我想是天生的罷……

我：在監獄、學校、軍隊等較單調的環境裡，聽說很容易養成你們那種習慣？

他：沒錯，可是其中有些人只是好奇而已；那些具有假性傾向的人，一脫離單調的環境就回復原來的正常習性了。

我：你會不會覺得很痛苦，很想「矯正」自己的性向？

他：被社會排擠，當然不舒服。像我們這種人，有不少人在思春期嚴重懷疑自己的生命價值——根據統計，自殺的青少年之中，有三分之一的人具有我們這種傾向，可見我們這種人的成長是多麼艱辛！我自己也痛苦過，但是現在已經可以坦誠接受自己了。至於性向，我想是改不了的。反正圈內人也有圈內人的快樂，何來「矯正」？要「矯正」的，反而是圈外人對待我們的態度。

我：你們這種人不必服兵役罷？

他：原則上是如此。因爲我們被視爲「心理異常」！前陣子有場官方座談會，討論我們這種人究竟應不應該當兵。我看了報導，覺得很難過——因爲討論者都把我們視爲異類，只從軍務上的方便與利益設想，完全沒有顧及我們這些人的細微感受。那些滿嘴「國家」、「社會」的正經人士，總是正義凜然地壓迫我族……

我：你的親友知道你的性向嗎？

他：不知道。我只能瞞他們；他們一定無法接受這個事實。

我：家人會逼你結婚罷？怎麼辦？

他：想辦法拖延啊！或是假結婚，像電影《新・喜宴》一樣。

我：你們的特殊習慣是不是會引起一種——特殊疾病？（**註**：即人人聞之色變的「愛吃病」A.I.T.S.—— As Insects Terribly Suck，聽說可由蟲體傳染給人體，使人類變得像蟲子一樣愛吃，患病者卻不會發胖，反而面黃肌瘦。）

他：圈外人還不是照樣染上「愛吃病」！爲什麼獨獨怪罪我們？而且，AITS只是一種病，爲什麼要把這種病抹黑？爲什麼遠古的人類要欺負痲瘋病人，古代人類欺負AIDS患者，而這年頭，就輪到AITS患者倒楣了……

我：我眞是搞不懂你們……

他：你……就想想看古代的「同性戀」罷！二十一世紀的我們，就像二十世紀的他們……或許我們也可以天眞地想像，到了二十二世紀，「食蟲族」就能像二十一世紀的「同性戀」一樣自在快活了……只是不知道在二十二世紀受難的又是哪一種人……

四

身爲「食蟲族」一定很悲慘！記得從小時候起，媽媽就禁止我們兄弟倆親近昆蟲，他以爲小孩一成爲「食蟲族」就會受人唾棄一輩子。我和弟弟長大以後，他又提出一條限制，就是不要跟男人太親密。媽媽說他並不是排斥同性戀，而是不信任男人——誰教他碰上爸爸這個冷血浪子呢！

不過，媽媽還是比較能夠忍受男人，而不能忍受蟲子。有一回，他在弟弟的床下搜出裸男畫冊和生物課專用的捕蟲箱，結果他把這兩樣寶物沒收，叫住弟弟嘮叨半天，焦點全在捕蟲箱上，畫冊卻絲毫不提。弟弟的寶物被沒收之後，弟弟和媽媽兩人平日親愛的模樣再也看不見了。或許，念美術學校的弟弟就是有一副媽媽和我都不理解的藝術家脾性罷！雖然我倆是雙胞胎，可是他又和我不同，他懂得畫人像，讀劇本，寫詩，交男朋友，私奔——他還沒有從學校畢業，就跟一個年輕蓄鬍男模特兒跑了。他果眞離家的那天晚上，一向多話的媽媽一句話也沒說就睡了，連通心粉都沒吃。我那天沒有睡好，窩在被單裡反覆唸著弟弟遺留的手寫詩稿，「那麼我們走罷你和我（就是弟弟和他的愛人罷，總不是我）天空慢慢鋪展夜色（弟弟總是有藝術家氣質）彷彿手術床上接受麻醉的病人（藝術家難免悲觀）……」，就這樣，背下弟弟苦心寫下的詩。弟弟離家的第二天晚上，才見媽媽從房間裡緩緩扶牆走出來，肥大的屁股一口氣陷在沙發裡拔不出來。我連忙送上通心粉，他也不急著吃，只喃喃唸著：我才不擔心他呢，只怕他學壞跟人家去吃蟲，哪天反倒被蟲子喫了……媽媽的面頰凹陷了些，嘴邊冒著沒刮乾淨的雜亂鬍子。

後來弟弟回家過。只有兩次。

第一回，媽媽正好出門；他年紀大了又過度肥胖，只好常常光顧醫院檢查。多年沒見，弟弟面孔更顯成熟的稜角，下巴殘留鬍渣，可是他幾乎和當年鑽入水塔戲耍的少年一樣蒼白清瘦。他輕軟的左耳垂下頭釘了一隻閃亮耳環——看來是隻銀色甲蟲。幫他開門的時候，我驚喜得連手上的洋蔥圈都忘了吃；可是他卻瞪著我的肚子，要我放下洋蔥圈，他說媽媽教壞了我。他嫌我胖！他說想跟我多說點話，可是他不想悶在老家裡；這層空中樓閣埋藏太多他不想碰觸的回憶，他說。我不知道他所指的不堪回憶是什麼。我只好領他到海綿體大樓第六十九層的中國太極餐廳坐坐，嘗點傳說中的中國點心，比如說燒餅、油條。這家餐廳的設計別具用心，每張雙人桌都呈太極圖狀而且會不停旋轉，太極圖樣中的兩枚圓點是座位，弟弟坐在黑底白點上，我佔了白底的黑點。聽說餐廳設在六十九樓，也是因爲數字「69」形似太極的圖案。可是弟弟對於這一切巧思都不以爲然，他覺得搬弄這些小趣味是膚淺無趣的——弟弟總是如此，以前在家裡就數他最聰明，他老嫌人家笨。他撫弄甲蟲耳環，談起近年生活：諸如他的創作生涯，但想來也是我所不懂的，所以我只是聽，不敢多問。弟弟不再同那個肉感男模特兒在一起了，他覺得對方空洞、僵死，他發現自己注定要在不停變換的時空和人體上頭流浪。（亂嚇人的藝術家性格！）我也說起自己的辦公室生活——他冷冷哼了一聲，表示這個工作很適合我——其實我知道像他那樣有才華的人，一定很輕視我的工作。我們雖然一起長大，但是——孩子長大成人以後，就再也無法對話了，我知道。這是人間的定理。最後，我只好低頭觀賞剛上桌的甜點：太極芝麻糊，白芝麻和黑芝麻分別構成太極圖案，香濃撲鼻，正想動手，但我覺得弟弟好像又嚴厲地瞧著我，雖然他一句話也沒說。他一定嫌我胖，嫌我愛吃！可是我實在急著要吃，一慌張就攪亂水晶碗裡的美麗圖案，太極圖粉碎了，黑白混在一起，再也分不清晰。隱約之間，聽到他喃喃自語，不知道是不是在責備我——

他說，「難道我是田納西威廉斯的湯姆，難道我不能遠走他方，難道我要困守亞曼達和蘿拉和脆弱的玻璃獸苑？」

——我聽不懂；我不懂得他，反正——他也不能夠瞭解我。

弟弟離開大樓之前，交給我一個綠色紙盒，弟弟說我應該收下這項紀念品。我搭電梯回到頂樓的家，在臥房裡躲開一回家就拚命吞食魯肉飯的媽媽，這才敢打開紙盒——沒想到，盒子裡全是弟弟少年時代的素描作品，一張張厚實米白畫紙，隱約散放記憶中的木質鉛筆香味。

這十來張作品，畫的全是一對對年輕裸男像，主角就是我們孿生兄弟兩人。在他作畫時，只有我這個模特兒，可是每張畫片上都同時有我，也有他。記得當時他要我在樓頂水塔上剝光衣褲，但是我怕羞，因爲青春期的黑色毛髮才剛冒出頭，弟弟卻又不准我遮掩。其實沒有人會看到我們，可是我就是怕；於是弟弟也扯掉衣褲，光著屁股說：這樣畫家和模特兒就扯平了，誰也別怕誰。弟弟開始專注觀察我的身體，鉛筆沙沙作響，他一句話也不說。我坐立不安，眼神四顧，發現弟弟的裸裎下身也迸發青澀體毛，我更覺煩躁，小雞雞在哆嗦中直翹起來，我擔心弟弟把我的種種意亂情迷一概記錄在紙上……也不知道憋了多久，弟弟終於完成一張素描，遞給我看。我看呆了。他畫了兩個裸體男孩，他說一個是我，一個是他。夕陽的粉紅光線下，兩個下體微挺的透明少年……我怯生生地問：

可是，模特兒只有我一個人呀！

「反正我們是雙胞胎兄弟，我們是一模一樣的；我畫了兩個你，其中一個就充當我罷。」

爲什麼想畫出兩個人呢？爲什麼把自己也畫出來？

「我們兩個本來就該在一起呀！我想在畫裡陪伴你，不讓你孤單。」

就是在那天，他在水塔裡射了精。

後來，他又畫了好幾張，畫成之後把作品鄭重收藏起來。我是模特兒，當然想要一張素描作爲私有的寶藏，但當時的他一張也不願意給，死也不肯——倒沒想到，他再度從我視野消失時，這些黑白素描卻落在我手裡了，名正言順地。那天晚上，我小心把玩那些畫紙，深怕紙上脆弱久遠的鉛筆粉末夭折，我跌入破碎的記憶海洋裡。在畫片上，這個伶俐少年是弟弟；現在的他更瀟灑了。而這個醜顏孩子，是我，像畫中的弟弟一樣輕瘦鮮活；可是，現在的我不一樣了，我竟然老了，胖了，不再是弟弟的翻版，我是另一個媽媽。我遺忘生命中除卻食物之外的甜蜜片段——我發現手指一片黑污，原來我哭了，淚水沾溼黑沈沈的石墨粉。

遺跡總是讓人沈重憑弔，並不能讓人喜悅快活。這些素描不該再度出現在我的生命裡，我不快樂。

暗夜，我靜靜坐在樓頂水塔上，隱隱覺得自己是電腦動畫裡的太空佛陀，都會的燈海交融成滔滔大河，在我閉目的臉孔前無聲流去。我拉開水塔蓋，撒下紙盒和畫片，聽見一片飢不擇食的聲音與憤怒。牠們餓了。我這麼幹，不是因爲這些素描不珍貴，而是它們珍貴得殘忍。這些素描畫或許眞該餵蟲子，因爲它們出於一名食蟲族的手，它們的作者一定吞過不少塔裡小朋友的同類……

就在太極餐廳裡，戴耳環的弟弟終於承認：他是食蟲族人。我平靜聽他坦承，潑辣的冷氣吹不動我臉上任何一條肌肉，可是我心臟裡出現一窟令我難受的黑洞漩渦——弟弟是叛逆沒錯，可是怎麼會染上這種惡習呢？我是很想寬容接受這種人，可是一旦這種人出現在親友中，就是另一回事了……弟弟說了些身爲食蟲族的感觸：他覺得地球上的蛋白質糧食嚴重不足，又逢昆蟲過剩，食用昆蟲反而比人工飼養宰殺牲畜來得健康、自然、經濟，吃蟲並不比殺豬殘忍。——可是我覺得吃蟲好惡心——弟弟馬上反駁，他說惡不惡心端看人心的感受：他反而覺得吃蟲才有樂趣，獸肉卻令他反胃。他說，就像男人無法體會女人的性高潮、異性戀者不懂得專屬同性戀者的絕妙快感，正常人也不會懂得食蟲族在吸吮蟲體時的狂喜。弟弟說，人類歷史上一直有食蟲行爲；食蟲族的遠古前輩之所以吃蟲，未必因爲迫不得已、沒有別的糧食可吃，而是因爲蟲子太美味了，他們不能抵抗昆蟲的誘惑！他說，這就像女同性戀並不是因爲得不到男人才「消極」地尋找女人代替，而是因爲太喜歡女人所以才「積極」地尋求女人。弟弟說，他有時候甚至可以在吃蟲過程中感受到昆蟲存在億萬年的壯美歷史，這是外人無法體驗的虛浮快意。他說，有時吞下一隻蚊子，就會彷彿領受太古時期蚊子淹沒在琥珀汁液裡的空靈感覺，以爲自己也內縮進入琥珀核心，看見蜜糖壁牆之外的二十一世紀盆地幻化成爬蟲橫行、羊齒突長的美麗舊世界……

（當然都是他們那一族的幻覺！難怪我的瘦蟲作家同事會發瘋……）

弟弟離開太極餐廳之後，我以爲再也見不到他了，他就像漂泊的爸爸，沒有男人留得住。我這輩子重要的人事物終究都要消逝不見，譬如爸爸和弟弟，甚至我連自己的舊日身影都留抓不住，全都走了。這或許可以解釋爲何我會在冰箱裡囤積馬鈴薯，在廢水塔裡窩藏甲蟲；我在生命中，總要十足安穩地，控制住一些東西。

媽媽，反而是我比較放心的；他體積大，就算失蹤了也容易找回來。不過他眞的是個太大的麻煩——他洗澡時總是出紕漏，整個人塞在浴缸裡抽不出身，我只好擠進浴室幫他洗澡，也因此目睹媽媽那具不必動手術就已經變性的肉體。我必須使勁托起他的乳房，才可以刷洗乳房掩蓋的那塊皮膚；汗水擋在他那豪乳間，蒸發不掉，容易生皮膚病。他的下體也有清洗的麻煩，我總要他盡量撐開兩腿，我再伸出雙手虔誠地朝他腿間陰溼毛髮中摸索，就像是膜拜偶像、但更像從子宮口迎接呱呱的嬰孩，這樣才能揪出那捧燜燒在肉塊間、汗溼尿臭一天的男子器官，好好用牙刷搓洗一番。

我們母子倆就這樣過日子，而一有空時就研究什麼通心粉配方最好吃——所以在平和生活表面下，我們其實不斷進行劇烈的君子之爭，想要在盤子裡一爭千秋。可是媽媽畢竟老了，贏不了我，只好放棄通心粉比賽，改做滷蛋和魯肉飯。我本來也想共襄盛舉，後來想想算了，媽媽還是與世無爭地自己煮蛋罷。

可是——我再怎麼樣也沒想到：行動如此不便的媽媽，也有離開我的一天。他一面咀嚼蛋黃，一面說出他自己搬出去住的理由：理由一，兩個超級重量級人物住在同一戶房子裡，摩頂放踵，擦肩而不能過，壓迫感實在太大。理由二，他不想在我身上看到他的影子，他再也不想照鏡子了。理由三，他不想繼續住在爸爸花錢買來的房子裡，他說水手爸爸以爲住在屋頂就有漂浮在海洋上的快感眞是胡說狗屁，媽媽說他自己卻一點也沒有漂浮的心情，他一見大樓底下的街景就幻想自己即將沈沒。他的生命太沈重。媽媽想要搬到溫泉別墅去，溫泉浴池可以同時滿足他洗澡和漂浮的需求，而且，他可以煮溫泉蛋！——他興致勃勃地說，嘴裡的蛋黃屑噴了我一臉。

他眞的決定離開我了，他爲我滷了油黑一大鍋雞蛋五花肉，要我保重、保重。未料在媽媽搬家的那一天，大樓管理委員會不肯再放他進電梯。媽媽日益增加的巨額重量毀了不少電梯，大家都怕了。我只好爲媽媽租了一輛超級消防車，讓雲梯不斷向上伸展、伸展，直達我家落地窗口，把媽媽吊下去。可是媽媽實在是太大的負擔——雲梯竟然喀嚓一聲折斷，媽媽直摔下百層樓的高度……有人說，媽媽攤平在燒滾滾的馬路中央，彷彿一大顆打碎的鴕鳥蛋。更有人形容成鐵板番茄烘蛋一客，有紅有綠，媽媽壓死的甲蟲們恰好充作調味的蝦米和蔥花。——這些都是大樓管理委員會的惡毒謠害！

我節哀順變。

反正，生活中的眞善美總是棄我而去。

我爲媽媽誌哀，有一個月的時間放棄在美乃滋醬裡打入雞蛋。搬家事變之後，在媽媽那張彈簧完全壓碎的彈簧床上，我翻到那本我跟弟弟合資偷買、連同捕蟲箱沒收的那本裸男畫冊。翻開一看，有幾張照片的裸男頭部被挖去，卻改貼上爸爸和弟弟的頭部照片。

自此之後，我的生命中少了一大重擔，我眞的孤伶伶一個人了，再也不必照顧不斷膨脹的長輩，不必與媽媽進行各種若有若無的競爭。可是我卻失去了生活目標，只好吃下更多通心粉來壓制不可名狀的不安，下班以後爬到樓頂觀賞日復一日的夕陽，好讓自己相信：一天，又眞的這般過往消逝了。我在沙漠中的摩天大樓樓頂上枯坐，察覺水塔裡沙沙的蟲子聲，就像聽見城市底層無窮無止的人車騷動。我在都市頂層冥想、觀看宇宙運行的秩序以及蟲蟻盲目的生老病死，期待新聞預報的日蝕奇觀。平平靜靜的通心粉生活。卻沒想到，我的平靜生活卻因爲弟弟第二次回家而中斷。

那剛好是日蝕出現的前一天深夜。

我提了一籃油炸點心，請弟弟爬上我們昔日一道嬉戲的樓頂，跟他說起第二天的日蝕。可是他覺得日蝕根本不值得關心注意，因爲日蝕一點也不會影響改變這個世界，這個世界永遠機械化、無意義卻又安全地運轉。

（哎，早知道他的反應……）

我也提起媽媽的死，他說他知道了，原來這回事曾被改編成幽默漫畫，在自動販賣機就可以買到。他似乎並不爲媽媽難過。他也不因爲回到童年的老地方而高興。他身穿吊帶褲，記得這是他最喜愛的裝扮了，還是瘦，幾乎和少年的他一樣。不過這一天他的眼裡閃爍光彩：原來他開了畫展，就在隔壁大樓的殺蟲劑公司附設畫廊。他就是順便來請我去看。「順便」。食蟲弟弟的畫展在那裡舉行，似乎很古怪——可是弟弟說他是不得已的，他說在這個都市裡的藝術創作者總要隨時準備出賣自己，才能夠捉住極難得微小的機會……

我靜靜聽他陳述，大嚼油炸地瓜酥，結果他突然喝住我。他說，我簡直成了第二個媽媽，他嫌惡極了，爲什麼雙胞胎兄弟竟然如此截然不同呢？他也開始埋怨媽媽，說起當年媽媽沒收裸男畫報和捕蟲箱那檔子事——弟弟說媽媽會在他床上搜到那些東西，全是因爲那天媽媽闖進他房間壓在裸睡的他身上想要對他洩慾卻被拒絕……弟弟說，他眞受不了那種承受不了寂寞壓力便拚命吃喝、以便逃避現實的，癡肥男人。我知道，這是暗示：親愛的雙生弟弟嫌棄他哥哥。

我瘋了，我拉開水塔蓋子，把那籃油炸點心丟給餓極敗壞的蟲子們。

頭、痛、極、了。

等我比較清醒的時候，我發現自己穩穩壓坐在水塔蓋上，卻見不著弟弟的身影——他沒有道別就走了？或是我一時把他擠得失足墜樓？……水塔蓋下充滿快要爆炸的掙扎碰撞聲。……或者，我一時衝動，所以把弟弟也揪到水塔裡了？可能是罷，我的力氣絕對足夠，因爲我連媽媽都應付得了……只可惜我不像弟弟那麼苗條，沒辦法擠進水塔好好陪他，雖然我這麼愛他。蟲子們一定很習慣弟弟的氣味，因爲弟弟是食蟲族人，血液肉屑裡必然具有昆蟲熟知的鮮味。我壓住水塔蓋，不希望弟弟一身狼狽地跳出來。我很累，肚皮頂住水塔蓋便昏昏睡去——

「彷彿手術床上接受麻醉的病人……」

好像做了個關於日蝕的夢。

五

當我醒來時，太陽已經漂浮在空氣中，鼓脹泛紅，像一丸挖下來的紫腫牙齦肉，冒著血，大概這就是傳說中的日蝕前兆……我爬起身，掀開水塔蓋，卻發現裡頭空空如也，沒看見蟲子，也沒看見弟弟……或許，一切都只是夢罷。就算我用混凝土水塔也不能控制什麼，即使親如兄弟，即使微小如蟲豸……

突然間，一隻甲蟲從水塔中的暗影飛出來，飛得很遲緩，可能是飲食過度的結果，所以我輕易掐住牠，平放在我手心。

一隻獨角仙——

牠翅膀上的粉黃人臉圖案非常特殊——幾乎就像是弟弟的面容——

（當然，那張臉也像我，畢竟他是我的雙生兄弟……）

我閉上眼睛。把甲蟲放進嘴裡。蟲腳在舌頭上刷動不停。我用臼齒磨碎甲蟲身軀，甜腥汁液流竄到喉嚨，有點粘癢，不禁聯想起小時候吞下弟弟精液的那回事——

然後我緩緩張開眼睛——

不過——我再也不確定自己正在高樓的水塔上，甚至我也不在二十一世紀的都市裡……

我發現自己躺在一塊平坦結實的樹葉叢上——可能就在一棵剪裁整齊的海綿體巨樹頂端。四周再也看不見高低參差的樓群，而是一片望不盡的奇異樹林。這些樹彷彿巨無霸電冰箱一般的莊嚴壯麗，以菱形、水滴狀、子宮形、圓柱體、海綿體等等形態，生長在沙漠盆地間……

正當我完全不明白這一切的時候，四周響起彷彿樹葉相互摩擦的聲音，越來越瘋狂刺耳——

原來，是一叢叢昆蟲從一塊塊樹頂下方的黑暗中飛起，像是一陣逆向暴風雨，昆蟲之雨由地面朝向天空穿刺拍擊。這場驟雨朝向高空遠處飛去，緩緩集中——牠們的目標似乎是那顆不尋常的太陽。太陽表面漸次出現一顆顆黑子，鉻黃光線燒退，我眼見蟲雨逐漸淹沒這顆星辰，一切都腐敗黑暗了……只剩下一圈隱約血色，不見其他脫逃的光，像是一枚啄瞎的眼睛……

我張嘴不能言語。
總之，我竟然這樣，看見了日蝕。

——一九九四年十月·選自探索版《晚安巴比倫》

《中華現代文學大系（壹）——臺灣 1970～1989》

榮獲新聞局金鼎獎

劃時代的巨獻，跨越兩個十年，樹立台灣文學新座標，面對整個中國及世界文壇。走過從前，邁向未來，傲然矗立文壇，以有限展示無限。《中華現代文學大系（壹）——臺灣 1970~1989》計分詩、散文、小說、戲劇、評論等五卷，十五鉅冊，由余光中、張默、張曉風、齊邦媛、黃美序、李瑞騰等 16 位名家，選出 300 多位作家及詩人的精品，9000 餘頁，是國內空前的皇皇巨著，熠熠發光。推出後，深受海內外各界讚譽、推崇，因此才賡續出版《中華現代文學大系（貳）——臺灣 1989~2003》。

總編輯：**余光中**

編輯委員

詩　卷：**張　默、白　靈、向　陽**

散文卷：**張曉風、陳幸蕙、吳　鳴**

小說卷：**齊邦媛、鄭清文、張大春**

戲劇卷：**黃美序、胡耀恆、貢　敏**

評論卷：**李瑞騰、蕭　蕭、呂正惠**

精裝豪華本 15 冊定價 8380 元

平裝藝術本 15 冊定價 6880 元

《中華現代文學大系（貳）——臺灣 1989 ～ 2003》

承續《中華現代文學大系（壹）——臺灣 1970 ～ 1989》的大業，本輯銜接兩個世紀的文壇風貌，展示台灣各類型菁英作家的才華，爲華文世界再樹新里程碑！《中華現代文學大系（貳）——臺灣 1989 ～ 2003》計分詩、散文、小說、戲劇、評論等五卷，十二鉅冊，由余光中、白靈、張曉風、馬森、胡耀恆、李瑞騰等 16 位名家，選出 300 多位具代表性作家及詩人們的精采作品，值得閱讀、典藏。

總編輯：**余光中**

編輯委員

詩　卷：**白　靈、向　陽、唐　捐**

散文卷：**張曉風、陳義芝、廖玉蕙**

小說卷：**馬　森、施　淑、陳雨航**

戲劇卷：**胡耀恆、紀蔚然、鴻　鴻**

評論卷：**李瑞騰、李奭學、范銘如**

中華現代文學大系（貳）

——臺灣 1989 ～ 2003

小說卷（三）

A Comprehensive Anthology of
Contemporary Chinese Literature in Taiwan, 1989-2003
Fiction Vol. 3

總編輯／余光中
編輯委員／馬森　白靈　張曉風　胡耀恒　李瑞騰
施淑　向陽　陳義芝　紀蔚然　李奭學
陳雨航　唐捐　廖玉蕙　鴻鴻　范銘如
發行人／蔡文甫
發行所／九歌出版社有限公司
臺北市八德路 3 段 12 巷 57 弄 40 號
電話／(02)25776564 ・傳真／(02)25789205
郵政劃撥／ 0112295-1
登記證／行政院新聞局局版臺業字第 1738 號
網址／ www.chiuko.com.tw
印刷所／晨捷印製股份有限公司
法律顧問／龍雲翔律師・蕭雄淋律師・董安丹律師
初版／ 2003（民國 92）年 10 月
定價／小說卷（全三冊）平裝單冊新台幣 450 元　精裝單冊新台幣 550 元
ISBN 957-444-078-8

國家圖書館出版品預行編目資料

中華現代文學大系（貳）.臺灣一九八九～二〇
〇三小說卷／馬森主編 --初版. --臺北
市：九歌，2003〔民92〕面； 公分.

ISBN 957-444-074-5（第1冊：精裝）
ISBN 957-444-075-3（第1冊：平裝）
ISBN 957-444-076-1（第2冊：精裝）
ISBN 957-444-077-X（第2冊：平裝）
ISBN 957-444-078-8（第3冊：精裝）
ISBN 957-444-079-6（第3冊：平裝）

830.8 92012284